O.W. BARTH

Im Droemer Knaur Verlag sind bereits folgende Romane der Autorin erschienen:

Der Schrei des Garuda
Die Stimme des Zwielichts
Wie in einem Traum

ULLI OLVEDI

ZANSKAR und ein Leben mehr

Roman

O.W. BARTH

Besuchen Sie uns im Internet:
www.ow-barth.de

FSC
www.fsc.org
MIX
Papier aus verantwortungsvollen Quellen
FSC® C083411

Vollständige Neuausgabe November 2015

Ein Imprint der Verlagsgruppe
Droemer Knaur GmbH & Co. KG, München

Redaktion: Susanne Härtel
Umschlaggestaltung: ZERO Werbeagentur, München
Umschlagabbildung: FinePic®, München
Satz: Adobe InDesign im Verlag
Druck und Bindung: CPI books GmbH, Leck
ISBN 978-3-426-29255-6

2 4 5 3 1

PEMA-MARIE

Wie lange saß sie schon in ihrer Sofaecke? Das Zimmer verschwamm in den sanften Schatten des winterlichen Nachmittags. Stillstehende Zeit, verwirbelt von dicken, nassen Schneeflocken. Eingefroren in Erschrecken oder Wut oder Trauer saß sie da. Es mochte all dies sein und noch mehr. Selbst das leise Klirren des Schlüssels brachte die Zeit nicht zurück, und all die vertrauten Geräusche setzten sich nicht zur gewohnten gelangweilten Geborgenheit zusammen. Das Stampfen auf dem Schuhabstreifer, das Klicken, als die Wohnungstür ins Schloss fiel, mit der Schulter zugedrückt, denn René machte das immer so, gegen die Tür gelehnt, während er die Tasche abstellte und den ersten Schuh auszog. Mit einem Plopp fiel der zweite Schuh, dann raschelte der Daunenmantel. Doch sie hatten keinen Zusammenhalt, diese Geräusche. Nichts hatte mehr Zusammenhalt. Sie hing an einem Ast und fühlte, wie er brach, langsam.

»Pema«, rief René, »bist du da?«

Sie hätte sich finden müssen, um zu antworten. Doch es war fraglich, ob sie sich finden wollte.

»Pema-Marie!«

Plötzliche Helligkeit folgte dem Klicken des Lichtschalters.

Sie hatte René vergessen. Sie hatte ihr Leben vergessen, ihr ordentliches, gefrorenes Leben.

Was hätte Mama über René gedacht? Über diesen Mann mit dem vollen, mattbraunen Haar und den festen Zügen, die grauen Augen am äußeren Ende ein wenig herabgezogen, was seinem Blick einen Anflug von Erstaunen gab. Vielleicht ist er deshalb mein Mann geworden, wegen des untergründigen Erstaunens, dachte Pema-Marie in diesem unbewachten Augenblick, doch schon war er vorbei, und René war einfach nur ein gewohnter René, der von irgendeiner Recherche nach Hause kam. Pema-Marie versuchte, mit flachen Atemzügen eine Welle von Abneigung abzuwehren.

»Mistwetter«, sagte René. »Was ist los, warum sitzt du so im Dunkeln?«

»Nicht im Dunkeln«, sagte Pema-Marie, »Dämmerung. Es ist Dämmerung.«

Sie ärgerte sich über die Störung, hätte noch länger in der Versteinerung sitzen wollen. Vielleicht wäre der Ast gebrochen, und sie wäre gefallen. Wohin?

René setzte sich in den Sessel, in dem er immer saß, und schaute erwartungsvoll auf ihre Hände mit dem Brief.

»Aus Kathmandu«, sagte Pema-Marie und hob die Blätter ein wenig von dem Kissen auf ihrem Schoß. »Sie haben Tagebücher meiner Mutter gefunden. Wahrscheinlich. Hier, die Kopie einer Seite. Mamas Handschrift, glaube ich wenigstens.«

Sie hätte damals Mamas Postkarten aufheben sollen. Augen der Stupa, Affen mit Coladosen, Tauben auf steinernen Hinduschreinen. Lapidare Sätze ohne Inhalt, die Pema-Marie stets nur flüchtig überflog, um Mama zu bestrafen.

»Von einer Nina, Sekretärin eines tibetischen Klosters.« Sie reichte René den Brief. »Mein Name wird in den Tagebüchern genannt und auch Zollikon. So hat man mich ausfindig gemacht.«

Plötzlich setzte die Zeit wieder ein, heftig, wie ein scharfer Wind. Sie musste Papa verständigen, sie mussten die Handschrift vergleichen. Man würde sich wieder auf die Suche machen müssen, die Tagebücher konnten Hinweise enthalten.

»Es sind wohl tatsächlich ihre Tagebücher«, sagte René

und legte den Brief auf den Couchtisch. »Aber kein neueres Lebenszeichen von ihr.«
»Seit dem Fax vor zehn Jahren kam nichts mehr. Und da enden auch ihre Tagebücher. Was soll man denn erwarten? Ich jedenfalls habe nichts erwartet.«
René hatte eine Art, sie mit hochgezogenen Brauen anzusehen, die hilflosen Ärger in ihr auslöste. Er hatte kein Recht auf diesen Blick. Gewiss, sie hatte nie über ihre Mutter sprechen wollen. Fast nie. Dachte er, sie wäre ihm etwas schuldig? Man redete nicht über seine Eltern. Sie waren da oder nicht mehr da. Das genügte. Papa war da, Mama war nicht da. Eine der gut verschlossenen Geschichten, die in der Schublade der Geheimnisse ruhen, bis man sie nicht mehr weiß. Sie musste einfach nur irgendwohin schauen, in ein leeres Irgendwo, als habe sie mit der Sache nichts zu tun. Das half immer.
»Sie hat sehr selten geschrieben, einmal fast ein Jahr lang nicht«, sagte sie mit angestrengter Sachlichkeit. »Und nach dem letzten Brief haben wir über ein Jahr gewartet, bevor Papa anfing, nach ihr zu suchen. Und das tat er nur meinetwegen. Obwohl ich kaum jemals an sie dachte. Ich vermisste sie nie.«
Ohne es zu bemerken, hatte sie das Kissen schützend an ihre Brust gezogen. Sie legte es wieder auf die Knie und strich es glatt, immer wieder. Das Gefühl des brechenden Astes wollte wieder einsetzen, das spürte sie jenseits der unruhigen Gedanken, deshalb musste sie reden, dagegen anreden, denn René sollte nichts davon wissen. Niemand sollte je etwas davon wissen.
»Mama war so eine stille Person. Sie gab nie zurück, wenn man sie angriff. Und Tante Anna ging sie aus dem Weg. Du weißt, wie das ist, wenn Tante Anna knurrt wie ein Dobermann.«
René stand auf und hantierte in der Küche. Ihr fiel ein,

dass sie versprochen hatte zu kochen. Sie kochte nicht gern.

Dreimal hatte sie den Brief gelesen. In Verdana 11 ausgedruckt, am Schluss in Handschrift »Liebe Grüße Nina«, in einer vertrauten Art, als kennten sie einander. Was hatte diese fremde Frau aus den Tagebüchern erfahren? Pema-Marie schaltete die Nachttischlampe aus. Doch die Frage wurde im Dunkeln größer als zuvor: Was hatte Mama über ihre Tochter geschrieben? Über Pema-Maries böse Worte nach der Scheidung, als sei nur Mama daran schuld? Über die Szenen der Anklage und Zurückweisung, wenn Pema-Marie wütend auf Tante Anna war und die Wut an der wortlosen Mutter ausließ? Über die Kälte des Abschieds, als Pema-Marie an ihrem sechzehnten Geburtstag aus dem Haus ging und mit Papa die beiden Koffer und ihre kostbare Musikanlage ins Auto lud, um mit ihm zu seiner großen, lichten Wohnung zu fahren? Für immer, nicht nur für die Ferien oder Wochenenden. Triumphierend, obwohl es eher der Triumph über Tante Dobermann war.
Das Bild ließ sich nicht löschen in ihrem Kopf: Tante Anna hatte sich wütend ins Haus zurückgezogen, Mama war in der Haustür stehen geblieben und hatte sich am Türrahmen festgehalten, das Gesicht kantiger und hilfloser denn je. Du undankbares, erbarmungsloses Kind, hatte Tante Anna gesagt. Doch viel schlimmer war Mamas starrer, verzweifelter Blick gewesen.
War sie noch am Leben?
Pema-Marie erkannte, dass sie ihre Mutter nicht finden wollte. Was könnten sie einander zu sagen haben? Ihre Leben waren zu weit auseinandergedriftet.
Vielleicht hatte sie deshalb Papa nicht gleich angerufen, es auf morgen verschoben, als würde morgen vielleicht alles ganz anders sein.

»Ich hoffe, dass Sie die richtige Ansprechpartnerin sind«, schrieb Nina in ihrem Brief. »Aber da Pema-Marie ein seltener Name ist und die Verfasserin der Tagebücher Dölma hieß, hat man in der Botschaft schließlich Ihre Adresse herausgefunden. Es gab dort auch eine Dame, die sich an Ihren Vater und seine Suche nach Dölma erinnerte. Ihren Unterlagen nach ist das neun Jahre her.«
Damals war Papa nach Kathmandu geflogen. Er hatte nicht mehr herausgefunden, als sie schon wussten: dass es keinen Hinweis auf eine Ausreise gab und Mamas Visum längst abgelaufen war. Zwei weitere Anfragen in den Jahren darauf waren ergebnislos. Und dann verging die Zeit, legte sich über die Erinnerung, begrub sie unter einem jungen, angestrengten Leben. Es gab keinen Grund, an eine Mutter zu denken, die selbst damals, als sie noch hier lebte, nie wirklich da war.

Der eisige Wind beißt, wo er auf nackte Haut trifft. Die Luft knistert vor Kälte. Manchmal bricht die gefrorene Schneedecke durch, dann stoßen die Knie an harte Kanten. Doch es ist zu kalt für Schmerz.
Das Tal erstreckt sich weit vor ihr, schwer und starr ruhen die weißen Berge rundum, schlafende Wächter. Nirgendwo ein Lebewesen. Wäre doch nur irgendjemand da. Sie ist so müde, möchte sich fallen lassen, doch dann würde sich die Einsamkeit Lage um Lage über ihr auftürmen und sie erdrücken.
Dann erscheint ein Punkt, wächst unendlich langsam an zu einer Gestalt. Doch sie muss nicht warten, sie weiß es bereits, wirft die Arme hoch, ruft Mama, Mama!
Die Gestalt geht an ihr vorbei, schaut durch sie hindurch. Sieht sie nicht, hört sie nicht, nimmt sie nicht wahr und ist doch ihre Mutter. Mamaaaaa! Aaaaaaaaaaa!

»Pema! Was ist? Was ist mit dir?«
René ist da und schüttelt sie. Es ist kalt, und sie fürchtet sich vor der Einsamkeit. René ist wenigstens irgendjemand, und das ist gut so, erlösend.
Sie lehnte sich gegen ihn, die Arme um sich selbst geschlungen. Er sollte nicht Pema sagen, das war so tibetisch, sie brauchte die Marie in sich. Warum verstand er das nicht?
»Ein Alptraum? Du hast geschrien.«
»Ja«, sagte sie, »ich weiß.« Sie hat es gehört. Urlaut des Lebens, doch das würde er nicht verstehen.
Er zog die Bettdecke um sie herum, hielt sie, und sie fühlte sich plötzlich weich, fast flüssig, denn die Einsamkeit drohte nicht mehr. Nicht jetzt. Doch bald, das wusste sie ohne Gedanken, würde sie sich wieder um sie geschlossen haben, nahtlos, unberührbar. Doch nicht jetzt, noch nicht.
»Mama«, sagte sie, »Mama hat mich nicht gesehen, und es war so kalt.«
»Alles ist gut«, sagte René und wiegte sie. »Du träumst nicht mehr. Erzähl mir den Traum.«
Er zog das Kopfkissen heran, um ihren Rücken zu stützen, hüllte sie ein mit seinem Geruch, der sie einst berauscht hatte, als sie ihn kennenlernte. Mit geschlossenen Augen sprach sie gegen seine weiche Pyjamajacke von der Einsamkeit und dem Warten in einer Welt der Kälte. Worte ohne Zensur, leise und atemlos.
»Es war so unerträglich, dass sie einfach an mir vorbeiging. Als hätte sie mich so vollkommen aufgegeben, dass es mich gar nicht mehr gab.«
René strich beruhigend über ihren Kopf. »Soll ich bei dir bleiben?«
In einem blitzhellen Augenblick war sie wach. Rollte die Zehen ein in Abwehr. Schnell sagte sie: »Nein, nein, das ist nicht nötig.«

Er ließ sie los und stand auf, die Bettdecke glitt von ihren Schultern, von einer Sekunde zur nächsten stürzte sie aus der brüchigen Geborgenheit auf sich selbst zurück.
»Mich gibt es noch«, sagte er. Fast war es ein Flüstern. Er schloss die Tür ihres Zimmers, ganz vorsichtig, als ginge es darum, sie nicht zu stören.

Pema-Marie saß in der Sofaecke, während ihr Vater den Brief las. Das Bedürfnis nach dem Kissen vor der Brust machte ihre Hände unruhig. Papa pflegte das Kissen in ihren Armen mit dem unnachahmlich beiläufigen Blick zu streifen, der sie klein machte. Heute war sie schon klein genug. Sie zog die Jacke vor sich zusammen, wusste einen Augenblick lang, dass die feine Kaschmirwolle darunter litt, und vergaß es sogleich wieder.
»Es ist eindeutig ihre Handschrift«, sagte er, während er die Kopie und den letzten Brief, den Mama gefaxt hatte, nebeneinanderhielt. »Kein Zweifel.« Sie wolle noch in Nepal bleiben, hatte sie geschrieben, in den Bergen, um als eine andere Dölma heimkehren zu können.
»Warum hast du das Fax aufgehoben?«, fragte Pema-Marie.
»Keine Ahnung«, antwortete er. »Ich fand es bei dem Briefwechsel mit der Botschaft.«
Er las Ninas Brief ein zweites Mal. Das Feuer im offenen Kamin brannte mit leisem Knistern. René nippte schweigend an seinem Weinglas. Sie sind einander irgendwie ähnlich, dachte Pema-Marie. Große Köpfe, breite Schultern, Papa, der Ungeduldigere, René, der bessere Stratege. Einigermaßen sozialisierte Platzhirsche. Sie erwartete nicht, sich mit ihnen wohlzufühlen, weder mit dem einen noch mit dem anderen.
»Ich werde dieser Nina schreiben, dass sie mir die Tagebücher schicken soll«, sagte Papa.

René stellte sein Weinglas auf den Couchtisch, langsam, mit Nachdruck. »Darum wird sich Pema-Marie kümmern.«

Dies, wusste Pema-Marie, würde ihr Vater keinesfalls hinnehmen. Und René wusste es auch.

»Hans-Peter, es geht in erster Linie um Pema-Maries Mutter«, sagte René mit leicht erhobener Stimme. »Und ich glaube, das ist eine Baustelle in Pema-Marie, die du respektieren solltest.«

Pema-Marie tastete unwillkürlich nach ihrem Kissen und zog es nah neben sich. Es würde Streit geben. Florett, nicht Schwert. Sie wahrten beide die Form, ihre Männer, doch sie waren allzeit bereit, gegeneinander anzutreten. René begleitete sie selten, wenn sie ihren Vater besuchte, den er nur den »Professor« zu nennen pflegte. Fremdes Territorium, hatte Pema-Marie zu Beginn ihrer Ehe verständnisvoll gedacht. Später sah sie eher Feigheit darin.

Sie beobachtete die Vorbereitung des Rituals. Ihr Vater streckte die Beine aus und legte die Fingerspitzen aneinander, scheinbar gelassen, doch die Finger konnten die Spannung nicht verbergen.

»Warum hältst du dann nicht den Mund und überlässt ihr das Reden?«, sagte er.

Pema-Marie ergriff die Weinflasche und füllte die Gläser nach, bevor René antworten konnte. »Okay, kein Streit, heute nicht. Ich rede. Es geht um meine Mutter, ich bin erwachsen, und ich kümmere mich um die Sache. Ich mache das!«

Papa würde das letzte Wort haben wollen, anderes war nicht zu erwarten. Doch sie hatte ihre Position deutlich gemacht. Er selbst hatte ihr dies schon früh beigebracht: Du musst deine Position deutlich machen, Mädchen, und dann hältst du daran fest und lässt dich nicht beirren. Doch es war immer sein Spiel, und die Regeln legte er fest.

»Wenn ich es recht bedenke«, sagte er, »kann man das Tagebuch auf keinen Fall der Post in Nepal anvertrauen. Nepal! Maoisten! Man muss sich das Chaos einmal vorstellen! Am besten fliege ich hin, ich kenne mich dort aus, dann lässt sich vielleicht doch noch einiges klären.«
Renés und Pema-Maries Widerspruch löste nur ein ungeduldiges Wedeln seiner Hände aus. Er argumentierte, beschwor seine frühere Reise nach Nepal herauf, seine Suche in Kathmandu, eine Woche lang endlose Telefonate, Warten in der Botschaft, Warten im tibetischen Flüchtlingszentrum, Warten in nepalesischen Behörden, Suche nach Übersetzern, Gespräche mit unzähligen Leuten. Und wie viele gute persönliche Kontakte er dadurch gewonnen hatte, auf die er würde zurückgreifen können.
»Nein! Ich fliege!«, erklärte Pema-Marie, ergriff entschlossen ihr Kissen, drückte es gegen die Brust und lehnte sich in die Sofaecke zurück. Genug Position geklärt. Sie war sich nicht einmal sicher, ob sie wirklich in dieses hoffnungslos arme Land mit seiner absurden Regierung fliegen wollte, um nach einer Mutter zu suchen, nach der sie nicht verlangte und die aller Wahrscheinlichkeit nach nicht mehr lebte. Dennoch wuchs in ihr die Überzeugung, dass es ihre Aufgabe war. Es war unübersehbar, dass sie sich stellen musste. Die Traumbilder lauerten am Rand ihrer Gedanken, während Papa und René darüber stritten, wer fliegen sollte oder ob überhaupt jemand fliegen sollte und wie gefährlich Nepal gegenwärtig sei.
»Ich fliege«, sagte sie noch einmal und stand auf. »Diesmal gibt es für dich keine Veranlassung, Papa. Ich habe einen Brief bekommen, dass die Tagebücher meiner Mutter aufgetaucht sind, und damit gehören sie mir, und ich kümmere mich darum. Und jetzt geh ich schlafen.«
Ihr Vater stand ebenfalls auf, legte den Arm um ihre Schultern und drückte sie an sich. »Darüber reden wir

noch, Kleines.« Dann wünschte er ihr eine gute Nacht, bevor sie einwenden konnte, dass sie doch ihre Position klargemacht habe. Sie warf René einen Blick zu, der belustigt den Mund verzog.
Eine lange Umarmung für ihren Vater, weil sie ihn liebte und weil sie ihn verriet. Dabei der Gedanke: Sag, was du willst, und ich tu, was ich will. Und ein zweiter Gedanke: Ich lasse dir immer das letzte Wort, und du hast den Trick bis heute nicht durchschaut. Sie winkte ihm vom Balkon aus nach, mit zappelnden Fingern, wie sie es seit der Kindheit tat, sah ihn ins Taxi einsteigen mit den steifen Bewegungen eines Mannes an der Schwelle zum Alter. Eine Mischung von Schuldgefühl und Dankbarkeit überkam sie, dass er immer im Flughafenhotel übernachtete, wenn er sie besuchte. Um bequem einen frühen Flieger zu bekommen, wie er sagte.
René stand am Herd und löffelte einen Rest Gulasch aus der Kasserolle. »Weißt du, was mir gerade einfällt? Der Professor ist so wild darauf, die Tagebücher als Erster in die Hände zu bekommen, dass ich mich frage, ob er sich vielleicht vor etwas fürchtet, das seine Exfrau über ihn geschrieben haben könnte.«

***

Ein Kleinkind schrie in den vorderen Reihen der Economyclass, wo die Familien platziert waren. Sie hatte sich vergebens gewehrt, als er erklärte, dass er mit nach Kathmandu fliegen werde. Einmal hatte sie etwas allein unternehmen wollen, nur sie, Pema-Marie, nicht die Ehefrau von René. Nicht wir, nur ich. Lediglich drei ungebundene Jahre hatte sie während des Studiums verbracht, zehn Prozent ihres Lebens, zu wenig. René war gern zu zweit, hatte er ihr zu Beginn ihrer Ehe gestanden, das Alleinsein

mache ihn verrückt. Sogar lesen wollte er in ihrem Beisein, sie in der Sofaecke, er in seinem Sessel. Mein Gott, hatte sie gesagt, wie alte Leute.
So saß er nun neben ihr und schlief, wie er in jeder Situation und Haltung schlafen konnte, zu ihrem heimlichen Ärger. Denn sie mochte es nicht, dass er das Leben ausblendete, dem sie allzu sehr ausgesetzt war, schlechte Schläferin mit schlechten Nerven. Sie sei eine hysterische Person, hatte er einmal gesagt, und sie hatte ihm gedroht, ihn zu verlassen, falls er das noch einmal sage. Hatte so leise und böse gedroht, dass er es ernst nahm.
Das Kleinkind brüllte völlig außer sich. Pure Verzweiflung, dachte Pema-Marie. Sie spürte die wütende Ausweglosigkeit in der sich überschlagenden Kinderstimme. Kein Ausweg aus sich selbst. Ein Kind durfte das fühlen. Sie nicht.
Unruhe in den Reihen. Passagiere standen auf und stellten sich in die Flure, lehnten sich über die glücklicher Platzierten auf der linken Seite. Sie schreckte auf aus ihrer Lektüre, einer elegant gewobenen Geschichte von den Windungen und Verdrehungen einer schwierigen Liebe, in manchem eine Spiegelung ihrer eigenen Verwirrung.
Die weißen Riesen! In gleicher Höhe mit dem Flugzeug ragten die urgewaltigen Berge des Himalaya auf, wuchtig, erschreckend, herzzerreißend schön. Pema-Marie tupfte eine Träne aus den Wimpern. Warum brachten diese Berge sie zum Weinen? War es einfach die Schönheit, die reine, unvergleichliche Schönheit, die sie traurig und glücklich zugleich machte?
Sie warf einen Blick auf René. Er schlief noch immer. »René, wach auf! Der Himalaya!« In diesem Augenblick empfand sie eine fast vergessene Freude, dass René bei ihr war.
Als das Flugzeug sich auf die Stadt herabsenkte, in das

graubraune Gewirr hässlicher, billiger Bauten, und vor dem gesichtslosen Flughafengebäude ausrollte, stellte sich das Bild der strahlenden Berge schützend vor diesen Anblick.

»Maschinengewehre!«, sagte Pema-Marie. »Mein Gott, wo sind wir hier gelandet?«
»In der Vorhölle«, antwortete Nina heiter vom Vordersitz des Taxis. »Diese nepalesischen Möchtegern-Maoisten sind paranoid. Das ist leider so.« Ihre Stimme war hell und fest, mit einem leichten, flauschigen Wiener Akzent.
Groß gewachsen, lange, flatternde blonde Haare, himmelblaue Augen in einem geordneten, ungeschminkten Gesicht, enge Jeans, wehendes indisches Hemd, Pema-Marie hatte sich die Klostersekretärin anders vorgestellt. Beim Näherkommen schien sie nicht mehr so jung wie auf den ersten Blick. Sie hatte Pema-Marie und René mit freundschaftlichem Du begrüßt und sie mit sich gezogen durch die dichte, wogende Menschenschicht vor dem Flughafengebäude, hinaus zum Parkplatz, auf dem ein Geländewagen auf sie wartete. Der dunkle Fahrer lud ihre Koffer auf, scheuchte ungebetene Träger weg und schob seine Gäste eilig in die künstliche Kälte des Autos.
»Zu Hause schneit es«, sagte Pema-Marie und strich die schweißnassen Haare aus dem Gesicht. Bluse und Jacke klebten an ihr. Im Internet stand etwas vom schönen Frühling im Kathmandu-Tal. Was verstand man hier unter Frühling?
Sie mochte Nina. Schnell, schnörkellos und dabei entspannt und souverän. Pema-Marie wünschte sich, so zu sein, entspannt und souverän. Sie war weder das eine noch das andere. Weichtier in Perlmuttschale, hatte René sie genannt, als sie verliebt waren. Harte Nuss, nannte er sie später.

Der Weg bis zum Hotel auf der anderen Seite der Stadt war weit, führte, eingekeilt in lauten Verkehr, über eine Ringstraße und durch die armselige, staubige Hässlichkeit des Stadtrands. Nina lockerte die Fahrt auf durch den Bericht, dass die Tagebücher in ihre Hände gelangt seien, weil die Tibeterin, die sie gefunden hatte, eine Verbindung zu ihrem Kloster habe und niemand dort Deutsch verstehe außer ihr. Die Hefte seien im Haus dieser Tibeterin auf einem hohen Schrank gelegen und nur durch Zufall entdeckt worden.

Der lange Weg lohne sich, erklärte Nina, als sie endlich durch enge Straßen in eine Einfahrt einbogen. »Ein Hotel für Individualisten, es wird euch gefallen.«

Es war ein schönes altes Gebäude aus dunklem Holz mit reichen Schnitzereien, und dahinter erstreckte sich ein Garten mit blühenden Büschen und nostalgischen Gartenmöbeln in kleinen Terrassen am Hang über dem Fluss.

»Zwei Zimmer?«, vergewisserte sich der Junge am Empfang. Sein wacher Blick schoss zwischen den beiden Gästen hin und her.

In einem weichen Sessel in der Lobby streckte Pema-Marie ihre Beine aus und schloss die Augen. Sie wollte ankommen, doch ihre Nerven flatterten wie aufgeregte Vögel.

Nina hatte den Stapel Tagebücher aus ihrer Tasche auf den Tisch gepackt, sieben Ringhefte in verschiedenen Farben. »Ich bin überzeugt, dass deine Mutter das geschrieben hat«, sagte sie. »Sie erwähnt oft ihre Tochter Pema-Marie, und auch dein Alter stimmt. Pema-Marie ist ein sehr unüblicher Name.«

»Es war die Idee meiner Großmutter«, erwiderte Pema-Marie. »Sie fand, er klinge so schön nach Ost-West-Verbindung.«

Pema-Marie ließ ihren Blick wandern. Eine Touristin in

Trekkerkleidung hatte sich in einem nahen Sessel niedergelassen. Ein rundes Gesicht mit Sommersprossen, runde Hände mit runden Fingern, eine breite, eifrige Stirn, die Ausstrahlung unerschütterlicher Sachlichkeit. Eine praktische Person, hätte Oma Madeleine sie genannt. Das war Oma Madeleines Art, ihrem Hochmut einen dezenten Ausdruck zu geben.

»Meine Großmutter hat eine Neigung zu großen Ideen«, hörte sie sich sagen. Sie lächelte ein wenig im Gedanken an Oma Madeleine mit ihren Jerseykleidern und den Ringen an den alten Händen, bestimmte Ringe für bestimmte Tage. Hoffentlich bekomme ich nie die Gicht wie Martin, pflegte sie zu sagen, ich wüsste nicht, was ich ohne Ringe machen würde.

Nachdem Nina sich mit einer kleinen Umarmung verabschiedet hatte, griff René nach dem obersten der Hefte und begann zu lesen. »Sie hat eine gute Schrift, deine Mama, liest sich leicht.«

Mit einem schnellen Griff nahm Pema-Marie ihm das Heft aus der Hand. »So nicht!«

Renés Blick war eher verletzt als ärgerlich. »Was ist denn los? Hast du das Erstleserecht? Sei doch nicht absurd.«

Der Ast am Brechen. Sie sah sich selbst, starr aufgerichtet, das Tagebuch umklammert, die Knöchel weiß. Sie konnte nicht denken. Ihr Blick sickerte in den blauen, abgegriffenen Umschlag des Heftes hinein. Auf das Schild in der Mitte hatte Mama eine große Eins geschrieben, nur eine Eins, kunstvoll mit Schattenwurf. Als habe sie an dieser Eins herumgezeichnet und nicht gewusst, wie sie mit dem Schreiben beginnen sollte.

»Ein Vorschlag«, lenkte René ein. »Wir lesen zusammen. Du kannst vorlesen, wenn du willst, oder wir wechseln uns ab.«

Pema-Marie presste die Lippen zusammen. Die Tagebücher gehörten ihr. Sie sollte diejenige sein, die sie zuerst las.

Hätte sie sich doch durchgesetzt und wäre allein geflogen. Es ging um sie und ihre Mutter. Deshalb war sie hier. René störte. Sie war irrational und ungerecht, dessen war sie sich bewusst, doch das Gefühl blieb. Sie wollte, er wäre nicht mitgekommen.

»Ich weiß nicht«, sagte sie und raffte entschlossen die Hefte zusammen. »Lass uns erst mal ankommen.«

Sie aß wenig, duckte sich unter der Missstimmung, die René mit oberflächlichen Bemerkungen zu entschärfen versuchte, floh in ihr hübsches kleines Zimmer mit Ausblick in den Garten, erschöpft, verwirrt und zutiefst unzufrieden mit sich selbst. Ich möchte nicht schwierig sein, dachte sie, aber ich bin schwierig. René ist auch schwierig. Warum stehe ich immer als die Schwierige da?

Sie wollte schlafen, ausschalten, nichts mehr wissen. Es war ihr zunächst so einfach erschienen – nur nach Kathmandu fliegen, die Tagebücher in Empfang nehmen und lesen, vielleicht noch ein bisschen mit den Leuten reden, die Mama zuletzt gesehen hatten. Dann heimkehren und die ganze Geschichte wegräumen, ein für alle Mal. Und dann würde es kaum anders sein als vorher, jedoch beendet, nur mit einem so kleinen Rest von Ungewissheit, dass er nicht störte.

Doch es war nicht so einfach. Weil sie mit René hier war. Weil es plötzlich auch um sie und René ging.

Um sich abzulenken, ergriff sie das erste Heft und begann zu lesen.

Dölmas Tagebuch

Erstes Heft

Kathmandu, Freitag

Wahrscheinlich träume ich. Oder bin ich wirklich da, wo ich zu sein glaube? Vor Tibets Haustür?
Es regnet, als wolle der Himmel sich ausschütten, bis zum letzten Tropfen. Eine Welt von Nässe, und wenn die Sonne sich darauf stürzt, dampft es wie die Hölle. Monsun, stand im Reiseführer, aber kein Wort von aufgeweichten Straßen mit knöcheltiefen Wasserlöchern, von schweißnassen Haaren und ständig feuchter Unterwäsche.
Ich bin ein phantasieloser Mensch. Das hat Hans-Peter immer gesagt. Warum denke ich jetzt an Hans-Peter? Nach sechs Jahren liegt sein Schatten noch immer auf mir. Doch den werde ich abschütteln, ich gehe in meine verzweifelte Heimat und schüttle Hans-Peter und Anna und das Haus in Zollikon und den ganzen Berg falschen Lebens ab.
Gestern war ich auf der weißen Stupa und schaute nach Norden zum Shivapuri, der die Schneeberge verdeckt. Dahinter Tibet. Ich musste weinen. Land meiner Eltern, meiner Verwandten, meiner Vorfahren. Es tut so weh, dass ich nichts von ihnen weiß. Vielleicht gibt es irgendwo eine Schwester, einen Bruder, Nichten, Neffen, Großeltern. Ich werde sie nie kennenlernen.
Nirgends gibt es einen großen Spiegel, in dem ich mich sehen könnte mit meinem neuen tibetischen Kleid, nicht einmal in dem kleinen Laden an der Stupa, wo sie mir

morgens die Maße nahmen, und am Nachmittag lag das Kleid schon fertig bereit. Es ist sattblau – wie der Himmel über Tibet, sagte der Schneider, und die Seidenbluse glänzt silbern wie der Zürichsee am Morgen. Ich versuche, nicht an die giftigen Farbstoffe zu denken. Sie sind überall, nicht nur in den Kleidern. Das leere Spekulationsgrundstück hinter dem Gästehaus steht teilweise unter Wasser, Abwasser, die Oberfläche schillert bösartig, aber es scheint allen gleichgültig zu sein. Wundert mich das? Ich habe so lange inmitten von Gleichgültigkeit gegenüber allen seelischen Vergiftungen gelebt, und die sind wohl noch viel schlimmer.
Es ist schön, ein langes Kleid zu tragen. Als verwandle es den Körper. Ich nehme die Spange aus den Haaren und fühle mich wie Rapunzel oben im Turm. Doch unten ruft kein Prinz nach mir. Wird irgendwann in diesem Leben noch ein Prinz nach mir rufen? Vielleicht werde dann ich selbst die Hexe sein, die Rapunzel festhält.

Abend

Stromausfall. Glücklicherweise lag eine Kerze auf dem Tisch bereit, man ist das hier gewohnt. Die Kerze ist krumm, sie zischt und spuckt und tropft hysterisch. Selbst die Kerzen sind anders in diesem Land.
Die Karte an Pema-Marie, soll ich sie abschicken? Es ist eine hübsche Karte, die weiße Kuppel der Stupa mit den großen Augen und den unzähligen flatternden Gebetsfähnchen, alles golden überzogen vom Abendlicht. Aber nichts von dem steht darauf, was ich schreiben wollte. Nichts davon, dass ich mir Mühe gebe, sie zu lieben, und ihr so viel Gutes wünsche, ein besseres Leben als meines, oder davon, wie unglücklich ich immer war, weil ich keine

gute Mutter sein konnte. Erst vor sehr kurzer Zeit, als ich mich entschlossen hatte, in meine verlorene Heimat zu reisen, begann dieses Gefühl des Unglücks, der Bordunton meines Lebens, aufzusteigen und Form anzunehmen. Es wird immer sichtbarer.

Schon drei Tage in Kathmandu, und noch zwei weitere muss ich aushalten. Irgendjemand hat gesagt, Kathmandu sei schön. Man soll nicht alles glauben.

Ich gehe nur ungern aus dem Gästehaus. Diese Fremdheit erschreckt mich zutiefst. So viele Menschen, Farben, Geräusche, Gerüche. Die Eindrücke rasen, kreisen mich ein, meine Nerven schreien, ich zittere, möchte umkehren, zurückrennen in den schützenden Garten hinter der Mauer. Doch ich zwinge mich, gehe zur Stupa, drehe die Gebetstrommeln bei jedem Schritt, lege kleine Scheine in die Hände der Bettler und schaue weg dabei. Ich kann sie nicht anschauen, denn manchmal schauen sie zurück, und das halte ich nicht aus.

Man kann gleich die Stufen hinaufgehen zum oberen oder zum obersten Rundgang, aber Puntsok, die Wirtin des Gästehauses, sagt, man müsse unten anfangen, um Verdienste zu erwerben, sonst gebe es kein gutes Karma. Also gehe ich erst unten herum, mein Karma muss dringend besser werden. Und es beruhigt ein bisschen, das Richtige zu tun. Erst untenrum, dann in der Mitte, dann oben, im Uhrzeigersinn, so muss es sein.

Das alles kann ich Pema-Marie nicht schreiben.

Aber für mich selbst schreiben muss ich, das ist mir klar geworden. Daheim ging das nicht, dort dachte ich, nur wenn ich gut schreibe, offiziell anerkennenswert schreibe, ist es sinnvoll. Ich schaute mir ständig über die Schulter, kritikbereit, vergleichend, zensierend, und fand nichts gut genug. Kaum hingeschrieben, verblassten die Farben der Worte.

Nie konnte ich etwas leisten. Nicht wirklich.
Jetzt schaut mir niemand mehr über die Schulter. Und es gefällt mir, bei Kerzenlicht zu schreiben. Ein kleiner, sanfter Lichtkreis, um ihn herum die Dunkelheit wie ein schützender Mantel. Warum kam ich früher nie auf die Idee, mit Kerzenschein zu leben?
Ich wundere mich, dass ich mich bis hierher gewagt habe. Es war wie rennen mit angehaltenem Atem und geschlossenen Augen, und vielleicht war es nur deshalb möglich, weil Pema-Marie so erwachsen wirkte an ihrem achtzehnten Geburtstag. Es spielte keine Rolle, ob ich blieb oder ging, also ging ich. Für sie war ich nie wirklich da. Aber wie sollte sie mich auch wahrnehmen, da ich mich selbst kaum wahrnehmen konnte? Wahrscheinlich hat es sie sogar erleichtert, als ich abreiste.
Ich ertappe mich dabei, dass ich ständig rückwärtsschaue. Als wäre ich nicht deshalb weggegangen, weil ich eine Zukunft haben wollte. Ich war schon kurz davor, sehr alt zu werden. Aber sollte man mit zweiundvierzig Jahren nicht noch weit vom Alter entfernt sein? Ich befehle mir: Nicht mehr zurückschauen! Es genügt, dass die Vergangenheit mich bis hierher, an dieses Ende, an diesen Anfang geschoben hat. Ich will ein neues Leben haben!

Samstag

Puntsok, klein, robust, die flinken Augen eingebettet in ein Gesicht wie zerknülltes Papier, ist sehr nett zu mir. Sie könnte fünfzig sein oder siebzig.
Als eine Tibeterin aus dem Westen bin ich eine Besonderheit für sie, wahrscheinlich ein bisschen verwirrend mit meinen teuren Kleidern und meinem unzulänglichen Tibetisch. Sie lacht über meine konstruierte Art, ihre Spra-

che zu sprechen, über manche Worte, die ich benütze. Aber wie sollte ich es besser machen? Immer bin ich am Blättern und Nachschlagen, und die Zunge krümmt sich angestrengt um die Wörter. Manchmal lähmt mich dieser Zwang zur Kommunikation, ich habe keine Übung darin. Anstatt mit Leben bin ich mit Büchern angefüllt bis zum Rand. Ihr wart gute Eltern, Madeleine und Martin. Ihr habt mir Bildung mitgegeben, wie ihr es verstandet, ich danke es euch. Aber wie solltet ihr wissen, mit wem ihr es zu tun hattet? Ich weiß es ja bis heute selbst nicht.

Ich muss daran denken, wie wir das tibetische Kloster Rikon besuchten. Es muss in meinem siebzehnten Jahr gewesen sein, während meiner Internatszeit. Der Dalai Lama war dort zu Besuch auf seiner ersten Reise in den Westen. Es war Madeleines Idee, wie schön es doch für mich wäre, ihn zu sehen. Und all die vielen Tibeter, die kommen würden! Ein großes Ereignis, riesengroß. Unser Lebensrahmen war so klein, gelegentlich ein Konzert oder Theater. Madeleine und Martin mochten es beschaulich. Unsere alljährlichen Ferien bei Madeleines Schwester in Florida waren für die beiden genug weite Welt.

Da waren mehr Tibeter, als ich vertragen konnte. Und ich empfand sie als über alle Maßen fremd. Sie stießen und drängten, rissen mich weg von Martin und Madeleine. In Panik suchte ich eine Wand, eine Ecke, die mich schützen sollte, bis ich eine Tür sah, darauf zustürzte, sie öffnen wollte. Ein großer Mönch stieß mich zurück. Ich kann mich nicht erinnern, mich je zuvor so hilflos ausgeliefert gefühlt zu haben, so empört gewesen zu sein. Der wuterfüllte Schmerz gab mir die Kraft, mich durch die Menge nach draußen zu drängen, nass von Tränen und Angstschweiß. Ich wartete lang, bis Martin und Madeleine mich endlich fanden. Wir sahen nichts vom Dalai Lama. Ich sagte, er sei mir völlig gleichgültig. Nur nach Hause wollte

ich. Madeleine war traurig und insgeheim verletzt, es hatte ein besonders schönes Geschenk für mich sein sollen. Heute denke ich, dass ich ihr irgendwann dafür hätte danken sollen. Ich bin sicher, dass sie es nicht vergessen hat. Meine Mutter Madeleine hat ein Gedächtnis wie ein Elefant.
Ich legte nie Wert darauf, mit den Exiltibetern in Kontakt zu kommen. Schließlich gehörte ich nicht zu ihnen, und sie hatten damals keinen besonders guten Ruf. Doch wo haben Asylanten schon einen guten Ruf.
Wenn ich nur aufhören könnte, mich zu erinnern.

Was ich unternehmen wolle an diesem Ruhetag, hat Puntsok mich heute Morgen gefragt, als ich zum Frühstück in den Garten hinausging. Die Sonne war schon am frühen Morgen grell, aber noch nicht heiß. Es sei Samstag, da sei alles geschlossen, Behörden, Büros, Geschäfte.
Ein Fremder kam ins Foyer und fügte lachend in einem englisch gefärbten Tibetisch hinzu: »Ja, alle haben geschlossen, auch Polizei, Feuerwehr, Notfalldienste und Krankenhäuser. Also bitte schön stillhalten, nicht wahr, Puntsok-la?«
Er legte die Hände zusammen und machte eine kleine Verbeugung vor mir: »Humphrey Tenzin Dorje, Madam.«
Ich legte ebenfalls die Hände zusammen und nannte meinen Namen. Ich mag diese Geste, sie hat so viel Würde. Hans-Peter sagte einmal, das westliche Händeschütteln komme aus kriegerischen Zeiten, weil man dabei keine Waffe in der Hand halten konnte und so seine friedlichen Absichten ausdrückte. Anjali hingegen, die Hände aneinandergelegt vor der Brust wie im Gebet, hat ganz andere Wurzeln und erzeugt eine andere Stimmung, Respekt, Würde und Würdigung des anderen. Man kann sogar nur eine Hand dazu nehmen, wenn man nicht beide Hände frei hat.

Humphrey Tenzin Dorje ist ein angenehmer Mann. Er setzte sich zu mir zum Frühstück, fragte vorher, ob es mir recht sei, und ich freute mich darüber, doch mehr als ein Lächeln brachte ich nicht zustande und war so wortarm wie immer. Humphrey spricht ein weitaus eleganteres Tibetisch als ich. Übersetzer sei er, ließ er mich wissen, und unterrichte an der buddhistischen Hochschule eines Klosters. Er übernahm höflich – vielleicht auch mitfühlend – das Reden, breitete einen Teppich von netten kleinen Anekdoten aus. Ich bin die Nähe eines achtsamen Mannes nicht gewohnt. Er gefiel mir, und unerwartet bewegte sich in tiefen, verborgenen Bereichen in mir etwas wie Abenteuerlust. Unglaublich, dass ich es bin, die das schreibt. Dölma und Abenteuerlust! Ich schaue mir zu, wie ich es erkenne, in konkrete Gedanken fasse, mich sogar überwinde, es niederzuschreiben. Mein gesamtes erwachsenes Leben lang bin ich eine traurige Einsiedlerin gewesen. Jetzt habe ich mir ein neues Leben versprochen. Das darf man doch, sich ein anderes Leben wünschen?

Vor wem verteidige ich mich?

Dann kam ein junger Mann an unseren Tisch. Noch bevor er seine Hand auf Humphreys Nacken legte, knisterte die Luft. Humphrey hatte auf ihn gewartet, hatte die Lücke mit mir gefüllt. Sein gutes Recht. Es hatte nichts mit mir zu tun. Ich befahl mir augenblicklich, nicht enttäuscht zu sein. Als er ging, lächelte er mich mit selbstverständlicher Wärme an, als wären wir Vertraute. Er gab mir seine Karte, ich solle mich melden nach meiner Rückkehr von Tibet. Wann immer er mir helfen könne. Unbedingt.

Vielleicht werde ich das tun. Warum nicht? Ich brauche Freunde.

Nach all den vielen Jahren Einsamkeit sollte ich mich an das Alleinsein gewöhnt haben. Aber vielleicht kann man sich gar nicht daran gewöhnen, vielleicht sitzt die Sehnsucht nach einem Du in allen Zellen. Würden sonst so viele Menschen mit den armseligsten Surrogaten vorliebnehmen? Ich dachte immer, ich müsse Hans-Peter und Anna und sogar Pema-Marie wegdenken, um überleben zu können. Es könnte aber auch sein, dass ich mich stattdessen insgeheim an sie angelehnt habe mit all meiner Abneigung. Wie hätte es mir sonst so weh tun können, dass Pema-Marie mich nach der Scheidung verließ?

Montag

Ich habe mich gestern gezwungen, aus dem Haus zu gehen. Puntsok schob mich hinaus, ließ ein Taxi für mich holen. Zur Swayambu-Stupa solle ich fahren, zum Affenberg, das sei ein sehr heiliger Ort und würde mir Glück bringen.

Der heilige Ort bestand aus mindestens hunderttausend Treppenstufen, die immer steiler wurden, Tempelgebäuden oben auf der Hügelspitze und darüber eine Stupa-Kuppel mit den allgegenwärtigen Buddha-Augen. Ich setzte mich in eine schattige Ecke und machte mich unsichtbar. Es ist leicht für mich, hier unsichtbar zu sein, vor allem in meinem tibetischen Kleid. Ich bin einfach eine Tibeterin wie so viele andere.

Lange schaute ich den Affenfamilien zu. Sie leerten die letzten Tropfen aus Coladosen, untersuchten weggeworfene Verpackungen von Keksen, warfen misstrauische Blicke um sich, wenn sie einen guten Fund gemacht hatten. Wie menschlich! Haben wollen, nicht haben wollen, ignorant bis in die Knochen, bedenkenlos wild auf Leben. Und so unglaublich es ist – ich konnte sie mögen.

Vielleicht war dies das Glück des heiligen Orts. Wie fühlt sich »heilig« an?

Eine junge Touristin ging an mir vorbei zum Lhakang, in dem Mönche sangen. Sie trug Jeans, ein indisches Hemd, Sandalen mit kleinen Absätzen, unlackierte Zehennägel, um den Hals eine Mala aus Lotossamen. Sie machte kleine, zögernde Schritte, hielt inne auf der obersten der drei Treppenstufen, die ins dämmerige Innere führten, der Blick leer vor Andacht. Ich hatte zynische Gedanken. Dummes Mädchen, spielst du Frömmigkeit? Suchst ein bisschen religiösen Rausch? Doch sie bekamen mir nicht gut, diese Gedanken, zogen mich weg vom heiligen Ort, leugneten das kleine Glück, die Affen zu mögen. Also versuchte ich, auch das Mädchen zu mögen, aber da hatte ich schon alles verdorben und stieg die vielen Stufen wieder hinunter.

Ich verstehe mich nicht.

Wie kurz die Dämmerung hier ist! Und dann wird der Abend so lang. Unten im kleinen Restaurant – ein überdachtes Podest mit Binsenmatten an der Wetterseite – sitzen ein paar Touristen. Ich könnte hinuntergehen, aber dort bin ich doppelt eine Fremde. Man würde vielleicht Erklärungen erwarten. Oder mich übersehen.

Und ich sollte über die seltsame Heimfahrt nachdenken, obwohl es nichts zum Nachdenken gibt. Man braucht Logik zum Denken, und diese Situation hat keine Logik.

Am Fuß des Swayambu-Hügels fand ich ein Taxi. Die Hindu-Fahrer verlangen keine Touristenpreise von mir, weil ich ja einheimisch aussehe. Ich könnte Punjabi-Tracht tragen, die hübschen, schmalen, geschlitzten Kleider mit Hosen darunter, oder auch Jeans und T-Shirt, und würde doch nicht als Fremde betrachtet werden mit meiner braunen Haut und dem langen, schwarzen Zopf.

Es war nichts los am Taxistand, die Wolken zogen sich bereits zusammen, der Regen würde nicht lang auf sich warten lassen. Kaum war ich eingestiegen und hatte die

Tür geschlossen, da wurde sie wieder aufgerissen, und ein Mann im roten Klostergewand drückte sich neben mich, ungeniert nah, bevor ich zur anderen Seite ausweichen konnte. Ein ziemlich alter Mann mit einem tief gefurchten Gesicht und grauen Bartfäden am Kinn, die langen Haare auf dem Kopf zu einem Knötchen gerollt. Ein vielfältiger Geruch hüllte ihn ein – Sandelholzrauch, Kräuter, Knoblauch, Haaröl.

»Hey!«, sagte ich. »What the hell ...?« Ich habe schnell gelernt, Englisch zu verwenden, wenn ich als Fremde erkannt werden will.

Der Mann tippte dem Taxifahrer auf die Schulter und brummte etwas Unverständliches. Ich wollte protestieren, doch plötzlich hing das alte Gesicht mit all seinen Schluchten vor mir, und meine Gedanken stürzten völlig haltlos zusammen. Wie in Träumen, die nur deshalb zutiefst überzeugend sind, weil man ihnen nicht entrinnen kann.

»Wach auf!«, tönte es aus dem Gesicht. »Du hast nicht ewig Zeit, Kunsang Lhamo. Hörst du? Du hast nicht unbeschränkt Zeit!« Mit einem tiefen, hallenden Grollen, als käme ein Gewitter.

Und schon war er wieder ausgestiegen. Doch fühlte ich ihn noch immer neben mir, während das Taxi losfuhr, roch ihn sogar, hörte noch den Nachhall der Stimme, der meinen Kopf ausfüllte. Ich fand keine Gedanken, um darüber nachzudenken, und selbst jetzt noch fällt mir wenig dazu ein. Habe ich ihn richtig verstanden? Vielleicht habe ich nur geträumt. Oder war es eine Verwechslung? Wer ist Kunsang Lhamo?

Ich nehme die Szene auseinander, schaue mir zu, wie ich sie sortiere, hierhin Realität, dorthin Traum, doch das geht nicht, der Alte war dazwischen, berührte beides und war eine Wirklichkeit, die sich bereits auflösen will, weil ich keine Schublade dafür habe. Es gab ein Taxi, es gab ein

Gewitter, wir fuhren durch prasselnden Regen, so viel ist sicher. Jemand stieg ein und wieder aus, auch daran besteht kein Zweifel, und er nannte mich Kunsang Lhamo. Habe ich ihn richtig verstanden? Was meinte er? Zeit wozu? Für mein Leben? Das Flugzeug nach Lhasa kann vom Himmel fallen, alles Mögliche kann geschehen, man lebt nicht ewig, aber ich mag nicht an den Tod denken, nicht gerade jetzt, wo ich anfangen will zu leben.

Zweites Heft

Ich bin in Lhasa!

War ich tatsächlich heute Morgen noch in Kathmandu?
Ich bin müde, aber ich muss schreiben, sonst verliere ich mich in all dem, das ich aufsauge wie besessen. Endlich bin ich da, wo ich herkomme! Ich gehe durch die Gassen der Altstadt, möchte alle umarmen, sie, die »mein Volk« sind, echte Tibet-Tibeter, wie meine Mutter, mein Vater, von denen ich nichts weiß.
Und es ist entsetzlich, entsetzlich, entsetzlich. So viele Chinesen in Uniform, schwer bewaffnet, harte Männer mit stereotypen Gesichtern voll kalter, gedankenloser Gewalt. Überall chinesische Schrift, an den Geschäften, auf Plakaten. Und all die gesichtslosen neuen Häuser. Das ganze breite Tal des Kichu angefüllt mit unendlich hässlichen Bauten. Wenigstens sieht das Hotel am Rand der Altstadt, das ich gebucht habe, ein bisschen tibetisch aus. Vom Fenster aus sieht man in der Ferne den Potala mit seinen goldenen Dächern. Wie eine Fata Morgana.
Die Angst, sie ist überall, hockt in den neuen breiten Straßen und den alten engen Gassen, in den Augen »meiner Leute«. Aber nicht vor dem Jokhang, wo die Pilger und die Einheimischen sich niederwerfen, um den Jowo-Buddha im Inneren zu grüßen. Nur einmal am Tag, erfuhr ich im Hotel, dürfen sie eine Stunde lang hinein. Vor dem verschlossenen Tor mit dem riesigen Vorhang davor gesellte

ich mich zu ihnen, passte dazu in meinem blauen Kleid, kniete nieder auf meinem weichen Pashminaschal aus Kathmandu, streckte mich aus in der Geste vollkommener Unterwerfung oder vielleicht auch vollkommener Umarmung. Seltsam, diese Berührung des harten Körpers der Erde mit Schenkeln, Bauch und Brüsten und Stirn. Die Natursteinplatten waren warm von der Sonne. Zuerst genierte ich mich, zögerte, aber bald wurde ich mutiger, passte mich dem Rhythmus einer Frau neben mir an. Ich warf mich gegen die Angst, gegen die Unterdrückung, gegen das Unglück meines Lebens und gegen meine Dunkelheit, warf mich der Erde an die Brust, bis ich völlig erschöpft war.

Die Frau lächelte und bot mir buttrigen, salzigen Tee aus ihrer Thermoskanne an. Ihre Hände waren uralt.

Im Flugzeug hatte ein freundliches Paar neben mir gesessen, Niederländer, Geert und Bea. Zum zweiten Mal sind sie in Lhasa, sie wollen mich demnächst mitnehmen nach Samyé, zum ersten Kloster in der Geschichte Tibets, dort waren sie noch nicht. Vier Stunden Fahrt im Bus, das sei gut für mich, dann könne ich ein wenig von Tibet sehen. Es sei nicht einfach, hier zu reisen, sagte Geert, am besten nur so, wie das Touristbüro es vorgesehen hat. Immer gut achtgeben, was man sage, die Aufpasser könnten auch kollaborierende Tibeter sein. Nicht alle Tibeter seien arme Opfer, und ich habe hoffentlich keine Fotos vom Dalai Lama dabei. Sie finden mich interessant, die tibetische Europäerin, die sich tibetisch verkleidet, und ich habe Schutzinstinkte in ihnen geweckt. Vielleicht denken sie auch heimlich, dass sie dann zu Hause etwas Besseres zu erzählen haben als das Übliche.

In der Altstadt kam ich an einem kleinen Restaurant vorbei, darin sang ein Mann, und alle lachten. Das meiste verstand ich nicht, wahrscheinlich war es ein freches Lied; ich habe gelesen, dass meine Landsleute sich gern mit Anzüglichkeiten vergnügen. Es tat gut, sie lachen zu hören trotz all des Schreckens. Menschen gewöhnen sich an alles, pflegte Hans-Peters Großmutter zu sagen, die im Krieg vor den Nazis in die Schweiz geflohen war.

Vielleicht Freitag

Vor drei Tagen kam ich hier an, also muss es heute wohl Freitag sein. Nur eine Stunde Flug in die andere Dimension. Und so nah am Chomolungma vorbei, der Mutter des Universums, Göttersitz auf Augenhöhe. Flugzeuge sind etwas Wunderbares. Ich habe nie aufgehört, sie zu verehren, seit ich mit Madeleine und Martin zum ersten Mal über den großen Ozean geflogen bin. Zwölf Jahre war ich alt, das muss 68 gewesen sein. Sie hatten mir einen Jeansanzug gekauft. Damals fand ich mich schön.
Vorgestern lief ich benommen in Lhasa herum, unter dem beunruhigend niedrigen, tiefblauen Himmel, als wäre ich in ein Buch mit all den vertrauten Bildern gefallen – Barkhor, Ramoche-Tempel, die Altstadt kreuz und quer. Zum Jokhang kam ich zur richtigen Stunde, um mit den Tibetern eingelassen zu werden. Aber zum Potala wurde mir der Zugang verwehrt, dort war es die falsche Zeit. Nur Ausländer wurden eingelassen. Ich wollte in meinem Vater- und Mutterland nicht Ausländerin sein und ging wütend weg.
Gestern fuhr ich mit Geert und Bea nach Samyé, heute kamen wir zurück. Ich bin müde, irgendwie leer, stelle fest, dass ich nichts fühle. Die ganze Zeit warte ich darauf, etwas Besonderes zu fühlen. Was habe ich mir vorgestellt? Was ist »Heimat«?
Dies hier nicht!

Stattdessen bin ich in einem bizarren Film gelandet. Straßensperren mit bewaffneten Statisten, die sich aus einem Politkrimi an den falschen Drehort verirrt haben. Die starren Terminator-Gesichter der Uniformierten, träume ich sie? Eine Landschaft in unwirklichen Farben, über alle Maßen gewaltig. Schließlich eine riesige rekonstruierte Klosteranlage. Ich kenne sie aus der Vogelperspektive in einem Buch, doch nun erlebe ich sie in 3-D. Man kann durch die Gassen und in die Gebäude gehen, richtige Mönche laufen herum. Wo bin ich? Alles, was ich über Samyé gelesen habe, tobt durch meinen Kopf. Die tibetischen Dämonen, die vor tausend Jahren den Bau des Klosters boykottierten, dann die chinesischen Dämonen, die es in der Kulturrevolution zerstörten, und die zitternde, mutige buddhistische Identität eines Volkes, die damit verwoben ist.
Ich lief hinter Geert und Bea her, die sich von dem Touristengrüppchen und dem lästigen chinesischen Guide abgesetzt hatten. Bea schwitzte, ihre blonden Haare kräuselten sich und standen vom Kopf ab. Von hinten sah sie aus wie ein kleines Mädchen neben ihrem großen, breiten Geert. Das rührte mich. Ich muss mir eingestehen, dass dies das einzige interessante Gefühl während des Ausflugs war.
Ich weiß nicht, was mit mir los ist. Was will ich hier?
Ich krame in meinen Erinnerungen an die jahrelange Sehnsucht. Heimat. Sucht des Sehnens. Tibetbilder an der Wand und all die vielen Bücher, ein halbes Leben lang so sehr eingesponnen in meinen »Heimat«-Kokon. Aber anstatt lebendiger Vorstellungen gab es nur Gedanken wie: Wäre ich doch dort und nicht hier! Dort könnte ich ich sein.
Jetzt bin ich »dort«.
Aber wer soll das sein – ich? Und reise mit Niederländern herum.

Geert erzählt mit entnervender Begeisterung von seinem und Beas tibetischem Lehrer zu Hause. In jedem zweiten Satz heißt es: »Rinpoche hat gesagt.« Bea wollte wissen, ob ich auch einen Rinpoche habe. Als ich es verneinte, fragte sie mit großen Augen: »Warum nicht?« Geert stieß sie mahnend an. Sieh an, es steckt unvermutet ein feinfühliger Mensch in diesem massiven Körper. Das wisse ich nicht, war meine Antwort.

Ich weiß es wirklich nicht.

Es gibt wahrscheinlich ziemlich viel, das ich von mir nicht weiß.

Vielleicht Sonntag

Bin ich ein bisschen stolz auf mich? Ich war so mutig, gestern Abend in das kleine Restaurant zu gehen und Momos zu bestellen. Es gab nur ein paar lange Tische, also musste ich mich zu einer Familie setzen. Sie lächelten und nickten und machten einladende Gesten. Eine Frau lobte die schöne Farbe meines Kleids. Es hat tatsächlich die Farbe des tibetischen Himmels, dieses tiefe, dramatische Blau ohne alle Lieblichkeit. Ein kleines Mädchen neben mir strich über den Ärmel meiner Seidenbluse und flüsterte etwas. Ich verstand das Wort nicht, und sie machte zierliche flatternde Gesten mit Händen und Armen. »Fliegende Blume«, sagte sie und wiederholte dann das Wort. Es musste wohl Schmetterlingsflügel bedeuten. Rührung überfiel mich, und ich tat etwas äußerst Ungewohntes: Ich beugte mich nieder und küsste das kleine Mädchen auf den Kopf. Sie kicherte ein wenig und stupste mich dann leicht mit dem Ellenbogen.

Sie rochen das aufregend Fremde an mir, und ich konnte ihren Fragen nicht ausweichen. Woher ich komme, wollten sie wissen, aus Indien vielleicht. Aber sie fanden, dass mein Tibetisch seltsam klang, auf keinen Fall indisch. Da sagte ich dann einfach: »Ich komme aus der Welt«, und sie lachten und bohrten weiter. Dass ich nur eine Tochter vorweisen könne, fanden sie beklagenswert, ein Sohn wäre doch wichtig, und mein fremdländischer Ehemann hätte sich mehr anstrengen müssen. Und dann lachten sie, als sei das ein ungeheuer komischer Witz.

Sie boten mir Chang aus ihrer großen Flasche an und bestellten noch weitere, und sie drängten mich, etwas von ihren mit Gemüse vermischten Nudeln und den Momos zu nehmen. Alle tranken reichlich Chang. Sie feierten den Besuch zweier Gäste, eines verwandten jungen Paares vom Land, das kürzlich geheiratet hatte, machten ein paar Witze über deren Bemühungen um Nachwuchs und redeten dann, soweit ich es verstand, von Angelegenheiten der Familie, von einem kranken Onkel, dann von einem Hund, der überfahren wurde, von einer Verwandten, die ihren Job bei der chinesischen Stadtverwaltung verloren hatte. Und immer wieder hörte ich die Formel »man weiß«, ohne dass ich den Zusammenhang erkannte. Es war klar, sie haben ihre Codes, es gibt vieles, das man nicht aussprechen darf, immer können Spitzel in der Nähe sein. Gestapo. Stasi. KGB. Savak. Geheimpolizei. Staatsdiktatur. Ich bin in einem besetzten Land. Es gibt Augenblicke, in denen ich das vergesse.

Thinley vergisst es wohl nie.

Thinley ist der Mann, der blieb, als die Familie ging. Ich wollte aufstehen, doch er bat mich, noch ein letztes Glas mit ihm zu trinken. Chang, ein säuerliches Zeug, ich kann nicht sagen, dass es mir schmeckt, aber es berauscht langsam und sanft. Gesund sei es, behauptete Thinley. »Es hat schon manchen zur Erleuchtung gebracht«, erklärte er, »allen voran Künga Legpa, einen unserer größten Yogis.«

Sein offenes Lachen gefällt mir. Er ist kein junger Mann mehr, aber etwas Jungenhaftes ist an ihm, sodass er immer heiter scheint, selbst wenn er ernst ist. Er liebe meinen Namen, sagt er, Dölma sei der tibetischste aller Namen, der Name Taras, der großen Beschützerin und Helferin und Mutter aller Buddhas. Dabei legt er unwillkürlich seine großen Hände zusammen.

Wie sehr mich das berührte!

Wir haben miteinander geredet, bis die beiden Wirtinnen, Schwestern im mittleren Alter mit langen Zöpfen, das Lokal schließen wollten. Die Unterhaltung ging erstaunlich gut in einer beschwingten Mischung von Tibetisch und Englisch. Mein ungeübtes Tibetisch steht im Raum wie versprengte Zinnsoldaten, doch Thinleys Englisch ist gut verständlich und hilft uns weiter. Er liest englische Bücher, das ist wichtig für seinen Job als Touristenführer. Englischsprachige Touristen, sagt er, lassen ihm oft ihre Reiselektüre da. Er kennt John Grisham, Eliot Pattison, Elizabeth George.

Es fällt mir auf, dass wir fast nur über unsere Kindheit gesprochen haben, Thinley über sein Nomadenleben im Grasland, ich über meine Besuche in Florida bei Madeleines Bruder und seiner Familie. Da konnten wir uns treibenlassen in unseren Erinnerungsfilmen und mussten nicht vorsichtig sein mit Worten. Jeder durfte das hören, es war so weit weg vom bespitzelten tibetischen Alltag.

Auf dem Weg zum Hotel legte er den Arm um meine Schultern. Er ist nicht viel größer als ich. So anders als Hans-Peter, der über mir aufragte in all seiner Macht und Herrlichkeit und nur in unserer allerersten Zeit Lust hatte, sich zu mir herunterzubeugen. Ich fühlte mich stets klein in dieser Ehe, und ich wurde immer kleiner und schrumpfte schließlich in die Scheidung hinein wie in ein winziges Grab.

Man könnte natürlich sagen, dass dieser Ehemann meine Entscheidung gewesen ist, die wirre Entscheidung eines unwissenden, verwöhnten Mädchens, das sich an ihm hochranken wollte, weil es selbst so unentschieden und unfertig war. Madeleine und Martin lobten mich als unkompliziert und anpassungsfähig. Ein braves, langweiliges, folgsames Kind. Meine lieben Zieheltern, ihr wart so feinsinnig und gütig, seid es immer noch. Ich war ein ernstes Kind. Man muss ernst sein, wenn man an Kindes statt angenommen wurde und Bravheit der erwartete Preis dafür ist.

Ich war dreizehn Jahre alt und eine Neue im Internat, als eine Lehrerin mir mit andächtiger Begeisterung erklärte, als Tibeterin trüge ich ein großartiges Kulturerbe in mir. Und während die anderen Mädchen sich Liebschaften ausdachten, bei heimlichen Treffen Pot rauchten und nach den Ferien von heißen Discobesuchen erzählten, las ich – geheimnisvoll still und überlegen, eine verwunschene tibetische Prinzessin – Bücher über mein Heimatland.

Das könnte ich euch nie sagen, ihr Lieben. Dass ihr mich, ohne es zu wissen und zu wollen, auf Armeslänge von euch weggehalten habt. Ich war nicht euer Kind, nein, ich war »das adoptierte Kind«, so wurde ich schon präsentiert, als ich in die Schule kam. Wahrscheinlich habt ihr den Lehrern gesagt, sie ist eine Tibeterin, sie ist traumatisiert, ihr müsst Rücksicht nehmen. Es hat gewirkt. Alle hielten mich irritiert von sich weg oder ließen durchblicken, dass ich nicht dazugehörte. Vielleicht habe ich es mir aber auch später so zurechtgelegt, dass ich, die Besondere, die feinsinnige Kulturerbin, erhaben war über das Dazugehören.

Ich muss lernen, nicht zurückzudenken. Mein neues Leben hat gerade begonnen. Die Erinnerungen dürfen sich nicht darüberlegen und es ersticken. Ich fühle mich mutig und bereit zum Abenteuer und werde Thinley treffen. Und bis dahin erlebe ich in einer Endlosschleife seinen Arm um meine Schultern, den Geruch nach Zigaretten in seinen Kleidern und diese anhaltende Erschütterung vom Wagnis der Nähe.

Nacht

Es ist drei Uhr. Noch immer kein Schlaf. Wie soll man schlafen, wenn man gerade geboren wird?
Gestern habe ich gezögert, wieder in das kleine Restaurant zu gehen, bis es zu spät war. Warum? Es war dumm. Ich litt, verbrachte einen traurigen Abend, hatte einen bedrückenden Traum von einem Auto, das mich abholen sollte, aber es kam nicht, und ich versäumte irgendetwas Wichtiges.
Am heutigen Abend ging ich doch hin, und Thinley war da. Mir fällt nicht mehr ein, was wir gesagt haben, diese gewöhnlichen Sätze, in die man das Leben presst. Orte, Daten, kleine Andeutungen, wie es einem erging, nicht zu deutlich, denn man weiß ja nicht, was der andere hören will, was er denken wird, wenn man zu viel von sich sagt. Und dabei möchte man doch alles, alles sagen, sich nach außen stülpen, um nie wieder in sich eingeschlossen zu sein.
Die Aufregung tobt in mir herum, Erschrecken, Tanz, Panik, Entzücken.
Wie dankbar ich bin, dass ich schreiben kann.
Ich möchte seine Augen beschreiben, die lang gezogen sind und sehr schmal, blitzende Schlitze, nicht mandelförmig wie die meinen. Und die Lippen unterschiedlich groß, die untere ein wenig größer als die obere, über starken, weißen Zähnen, in der Oberlippe eine kleine verdickte

Spitze, die sein Lächeln so arglos macht. Und seine Stirn möchte ich beschreiben, eine große, breite, eigensinnige Stirn, freigegeben von den dicken, schwarzen Haaren, die er hinten zusammengebunden hat. Sie ist beweglich, diese Stirn, spielt ihren eigenen Stummfilm, wenn ich rede, und ich möchte meine Finger darauflegen wie auf Blindenschrift, um mehr vom Inneren zu ertasten.

In dieser Richtung könnte ich weiterschreiben, jede kleine Falte festhalten, das Farbenspiel auf seiner dunklen Haut, dunkler als die meine. Er gefällt mir, o ja, er gefällt mir, und ich will mehr, ich will alles von ihm und ihm alles geben von mir! Und ich möchte tanzen vor Befreiung – ich, die nie tanzen konnte –, weil ich mich nicht zurückhalte, sondern mir eingestehe, was ich fühle, und es niederschreibe. Denn damit gebe ich dem, was geschehen ist, Wirklichkeit, erlöse es aus unbestätigten Vermutungen. Ich weiß, wäre ich mein übliches Ich gewesen anstatt die Reisende, von der Fremde aufgerissen, dann wäre nichts geschehen. Ich hätte mich unterdrückt, mich fest an die Leine genommen, höflich und farblos, und mich versäumt wie immer.

Stattdessen zog ich meine Hand nicht weg, als Thinley die seine darüberlegte. Energie wie Sturmfluten, Deichbrüche. Soll ich es Verlangen nennen, das, was man den buddhistischen Lehren nach loswerden muss? Oder soll ich es Neuronengewitter nennen, so überaus ähnlich dem neuronalen Muster der Angst? Etwas, das einem geschieht wie Unwetter? Oder soll ich es Leben nennen, das ich nie hatte? Feuerwerk der Psyche, entzündet vom allmächtigen DU, das die Einsamkeit sprengt. Es ist ein Wunder, darauf bestehe ich, und ich bin nicht bereit, es zurückzuweisen.

Thinley grüßte Leute im Restaurant, die er kannte, doch ich nahm sie nicht wahr. Ich sah nur ihn und erlaubte mir, mich an ihm und an meinem eigenen Mut zu berauschen.

Am Mut, nur Gutes an ihm zu sehen. Sollen wir nicht die Welt als edlen Palast und die anderen als Buddhas sehen? So steht es geschrieben. Also sei Lhasa ein edler Palast und Thinley ein strahlender Gott. Vielleicht werde ich mit ein bisschen Glück keine Zeit haben, seine dunklen oder banalen Seiten kennenzulernen. Es muss wunderbar und schrecklich sein, wenn man einen Geliebten durch den Tod verliert, bevor man aus dem göttlichen Rausch gefallen ist. Ein Leben lang dieses Stück geliehene Verklärung in sich behalten zu können wie eine Droge. Welch wonniger, betäubender Betrug.

Es gefiel mir, wie Thinley aufstand und zu dem Tisch mit den jungen Leuten ging. Sie tranken zu viel Chang, und sie sprachen zu laut, übertrafen sich gegenseitig mit gefährlichen Sprüchen über ein freies, glückliches Tibet. Er stand da und stützte die Hände auf ihren Tisch. Sehr groß sah er aus und strahlte eine überzeugende Würde aus. Mit leiser Stimme sagte er etwas zu ihnen. Danach gingen sie bald, keiner hatte mehr die Stimme erhoben. Er habe ihnen erklärt, berichtete er, sie seien tapfer und die Hoffnung Tibets und dürften nicht im Gefängnis landen, dort könnten sie niemandem helfen. Sie sollten den Mund halten und sich für Projekte einsetzen, die für Tibeter gut sind. Er selbst gibt alles, was er verdient, für seine Ausbildung als Hilfsarzt aus. Und er spricht gut Chinesisch und unterrichtet gelegentlich tibetische Kinder in tibetischer Rechtschreibung.

Vielleicht hat Thinley ein bisschen Weisheit. Ich wage nicht zu urteilen, aber dieser Gedanke macht mich glücklich.

Auf dem Weg zum Hotel legten wir die Arme umeinander, und ich drückte mich an ihn, eingehüllt in seine warme, satte Männlichkeit. Zum Abschied lehnte er seine Stirn an meine, die tibetische Art liebevoller und achtungsvoller

intimer Berührung. Es erschien mir fast schöner als Küssen. Aber was weiß ich schon davon.
Das Zittern der Sterne in tiefer Nacht. Das bin ich.

Irgendwann

Ich habe den Überblick über die Tage verloren. Geert und Bea nahmen mich mit zum Potala – sie bestanden darauf, dass ich dort meinen Pass zeigte – und zum Norbulinka, dem Park mit der Sommerresidenz der Dalai Lamas. Sie haben ja schon alles gesehen, sind stolz wie Besitzer, kennen die Reiseführertexte auswendig und vergessen, dass ich eine Tibeterin und zudem Bibliothekarin bin. Ich nicke und lächle und lasse mich herumführen wie ein gut erzogenes Hündchen. Angesichts der imposanten Grabmale der Dalai Lamas denke ich mit einigem Vergnügen an Lopsang Rampas überdrehte Geschichten in »Das dritte Auge«, laufe durch den Norbulinka mit seinen hübschen, kleinen Palästen und suche das Gartentor, durch das sich der Dalai Lama im Sandsturm vor den Chinesen gerettet hat, im letzten Augenblick. Das Törchen gibt es immer noch, verschlossen, niemand interessiert sich dafür. Da habe ich dann doch Geert und Bea auch etwas zu erzählen gehabt, von den Bomben und der lebensbedrohlichen Lage dieses jungen Mannes, der schon als Teenager das schreckliche Schicksal Tibets tragen musste. Bis heute. Die grauenvolle Geschichte von Zwangssterilisationen, Gulags, Foltergefängnissen, Tod auf der Flucht über die Schneeriesen. All das entsetzliche Leiden. Hintergrund meines Schicksals.
Geert und Bea nicken. Ja, arme Tibeter. Aber es bleibt im Windfang ihres Hauses, sie lassen es nicht ins Wohnzimmer. Ist es bei mir anders? Ich denke oft und empört an all

das Schreckliche. Aber fühle ich es wirklich, über die Gedanken hinaus?
Ich fühle Thinley. Oder fühle ich nur meine Leidenschaft für Thinley? Wenigstens habe ich aus all meinen Büchern über die buddhistischen Lehren gelernt, mir diesen Unterschied vor Augen zu halten.
Ich musste den Abend ohne Thinley ertragen. Er ist mit einer Touristengruppe auf Fahrt. Ich aß in dem kleinen Restaurant und wurde von den Schwestern Kalsang und Sönam begrüßt wie ein vertrauter Gast. Sie mögen mich, weil sie Thinley mögen. Ich kam früh, und sie setzten sich zu mir und fragten nach meinem Leben, ebenso wenig diskret wie neulich die Verwandten von Thinley. Gibt es überhaupt ein tibetisches Wort für diskret? Ich konnte sie beeindrucken mit meiner Arbeit als Bibliothekarin, und ich beeindruckte mich selbst mit meiner Erzählung von Pema-Marie. Sie mussten denken, meine Tochter sei noch ein kleines Mädchen. Ich erzählte heitere Kleinmädchengeschichten aus der kurzen Zeit, in der es mir besserging, nicht ganz wahre Geschichten, die aufstiegen wie aus einem anderen Leben. Und beim Reden über mich selbst beschreibe ich eine Dölma, die es nie gegeben hat. Eine Mutter, die sich nicht von ihrem Kind abwandte, die sich weder von Hans-Peter demütigen noch von Anna beherrschen ließ. Diese Puppenstuben-Dölma hatte ein friedliches, wohlversorgtes Leben in einem schönen Haus mit einem schönen Garten, spielte phantasievolle Spiele mit ihrer geliebten kleinen Tochter und leistete sich den Luxus eines Jobs mit Büchern. Es kommt mir nicht in den Sinn, mich zu schämen.

Gestern Vormittag kam Thinley ins Hotel, stand hölzern, eine Zigarette im Mundwinkel, im Foyer herum. Ein Guide, der auf die Touristin wartet. Er sah schäbig aus zwischen all dem aufdringlichen Rot und Gold an Wänden und Decke, die seine Würde klein machen wollten. Also legte ich die Hände zusammen und verneigte mich ordentlich vor ihm, und er hüllte sich und mich ein in den Reichtum seines unbedachten Lächelns.
Er wollte mit mir zum Türkissee fahren, natürlich ein sehr heiliger See. Der dunkelblaue Himmel war wolkenlos. Das sei glückverheißend, sagte Thinley, klar wie der erleuchtete Geist. Solche Bemerkungen macht er gern, ohne ihnen besonderes Gewicht zu geben. Sie klingen sachlich. Gar nicht religiös.
Der Jeep mit dem Fahrer wartete vor dem Hotel. Dieser Ausflug sei sein Geschenk, erklärte Thinley, der Fahrer sei ein Freund, sie würden das unter sich ausmachen. Ich kann nicht sicher sein, dass dies nicht ein Trick ist, dass er mich nicht später um Geld bitten wird, denn er muss mich für reich halten. Sie müssen ja alle reich sein, die Touristinnen, die sich solche Urlaube leisten können. Aber es ist auch möglich, dass er mich nicht enttäuscht. Ich könnte ihm zum Abschied alles Geld geben, das übrig bleibt. Ich habe genug mitgebracht. Hans-Peter ist nie zuvor so großzügig gewesen wie nach unserer Scheidung. Seltsamer Mann. Oder vielleicht nur entspannter ohne mich.
Wir rückten nah zusammen im Jeep, saßen Hand in Hand. Ich sah ein anderes Tibet als mit Geert und Bea im Touristenbus. Dasselbe Land und doch völlig neu aus dem Blickwinkel meines funkensprühenden Herzens. Sie lebten, die wirbelnden Wasser des Kichu, die Weiden an seinem Ufer, die riesigen braunen und roten Bergrücken, die unvermu-

teten Sanddünen in einem Tal. Die Weite sang, und die Fahrt auf den steilen Serpentinen zum Pass hinauf war eine Fahrt in den Himmel.
»Ganz schlecht«, sagte der Fahrer und hielt an. Ein unschuldig aussehendes Rinnsal hatte ein Stück vom Rand der Straße weggeschwemmt und plätscherte durch den Abbruch in die Tiefe. Die Straße bot gerade noch eine aufgeweichte Fahrzeugbreite mit ungewissem Untergrund. Wir sollten zu Fuß hinübergehen, gebot der Fahrer, er komme nach.
»Das kann er doch nicht machen«, sagte ich, »wenn nun noch was abbricht?«
Natürlich hörten die Männer nicht auf mich.
Und dann sagte ich: »Und wenn auf der Rückfahrt noch mehr weg ist?« Aber da fuhren wir schon weiter den Berg hinauf. Ich versuchte, nicht länger darüber nachzudenken.
Thinley lächelte, zog an seiner Zigarette und drückte mich an sich. »Jetzt sind wir gleich auf dem Pass und grüßen die Götter, dann ist alles gut.«
Ach, wie er so etwas sagt! Es klingt wie: Oben gibt es ein Restaurant, dann essen wir was, und alles ist gut. Oder: Oben auf dem Berg ist ein Wünsche erfüllender Stein, und dann lassen wir uns alle Wünsche erfüllen, und alles ist gut. Ich war noch nie derart überzeugt, dass etwas gut sein würde, und schon gar nicht alles. Doch ich lehnte mich an Thinley und überließ das Gutwerden ihm und seinen Göttern. Das war so ungewöhnlich, dass ich über mich lachte.
Ich halte mich bei all den einfachen, sichtbaren Abläufen auf, weil ich mich davor fürchte, für meine Begegnung mit den Göttern auf dem Pass Worte finden zu müssen. Als würden meine ungeschickten Beschreibungen die Erfahrung verunreinigen. Denn es war eine richtige Erfahrung,

nicht eine gedachte. Doch diese Erfahrung wird, wie alle Erfahrungen, nicht bei mir bleiben. Nur geschriebene Worte werden sie bewahren.
Thinley legte einen Stein auf eine der Steinpyramiden, aufgeschichtet von allen, die den Pass überquert haben, und befestigte eine Reihe von Gebetsfähnchen. Er warf die Arme hoch und rief: *»Ki ki so so! Lha gyel lo!«* Die Götter siegen!
Und sie kamen, die Götter.
Mit einem gewaltigen Windstoß hoben sie mich hoch, schleuderten mich in die ungeheure Weite über dem türkisfarbenen See tief unter mir. Weite, die in mir war, um mich war. Aus sich selbst heraus war. Und Schönheit, Schönheit ohne Ende, ohne Gegenteil, in allem.
Ich konnte nicht denken, doch ich wusste, dass es Götter waren, die mir dies schenkten, Götter der Berge und des Windes und des Wassers. Kein Zweifel. Keine Erklärung. Sie waren uralt und weise und mächtig und wunderbar und schenkten mir einen unfassbaren Reichtum an Zeit und Raum.
Dann war wieder harter Fels unter mir, und ich fiel auf die Knie, berührte den Boden mit der Stirn, atemlos vor Dankbarkeit.
Thinley schwieg während der Fahrt hinunter zum See. Er denkt wahrscheinlich nicht so viel wie ich, er kann eher fühlen. Es war schön, mich hinuntertragen zu lassen, Kurve um Kurve, endlich irgendwie angekommen, nicht nur in diesem Land, angekommen in der Welt, auf dem Boden, in den Elementen, in mir und außer mir zugleich.
Der See, Namdrok-tso, windet sich zwischen nackten Bergen wie lauter kleine, miteinander verbundene Seen. Sie seien berühmt für ihre Spiegelungen, sagte Thinley, und so bot er sich uns dar, der heilige See, vollkommen still, und bildete den gegenüberliegenden Berg in allen

Einzelheiten auf seiner völlig unbewegten Oberfläche ab. Ein weit geöffnetes Auge.
»Spiegelgleiche Weisheit«, sagte Thinley, »nichts hinzugefügt, nichts weggelassen.«
Da standen wir vor diesem Wunder, ganz sanft aneinandergelehnt, andächtig im alten Sinn des Wortes: mit eingesammelten Gedanken, verdichtet zu Freude.
Auf der Schotterstraße fuhr ein Lastwagen vorbei, ein dröhnender Dämon. »Sie bauen ein Kraftwerk hier am See«, sagte Thinley. Als wir das Dorf fast wieder erreicht hatten, fügte er hinzu: »Tibet stirbt. Blumen sterben auch, und dann kommen sie wieder. Aber es wird lange dauern.«

Mittwoch?

Ich habe ein graubraunes tibetisches Kleid, eine Baumwollbluse in gedecktem Altrosa und eine gewebte tibetische Tasche gekauft. Nichts Äußeres unterscheidet mich mehr von den anderen tibetischen Frauen in den Straßen, und ich fühle mich weniger verkleidet als in meinem strahlenden blauen Gewand.
Ich lief herum, war auf der Insel des Lukhang im Park hinter dem Potala, im wunderhübschen Höhlentempel gegenüber, auch an den besonderen Orten, die Thinley für mich aufgeschrieben hat. Und sehe jetzt, dass ich den ganzen Tag auf der Flucht war. Und bin es immer noch. Ich muss mich zwingen, nicht so zu tun, als hätte ich nur geträumt. Ein Junge ging neben mir her, vielleicht will er betteln, dachte ich, und traut sich nicht. Betteln ist verboten. Ich kramte in meiner Tasche nach Kleingeld, rechnete, wie viele Yuan ich ihm geben sollte.
»Sind Sie Kunsang Lhamo?«, fragte er. »Ich soll ausrichten, dass Sie nicht ewig Zeit haben.«

Das war nicht möglich, durfte nicht möglich sein. Wer beobachtete mich, verfolgte mich? Ich starrte den Jungen an, erschreckte ihn vielleicht, und er wiederholte: »Lady, Sie haben nicht ewig Zeit, das hat der Mann gesagt.« Er zeigte die Straße hinunter und fügte hinzu: »Oh, jetzt ist er weg.« Ich weiß nicht, wie viele Yuan ich ihm gab, wahrscheinlich zu viele. In einer fremden Welt geschehen befremdliche Dinge, dachte ich. Und dann floh ich. Das kann ich gut, ich tat es mein Leben lang.

Es kann kein Zufall sein, dass der Junge mich gerade jetzt ansprach, nachdem ich mit viel Mühe und Palaver meinen Flug umgebucht und mein Visum verlängert hatte. Ich will noch in Lhasa bleiben, umziehen in das kleine Gästehaus, von dem Thinley sprach, und nicht an Vergangenheit und Zukunft denken. Ich will berauscht sein von Thinley und von einem Tag zum anderen leben. So viele Jahre bin ich auf der Stelle gerannt, den Kopf vollgepackt mit Verzweiflung. Es ist an der Zeit, einmal kopflos zu sein.

Vielleicht habe ich den Jungen doch nur geträumt.

Ein Sonnentag

Ich bekomme so viele Sonnentage geschenkt. Nur gestern hat es nachmittags geregnet. Auch das war schön, diese Regenschnürchen vor dem Fenster und drinnen das weiche Dämmern des langen Tages. Wir haben die Zeit für uns, Thinleys Agentur hat ihm drei freie Tage gewährt.

Ich mag dieses kleine Zimmer in dem billigen Gästehaus mit seinem Fenster zum unaufgeräumten Innenhof. Ein Brunnen ist in der Mitte, doch den benützt niemand mehr. An der Hauswand lehnen alte Fahrräder und ein Motorrad, das aussieht, als stehe es schon hundert Jahre im Hof. Als ich einzog, blieb Thinley über Nacht. Er hätte ein

Fremder sein können, wie er so linkisch dastand und nicht wusste, wohin mit seinen Händen. Schließlich fragte er, ob es okay sei, wenn er sage, dass er mit mir schlafen wolle. Was für eine unbehauene Frage. Ich nickte, des Überfalls gewärtig, wie von Männern gemachte Filme ihn bieten. Hans-Peter wäre nicht auf den Gedanken gekommen, solch eine Frage zu stellen. Für ihn schien damals alles so selbstverständlich zu sein, dass man nicht darüber reden musste. Das teure Lokal mit Kerzenschein und Leinenservietten genügte, um seinen Standpunkt klarzumachen. Hans-Peter beherrschte jede Situation.
Der Überfall fand nicht statt. Thinley nahm sich geraume Zeit für alles, selbst zum Anlegen des Verhüterlis. Darin war nichts Linkisches, vielmehr tat er es mit gelassenem Geschick.
Später fragte er: *»Good? I did good?«* Er erklärte, eine Freundin aus dem Westen habe gesagt, es sei bekannt, dass es bei den Tibetern die größten Weisen und die schlechtesten Liebhaber gebe. Sie habe ihm einiges beigebracht.
»Hattest du viele Touristinnen?«
Warum sagte ich so etwas Dummes? Zerrte den Schatten der Vergangenheit über einen schönen, lebendigen Augenblick und nahm ihm sein Licht.
»Das ist alles, was wir hier haben«, murmelte Thinley, vom Schatten getroffen. »Chang, Arrak und Liebe. Aber glaube mir, ich bin wählerisch.«
Wir brauchten einige Zeit, um wieder zueinanderzufinden. Es gelang mir, der fremden Frau dankbar zu sein für ihre Hilfe, und Thinley dankbar zu sein dafür, dass er sie angenommen hatte.
Ich erinnere mich, wie ich einmal vor langer Zeit mit Hans-Peter in enger Umarmung am Seeufer entlangging. Wir waren in dem Fischrestaurant nahe dem Casino gewesen, der Abend hatte eine Andeutung von Schärfe am

späten Ende des Sommers. Ein zarter Wind strich über den glatten See und ließ winzige Wellen entstehen wie Schuppen eines riesigen, sanften Tieres. Diesen Augenblick werde ich nie vergessen. Ich spürte Hans-Peter nicht mehr, weil unsere Konturen ineinandergeflossen waren, als seien wir nicht mehr zwei Wesen. Ich habe mich nie vorher oder nachher so wohl mit ihm gefühlt. Es war nicht spektakulär, nur einfach unendlich wohltuend. Und als ich später darüber nachdachte, wurde mir klar, dass es nicht an Hans-Peter gelegen hatte, sondern an mir selbst. Damals waren wir noch in der Phase einer kurzen Verliebtheit, hatten uns noch nicht eingespielt in die beiläufige, oberflächliche Vertrautheit der Ehe vor der Geburt von Pema-Marie. Dass es meinem Geist, meiner Psyche, meiner Seele, wie will ich es nennen – dass es mir möglich war, so zu fühlen!

Und ganz genau so fühlte ich mich nun in dem Bett mit der ausgewaschenen Bettwäsche, die nach Sandelholz roch, in Thinleys Armen, mit ihm verflochten, sein leichtes Schnarchen neben mir wie ein in der Sonne flatterndes Segel.

Schlaflos

Es war ein glückverheißendes Datum heute, wie Thinley sagte, deshalb wurde den ganzen Tag lang im Lukhang-Park hinter dem Potala gefeiert.

Ich habe kaum geschlafen. Bald wird es hell werden. Thinley ist am späten Abend wie ein Stein ins Bett gefallen, nahezu bewusstlos von Chang und Schnaps. Ich schaue ihn an im dünnen Licht der Tischlampe und fühle nichts. Ein wenig Ekel vielleicht. In meinem Herzen ist Kälte. Ich verabscheue betrunkene Männer.

In der Nacht unserer Hochzeitsparty war Hans-Peter betrunken und schlief. Madeleine hatte die Hochzeit aufwendig geplant, es sollte ein wunderbares Fest sein für ihre Tochter. Alle Gäste tranken zu viel. Und so war es auch bei weiteren Dinnerpartys, bei denen Hans-Peter sein schönes, geerbtes Haus und seinen gut gefüllten Weinkeller vorführte. Dann wurde die Dame des Hauses depressiv, und die Feste gab es nur noch auswärts. Madeleines Augen wurden immer trauriger. Meine arme Mutter Madeleine. »Bist du nicht glücklich?«, fragte sie, nachdem ich Pema-Marie schreiend in die Welt gepresst hatte und gern gestorben wäre. Sie war sich sicher gewesen, dieser Mann aus gutem Haus mit gesicherter Karriere würde mich gut versorgen, äußerlich und innerlich, wie sie es von Martin gewohnt war. Doch Hans-Peter ist kein Mann, der versorgt. Er ist ein Mann, der besitzt.

Meine Gedanken sind kalt, formen kleine Eisberge in meinem Herzen. Ich warte darauf, dass Thinley die Augen öffnet und mir sein *»Good morning, my beautiful queen!«* aus schlecht riechendem Mund entgegengähnt. Diese Formel hat ihm gewiss seine westliche Lehrerin beigebracht. Ob sie je daran gedacht hat, wen er nach ihr so nennen würde?

Thinleys Verwandte haben sich im Park eingerichtet, mit einem tibetischen Hauszelt und einem von Tuchwänden umschlossenen Hof. Überall im Park stehen solche großen, bunt verzierten Zelte, und wer kein Zelt besitzt, spannt zumindest Tücher auf. So wurde schon vor Jahrhunderten im Sommer gefeiert, oft tagelang. Als gäbe es in mir eine Erinnerung daran, spürte ich zum ersten Mal ein Gefühl von Heimat – das Tibet meiner Eltern, meiner Vorfahren.

Es wird ständig gegessen und viel Chang und Schnaps getrunken. Die Männer lassen die Würfelbecher knallen, die

Frauen reden oder singen, die Kinder rennen hinaus in den Park. Aus allen Zelten steigt Lachen auf, lässt sich in den Bäumen nieder. Besucher kommen, setzen sich für eine Weile dazu, essen, trinken, gehen wieder. Ich werde allen vorgestellt, »unsere Schwester aus dem Westen«, und die Kinder sagen Tante zu mir. Sie drängen mir Chang und Nudelsuppe und Momos und Chicken fried rice auf, ich muss alles annehmen, denn das gehört sich beim Feiern. Thinley trinkt, würfelt, lacht, redet, trinkt. Er hat mich vergessen. Die Frauen sind nett, kümmern sich um mich, und ich plappere zu viel, weil ich will, dass sie mich mögen.

Neben mir saß eine Dölma, älter als ich, und klatschte begeistert auf mein Knie, weil wir Namensschwestern sind. Jede dritte Frau in Tibet heißt Dölma. Ihr Mann sei weggelaufen, raunte sie mir zu, und jetzt sei es besser, er habe alles Geld versoffen und verwürfelt und den Rest zu den Nutten am Kichu getragen. Ein Nichtsnutz, sagte sie, aber so ein fescher Khampa sei er gewesen vor zehn Jahren, sogar jetzt sei er noch flott, ein Anblick auf seinem Motorrad, aber vergiss es, kein Mann für die Familie. Und dann lachte sie schallend, als habe sie keine Sorgen. Ich kann das nicht verstehen. Aber ich bin ja auch nicht wirklich eine Tibeterin. Ich sehe nur so aus. Das wird mir immer klarer. Irgendwann wurde mir übel von den fetten Momos und allem Übrigen. Thinley würfelte mit den Männern und achtete nicht auf meine Zeichen, hörte kaum zu und nickte abwesend, als ich sagte, ich gehe spazieren. »Du trinkst zu viel«, sagte ich. Er wandte mir den Kopf zu, schüttelte ihn wie ein Yak, den ein Insekt belästigt. Sein Blick war schwer und dumpf. *»Don't fuss, honey!«*

Die Stämme der Weiden im Park sind gewunden wie Schlangenleiber, durch den kleinen See um den Schlangentempel ziehen Schwärme dicker, rot funkelnder Karpfen.

Ein magischer Ort, heißt es. Keinerlei Magie berührte mich. Ich versuchte, Ehrfurcht vor dem Lukhang, dem Schrein der mächtigen Schlangengötter der Tiefe, zu empfinden, aber alles war überdeckt von Enttäuschung. Habe ich bisher nur einen künstlichen Thinley gekannt, Produkt der wohlmeinenden Bemühungen einer kultivierten Touristin? Treibt das Saufen den echten Thinley hervor?
Ein Sänger streifte durch den Park, sang zu seinem einsaitigen Instrument seltsame Melodien, wie das Echo aus Träumen. Ein Lied erkannte ich, ein Liebeslied des sechsten Dalai Lama. »Regentropfen waschen die Liebeslieder weg / in Schwarz und Weiß geschrieben / doch Liebe, ohne Worte / bleibt noch immer in meinem Herzen.«
In meinem nicht.

Kalter Morgen

Er kam sehr spät, polterte ins Zimmer, warf sich in den Kleidern aufs Bett. Ich zog ihn aus. Er bemerkte es nicht.
»Good morning, my beautiful queen!«, seine ersten Worte, als er aufwachte. Wie gehabt. Es klang geübt und gedankenlos, wahrscheinlich könnte er es auch im Koma noch sagen.
Während er sich anzog, fragte ich ihn, warum er keine Frau habe. »Heirate mich!«, antwortete er. Keine Andeutung eines Lächelns. Eine Reihe hässlicher Bemerkungen fiel mir ein. Ich zog die Augenbrauen hoch.
»Siehst du«, sagte Thinley und band seine langen Haare im Nacken zusammen.
Er nahm mich kurz in die Arme, küsste mich auf den Hals und ging. Ich spürte, dass er sich klein fühlte. Meine Gedanken haben ihn klein gemacht. Wollte ich das?

Es wäre unerträglich, wenn ich nicht schreiben könnte. Ich verstehe mich nicht, dieses psychische Spiegelkabinett mit Zerrspiegeln. Die Wände des Zimmers sind so eng zusammengerückt, dass ich fliehen möchte. Doch wohin? Geert und Bea sind auf einer Tour unterwegs, machen viele Fotos zu all den anderen, die sie schon früher gemacht haben, bestätigen einander, dass sie es auch diesmal wieder schön finden und die Kosten sich lohnen. Die Chinesen stören sie nicht. Das Land ist schön. Ich bin ungeduldig und unduldsam. Vielleicht auch neidisch, weil sie Hand in Hand gehen, so nahtlos aneinander gewöhnt. Ich bin das Puzzlestück, das nirgendwo hineinpasst, in keine meiner Welten.

Könnte es sein, dass es Thinley ebenso geht? Er sagte einmal, dass er hoffe, irgendwann zu den Nomaden zurückzukehren, in ein Leben, das er verlassen hatte um eines scheinbar besseren willen. »Warum nicht jetzt gleich?«, fragte ich. »Kann man dort nicht auch Hilfsarzt werden?« Thinley schüttelte seinen großen Kopf. »Die Stadt hält mich fest. Das ist seltsam, denn ich mag die Stadt nicht.«

Ich werde mein schlichtes Kleid anziehen und zwei Zöpfe flechten, in dem kleinen Restaurant zu Mittag essen und dann in den Jokhang gehen, zum Jowo-Buddha, in der einzigen Stunde, in der Tibeter eingelassen werden.

Dienstag

Heute war der Tag des Shötön-Festes, an dem das Kloster Drepung sein riesiges Buddhabild an der Bergwand entrollt. Schon vor Tagesanbruch standen Menschenmassen dicht gedrängt auf dem Plateau vor der Wand, denn bei Sonnenaufgang sollte das Bild gezeigt werden, aber es schneite feinen Schneegriesel. Auf dem Dach der Welt schneit es zu den unmöglichsten Zeiten. Mir war es recht, diese gefrorenen Tränen passten zur Kälte in mir. Doch ich schämte mich ein wenig meines wunderbar leichten, warmen, teuren Daunenanoraks neben Thinley, der in seiner billigen Jacke fror, mit blauen Lippen Mantras murmelte und zitterte.

Menschenmengen beunruhigen mich. Selbst wenn es noch nicht eng ist, fürchte ich mich davor, dass es enger werden könnte. Meine Angst ist viel größer als die Wirklichkeit. Das Atmen fällt immer schwerer, der Herzschlag wird schneller, klopft und donnert in den Ohren. Ich kann Pferde verstehen, die im Schrecken losrasen, blindlings, irgendwohin, nur weg, weg.

Ich drängte mich durch die Massen, ohne mich nach Thinley umzusehen, kämpfte mich durch zum Rand des kleinen Plateaus. Wer mich ansah, wich zurück. Ich trug die Panik im Gesicht. Sie gab mir die Kraft, über ein Gewirr von riesigen, kantigen Felsbrocken zu klettern und mich zu den Klostergebäuden durchzuschlagen. Ich rutschte, fiel, kletterte weiter. Die Schürfungen an den Händen spürte ich nicht. Ich spürte gar nichts. Ich wollte nur fliehen.

Dann stand ich in einer Geisterstadt. Halb abgerissene Häuser, einsame, bröckelnde Wände mit Fenstern zum Nichts, abgebrochene Treppen, ein riesiger Kessel aus einer Küche, die es nicht mehr gab. Zehntausend Mönche hatten hier gelebt, studiert, gebetet. Von chinesischen Invasoren davongejagt, interniert, erschlagen, erschossen. Die große Schreinhalle und ein paar sie umgebende Gebäude waren wieder aufgebaut, verbargen das grausige Bild des Wütens.

Meine Heimat.

Endlich wurde es heller, es schneite nicht mehr, und ich kletterte zurück, hielt mich am Rand der Menge. Es wäre sinnlos gewesen, Thinley zu suchen. Die Mönche schleppten die viele Meter lange Rolle des Bildes über einen schlüpfrigen Trampelpfad vom Kloster zur Bergwand. Wie ein riesiger Tausendfüßler bewegte sich die Prozession auf der einen Seite den Berg hinunter, dann über den Wildbach und auf der anderen Seite hinauf. Unzählige Füße unter den braunroten Mönchsröcken, die meisten barfuß in Plastikschlappen. Sie rutschten und schlitterten, der dünne Schnee war am Boden zu nassem Matsch zerschmolzen. Dann wurde das Bild über ein Gerüst hochgerollt. Langsam, mit großer Anstrengung.

Ich hörte die Mönche keuchen. Gebannt standen all die vielen Menschen in der Kälte, atemlos, gleich würden sie Buddhas Segen bekommen. Ich wünschte mir ganz fest, auch so hingegeben zu sein, so bereit für die Segnung. Es müsste doch möglich sein, wenn ich mir wirklich Mühe gäbe. Und hatte gleichzeitig bittere Zweifel, ob Wünschen hilft.

Der Lotosthron erscheint, das Gewand, die Füße, die rechte Hand, die den Boden berührt. O Erde, du weißt vom Gesetz der Kausalität und Interdependenz, sagt die Geste, du bist mein Zeuge und ich der deine. Und immer weiter ziehen die Mönche oben am Berg, bis schließlich das Gesicht erscheint, der Mund, die Nase, die Augen. Und in diesem Augenblick wird es betäubend hell, die Sonne hat die Wolken besiegt, es ist, als scheine das Licht aus dem Gesicht des Buddha hervor. Ein Beben läuft durch mich hindurch, Tränen steigen auf, ich höre mich einstimmen in das entzückte Stöhnen der anderen.

Als Thinley mich endlich fand, sagte er nur: »Wo warst du denn?« Es klang gleichgültig.

In einem der kleinen Lokale in der Altstadt aßen wir zu Mittag. Wir redeten wenig, so sprachlos sind wir geworden, als sei schon alles gesagt. Vielleicht wurde tatsächlich

alles gesagt, was es wert war, gesagt zu werden. Thinley trank Chang, rülpste, tief in Gedanken. Oder fern von Gedanken.
»Noch zwei Tage«, sagte ich. Thinley nickte abwesend. Er müsse jetzt gehen, zum medizinischen Praktikum. Zum Abschied legte er mir kurz die Hand auf die Schulter. Am Abend wolle er vorbeikommen. *»Bye, honey!«*
Ich bin verdammt noch mal keine von deinen Touristinnen, wollte ich ihm nachrufen. Enttäuscht, gedemütigt, zitternd vor Groll. Er hätte es aller Wahrscheinlichkeit nach nicht verstanden. Genau genommen bin ich nichts anderes – ich bin eine von seinen Touristinnen.

Abend

Die zitternden Sterne sind vom Himmel gefallen.
Thinley ist noch immer nicht da. Vielleicht kommt er nicht.
Ich habe den Nachmittag lang geweint, als müsse ich Jahre von Tränen nachholen. Selbstanklage. Scham. Und Trauer um einen verlorenen Traum.
Ist es möglich, dass Thinley nichts bemerkt hat? Ist er so lückenlos in sich verpackt? Er hat getan, als wäre alles gut, während die Flut stieg, über unsere Füße, und weiter stieg, uns langsam aufsaugte, von Stunde zu Stunde. In mir schwelte Ärger, als sei er schuld an dieser Naturgewalt von Enttäuschung. Doch wo ist Schuld?
Jetzt ist kein Ärger mehr da. Ich will nur weg. Irgendwohin. Ohne mich.

Thinley kam gestern doch noch, spät, eine große Flasche mit trübem Chang im Arm. »Schon wieder Chang«, sagte ich. Thinley wiegte den Kopf, ja, das sei so, anders könne man es nicht aushalten in diesem Land. »Das Saufen tut dir nicht gut«, sagte ich. »Es tut dem Thinley nicht gut, der du am Anfang warst.«

Vielleicht wäre der Abend anders verlaufen ohne den verletzten und gereizten Ton in meiner Stimme. Hätte eine »richtige« tibetische Frau die Augen geschlossen und nichts gesehen? Oder gekeift, sich lauthals beklagt? Oder was gar hätte eine weise Frau getan? Vielleicht sind weise Frauen zu weise, um sich zu verlieben und sich dann zu entlieben und zu glauben, es könne auch anders gehen.

Ich schickte ihn weg, sagte: »Ich möchte dich so in Erinnerung behalten, wie es am Anfang war. Am Türkissee.« Und Thinley zog seine schäbige Jacke wieder an, steckte die Flasche in seinen Beutel und ging zur Tür, wandte sich noch einmal um und sagte: »Ich würde gern immer am Türkissee bleiben, Dölma-la, aber das geht nicht.«

Er war weg, und ich saß erstarrt vor meinen Sternentrümmern.

In meinem Herzen war ein qualvolles Zerren und Reißen, ein wilder, lebendiger Schmerz, die ganze Nacht lang, und ich muss nicht mehr darüber klagen, dass ich nichts fühle. Ich gehe ganz nah heran an dieses Fühlen, beschaue es, ertaste es, schmecke es. Und obwohl es unerträglich ist, bin ich dankbar dafür. Vielleicht hat sich ein Gott in Thinleys Gestalt versteckt und mir das Herz gebrochen, damit ich anfangen kann zu leben.

Drittes Heft

Wieder in Kathmandu

Alles ist so, wie es vor Lhasa war, dasselbe Zimmer, dieselben Blüten am überdachten Eingang zum Gästehaus, dieselbe Puntsok in der kleinen Empfangshalle, derselbe gedämpfte Klang der Trommeln und Becken vom Kloster herüber. Alles so, wie es war. Tibet könnte ein Traum gewesen sein. Wo ist der Unterschied? Vor langer Zeit in meiner Jugend hatte ich einmal einen Traum, in dem ich sehr glücklich war, vielleicht sogar noch glücklicher als in den gesegneten Stunden am Türkissee. Und manchmal hatte ich Träume, die viel schrecklicher waren als alles, was ich je real erlebt habe. Was ist Wirklichkeit? Den Lehren nach sind Träume lediglich ein bisschen illusionärer als das Alltagserleben. Illusionär ist beides.

Ich sitze am Fenster. Der Regen klatscht auf den offnen Gang davor, die kleinen Bäume im Garten ducken sich. Und ich sehe Thinley im frühen, dunklen Morgen mit hängenden Schultern am Hotelbus stehen. Aus seinem Gesicht ist alles Lächeln gewichen. Wir umarmen einander, die Nähe ist wieder da, die Trennung macht sie möglich.

»*Tashi delek,* Dölma-la!«, flüstert er. Glückliches Leben. Keine englischen Sprüche. Ich schiebe unbemerkt meine restlichen Yuan in seine Jackentasche, es ist nicht wenig. Und ohne etwas dabei zu denken, nur mit dem Gefühl, etwas wiedergutmachen zu müssen, die Mala aus Lapis-

lazuli dazu, die ich in Kathmandu zu meinem Kleid gekauft habe und seitdem immer bei mir trage.
Muss ich etwas wiedergutmachen?
Was habe ich falsch gemacht?
Seitdem ich mir erlaube, meine Gedanken ins Freie treten zu lassen, torkeln Falsch und Richtig durcheinander. Habe ich je etwas richtig gemacht? Ich schrecke zurück vor der Flutwelle von Falschem, die sich vor mir aufbauen will. Allem voran Pema-Marie. Ich habe sie verlassen, lang bevor ich mit dem Rucksack aus dem Haus ging.
Aber ich hatte keine Wahl. Selbst wenn Yama mir die tiefste Hölle androhen würde, könnte ich nicht sagen, dass ich die Wahl hatte.
Nein, ich hatte sie nicht.
Ich werde über Pema-Marie nachdenken müssen. Nicht jetzt. Nein, bitte nicht jetzt! Ich kann nicht!
ICH HALTE ES NICHT AUS!

Zweiter Tag im Gästehaus

Der bekannte Abgrund. Wie Gehen unter Wasser. Das Gefühl, niemand zu sein. Dann das Auftauchen in den Schmerz. Ozean des Leidens nennen es die Schriften, Samsara. Deine Wirklichkeit ist nur in deinem Geist, sagen die Schriften. Nur Geisteszustände, wie Wetter. Aber, verdammt, ihre Diktatur ist mörderisch.
Mein Geist tat so weh, dass ich hinausmusste. Das Zimmer roch nach Verwesung.
In der Gasse vor der Gartentür zum Gästehaus stand eine Bettlerin, gekrümmt, alt, schmutzig. Die Art von Schmutz, mit der man schon geboren wird. Die dunkle Hand so dünn wie uralte, brüchige Seide. Ich sah sie zu spät, sonst wäre ich geflohen, zurück ins Zimmer, in meine geistige

Verwesung. Wühlen nach Geld, hektisch, ein Schein, zwanzig Rupien, lächerlich wenig, aber zu viel für Bettler. Sie nimmt es, und ich laufe los in schnellen Schritten, weg von ihrer Wirklichkeit, oder von meiner? Doch sie folgt mir, ruft *»Memsahb!, Memsahb!«*, zupft mich am Ärmel, schlägt ihre Klauen in meine Nerven, *»Memsahb! Kunsang-la! Kunsang Lhamo!«*

Die nicht ganz saubere Postkarte, die sie mir aufgedrängt hat, liegt vor mir auf dem Tisch. Ein Bild des Buddha in tibetischer Manier, aber ein Buddha mit schweren, hängenden Brüsten. Ein sehr seltenes Motiv, Abbildung eines traditionellen Rollbildes.

Wenn dies alles nicht so bizarr wäre, würde ich lachen. Stattdessen weine ich, versuche, mir die Verwirrung aus dem Leib zu weinen.

PEMA-MARIE

Den ganzen Nachmittag und Abend und fast die halbe Nacht lang hatte sie gelesen. Sie hätte nicht noch mit dem dritten Heft beginnen sollen. Nur diese paar Seiten, doch es waren gerade diese Seiten zu viel.

Gedanken wie Reibeisen.

Ja, der Geist tat weh.

Musste auch sie selbst etwas wiedergutmachen? Da waren all die wütenden, verachtungsvollen Gedanken, die sie Mama nachgeschickt hatte. Ihre Kälte, als Papa damals von Kathmandu zurückkam und sagte, Mama sei verschollen, vielleicht sogar tot. Und dann das Vergessen, bis es nur noch Oberfläche gab.

Ein wenig graues Licht vor dem Fenster.

»Versuche, mir die Verwirrung aus dem Leib zu weinen« – diese Worte hatte sie mit in den Schlaf genommen, der lang nicht kommen wollte. Ja, Mama, hatte sie gedacht, es hat mich erleichtert, dass du gegangen bist. Und ja, du warst keine gute Mutter, und ja, du hast nichts von Liebe geschrieben. Ich hätte dir auch nicht geglaubt.

Wo bist du, Mama?

Sie war wieder eingeschlafen, war eingetaucht in den dünnen, turbulenten Traumschlaf des Morgens. Der hässliche Tibeter, der Mama jeden Samstagnachmittag Tibetischunterricht gab, kam mit triumphierendem Blick aus dem Haus, Mamas und Papas Haus. Er hatte irgendwie Macht über Mama, das wusste sie mit all der ohnmächtigen Wut eines Kindes. Sie musste sich verstecken, sonst würde er auch Macht über sie gewinnen. Sie drückte sich in die Hecke, die zum undurchdringlichen Dschungel wurde und sie in sich hineinsog. Jemand war hinter ihr. Doch nein, es war nicht der hässliche Tibeter, sondern Thinley,

der Mann aus Lhasa. Ein attraktiver Mann, er gefiel ihr, und sie gefiel ihm. Er lächelte, streckte einladend die Hände aus, um sie tiefer in den Dschungel zu ziehen, und sie griff danach, ohne Zögern, mit aller Gewissheit, dass die Macht nun auf ihrer Seite war.
Als sie aufwachte, hatte sie sich schuldig gefühlt.

René war noch nicht im Frühstücksraum. Sie war froh, allein zu sein.
Dies also war ihre Mutter – eine so ganz andere als diejenige, die sie in Erinnerung hatte. Und doch aufblitzend zwischen den Zeilen so unverkennbar Mama. Als hätten sich die Wände ihrer Depression in Glas verwandelt, hätten offengelegt, was früher verborgen war hinter dem herben, für fremde Augen vielleicht exotisch schönen Gesicht. Doch diese Affäre von der Mutter zu lösen, gelang Pema-Marie nicht. Eltern sollen geschlechtslose Wesen sein, dachte sie mit grimmiger Belustigung. Und wenn es schon sein musste, dann sollten sie wenigstens nur Sex miteinander haben. Papa gegenüber war sie großzügiger gewesen, wenn er erst am Morgen heimgekommen war, soweit sie sich Großzügigkeit leisten konnte. Nach der Scheidung hatte sie Macht über ihn gewonnen mit ihrem Entschluss, zu ihm zu ziehen. Doch gegen seine Macht kam sie nicht an, noch heute nicht.
Eine kleine Tibeterin servierte Kaffee, Croissants und Orangenmarmelade.
»Hast du auch so schlecht geschlafen?«, fragte René.
Pema-Marie nickte. »Ich hab Tagebuch gelesen.«
Sie schob die beiden Hefte über den Tisch. »Abenteuer in Lhasa«, sagte sie und fügte in kühlem Ton hinzu: »Nicht gerade das, was ich von meiner Mutter erwartet hätte.«
René war müde und unaufmerksam. Der Jetlag setze ihm zu, sagte er. Die Tagebücher schienen ihm nicht mehr

wichtig zu sein. Oder tat er nur so, um sie zu strafen? Sie hatte beabsichtigt, sich bei ihm zu entschuldigen. Niemand konnte ihr einen Vorwurf daraus machen, dass es sich nicht ergab.

Nina erwartete sie im Torbogen, durch den man die Anlage der großen weißen Stupa betrat. Ein Treffpunkt, den jeder Taxifahrer finden konnte in diesem Viertel am Stadtrand, in dem sich tibetische Klöster und billige Häuser in einem Gewirr von Gassen um das alte Heiligtum drängten.

»René liest heute die ersten beiden Tagebücher«, sagte Pema-Marie. »Ich bin schon durch.«

Sie wollte das Gästehaus sehen, von dem in Mamas Tagebuch die Rede war. Es sei jetzt eine ruhige Zeit, hatte Nina gesagt und ihre Hilfe angeboten. Losar, das aufwendige tibetische Neujahrsfest, sei vorbei, da brauche man sie nicht so häufig im Klosterbüro.

Aus dem Tosen des Verkehrs auf der Durchgangsstraße und dem ameisenhaften Menschengedränge auf den Gehsteigen zog Nina sie durch das Tor in eine andere Welt. Vor ihr erhob sich das mächtige Heiligtum, laut Reiseführer anderthalb tausend Jahre alt. »Die Stupa!«, sagte Nina. »Angeblich maskulin, aber für uns alle ist das eine Sie. So überzeugend weiblich, diese ehrwürdige alte Stupa-Kuppel.«

Eine urgewaltige weiße Brust, wie auf einem monströsen Tablett angerichtet, darauf ein Riesennippel mit scharf blickenden Buddha-Augen. Mächtig von innen heraus. Ehrfurcht gebietend, kein putziges Spielzeug wie auf Mamas Postkarten. Und außen herum kreisend ein sanfter Strom von Menschen, der sie im Uhrzeigersinn umfloss. Ein Murmeln und Summen ohne laute Stimmen. Außerhalb des Kreises Grüppchen im Gespräch, Touristen vor

Devotionalienständen, entspannte Geschäftigkeit. Hier und dort stand jemand einfach da, die gefalteten Hände vor der Brust, in Verehrung und offensichtlich beglückt vom Anblick des Heiligtums. Aus einem kleinen Laden drangen die Klänge eines poppig zubereiteten Mantras, des einzigen Mantras, das sie von Mamas Postkarten kannte. OM MANI PEME HUNG, die symbolischen Worte des Großen Mitgefühls.

»Erstaunlich«, sagte Pema-Marie. So vieles war erstaunlich. Vor allem die hörbare Stille, die sich durch all die Stimmen und Töne wob.

»Ein uraltes Pilgerziel«, erklärte Nina. »Ich freue mich immer, wenn ich sie sehe, die alte Stupa. Jedes Mal in den sechs Jahren, seitdem ich hier bin.«

Nina drehte keinen der unzähligen Metallzylinder, die man Gebetstrommeln nennt, und sie murmelte auch keine Mantras. Nina plauderte, als sie sich einreihten in den Menschenfluss, der von außen einheitlicher aussah, als er im Inneren tatsächlich war. Von einigen wurden sie überholt, andere hielten bei den wenigen Bettlern an, manche verließen die Runde, andere kamen hinzu, und doch gab es kein Schieben oder Drängen. Ähnlich wie Vogel- oder Fischschwärme, die sich stets harmonisch bewegen, dachte Pema-Marie, oder das Fließen natürlicher Gewässer, die immer ihre schöne Form finden.

Sie hatte gelernt, ordentlich zu denken, das war ihre Voraussetzung dafür, eine gute Wissenschaftlerin zu sein. Und das war sie, hatte die Geduld zum Forschen und die intellektuelle Redlichkeit zum Auswerten der Ergebnisse. Die Natur hatte ihr immer Ehrfurcht abgezwungen.

Nina war stehen geblieben, hatte jemanden begrüßt, holte sie wieder ein und plauderte weiter: »Als ich ein Teenager war, ein typisches Großstadtkind, gingen mir meine Eltern auf die Nerven mit ihren Thangkas an allen Wänden und dem Geruch der Räucherstäbchen überall in der Wohnung. Aber sie waren freundliche Eltern, sie ertrugen mich und meine Schwester, und später lernten wir ihren Rinpoche kennen. Dann kam ich vor sechs Jahren hierher und blieb an ihm hängen. Weil er so unglaublich ist. Er ist ein so offenes, liebevolles, klares Wesen.«

Würde Nina nun andeuten, Pema-Marie müsse diesen Außerirdischen unbedingt kennenlernen? Doch Nina ging schweigend und lächelnd neben ihr her und ließ unauffällig ihre Mantrakette durch die Finger kreisen. Pema-Marie atmete auf. Es würde ihr widerstreben, aus Höflichkeit Ja zu sagen, doch Nein zu sagen wäre ebenfalls unangenehm. Denn in der Ablehnung würde eine Schärfe liegen, die sie nicht beabsichtigte. Sie hatte kein Talent zur Diplomatie. Warum ist man so, wie man ist, dachte sie, selbst wenn man das gar nicht möchte?

Auf der obersten Stufe, über der sich die mächtige Kuppel erhob, ließen sie sich nieder und schauten über die Dächer.

»Ein Stückchen Exiltibet«, sagte Nina und wies auf die vielen golden glänzenden Klosterdächer. »Es macht mich glücklich zu wissen, dass ich mithelfen kann, die geistigen Schätze Tibets zu bewahren. Die Philosophie, Psychologie und Metaphysik, die Lehren über das Leben und Sterben und die Befreiung des Geistes.«

Pema-Marie hob die Schultern. »Davon weiß ich leider gar nichts.«

Ein überraschter Blick. »Deine Mutter war sehr belesen, wie ich den Tagebüchern entnahm.«

»Eben darum.«

Mamas Zimmer war im alten Haus unverändert geblieben, mit den Wänden aus Büchern, die Anna jedes Jahr einmal abstaubte. Als wartete sie, dass Mama endlich heimkehrte, obwohl niemand mehr daran glaubte. Die Bücher gehörten zu Mama. Sie waren in dem Maß un-

antastbar geworden, wie die Erinnerung an sie immer mehr verblasste.
»Ich verstehe«, sagte Nina heiter. »Wer will schon den Trip der Eltern übernehmen. Ich hielt meine Eltern für altmodisch, esoterische Dinos aus der Hippiewelt. Irgendwie rührend. Ich war sehr überheblich.«
Ich bin nicht überheblich, dachte Pema-Marie. Oder bin ich es doch?
»Und deine Schwester?«, fragte sie.
»Meine kleine Schwester ist tot.« Ninas Stimme klang gleichmütig, als spreche sie von etwas Selbstverständlichem. Wie sehr hatte Pema-Marie sich als Kind gewünscht, eine Schwester zu haben, hatte sich oft beklagt, ein Einzelkind zu sein. Doch dass eine Schwester sterben könnte, hatte sie nie bedacht.
»Julia war Ärztin und starb im Tschad. Ausgerechnet Afrika. Mich hat Afrika nie angezogen. Ich glaube, sie war ein Bodhisattva, sie hatte dieses unerschütterliche Bedürfnis zu helfen. Als wir sie fragten, warum sie ausgerechnet dorthin wolle, sagte sie: Weil niemand dorthin will. Ich denke, sie brauchte es, damit ihr Karma reifen konnte.«
Oder sie hatte ein Helfersyndrom, dachte Pema-Marie. Aber das reift nicht, das fault nur.
»Ihr letzter Brief«, fuhr Nina fort, »war wunderschön. Sie schrieb: Wenn ich heute sterben würde, könnte ich sagen, dass ich ein reiches, erfülltes Leben hatte. Sie war sechsunddreißig Jahre alt.«
»Oh, wie schrecklich«, entfuhr es Pema-Marie.
»Meinst du?«
»So jung.«
Nina schüttelte sanft den Kopf. »Die Länge des Lebens ist nicht unbedingt mit seiner Erfüllung identisch.« Nach einer Pause fügte sie hinzu: »Ich war traurig, es war ein

großer Verlust, aber zugleich schien ihr Tod völlig in Ordnung zu sein.«

Pema-Marie hatte kalte Hände. Tod war nicht etwas, das in Ordnung sein konnte. Schon gar nicht der Tod einer jungen Frau.

»Meine Mutter saß auch hier oben«, sagte sie. »Vielleicht genau hier an dieser Stelle.«

»Es muss sehr berührend für dich sein, die Tagebücher deiner Mutter zu lesen«, erwiderte Nina, »nach all den Jahren.«

Nein, es ist einfach nur qualvoll, dachte Pema-Marie, während sie höflich nickte. So habe ich es mir nicht vorgestellt. Es gräbt mich um und lässt mich wünschen, diese Mutter wäre einfach weg, wie sie elf Jahre lang weg war. Weg, irgendwo in den Bergen, in ihrem eigenen Leben. Ich habe so viele Jahre lang nicht an sie gedacht. Man redet doch nicht über Eltern. Nicht in der Uni, nicht im Labor. Wir haben anderes im Kopf.

Sie erinnerte sich an das Foto von Mama, das sie mitgenommen hatte, und kramte es aus ihrer Tasche. Es war eines der wenigen, auf denen man sie gut erkennen konnte. Mama war oft ausgewichen, wenn fotografiert wurde, hatte den Kopf gesenkt oder plötzlich das Gesicht weggedreht. Dieses Foto zeigte Mama mit Oma Madeleine, beide in braver Eleganz. Die etwas kleinere Mama, schmal, ungeschminkt, mit verschränkten Händen, noch immer sehr Tochter, Oma Madeleines Arm schützend um sie gelegt. Mamas halbes Lächeln wirkte nicht überzeugend, eine zerstreute Traurigkeit war in ihrem Blick.

»Mitte fünfzig wäre sie jetzt«, sagte sie, während sie Nina das Foto reichte. »Noch nicht alt.«

Nina ließ sich Zeit. »Du siehst ihr nicht ähnlich«, murmelte sie, sprach mehr zu sich selbst als zu Pema-Marie. »Ich versuche mir vorzustellen, wie sie aussehen mochte ohne die Traurigkeit.«

»Ich habe viel von meinem Vater«, erwiderte Pema-Marie. »Das war vielleicht ein Problem für sie. Als ich nicht aufhörte zu wachsen und sie zu mir aufschauen musste, sagte sie einmal, jetzt wächst du immer weiter von mir weg. Sie machte mich oft sprachlos. Das war schrecklich.«

So viel hatte sie nicht sagen wollen. Schnell steckte sie das Foto in die Tasche zurück.

»Bist du glücklich hier, Nina?«, fragte sie nach einer Weile. »Stört dich das Chaos nicht? Ständig Stromausfall, verdrecktes Wasser, schlechte Luft. Der Bürgerkrieg könnte wieder ausbrechen, oder die Maoisten setzen ihren Einparteienstaat durch. Ich würde mich fürchten.«

»Man kann mit Situationen erst umgehen, wenn sie Wirklichkeit sind«, erwiderte Nina. »Darüber nachzudenken, wie es werden könnte, hat wenig Sinn, solange man an den Umständen nichts ändern kann. Ich mache mir keine Illusionen. Schau dir diese irre Stadt an, und dann stell dir vor, was geschehen müsste, um sie aus ihrem Chaos zu holen. Sie wird von Gier und Ignoranz regiert, und ohne den Schwarzmarkt könnte sie wahrscheinlich nicht überleben. Doch die Klöster haben hier Asyl gefunden, das ist ihre Situation. Vorerst. Ich bin entschlossen, hierzubleiben und mit den Lamas und den Mönchen und den Nonnen für Nepal zu beten.«

»Und das hilft?«

Es war die mildeste Version dessen, was Pema-Marie gern eingewandt hätte. Sie mochte Nina, fühlte sich wohl in ihrer Gesellschaft, wollte sie nicht brüskieren.

Mit einer kleinen Geste umfasste Nina den Teil der Stadt, den sie von ihrem Standort aus überblicken konnten. »Dieses Bild hier ist für mich symbolisch – die goldenen Dächer der Klöster zwischen den Häusern wie Goldnuggets in einem Flussbett zwischen grauen Steinen. So wird ein unscheinbares Stück Fluss plötzlich zum Hoffnungsträger.«

Welchen Hoffnungsträger habe denn ich, fragte sich Pema-Marie, tat den Gedanken jedoch schnell ab. Dies war nicht die Art von Überlegungen, auf die sie sich gern einließ. Sie könnten zu der Ungewissheit und Bedrohung führen, die in jedem Schritt vorwärts lag.

Eifriges Treiben herrschte vor den Läden und Auslagen rund um die Stupa. Nina hatte kleine Rupienscheine in der Tasche ihrer Jeans, verteilte sie in bettelnde große und kleine Hände, die sich für sie öffneten wie schmutzige Blüten.

»Es ist so unglaublich wenig«, sagte sie, »aber für sie bedeutet es Essen, Leben.«

Noch nie hatte sich Pema-Marie so weit weg von zu Hause gefühlt. Es war das völlig andere, an das sie hier stieß. Nicht nur Armut, Krankheit, Schmutz, das stetige Lächeln, der Reichtum an Farben und Düften, sondern auch die Atmosphäre der Gelassenheit, entspannter Frömmigkeit, durchwoben von Einfalt, Ignoranz und kindlicher Schlauheit, alles untermalt von den Klängen der großen Glocke am Fuß der Stupa-Treppen und den seifigen Klängen aus den winzigen Läden voller CD-Raubdrucke.

»Mir fliegt der Kopf weg«, sagte Pema-Marie. »Es ist alles zu viel.«

Nina lachte. »Das ist India light, sehr gemäßigt. Du müsstest echtes Indien erleben. Das ist Whisky pur.«

Auf dem Weg durch die kleinen, belebten Gassen hüllte Nina sie wieder schützend ein in ihr leichtes Geplauder, erzählte von der Zeit vor vierzig Jahren, als die Stupa noch zwischen Wiesen stand, weit außerhalb der Stadt. »Damals wäre ich gern hier gewesen«, sagte sie lachend, »als die Morgenlandfahrer einfach mit den großen tibetischen Meistern zusammensitzen und Tee trinken konnten. Meine Mutter und mein Vater haben einander hier kennengelernt. Hippies mit langen Haaren und einem enormen Hunger nach Spiritualität.«

Plötzlich waren sie unerwartet in dem stillen Garten des Gästehauses, eine Oase inmitten einer staubigen, lauten Welt, umschlossen von einem hufeisenförmigen Gebäude und einer hohen Mauer. Nichts als blühende Büsche, niedrige Bäume, maisgelbe Sonnenschirme, dazu ein paar westliche Gäste an den Tischchen auf dem kurzen, trockenen Rasen. Hier hatte Mama gewohnt, hatte in diesem Garten Schutz gefunden, unter diesen Bäumen gesessen und ihre wortarmen Postkarten geschrieben. Pema-Marie schluckte angestrengt. Rührung presste ihre Kehle zusammen, drückte auf ihre Augen. Keine Tränen, auf keinen Fall Tränen! Sie gab vor, Schweiß vom Gesicht zu wischen, und blieb hinter Nina zurück, die nach der Frau des Hauses suchte.

»Pema-Marie, komm, hier ist Puntsok-la, sie erinnert sich an deine Mutter.« Nina winkte. Ihre Hand lag auf dem Arm einer alterslosen Tibeterin mit energischen, mütterlichen Zügen, scharfen schwarzen Augen, von einem reichen Gefältel gemildert. Pema-Marie begrüßte sie, reichte ihr das Foto, deutete auf Mama, und Puntsok lächelte ein breites Lächeln des Wiedererkennens. Ja, natürlich kenne sie Dölma, die mutige Dölma, die sich nach Zanskar gewagt hatte. Und ja, vor vielen Jahren habe sie gehört, dass Dölma gesucht wurde. Sie bedauerte, nicht mehr zu wissen.

Das Lachen und fröhliche Schreien spielender Kinder fielen aus dem Kloster nebenan in den stillen Garten, durch die Mauer gedämpft. Nina holte frischen Zitronensaft, plauderte über das Leben in Kathmandu, erzählte vom Königsmord, der ungeklärt geblieben war, vom Bürgerkrieg und dem beunruhigend wachsenden chinesischen Einfluss, vom Klosterleben, das im immer gleichen Rhythmus verlief, und von den Klosterkindern, die Nina »meine Kinder« nannte. Pema-Marie lehnte sich zurück, trieb dahin auf Ninas Berichten über eine Welt, die sie nicht länger als zehn Tage würde teilen müssen. Lediglich eine vorübergehende Ablenkung, keine Notwendigkeit, sich auf irgendetwas einzulassen.

Ninas Frage, ob sie Kinder habe, war ein unerwarteter Angriff. Mit einem knappen Nein wehrte sie ab und erntete einen bestürzten Blick. Eine schroffe Art habe sie, das hatte René ihr oft vorgehalten. Das Kissen im Arm war nur für zu Hause, ein Relikt von früher. Draußen hatte sie Steine in der Tasche.

Sie bedachte, dass sie Nina brauchte. Und eine kleine Stichflamme der Erkenntnis sagte ihr, dass sie nie gelernt hatte, sich auf Zuwendung einzulassen; nicht auf Zuwendung ohne Bedingungen.

»Mein Kind wäre jetzt zwei Jahre alt«, ergänzte sie, »wenn ich es nicht vor der Geburt verloren hätte.«

Ninas Blick traf sie, ihre verkapselte Trauer spiegelte sich darin, und sie schreckte auf aus der Umklammerung ihrer Gedanken.

»Das muss schlimm für dich gewesen sein.«

Es gab vieles, das Pema-Marie dazu hätte sagen wollen, doch wie immer konnte sie sich nur weniges gestatten. »Es heißt, die Zeit heilt«, sagte sie, »aber es ist nicht wahr.«

Sie hätte dieses Kind geliebt, in dem Maße, wie ihre Mutter sie nicht geliebt hatte. Alles, alles wäre anders geworden. So blieben ihr nur die Trauer und die Anklage einem blinden, erbarmungslosen Schicksal gegenüber. Tief versenkt in dem trockenen Brunnen, von dem sie immer wieder träumte.

»Möchtest du mir davon erzählen?«, fragte Nina so flach und beiläufig, dass Pema-Marie es sanft verneinen konnte und hinzufügte: »Ein anderes Mal. Wenn wir Zeit haben.«

Nina sprach kein heikles Thema mehr an, lud sie zum Mittagessen ein auf der Dachterrasse eines kleinen Restaurants gegenüber den Augen der Stupa, und Pema-Marie ertappte sich dabei, weit mehr aus ihrer Kindheit zu erzählen, als es ihre Gewohnheit war. Von Oma Madeleine und Opa Martin und den Reisen nach Florida, von Papa, der sie auf Bildungsreisen nach Florenz und Rom und Barcelona mitnahm.

Im Garten des Hotels am Steilhang auf einer der kleinen gemauerten Terrassen fand sie René in einer Laube aus Büschen und Bäumen, ein stilles Eck, dem Lärm der Stadt enthoben.

»Du warst lange weg«, sagte René.

Er sah schwer und angestrengt aus im nachmittäglichen Schatten des Gartens, so, wie sie ihn nicht mochte. Sie hätte ihm Jetlag zugutehalten können, hätte es auch getan ohne die Gläser auf dem Tisch mit Bier und Wodka, seinem »Überlebenswasser«. In der Zeit junger Liebe hatte sie mit ihm darüber gelacht, hatte es nicht ernst genommen, als er erklärte, sich hin und wieder »taufen« zu müssen, um weiterleben zu können. Jetzt sah sie nur noch die Schwäche darin.

Eines der Tagebuchhefte lag aufgeschlagen vor ihm.

»Du hast getrunken«, erwiderte sie ärgerlich, während sie den Gartenstuhl neben ihm ein gutes Stück zur Seite zog und sich setzte.

Er erhob sein Glas mit brüchigem Lächeln. »Der Wodka ist hier billig und nicht schlecht. Wodka, Bier und Dölmas Tagebucher, eine inspirierende Kombination. Sie hat mir Lust auf Kathmandu gemacht. Komm, trink mit!«

»Geht es wieder los?«, sagte Pema-Marie mit Schärfe, sagte es schnell und ohne Überlegung, folgte nur dem Impuls zu verletzen. Denn sie dachte nicht, dass dies tatsächlich ein Rückfall war. Doch nur vage streifte sie das Gefühl, dass sie dabei war, einen Krieg zu erklären.

René trank das Glas bis zur Neige aus und füllte es wieder aus einer Flasche, die er neben seinem Stuhl verborgen hatte.

»Nichts geht wieder los, Pema.« Seine Stimme klang unberührt, fast versöhnlich. »Ich habe lediglich gelesen und mir ein bisschen den Jetlag versüßt. Du lieber Himmel, es ist zwei Jahre her. Und das war eine Ausnahmesituation.«

»Unsere ganze Ehe besteht aus Ausnahmesituationen.«

»Wenn du es sagst ... Weißt du, ich sympathisiere mit Thinley. Du bist wie deine Mutter.«

Es gab kein Kissen. Pema-Marie drückte ihre Tasche gegen die Brust. »Hast du vor, das Tagebuch meiner Mutter als Waffe zu benützen? Aber wenn wir schon dabei sind, in dir hat sich nie ein Gott versteckt, um mein Herz zu brechen. Das hast du ganz und gar in deinem eigenen Auftrag getan.«

Sie sah sein Zurückzucken, und es erfüllte sie mit Befriedigung, einer bitteren Befriedigung. Sie schmeckte schlecht.

René nickte. »Natürlich, klar, selbstverständlich. Meine Schuld wird nie verjährt sein, nie gesühnt, nie verziehen. Da kann ich machen, was ich will. Muss auf Zehenspitzen gehen mein Leben lang. Und darf nicht daran rühren, nur nicht daran rühren. Ein Minenfeld. Ich lebe stillvergnügt auf einem Minenfeld.«

Er stellte sein leeres Glas ab und winkte einem Boy, um eine weitere Flasche zu bestellen. »Trink ein Bier mit mir, Pema, das erdet.«

Wäre mein Herz gebrochen, ging es Pema-Marie durch den Sinn, wie könnte es dann jetzt so schwer, so furchtbar schwer sein? Sie wünschte, es möge aufbrechen, alles darin Gestaute auslaufen lassen, bis es ganz leer und leicht war. Hatte Mama das gemeint? Da war dieser Satz, der sich in ihr wiederholte: »Ich hätte mich versäumt wie immer.« Und während sie, mit einer Hand ihre Tasche fest an sich gepresst, nach der Wodkaflasche griff und einen langen Schluck daraus tat, empfand sie zum ersten Mal in ihrem Leben eine Ahnung von Mitgefühl mit ihrer Mutter.

»Ich habe mir etwas aus dem Tagebuch aufgeschrieben«, sagte René und griff nach seinem Notizblock. »Was sie über Madeleine und Martin schrieb. Da heißt es: Dass ihr mich, ohne es zu wissen und zu wollen, auf Armeslänge weg von euch hieltet. – Weißt du, ich will nicht unfair sein, Pema, aber frag dich selbst, ob du das nicht auch tust, jedenfalls mit mir.«

Pema-Marie wurde sich des Klammergriffs um ihre Tasche bewusst. Nein, sie hielt die Menschen nicht von sich weg. Die Menschen kamen lediglich nicht auf sie zu.

»Ich bin eben kein emotionaler Typ«, sagte sie. »Es kann nicht jeder so sein wie du.«

Als spräche er zu sich selbst, nuschelte René in sein Glas: »Denk trotzdem gelegentlich darüber nach.«

Dölmas Tagebuch

Fortsetzung drittes Heft

September

Ich konnte lange nicht schreiben. Weiß nicht, warum. Ich wollte wohl nicht an Thinley denken.

Der Monsun soll bald aufhören, sagt man, aber er hält sein Territorium mit aller Macht fest. Die Wolken hängen fett und regenprall bis auf die Dächer der Stadt herunter, und die Luft ist zum Fürchten still.

Gestern hat der Blitz ein Eck vom Dachgarten eines Nachbarhauses abgeschlagen. Wetter im Urzustand. Wie ich das genieße! Blitze, Donner, Sturm, Regen, Hagel, Aufruhr. Immer schon mochte ich Gewitter, fühlte mich lebendiger in diesem Ausbruch von Wildheit. Ausgerechnet ich! Die Ernste, Sanfte, Zurückhaltende, Nachahmende, die unter Hans-Peters Flagge so brav ins erwachsene Leben segelte. Die Kranke, die ihr Kind und den Rest der Welt nicht annehmen konnte.

Und jetzt?

Wer bin ich jetzt? Wer ist diese Dölma, die am Fenster mit dem Ausblick zum triefenden Garten sitzt? Das wievielte Zimmer ist das seit meiner Flucht von zu Hause, meinem Ausbruch aus dem Schneckenhaus? Das vierte? Es ist, als zöge ich auch in mir ständig um, von einer Dölma in die andere. Und hoffe, dass irgendwann irgendjemand mir bestätigt, nun die richtige zu sein.

Humphrey hat mir ein billiges Zimmer vermittelt bei Dawa, deren Mann häufig unterwegs ist und deren Toch-

ter Ännay in San Francisco studiert. Es ist ein hübsches Haus mit breiten Balkonen in der Mahankal Road hinter einer hohen, grauen Mauer mit einem rostigen Tor. Man verläuft sich in dem großen Haus so allein, sagt Dawa, und niemand da zum Reden. Die nepalesische Didi zählt nicht, sie kocht, putzt, wäscht, räumt unermüdlich hinter Dawa auf. Mit Didis führt man keine Gespräche.
Dawa spricht Lhasa-Tibetisch, das verstehe ich gut, und sie bringt mir ein wenig Nepalesisch bei. Sie redet ständig, lebt in einer Welt der Gerüchte und Geschichten, die Übergänge zwischen Menschenwelt und Unterwelt und Götterwelt sind fließend. Ich höre sie im Haus herumlaufen und das Tara-Mantra murmeln und singen, denn Arya Tara wird ihre Wünsche erfüllen, wenn sie nur eifrig genug ihr Mantra aufsagt, dessen ist sie vollkommen sicher. Und es gibt Beweise dafür, sagt sie. Sie bat Tara darum, ihrem Mann eine gute Stellung zu verschaffen. Er bekam sie. Ebenso entsprach Tara ihrem Wunsch um ein Stipendium für ihre intelligente Tochter an einer amerikanischen Universität. Und seit ihr Mann so viel unterwegs sein muss in seiner guten Anstellung, hat sie Tara um eine nette Mitbewohnerin gebeten, mit der sie reden kann. Und Tara schickte mich. Ich sagte, ich fühlte mich geehrt, dass Tara mich für geeignet hielt. Dawa lächelte zufrieden mit ihrem breiten Mund, und ihre roten Backen rundeten sich wie Kissen. »Du bist ein guter Mensch, Dölma-la. Und man kann schön mit dir reden.« Das hat noch nie jemand zu mir gesagt, weder das eine noch das andere.
Humphrey wohnt im Randgebäude eines Klosters. Er ist liebenswürdig und hilfsbereit, doch es gibt eine gläserne Mauer, hinter der er residiert, und vor dieser Wand bin ich klein mit meinen Nöten. Könnte ich nur sein wie Dawa. Sie weiß nichts vom Reflektieren. In ihrer Geschichtenwelt könnte Humphrey ein Heiliger sein oder vielleicht

auch einer der minderen Götter, eine tibetische Anleihe aus Indien.
Die große Bibliothek in Humphreys Kloster enthält herrliche Mengen von Büchern, englische, tibetische, einige deutsche. Humphrey zeigte auf einen schmalen Band mit dem Titel »Magic Dance«. Eines der wichtigsten Bücher, sagte er. Ich nahm es mit und lese eifrig darin, verstehe aber nur gerade so viel davon, dass ich ahne, es vielleicht irgendwann einmal wirklich verstehen zu können.
Und er hat mich zum Rinpoche geschickt in die Runde seiner wechselnden Besucher, die jeden Vormittag sein großes Empfangszimmer füllen. Ich halte mich ganz hinten nah der Tür, schwitze in meiner schmerzhaften Fremdheit, betrachte ihn zwischen den Köpfen der Besucher hindurch. Er ist ein kompakter Mann mit Grübchen in den festen Wangen, sicher jünger als ich, mit einem funkelnden, durchdringenden Blick und einem hinreißend offenen, die Welt umfassenden Lächeln. Und er sagt Unglaubliches in seinem nepalesisch gefärbten Englisch. Alle negativen Erfahrungen mit sich selbst und der Welt soll man bejahen. Du lieber Himmel, bejahen! Man solle sie erforschen, erfahren und sie als Dünger auf das Feld der Erleuchtung streuen. Unerfreuliche Emotionen auszureißen helfe nicht, sagt er, denn sie wachsen massenhaft nach. Nicht das Schlechte entfernen, um das Gute zu bekommen. Nicht mehr kämpfen. Diese Worte habe ich mitgeschrieben, aufgeregt, mit feuchten Fingern.
Anna pflegte zu sagen: Was tust du uns an. Lass dich nicht so gehen! Gib dir doch endlich Mühe! Nimm dir ein Beispiel an Soundso! Und ich dachte: Ich tue ihnen das an. Ich lasse mich gehen. Ich gebe mir keine Mühe. Ich kann nicht sein wie Soundso.
Und ich kämpfte und kämpfte und wurde nicht besser.
Der Rinpoche sagt: Stillhalten und den Dünger genau an-

schauen und ihn verstehen lernen – alles Negative, den ganzen Mist des Lebens, und vielleicht auch den Mist vergangener Leben. Nichts übergehen, alles aufdecken, sich nicht mehr betrügen. Auch die schmerzhaftesten Stellen berühren. Alles wagen, mitten durch den Schmerz hindurchgehen. Und dann wird einem leichter, die Last des bösen Urteils fällt ab, man entdeckt unter alledem das Gute in sich. Danach ist man dann richtig auf dem Weg, von Stufe zu Stufe, immer weiter. Das sagte er. Es klingt schlicht, irgendwie normal und zugleich sehr leidenschaftlich und mächtig. Beginne ich, ihm zu glauben?
Ich habe das Bodhisattva-Gelübde abgelegt und einen Namen erhalten. Shenpen Sangmo, das heißt Buddhahandeln zum Wohl anderer. Ausgerechnet ich!
Und jetzt frage ich mich: Wer bin ich? Wahrscheinlich sollte ich nicht fragen, wer ich für Pema-Marie oder für Thinley, Humphrey, Dawa oder für sonst jemanden bin. Wer bin ich für mich? Wer kann ich werden für mich?
Ich will versuchen, meinen Dünger zu erforschen. Das heißt, sofern ich es ertragen kann.

Ein Sonntag ohne Regen

Die Tage sind wie vollgestellte Zimmer. Wieder konnte ich lange nicht schreiben. Eine Oberflächenströmung hat mich ergriffen, die mich durch flache Alltage treibt. Die Leute sind nicht mehr als Leute, und die Gedanken sind kleinlich.
Kann sein, dass mich die Aufforderung des Rinpoche zum inneren Tieftauchen zu sehr erschreckt hat. Themen rücken heran, vor denen ich zurückschrecke. Pema-Marie … Ich kann nicht!
Dawa ist eine freundliche Frau und geht mir entsetzlich

auf die Nerven. Abends muss ich oft Videofilme mit ihr anschauen, abgenützte, flimmernde Bänder. »Ghost« hat sie schon dreimal gesehen, ohne die Sexszene. Sie müsse ihr Englisch verbessern, sagt sie entschuldigend und versucht, ganze Sätze mitzusprechen. Manchmal kommen ihre Freundinnen zum gemeinsamen Videoabend, dann wird reichlich Chang getrunken und hemmungslos kommentiert. Sie lieben Monkey-God-Filme auf Tibetisch und endlos lange, bunte Bollywoodfilme. Darin gibt es keine Sexszenen, das ist gut, denn die sind ihnen peinlich. Mir auch.

Es ist nicht so, dass ich Dawa nicht mag. Doch ich werde zappelig vor Gereiztheit, wenn ich längere Zeit mit ihr zusammen sein und ihr zuhören muss, möchte fliehen und mich in mein Zimmer einschließen und mir von der Didi das Essen bringen lassen. Aber das ist undenkbar. Dawa wäre beleidigt. Dies ist die Kette, an der ich liege in diesem hübschen Haus.

Dawa ist sich selbst gegenüber auf eine nette, naive Weise blind. Sentimental und klatschsüchtig und großzügig und neidisch und mitleidig, und die Welt ist voller menschlicher und tierischer Objekte für alle diese Anwandlungen. Sie wirft Steine nach hungrigen Hunden und tätschelt mit Leidenschaft den Kopf des dicken, frechen Jungen der nepalesischen Familie im Haus nebenan. Sie legt Wert darauf, ein sozialer Mensch zu sein. Was für ein feiner Junge er sei, zwitschert sie seinen Eltern zu. Ich verabscheue ihn. Schau das Negative an, sagt der Rinpoche. Ich bin froh, dass dies alles nie jemand lesen wird.

Und dann ist da noch Hillary. Lange braune Haare, glatt, wie gebügelt, ein spitzes Gesicht mit blassen, blauen, eng beieinander stehenden Augen, der Mund klein und fest geschlossen wie eine Faust. Jeden Tag trägt sie ein anderes tibetisches Kleid, sie muss Schränke voll davon haben.

Gelegentlich kommt sie zu den Besucherrunden beim Rinpoche. Ich begegnete ihr in der Bibliothek vor dem Regal mit den englischsprachigen Büchern. Sie deutete auf das Buch, das ich in der Hand hielt, tippte mit einem schmalen, langen Finger darauf und sagte: *»Very important, you must read it!«* Doch es ist ein Buch, in dem ich schon herumgeblättert habe, mit dem ich mich nicht anfreunden kann. Ich weiß, es ist alt und ehrwürdig, aber es hilft mir nicht, es ist voller Belehrungen, wie ich sein müsste, und enthält zu viele Drohungen vor Höllenwelten und schlechten Wiedergeburten.
Man kann Hillary nicht ausweichen, sie ist überall, im kleinen Supermarkt, in der Bibliothek, im Lhakang, beim Rinpoche. Sie stapft quer durch mein persönliches Hoheitsgebiet und findet sich gut dabei. Will sie der im Westen aufgewachsenen Tibeterin zeigen, dass sie, die Amerikanerin, ihr überlegen ist? Dass sie zum heiligen Club gehört und ich nicht? Ich halte mich am Rand, schleiche um die klosternahe Westlergesellschaft herum, erspüre etwas von der Hackordnung, werde meinerseits unauffällig beschnüffelt. Es ist ein geschlossener Kreis mit eigenem Kodex. Also klettere ich hinauf in das Stübchen meiner Einsamkeit und schaue hinunter auf das Treiben, wie immer. Und gestehe mir nur in Augenblicken wie diesem ein, dass ich verzweifelt auf Hände warte, die sich mir entgegenstrecken. Solange es nicht Hillarys Krallen sind.
Und dann streckte plötzlich Humphrey die Hand aus, zog mich mit und sagte, er wolle mich dem Rinpoche persönlich vorstellen. Eine kleine Gruppe westlicher Besucher saß auf dem Teppich vor dem Rinpoche, alle hingen an seinen Worten, lachten mit ihm, neigten sich ihm zu wie Blumen der Sonne.
»Rinpoche, this is Dölma from Switzerland«, sagte Humphrey und schob mich nach vorn. Ich ließ mich auf ein

Knie nieder, fühlte, dass dies nicht reichte, nahm also das andere Knie dazu.

Der seidene Glücksschal, den man dem Rinpoche zur Begrüßung überreicht, verhedderte sich. Jetzt erkannte ich, warum er ziehharmonikaartig gefaltet werden sollte und nicht aufgerollt. Mit einem kleinen Kichern griff der Rinpoche danach, öffnete ihn mit Schwung und legte ihn mir um den Hals. Nicht nur das, er schlang die beiden Enden ineinander und band in aller Ruhe eine Schleife. Zwei riesige, satte Schlaufen, die herunterhingen wie alte Brüste.

»Good«, sagte er.

Humphrey fügte leise ein paar Worte über mich hinzu, Flucht, Adoption, Tochter, Beruf.

»Dharma training?«, fragte der Rinpoche.

»Viele Bücher«, antwortete ich.

»Yepo-du«, gut, sagte er und winkte mich zu einem leeren Platz seitlich vor ihm.

Danach beachtete er mich nicht mehr.

Was hatte ich erwartet?

Wieder beim Rinpoche

Sie sagen, es ist Monsunende. Dennoch rannte ich gerade unter einem drohend finsteren Himmel durch die Gassen in dieser brodelnden Stille, bevor der Sturmgott losröhrt, so unmelodisch und erschütternd wie die Sakralmusik in den Tempeln.

Der Regen wirft sich gegen mein Fenster. Es ist dunkel im Zimmer, kaum mehr genug Licht zum Schreiben.

Im Lhakang unter Rinpoches Gemächern, in den ich ein paarmal zur Nachmittags-Puja ging, gibt es an der Rückwand im Halbdunkel ein Bild der Ekajati, wilder Aspekt der weiblichen Weisheitsenergie, schwarz, tanzend, fast

nackt, von Feuer umtobt. Eine groteske Figur, aber sie gefällt mir, diese grausige Schwester. Sie ist eine machtvolle Beschützerin und wie alle diese hohen weiblichen Gottheiten eine Emanation der Tara, Personifikation erleuchteter Weisheit und Mutter aller Buddhas. Mehr weiß ich nicht von ihr, abgesehen davon, dass sie dem Mythos nach in die Höllen der Dämonen hinabstieg und danach die höchsten Ränge der Weisheit erreichte.
So viele Bücher habe ich gelesen und weiß so wenig.
Der Rinpoche hat beim Vortrag vor einer großen Gruppe eine Frage an mich gestellt über die Leerheit, Shunyata, und ich konnte ihm eine gute theoretische Antwort geben. »Und was bedeutet das?«, fragte er. »Keine Ahnung«, antwortete ich. Alle lachten. Alle außer ihm.
»Ist er nicht wunderbar?«, fragte Hillary im Klosterhof. Wenn Hillary eine Frage stellt, liefert sie immer gleich die Antwort mit.
Er beeindruckt mich, doch seine lockere, authentische Sicherheit schüchtert mich ein. Vor allem, weil ich mich hier nicht in einem gut geschnittenen Kostüm mit engem Rock verbergen kann. Teure Kostüme und edle Schuhe waren immer meine bevorzugte Rüstung.
Ich nickte Hillary höflich zu und setzte ein Lächeln auf. Das kann ich gut. Hillary schien damit zufrieden.

Leerer Samstag

Im Kloster des Rinpoche, in einem Schulzimmer der Klosterkinder, besuche ich seit ein paar Tagen einen Meditationskurs für westliche Dharma-Touristen. Diese Leute aus Sonstwo sind scheu mir gegenüber, wissen wohl nicht, wie sie mich, die scheinbare Tibeterin, einordnen sollen. Heute ist frei, also muss es ein Samstag sein. Ich schwim-

me durch die Tage. Zu Hause schlug mein Herz nach dem Kalender. Meine Zeit hier ist eine andere.
Der Kurs gibt meinen Tagen Halt. Jeden Nachmittag werden erst einmal lange tibetische Texte rezitiert, danach folgt Shiné, Stillsitzen. Die Texte sind voller Anspielungen, die mir wenig sagen. Aber immer noch besser als inhaltslose Meditation. Dann steigen Erinnerungen auf, die ich nicht haben will. Meint der Rinpoche dies mit dem Erforschen des Düngers? Aber, so sagt eine nörgelnde Seite in mir, ich bin doch nach Asien gekommen, um meine Heimat zu finden, mein neues Leben. Ich möchte vergessen und ganz neu anfangen, ohne den alten Mist.
Als ob ich vergessen könnte!
»Erweckt Bodhicitta«, sagt der Lama, der die Meditationsgruppe leitet. Den Erleuchtungsgeist. Der soll angeblich in mir sein. Aber wo?

Dawas Mann ist endlich wieder da, also muss ich nicht mehr mit ihr Filme anschauen. Sie haben mich eingeladen, abends mit ihnen zu essen, aber ich ziehe es vor, in eines der kleinen Restaurants zu gehen und manchmal belanglose Gespräche mit Fremden zu führen. In der freien Zeit lese ich die Bücher, die Humphrey mir empfiehlt. Es sind inspirierende Bücher. Manchmal wird mir ganz heiß vor Erkenntnis, und ich fühle mich ein paar Augenblicke lang wunderbar. Doch dann lese ich irgendwo, das sei nicht wirklich Erkenntnis, nur ein bisschen Verstehen. Denken und Verstehen sei wichtig, ja, aber keine besondere Errungenschaft. Die Erleuchtung könne man sich nicht denken.
Der Lama, der die Meditationsgruppe leitet, ist ein junger Mönch mit einem freundlichen, langen Gesicht und Augenbrauen wie schwarze Balken. Er gibt sich Mühe mit seinem eifrigen, wunderlichen Englisch und lächelt verlegen, wenn Ausländerinnen ungebührliche Fragen stellen.

Kann eine Frau nicht ebenso gut wie ein Mann Erleuchtung erlangen? Warum wurden die Nonnen in Tibet nicht unterrichtet wie die Mönche? Warum gibt es so viele männliche hohe Wiedergeburten und kaum weibliche? Der Lama windet sich, verweist auf die Tradition, und wird er bedrängt, sagt er, das sei Karma. Es schmerzt mich, ihn so eingesperrt zu sehen in überkommenen Vorstellungen.
Ich hatte mir vorgenommen, über meine Meditationserfahrungen zu schreiben. So stolz war ich, dass ich mich zu diesem Kurs entschlossen hatte. Endlich etwas Wichtiges tun, große Erfahrungen machen, vielleicht Visionen haben. Aber ich mache keine großen Erfahrungen. Ich bin dankbar, wenn meine Knie nicht schmerzen und ich nicht in den Abgrund meiner Erinnerungen falle. Vielleicht sollte ich mich fallen lassen. Aber ich bin feige.

Ani Deki

Der Meditationskurs ist zu Ende. Ich sitze pflichtbewusst jeden Morgen eine Stunde auf meiner zusammengefalteten Decke. Das sei wichtig, sagt Humphrey, Meditation solle so selbstverständlich werden wie Zähneputzen.
Zähneputzen geht schneller.
In Dawas komfortablem Haus gibt es einen Stromspeicher, mit dem sie sorgfältig haushaltet, denn sie braucht den Strom zum Fernsehen. Aber das ganze Stadtviertel ist wieder einmal dunkel, und ich warte beim Schein einer Kerze auf Ani Deki. Meine Freundin.
Es heißt, man solle nicht an Freundschaften haften. Ich habe mich immer nach einer Freundin gesehnt, aber offenbar habe ich kein nennenswertes Talent dafür. Seneca schrieb, Freundschaft beinhalte, dass man einander Ge-

heimnisse mitteile, mag heißen, die Leichen aus dem Keller hole, die Mördergrube des Herzens öffne. Das konnte ich bis vor Kurzem nicht einmal mir selbst gegenüber. Doch Ani Deki vertraue ich. Sie ist nicht über mir, nicht unter mir, sondern neben mir. Ganz nah. Keine Zweifel, ich weiß es.

Sie ist mit zwei Nonnen auf Pilgerreise. Vor ein paar Tagen kamen sie aus Bodhgaya mit einem Bus durch das Terai und herauf nach Kathmandu in die Vorberge des Himalaya. Weil es so viele traditionelle, ehrwürdige Pilgerorte im Kathmandu-Tal gibt, Höhlen, in denen Padmasambhava meditierte, heilige Orte diverser Gottheiten, ein vielfältiges Arrangement von Tempeln in dem langgestreckten Tal, geladen mit Verehrung. Ich hatte keine Ahnung davon.

Die drei Nonnen suchten Unterkünfte bei Exiltibetern in der Stadt. So kam Ani Deki zu uns. In Dawas Haus gibt es auf dem Dach einen kleinen Aufbau, den Schreinraum, in dem die Schutzgottheit der Familie jeden Morgen ihre Opfergaben bekommt. Dort oben durfte sich Ani Deki einquartieren. Welch ein Glück für mich.

Nicht mehr ganz jung ist sie, ein wenig jünger als ich vielleicht und funkelnd vor Lebendigkeit. Ein einfaches Gesicht, rund und heiter. Mädchenhaft fröhlich, gelassen, bereit, sich allem zuzuwenden, was kommt. Ich glaube nicht, dass sie das Gefühl des Getrenntseins kennt, das mich als ständiger Grundton begleitet. Sie sitzt da und schaut mich an mit ihren tiefdunklen Augen, lässt mich hineingleiten in diesen ungedämpften Blick, ist vollkommen präsent, und ich wehre mich nicht, lenke mich nicht ab. Wir wollen alles voneinander wissen, reden stundenlang. Ihr Tibetisch ist vermischt mit Zanskari, und sie kann ein wenig Englisch, ein seltsam tibetisches Englisch, so herrlich grob gehackt. Nicht immer reicht es aus, um meine Lücken im Tibetischen zu schließen. Das macht uns kreativ in der

Verständigung; wir gestalten Bedeutungen mit Grimassen, mit den Händen, mit dem ganzen Körper. Und wenn uns alle Worte und Gesten ausgehen, lachen wir.
Diese Nähe, sie begeistert und bestürzt mich. Nach unseren bunten Gesprächen, auf meinem Bett sitzend, wobei wir süßen indischen Tee trinken und getrocknete Kokosstückchen knabbern, bin ich aufgewühlt. Ich habe kein Recht auf so viel Gegenwart, habe das nicht verdient, denke ich dann. Als sei ich eine Betrügerin. Doch Ani Deki vertraut mir auf eine Weise, die nichts von mir verlangt. Jetzt, da ich darüber nachdenke, komme ich zu dem Schluss, dass sie die Verantwortung für ihr Vertrauen übernimmt, so lückenlos, dass sich keine Enttäuschung dazwischendrängen kann.
Werde ich dazu je imstande sein?
Bei Ani Deki werde ich ganz weich. Ich spüre es überall, in meinem Gesicht, im Genick und im Bauch, in meinen Händen. Der ganze Körper fließt auseinander. Wie unsere Katze Lissi, die auseinanderfloss, als hätte sie keine Knochen im Leib. Dies ist das Bild meiner Liebe zu Ani Deki, und es ist mir ein bisschen peinlich, so zu denken – dass ich sie liebe auf diese außerordentliche Weise und dass mir die Katze dazu einfällt. Doch zugleich fühle ich mich sehr mutig, dass ich all das niederschreibe, wenn auch nur für mich selbst.
Wir gingen zusammen zur Stupa, Ani Deki mit dem rotvioletten Tuch aus feinem Gewebe über der Schulter, das ich ihr gekauft habe. Die Farbe weicht ein wenig ab von dem üblichen gedämpften Rot der Klosterkleidung, und die Qualität ist viel besser. Sie trägt es mit großem Vergnügen, ist fröhlich wie ein Kind in Mutters Highheels. Nie wäre sie auf den Gedanken gekommen, sich solch ein Tuch zu kaufen, selbst wenn sie das Geld dafür gehabt hätte. Sie ist auf eine natürliche Weise arm, die ich nicht nachemp-

finden kann. Ich war nie arm. Die kurze Zeit im Klostergästehaus war das größte Maß an Mangel vertrauter Bequemlichkeit, das ich je kennengelernt habe. Auch diese Einsicht begleiten peinliche Gefühle. Wie unglaublich verwöhnt ich bin, habe das angenehme Leben nie geschätzt. Ani Deki stand mit gefalteten Händen in der Mündung der Gasse zur Stupa, die Augen weit offen, strahlend. Was sah sie? Außer einer überdimensionalen weißen Kuppel mit Buddha-Augen darüber und dem Kunterbunt von Menschen, die sie umrundeten, den Bettlern und den zerlumpten Kindern, die sich geeignete Opfer unter den Touristen suchten? Ein Mandala in strahlender Heiligkeit? Mit einem zutiefst glücklichen Blick nahm sie mich bei der Hand und zog mich mit zum Rundweg, drehte an jeder der unzähligen Gebetsmühlen, sagte »Keine auslassen!« und lachte, ein Mantra auf den Lippen. OM MANI PEME HUNG. Mögen alle Wesen glücklich sein. Und ich auch. Ich ahmte sie nach, wollte ihr geistig nahe sein, indem ich mit einstimmte, halb murmelnd, halb singend, fast stimmlos beim Einatmen, immer einen Schritt hinter ihr, bis meine rechte Hand ohne mein Zutun den Rhythmus des Drehens aufnahm und die Finger der Linken die Lotosperlen der Mala abzählten, Mantra um Mantra. Dreimal zogen wir unten um die Außenmauer herum, dann hinauf zu den oberen Umrundungen unter der Kuppel, immer auf den Wellen des Mantras, Ani Deki voran mit ihrem entschlossenen Schritt, als müsse ein Ziel erreicht werden. Vielleicht verstehe ich jetzt ein wenig, warum es heißt: »Der Weg ist das Ziel.«

Aus dem kleinen Schreinraum dringen Ani Dekis Rezitationen, die hellen Töne der Ritualglocke und das Klappern der Handtrommel. Ich sitze auf dem Dach unter den Sternen und dem dickbäuchigen Mond, klebrig vom Zitronenöl gegen die Moskitos, und schreibe im dünnen Licht der Glühbirne am Treppenaufgang und einer Kerze im Wasserglas.

Wir haben wunderbares Pilgerwetter, und so ziehe ich tagsüber mit Ani Deki und den zwei Nonnen im weiten Kathmandu-Tal herum. Pilgerstätten ohne Ende, Stupas, Schreine, Tempel, Höhlen in und um Kathmandu, Patan, Parping und Bhaktapur. Voller Geschichten, die mehr als tausend Jahre zurückreichen, und Berichten von Wundern und wundersamen Segenswirkungen. Man muss nur daran glauben. Ich gebe mir Mühe, zu glauben. Ani Deki lacht und sagt, es wäre besser, ich würde mir keine Mühe geben. »So viel Mühe in deinem Geist, da passt gar nichts anderes mehr hinein.«

Für Ani Tsültrim und Ani Palmo ist Ani Deki die Rudelführerin. Von Zanskar kommen sie alle drei, das ist irgendwo im Himalaya bei Ladakh. »Indisches Protektorat«, sagt Ani Deki und verzieht das Gesicht, »Muslimverwaltung.« Sie sind schon lange unterwegs, abenteuerlich, mit Bussen und auf Lastwagen, billige Schuhe an den Füßen und verschlissene Armeerucksäcke auf dem Rücken. Ohne ausreichende Geldmittel sind sie losgezogen, wurden in Klöstern und in den Häusern der Exiltibeter aufgenommen. Manchmal gab es Spenden, wenn sie am Straßenrand kleine Rituale zelebrierten und ihre wunderschönen Klosterlieder sangen. Manchmal mussten sie hungern.

»Pilgern ist sehr wertvoll«, sagt Ani Deki, »man erwirbt Verdienste, und der Segen der heiligen Orte reinigt Körper, Rede und Geist von den Verdunkelungen.« Und sie holt mich in aller Frühe aus dem Bett, wenn das ganze Tal noch von Nebel erfüllt ist. »Los, komm, Dölma-la, wir gehen pilgern, das ist gut für dich.«

Sie sind erstaunlich, diese Nonnen. Sie reden gern, lachen viel, vergessen oft, dass ich eine »Fremde« bin, und wenn sie daran denken, streuen sie passende und unpassende englische Wörter ein, die sie kaum aussprechen können. Und dann lachen sie mit weit offenem Mund. Ani Tsültrim mag ein wenig älter sein als Ani Deki, Ani Palmo ist jünger, ein hübsches, zierliches Mädchen mit bestürzend alten, verarbeiteten Händen. Sie gehen locker miteinander um, dennoch aufmerksam. Machen wir Rast, breiten sie den Proviant, den sie von ihren Gastgebern bekommen haben, in unserer Mitte aus. Ich habe schnell gelernt, leckere Sachen, die sie besonders gern mögen, beizusteuern – gefüllte Schmalznudeln vom einzigen deutschen Bäcker Kathmandus, harten, würzigen Bergkäse, getrocknete Aprikosen, importierte Schokoriegel. Sind wir an einer der Pilgerstätten angekommen, umrunden sie diese mit gefalteten Händen, machen ihre Niederwerfungen, lassen sich umarmen vom Segen und schnurren ihre Mantras wie glückliche Katzen.

Ich erlebe neue Tiefen durch Ani Deki. Ohne sie würde ich lediglich Oberflächen wahrnehmen. Wenn ich sie in meiner Nähe habe, sie sehe, mich in ihre Anwesenheit hülle, werden die heiligen Orte für mich lebendig. Wenn sie mit ihren Fingern ehrfürchtig die kleine Tara berührt, die in Parping aus dem Felsen wächst, habe ich nicht den geringsten Zweifel, dass sich dieser Umriss, den man ganz gut als die Form der grünen Tara wahrnehmen kann, allein durch die Kraft der Hingabe derer, die sie verehren, aus dem Felsen herausarbeitet. Jetzt, wieder allein, bin ich unsicher. Unzählige Finger haben das Stückchen Fels blank poliert. Ist es möglich, dass die Form auf diese Weise »wächst«? Das ist genauso möglich oder unmöglich wie eine steinerne Manifestation gläubiger Hingabe. Ich habe die Wunder Tibets immer für phantasievolle Mythen gehalten. Doch Ani Deki sagt: »Meinst du, nur das ist wahr, was du glaubst, und das nicht, was andere glauben?« Geht es ums Glauben? Ich glaube an Quantenphysik. Als hätte ich die Phänomene im Labor mit eigenen Augen gesehen. Warum halte ich dann die von selbst entstehende Tara weniger wahrscheinlich? Die Quantenphysik hat Formeln. Die Taras haben Mantras.

Ani Deki öffnet mir die Tür – ich wollte schreiben »zur Welt«, aber vielleicht sollte ich schreiben »zu mir«. Oder ist das gar dasselbe?

Laut Dawa der 17. September

Heute habe ich an Pema-Marie geschrieben, dass ich noch in Asien bleiben werde. Mehr als ein paar dürre Sätze brachte ich nicht zustande. Ich möchte ihr einen langen, aufrichtigen Brief schreiben, sie bitten, mir ihre Gedanken und Gefühle mitzuteilen. Ich kann es nicht, fürchte mich, verschiebe es immer wieder und schäme mich vor mir selbst.

Ani Tsültrim und Ani Palmo sind abgereist, zurück in ihr Kloster, nachdem sie den ganzen Sommer unterwegs waren. Ani Deki ist hiergeblieben. Sie will den Winter in einem Kloster am Stadtrand verbringen, um an einer großen Einweihung teilzunehmen. Es sei vielleicht die einzige große Pilgerreise in ihrem Leben, sagt sie. Jahrelang habe sie in ihrem Dorf um Spenden gebeten und gespart. Doch das heißt für sie, den ganzen Zanskar-Winter lang – er dauert bis Mai – in Nepal zu bleiben. Diese Einweihung, an der ihr liegt, umfasst zwei Monate mit täglichen Pujas von frühmorgens bis nachts. Dann wird sie ständig im Lhakang sein und nur sehr wenig schlafen. In Ani Dekis innerer Welt ein großes Glück.

Und was will ich?

Ich habe es noch nicht herausgefunden. Kein Gedanke mehr daran, mich im chinesischen Tibet niederzulassen. Das ist nicht das Tibet, das ich suchte. Ani Deki ist Tibet, bei weitem mehr als Thinley. Die Klöster sind Tibet. Der Klang der Muschelhörner am frühen Morgen ist Tibet. Doch vergessen kann ich nicht, dass Nepal Exil ist und Tibeter hier Asylanten sind.

So mag es auch Ani Deki gehen. Sie hat trotz allem Heimweh nach ihrem kleinen Zanskar-Kloster. »Es ist mein Zuhause«, sagt sie, »weit weg von der großen Welt. Keine Heizung im Winter und keine Kühlschränke im Sommer und weit und breit kein Fernseher, und unser Leben ist hart, aber ich liebe es. Meine Mutter, meine Sangha-Schwestern ... Man soll nicht anhaften, aber ich sehne mich nach ihnen.«

Ihre Mutter.

»Liebst du sie sehr?«, fragte ich.

»Selbstverständlich«, antwortete Ani Deki. »Sie hat alles für mich getan, was sie konnte.«

Ich sehe Madeleine vor mir, im teuren Kleid, mit dezentem Schmuck, unaufdringlich elegant, darauf legt sie Wert. Auch ich musste immer »gut angezogen« sein. Ich schaue zurück, sehe mich, zehn oder elf Jahre alt, mit Madeleine und Martin spazieren gehen, ein wenig hinter ihnen. Da ist sie, ich fühle sie, die verhaltene Wut, die Vorstellung, hässliche Worte zu schreien und an ihren Mänteln zu zerren und sie zu kratzen und zu beißen. Und dann dränge ich mich zwischen sie und fasse sie an den Händen. Ich will doch ihr liebes Kind sein, die stille, sanfte Dölli.

Pema-Marie war ein Jahr alt, als sie aus Florida zu Besuch kamen. Kaum hatten sie mich verheiratet, sind sie dorthin gezogen wegen Martins Gicht. Haben sie meinetwegen so lange damit gewartet?
Ich sehe mich auf dem Sofa sitzen, leblos, machtloser böser Geist des Hauses. Anna trug das Baby herum, zeigte, wie gut sie es machte und wie wenig Mutter ich war. Madeleine tätschelte meine Hand und sagte: »Aber Kindchen, was machst du denn nur.« Sie waren auf ihre anständige, kultivierte Weise empört über mich. Das durfte doch nicht sein, dass ich mich so gehenließ, die gut erzogene Tochter. Sie sprachen es nicht aus, doch es lag ganz dicht unter der dünnen Schicht ihrer besorgten Worte. Es war eine gewisse Klarheit in mir in meiner erstarrten Verzweiflung.
Sie sollten sich nicht so viele Gedanken machen, hörte ich Hans-Peter in der Küche sagen. Es seien die Hormone, man müsse nur die richtigen Medikamente finden, dann sei bald alles wieder in Ordnung.
»Es tut mir leid, Mama«, sagte ich. Ihre Versuche, mich zurechtzurücken nach ihrem Bilde, waren grauenhaft. Und doch schmerzte es, als sie gingen, meine lieben, guten Eltern, so unschuldig enttäuscht von mir. Später wurden Fotos gemacht für Florida, von Dölli mit Puppenlächeln in der unteren Gesichtshälfte, das Kindchen auf dem Schoß, und von uns, den jungen Eltern, als spielten sie mit der Kleinen im winzigen Jeansröckchen. Doch die jungen Eltern spielten nicht mit ihr, Papa war kaum da, und die unbrauchbare Mutter war immer zu allem zu müde.
Sie kamen wieder zu Besuch, als Pema-Marie vier Jahre alt war. »Wie schön, dass es dir bessergeht«, sagte meine liebe Mama Madeleine mit glücklichem Lächeln. Wer hätte das Recht, solch einem Glück die Realität entgegenzuhalten? Ich war so nett, wie ich konnte, war eine liebe, langweilige Tochter. Bis ich irgendwann sagte, mitten in einem Ge-

spräch, als ein wenig über gemeinsame Bekannte gelästert wurde: »Jeder hat Leichen im Keller, dem einen stinken sie in die Nase, die anderen haben sie hygienisch in Eis gepackt.« Das nannte ich für mich mein privates Tourette. So etwas rutschte heraus, sehr selten, wenn ich allzu lang brav gewesen war. Es tat mir leid. Sie blieben ein paar Tage, gingen mit Pema-Marie in den Zoo, fuhren dann nach Süden, wegen Martins Gicht. Ich umarmte Madeleine zum Abschied, zerstreut und kraftlos, sie spürte es und trat schnell zurück. Martin drückte mich immer ein bisschen zu fest, bis ich verzweifelt »mein lieber Papli« sagte. So mochte er es. Und dann fuhren sie weg, und ich war erleichtert und trauerte.

Da gibt es nichts, wonach ich mich sehnen könnte.

Ende September

Ich mag dieses trockene Wetter mit der sanften Kühle in den Nächten.

Humphrey hat mir Zugang zum Fortgeschrittenenunterricht in klassischem Tibetisch ermöglicht. Das Lernen tut mir gut.

Humphrey, immer höflich, freundlich, hilfsbereit. Und fern. Seltsam, wie ein Sichkennen zwischen Zaunlatten hindurch, kein Türchen im Zaun. Vielleicht ist das britischer Stil?

Ich würde gern Freunde und Freundinnen finden, doch das ist schwierig. Ich sehe tibetisch aus und denke westlich, kann weder auf der einen noch der anderen Seite dazugehören. Nur bei Ani Deki gibt es keine Barrieren. Sie lässt mich zu, neugierig und gelassen.

Sie wohnt nicht mehr auf dem Dach, hat einen Platz in dem Nonnenkloster bekommen, in dem die Einweihung

stattfinden wird. Ich sehe sie seltener und sehne mich nach ihr.
Stattdessen ist überall Hillary. Ich habe sie zu übersehen versucht, doch Hillary lässt nicht zu, dass man sie übersieht. Sie drängt sich vor, mischt sich ein, weiß alles besser, dirigiert, kritisiert, unterstellt, spricht zu laut. Sie ruft meine schlechtesten Eigenschaften hervor – Mangel an Großzügigkeit, an Geduld, an Mitgefühl, an all den schönen Tugenden in den Büchern.
Warum kann ich Hillary nicht ausstehen?
Erleuchtung kann man nicht denken.
Der Rinpoche sprach von der Entwicklung innerer Wärme. Ein Same, den jeder in sich trägt, der auf ganz natürliche Weise aufgeht, wenn man ihn mit Einfachheit und Achtsamkeit nährt. Verzicht auf das Gutmenschkonzept. Kein künstliches Nettsein. Das erleichtert mich. Ich bin kein netter Mensch.

Abend auf dem Dach

Wieder einmal Kerzenschein auf der Dachterrasse. Immerhin, die Stromausfälle sind jetzt nach dem Regen viel seltener geworden. Warum wohl?
Gestern hatte ich einen herrlichen Tag mit Ani Deki. Sie hat so wunderbar viel Raum, in dem ich mich niederlassen und mich ausbreiten kann, ohne dass ich sie im Geringsten verbrauche. Ich erzählte von Hillary und meinem Scheitern an ihr, dieses innere Reiben, das mich ganz kraftlos macht. Ani Deki lächelte, wie immer mit der Mischung von großer Zuneigung und kleiner Belustigung, ein ganz außerordentliches Lächeln, wärmend und kühlend zugleich. »Tu doch mal das Gegenteil«, sagte sie, »einfach das Gegenteil von dem, was negativ ist.«

Ihre Zuversicht ist wie frischer Wind. Sie stachelt mich auf, aus dem Gleis zu hüpfen, in eine andere Richtung zu denken. Und plötzlich begann sich eine Überzeugung in mir zu rühren, dass ich nicht die bleiben müsse, die ich war, als ich hierhergeflohen bin.
Also war ich heute mutig. Auf der Straße zur Stupa traf ich Hillary. Ich müsse morgen unbedingt in den Lhakang kommen, sagte sie, aufgeregt wie immer. Unbedingt. Den ganzen Tag lang Puja, ganz wunderbare *blessings* – das Wort platzt in ihrem Mund wie eine überreife Frucht –, die dürfe ich nicht versäumen. Sie spricht dauernd von Segnungen und Verdiensten, als spekuliere sie an einer spirituellen Wallstreet.
»Ich muss gar nichts«, murmelte ich. Es klang nach maulendem Kind, und ich ärgerte mich noch mehr. Ich wollte weglaufen, bin schon immer weggelaufen, wenn mir eng wurde. Doch dann geschah es: Ich hängte mich bei ihr ein, sagte, ich wolle sie zu Tee und Sweets einladen, und zog sie zum Gartenrestaurant um die Ecke. »Wir sind uns so oft über den Weg gelaufen, wir sollten uns endlich kennenlernen«, sagte ich und redete unwillkürlich weiter, fischte nach ihr, fand Worte mit Häkchen, um sie zu halten, zu kontrollieren. Ich fragte, woher sie komme, wie lange sie schon in Kathmandu sei, wo sie wohne, Fragen um Fragen. Ich war stolz auf mich. Sie konnte nicht widerstehen, antwortete bereitwillig, lachte manchmal grundlos, als überspiele sie Verlegenheit, drehte ihr Glas mit Zitronensaft zwischen den Fingern. Ich sah so viel. Unerwartete Altersfältchen an ihrem Hals, den sorgfältigen blauen Lidschatten, der ihre blauen Augen noch blauer machte, die Spannung in ihren Lippen. Sie erzählte von ihrer Familie in San Francisco, von einer frühen Heirat, in der viel gestritten wurde, und von einem Mann, der sie enttäuschte. »Ein Politiker«, sagte sie und zog die Mundwinkel ein,

als sage dies alles. Ein wichtiger Mann hatte sich für sie interessiert, das wollte sie zeigen. Kleiner Trost für großen Schmerz. Und Bitterkeit. Hillary hat eine intime Beziehung zu Bitterkeit, darin verstehen wir uns. Enttäuschte Liebe nagt grausam. Ich nickte beruhigend und hatte hinterhältige Gedanken. Welcher Mann würde eine Besserwisserin wie Hillary wollen?

Es fehlt mir an Mitgefühl.

Voller Ambivalenz lud ich sie zu einem Videoabend ein. Dawa gefällt es, in Gemeinsamkeit mit anderen Filme anzuschauen und eifrig Kommentare auszutauschen. Dann muss die Didi am späten Nachmittag dableiben und Platten voller Snacks zubereiten, bevor sie endlich nach Hause zu ihrer Familie gehen darf, um für ihren arbeitslosen Mann, den arbeitslosen Sohn, die alleinerziehende Tochter und deren Kinder zu kochen. Ich bewundere diese kleine, drahtige Newar-Frau, die immer singt bei all der Hausarbeit. Ich putze das Klo und das Badezimmer jeden Tag, und sie schlägt die Hände zusammen vor Entsetzen und Dankbarkeit. Ich sage kein Wort davon, dass ich ihrer Reinlichkeit nicht traue. Dawa lächelt und schüttelt den Kopf. Ihr Leute aus dem Westen!

Immerhin, ich habe von der Didi gelernt, beim Putzen zu singen. *So long, Marianne* und *I love you in the morning* und *Suzanne,* das sind die einzigen Lieder, die ich singen kann. Ein Wunder, dass ich die Texte nicht völlig vergessen habe. Ich schrubbe die Trittsteine im Klo und schmettere »*Jesus was a Sailor / la la la / But he himself was broken / Long before the sky would open / Forsaken, almost human / He sank beneath your wisdom like a stone*«. Und ich denke, dass ich verstehe, was ich singe, verstehe es mit meinen schrubbenden Händen, mit meinem traurigen Bauch.

Warum nur habe ich Hillary eingeladen? Vielleicht wird sie sich bei uns einnisten. Sie ist hungrig nach Zuwendung und nicht bescheiden. Vielleicht wird sie an mir zerren und mich brauchen. Ich kann nicht gebraucht werden. Dass Dawa mich braucht, ist mehr als genug. Doch Dawa hat ein Recht auf mich, ich bezahle sie mit meiner Gegenwart. Das wissen wir beide, und das macht es erträglich. Offenes Herz, sagte der Rinpoche. Kein Hinterhalt. Verfügbar, keine privaten Schlupfwinkel. Wie soll das gehen?

Die Kuh

Heute ging ich zur Morgen-Khora um die Stupa. So früh stehe ich selten auf. Nebel hing in den Gassen, die Stupa-Augen waren verschleiert. Ein sanfter Strom unscharfer Gestalten bewegte sich im Kreis, dazu leises Murmeln, Klicken der Malas, manche der Gebetstrommeln quietschten ein bisschen. Dann eine zarte Ahnung von Sonne. So ruhig, so schön.

Zurück zu Dawas Haus nahm ich die Abkürzung, einen kleinen Pfad an einer Mauer entlang, erhöht über dem Feld daneben, noch feucht vom Gewitter am Abend zuvor. Und da war sie. Die sterbende Kuh.

Ich zittere noch immer. Das erste Lebewesen, das ich je sterben sah. Es ist seltsam, mindestens das halbe Leben habe ich schon hinter mir und sah noch nie ein Sterben. Oder sah ich es damals auf der Flucht in den Bergen im Schnee, als ich noch zu klein war, um es zu verstehen?

Ich sah sie von Weitem auf dem Pfad entgegenkommen und überlegte, ob ich ins Feld hinunterklettern sollte, um ihr auszuweichen. Dann nahm ich den unsicheren Gang wahr, das Torkeln. Der Kopf hing tief. Vielleicht sollte ich zurückgehen. Die heiligen Kühe tun niemandem was, hatte man mir gesagt, doch das ist für mich nicht verlässlich. Es gibt Krankheiten. Es gibt Tollwut. Ich blieb stehen.

Plötzlich fiel sie auf die Knie, dann gaben die Hinterbeine langsam nach, der Körper glitt zur Seite. Selbst aus der Entfernung sah ich, wie ihre Augen rollten. Überall standen Knochen aus ihrem bleichen Körper hervor. Sie starb, dessen war ich mir sicher. Als könne man das Sterben riechen oder spüren wie einen Windhauch. Sie ließ sich vollends sinken, hielt nur den Kopf noch ein wenig hoch, lebenswillig bis zum letzten Augenblick. Ich ging langsam auf sie zu, merkwürdig entschlossen, konnte nicht einfach weggehen und sie so sterben lassen. Das war kein klarer Gedanke, eher die natürliche Gewissheit, ich müsse hier eine Verantwortung übernehmen. Lang stand ich da und wusste nicht, was tun. Schließlich kniete ich nieder auf dem nassen Pfad, legte eine Hand unter den großen Kopf und strich über die weiße Stirn, die raue Nase. Die Augenlider sanken herab, der Kopf wurde schwerer, ich musste beide Hände nehmen, um ihn zu halten. Noch wollte sie das Leben nicht loslassen.

Die Zeit war längst auseinandergefallen, als sie schließlich aufgab und der Kopf in meinen Schoß sank. Ich bemerkte, dass ich das Mani-Mantra murmelte, keine anderen Worte waren mir eingefallen als dieses alte Mantra des Mitgefühls. Es muss wohl in der Luft gelegen haben zwischen all den tibetischen Klöstern im Viertel. Was sollte ich sonst zu einer sterbenden heiligen Kuh sagen? Auch meine Tränen bemerkte ich schließlich, jedoch erst, als ich der Kinder gewahr wurde, die sich um uns versammelt hatten, ganz still, die Augen groß und leer, mit dem Anblick des Sterbens sicher vertrauter als ich.

Weinte ich tatsächlich? Da war keine Trauer. Doch eine Verbundenheit war da, ein Mitgehen mit dem Aufgebenmüssen des Sehens und Hörens und Fühlens, mit den letzten Regungen des Lebenshungers. Sie würde nicht mehr im Müll am Straßenrand den Geruch nach Nahrhaftem aufnehmen, nicht mehr ein Kalb am kleinen, zu leeren Euter spüren. Nein, sie dachte es nicht, aber es war in ihrem Geist, und sie wollte das Leben nicht hergeben, wie auch immer es war.

Geh nur, sagte das Mantra zu ihr, es ist völlig in Ordnung zu gehen, weiterzugehen, dein Kuhsein aufzugeben und wahrscheinlich wieder ins Kuhsein zu drängen. Man hat ja diesen Drang ins Vertraute, selbst wenn es nicht allzu wünschenswert ist. Aber vielleicht erinnerst du dich daran, dass ein Mensch dich verabschiedet, Zuwendung dich begleitet hat, denk auch an die Hände, die deinen Kopf hielten. Erinnere dich an das Mantra, Kuh, den Schlüssel zum Geist.

Ich spüre noch immer ihren Kopf in meinen Händen und fasse es kaum, dass ich das war, die das tat. Seit ich mein altes Heim verlassen hatte, gab es keinen Augenblick, der so sehr stimmte wie dieser. Oder in dem ich so sehr stimmte, so im Einklang war mit dem, was ist. Endlich weiß ich, wohin ich möchte: In diese Richtung möchte ich gehen! *Ein Klang.* Nichtgetrenntsein. Ich weiß, dass ich mir im Weg stehe. Allein das so deutlich zu sehen, ist gut, tut mir gut. Weil es eine richtige Richtung für mich gibt.

Später Abend

Die Kuh hat den ganzen Tag ausgefüllt. Mittags nahm ich ein Taxi zu dem Kloster, in dem Ani Deki wohnt. Ich brauchte meine Ani.

Ich erzählte ihr vom Sterben der Kuh, berührt und erschüttert und auf eine seltsame Weise glücklich – und fast beschämt, denn wie kann es sein, dass man sich glücklich fühlt, wenn man gerade Zeuge des Todes wurde. Ich zerrte ungeduldig Worte herbei, um zu beschreiben, was zwi-

schen den sichtbaren Versatzstücken des Ereignisses geschehen war, in den Lücken, für die es kaum Worte gibt, es sei denn, ein poetischer Wind treibt sie heran. Vielleicht machte dies mein seltsames Glücklichsein aus – der poetische geistige Windhauch.
Ani Deki hielt meine Hand und lächelte, wie nur sie lächeln kann mit ihrem ganzen, sanften, festen Wesen. Reis und Dal wurden kalt auf unseren Tellern. *»Yepo-du«*, sagte sie, immer wieder: *»Yepo-du«* – sehr gut. Und dann begann sie, die Geschichte vom Schlachtschaf zu erzählen, das einem Kloster geschenkt werden sollte. Das wird eine schräge Geschichte, dachte ich, die Mönche mussten ja wissen, dass sie kein Tier essen durften, das ihretwegen getötet wurde. Das Schaf hörte seinen Bauern davon reden, dass es geschlachtet werden solle, und fürchtete sich sehr. In der Nacht vor seinem unvermeidlichen Ende erschien ihm im Traum Avalokiteshvara, der Bodhisattva des Mitgefühls. Er beruhigte das arme Schaf, es sei ein durchaus wünschenswertes Ende, für ein Kloster zu sterben, denn die Mönche würden für seine gute Wiedergeburt beten. Das Schaf beruhigte sich und stellte sich eine gute Wiedergeburt vor. Vielleicht als Leitschaf, hinter dem alle herlaufen, oder noch besser als Hund, der auf die Schafe aufpasst. Gib acht, sagte der Bodhisattva, horche auf die Worte der Mönche, wenn sie dich aufessen, und wenn du das Mantra des Mitgefühls, OM MANI PEME HUM, hörst, dann weißt du, dass sie für dich beten und du gerettet bist. Sie werden für mich beten, sie werden für mich beten, sagte das Schaf sich vor, immer wieder. Sie sind nicht gewöhnliche Leute, denen mein Tod gleichgültig ist, nein, sie sind Mönche, und sie werden für mich beten.
Das Schaf wurde geschlachtet und gekocht, und ein großes Essen begann. Der Geist des Schafs hörte genau hin. Doch er hörte nur allgemeines Rezitieren, viel Schmatzen

und gelegentliche Äußerungen, dass es gut schmecke. Mit wachsender Aufregung sah das Schaf all sein Fleisch in den Bäuchen der Mönche verschwinden, aber das Mantra hatte es noch immer nicht gehört. Da kam ein pilgernder Yogi ans Klostertor und bat um Nahrung, und die Mönche, schon mehr als satt, gaben ihm den Rest vom Schaf, nicht mehr als ein paar Innereien, die sie sonst weggeworfen hätten. Der Yogi verneigte sich tief, nahm die Gabe entgegen, setzte sich in eine Ecke im Klosterhof und stellte den Teller vor sich auf die Erde. Der Geist des Schafs sah ängstlich zu, der Verzweiflung nah. Es hatte wenig Hoffnung auf Rettung. Doch siehe da, der Yogi murmelte das Mantra des Mitgefühls und murmelte es sogar noch weiter, während er aß, zwischen jedem Bissen. Das Schaf war gerettet. Und es hatte später eine sehr erfreuliche Wiedergeburt als Hütehund, aber davon wusste der Hund natürlich nichts.

»Also wirklich, diese Mönche!«, sagte ich. »Aber ist es nicht so, dass Nonnen niemals etwas Negatives über einen Mönch sagen dürfen?«

Ani Deki kicherte leise und antwortete, das würde sie auch nie tun, doch dies sei eine alte Geschichte, und es gebe kein Verbot, alte Geschichten zu erzählen.

Irgendwann

Jeder Tag wie der andere: im Kurs meditieren, Tibetisch lernen, zu den gelegentlichen Vorträgen des Rinpoche gehen, mit Dawa höflich plappern und Filme anschauen. Manchmal bringt Hillary interessante Videos. Seltsam, diese verdünnte Freundschaft mit Hillary. Sie häuft Wände von Urteilen um sich auf, bis sie nicht mehr darüber hinausschauen kann. Das hat mich unsicher gemacht in mei-

nen eigenen Meinungen. Wo ist die Grenze zwischen Unterscheidung und Urteil? Ich war noch nie großzügig. An Hillary kann ich mich erproben. Das ist Arbeit.
Ich lese viel, Werke der Meister, die ich früher nicht verstand oder falsch verstand. Ich hielt sie für Philosophie, »nur« Philosophie.
So viel hat sich verändert! Meine Suche nach Heimat hat eine andere Richtung genommen, als ich früher dachte. Die Heimat hat sich ins Exil verlagert. Kann man das Heimat nennen? Dieses Gastland ist ein hinduistisches Königreich zwischen Tibet und Indien, und der zweitausend Jahre alte Newar-Buddhismus, vermischt mit Hinduismus, gibt dem Leben der Menschen die kulturelle Färbung. Das ist nicht die Heimat, die ich ursprünglich suchte.
Ani Deki erzählt jedes Mal, wenn wir uns sehen, sehnsüchtig von ihrem Zuhause. Von ihrem kleinen Kloster, an den Berg geklebt hoch über dem Dorf und den Feldern. Ein Polaroidfoto, das ein Trekker ihr geschenkt hat, zeigt ineinander verschachtelte Zellen aus Naturstein mit kleinen Fenstern. Seit einem Jahr seien sie verglast, erklärt Ani Deki begeistert. Welch ein Luxus. Und sie schwärmt von den Bergen, den wunderschönen Bergen, als seien sie Wesen, Freunde, aber eben auch mächtig und unberechenbar, wie Götter so sind. Ich habe Humphrey gefragt, er hat nie von diesem Kloster gehört. »Das ist noch das echte Tibet«, sagte er lachend. »Da gibt es keine Straße, nur Trampelpfade, und keine Elektrizität, keine Zeitung, keine Postadresse, dafür jede Menge Geister und Wunder.«

Ani Deki sagte, sie müsse dringend nach Hause. »Wer sagt das?«, fragte ich. »Tara«, war ihre Antwort.
»Du wolltest doch den Winter über hierbleiben«, wandte ich ein, »und diese Einweihung ist dir doch so wichtig.«
Sie wiegte den Kopf, in diesem Fall als bedauerndes Nein gemeint. Tara riefe sie zurück, erklärte sie, es sei höchste Zeit, denn der Penzi-la-Pass sei bald nicht mehr überwindbar.
Ich wollte sagen: Nein, tu das nicht, lass mich nicht allein! Aber so etwas sagt man nicht. Schlimm genug, es zu denken. Wie ein Kind. Ich war schon viel zu lang ein Kind. Ein großes, schwaches, überaltertes Kind, und das will ich nicht mehr sein. Also fragte ich, ob ich mitkommen dürfe.
Ani Deki hob die Augenbrauen. Ob sie mir schon erzählt habe, dass in Zanskar von Oktober bis Mai Winter sei, und kalt sei es dann, sehr, sehr kalt. Und dass es keine Heizung gebe, nur dicke Felle. Wie früher in Tibet. Doch darüber wollte ich nicht nachdenken.
»Ist das möglich?«, drängte ich. »Könnte ich bei dir im Kloster wohnen? Ich würde nicht im Weg sein. Einfach dabei sein und mitarbeiten und alles mitmachen. Und wenn es nicht passt, kann ich wieder gehen.«
Ani Deki kam aus dem Kopfwiegen gar nicht mehr heraus. »So schnell kann man nicht gehen«, sagte sie. »Erst in einem halben Jahr, wenn die Pässe wieder frei sind.«
Ich wollte nichts davon hören. Dort sein, wo Ani Deki ist, war mein einziger Gedanke. Doch jetzt, in Dawas hübschem, komfortablem Haus, kommen mir Zweifel. An Kälte bin ich nicht gewöhnt. Ich denke an meine Jugendzeit, an Skiurlaube mit Madeleine und Martin, an das kleine Glück, die kalten Füße an den Kachelofen der Berghütte zu drücken, geborgen in der köstlichen Wärme der

Stube. In Zanskar gibt es kein Heizmaterial, sagte Ani Deki, nur ein bisschen Kerosin für den Ofen im Lhakang, das im Sommer mit einem Jeep auf der Schotterstraße bis zum Weg in ihr Tal und dann auf dem Rücken geduldiger Maultiere ins Dorf gebracht wird. Und die Nonnen schleppen die Kanister dann hinauf in ihr Kloster. Manchmal haben sie nur wenig Spenden bekommen, dann müssen allein die Körper der Nonnen den Lhakang heizen.
Ich bestand darauf, dass ich mitkommen wollte. Es ist das einzige Stückchen echtes Tibet, das sich mir anbietet. Wohin sollte ich sonst gehen? Kathmandu ist Transit, hier will ich nicht bleiben. Ich glaube, dass es keine Phantasterei ist, diese Sehnsucht nach Heimat, nach dem Ort, wo man hingehört. Ich habe mir nicht eingebildet, dass es leicht sein würde.
Es ist ein Omen, dass Ani Deki jetzt schon abreisen will. Oder, nun ja, Tara will es. Hat meine Ani eine direkte Leitung zur Gottheit? Ob sie Stimmen hört? Oder inneres Licht sieht und einfach »weiß«, so wie Hildegard von Bingen? Oder sieht sie Tara real wie eine Person? Ich vermag es mir nicht vorzustellen. Eines Tages werde ich sie fragen.

12. Oktober

Nun geht alles sehr schnell. Humphrey war eine unschätzbare Hilfe im indischen Konsulat. Ich habe Flugtickets nach Leh in Ladakh für Ani-la und mich gekauft und unverzichtbare Dinge für das Zanskar-Leben besorgt. Batterien für die Taschenlampe, eine Isoliermatte, dicke, nach Schaf riechende Socken, zwei Pashminaschals, eine große Menge Tampons, Gletschercreme, ein billiges Trekkerhütchen, Ringhefte fürs Tagebuch, vielleicht auch allerhand

Unnützes. Meinen großen, teuren Hi-Fi-Rucksack betrachte ich inzwischen als kostbaren Schatz.
Humphrey schleuste mich zum Rinpoche. Obwohl ich mich für Zanskar entschieden habe, möchte ich dennoch seine Bestätigung, dass meine Entscheidung richtig ist. Eine Gruppe russischer Besucher saß um ihn herum, und ich verstand nicht das Geringste. »Rinpoches russische Schüler lernen in Russland Tibetisch«, flüsterte Humphrey mir zu, »Englisch können die wenigsten.«
Als alle gegangen und das Zimmer leer war, schob Humphrey mich vor. Ich vergaß ihn in dem Augenblick, in dem ich vor dem Rinpoche saß. Sein weit offener, durchdringender Blick stürzte sich auf mich. Er schüchtert mich ein, dieser Blick, ich fühle mich ausgeliefert, so erschreckend »gesehen«. Was sieht er? Eine unsichere Person, die nicht weiß, wo sie hingehört? Die ihr Leben vertan, ihre Chancen verpasst hat in diffuser Angst? Pema-Marie war meine Chance. Ich konnte sie nicht wahrnehmen. Ist es ein Verbrechen, wenn man nicht kann?
Doch der Blick urteilte nicht. Er war freundlich und neutral.
»Ich gehe mit einer Nonne nach Zanskar in ihr Kloster«, sagte ich. »Ist das gut?«
Der Rinpoche lächelte ein wenig und machte ein kleines Geräusch wie »hm«. Dann schwieg er und schaute lange Zeit über meinen Kopf hinweg irgendwohin, in eine große, ferne Weite. Meine Gedanken rasten in diesen Zeitraum, wollten ihn füllen um jeden Preis. Jetzt denkt er: Diese Tibeterin ist zur Dharma-Touristin degeneriert. Sie weiß nicht, was sie tut, hat keine Ahnung von Zanskar und dem harten Leben in einem Nonnenkloster. Oder: Diese Frau wird von Tara geleitet, sie wird von einer großen Vision getragen, sie kehrt zurück zu ihren Wurzeln. Sie ist eine von uns. Oder: Sie ist keine von uns.

»Wer ist Kunsang Lhamo«, fragte ich in sein Schweigen.
»Du«, sagte der Rinpoche.
»Das verstehe ich nicht«, fuhr es aus mir heraus. Ich zitterte vor Aufregung. »Dreimal wurde ich so genannt. Warum verfolgt mich dieser Name?«
Der Rinpoche lächelte ein wenig. »Ich vermute, weil er dich einholen will.«
Ich fragte nach der Bedeutung. Kunsang, sagte der Rinpoche, bedeute absolut gut, umfassend gut, jenseits der Polarität von positiv und negativ. Und Lhamo bedeute Göttin, das weibliche göttliche Prinzip.
»Also mein Gegenteil«, sagte ich.
Er antwortete mit einer sanften, verneinenden Handbewegung: »Täusche dich nicht.« Plötzlich streckte er den Arm aus, zog meinen Kopf zu sich heran und berührte meine Stirn mit der seinen. In mir wurde es sehr still.
Ich verstehe das alles nicht.
Denk nach, mein Kind, hat Martin immer gesagt. Und wenn er mit Madeleine nicht zufrieden war, sagte er, sie solle gefälligst einmal denken. Man muss denken, so habe ich es gelernt. Ich denke immer. Ich kann nicht anders.
Der Lama im Meditationskurs sagt, wir sollten nicht an Gedanken hängenbleiben und einfach dem Atem folgen. Und wie meine Gedanken dem Atem folgen! Ich folge ihm in meine Hände, sie werden riesig. Ich folge ihm in meine Füße da unten, sie mag ich nicht. Mein Herz regt sich auf, wenn ich ihm dorthin folge. Mein Bauch hat im Inneren ein Loch, durch das man in einen Abgrund fällt. Dorthin will ich gewiss nicht. Außerhalb von mir ist es nicht besser. Der junge Mann vor mir – ich sehe vor allem seine langen, dünnen Haare um eine kahle Stelle auf dem Kopf – hat Anfälle von heftigem Schnaufen. Entsetzlich. Die Frau neben mir kommt immer wieder ins Schaukeln, das ist schwer zu ertragen. Manche sitzen still wie Statuen,

obwohl der Lama sagt, man dürfe sich gelegentlich bewegen. Ich bewundere sie.
Vielleicht habe ich kein Talent zur Meditation.
Doch sie war sehr schön, die kleine Stille beim Rinpoche.
Da dachte ich nichts.
Er hat meine Frage nicht beantwortet. Wozu sollte er auch, ich habe mich ja längst entschieden.
»Bleib gesund«, sagte Humphrey zum Abschied.
Worauf habe ich mich eingelassen? Ich wage nicht daran zu denken, was alles geschehen kann.

PEMA-MARIE

Sie hätte nicht so lange lesen sollen. Wie immer konnte sie danach nicht einschlafen, die Stunden quälten sich durch die Nacht, und der Schlaf am Morgen war dünn und von Träumen zerrissen. Das Gurren und Flattern der Tauben hatte Unruhe in die Träume gebracht, endlose Reihen von Tauben, ungenierte Hausbesetzer, die sich auf den Dachsparren und Simsen drängten und selbst im Schlaf noch gurrten.

Warum tu ich mir das an, dachte Pema-Marie und starrte zu den polierten Holzbalken der Decke hinauf. Sie sollte zu Hause sein, sich um ihre Arbeit kümmern, an ihrer ersten wissenschaftlichen Veröffentlichung weiterschreiben. Dort gehörte sie hin, dort war alles überschaubar. Die drei Zimmer mit Balkon, die Fußbodenheizung, der Schreibtisch, das Auto, der akademische Titel. Zu Hause wäre es nicht so weit mit ihr gekommen wie gestern Abend. Diese unbekömmliche Stadt am Ende der Welt riss ihr die Haut von den Nerven. Und sie veränderte René. Wir sollten uns trennen, hatte er beim Abendessen gesagt. Einfach so über den Tisch. Sie war nicht darauf eingegangen, tat, als habe sie es überhört. Er muss zu viel getrunken haben, sagte sie sich. Doch dann begann er, ihre ausweichenden, bedeutungslosen Bemerkungen mit harten Blicken zu zerschneiden, und sperrte sie ein in das Echo ihrer Gedanken, das alles, was ihre Gemeinsamkeit betraf, fragwürdig werden ließ.

Sie setzte sich auf und hörte ein Knistern im Bett. Unter ihr lag das Blatt Papier, auf dem sie vor dem Einschlafen ein paar Sätze aus dem Tagebuch kopiert hatte, kaum lesbar, in hängenden Zeilen. »Alle negativen Erfahrungen mit sich selbst und der Welt soll man bejahen, nichts übergehen, alles aufdecken, sich nicht mehr betrügen. Auch die schmerzhaftesten Stellen berühren.«

Das Erschrecken kam zurück und der Widerstand. Wie konnte Mama sich darauf einlassen? Wie konnte irgendjemand das wollen?

Sie war nun wach genug, um zu erkennen, wie sehr sie sich gewünscht hatte, Mama würde aufdecken, was sie ihrer Tochter angetan hatte. Und René sollte aufdecken, wie egoistisch und ignorant er war, wie grausam es gewesen war, sie mit dem Tod ihres Kindes alleinzulassen und sie zu betrügen mit Lea. Mit ihrer Freundin Lea, ihrer einzigen Freundin.

Wut und Trauer machten ihre Beine schwer auf dem Weg in das kleine Badezimmer. Sie wollte sich nicht anschauen, wollte nichts zu tun haben mit dem missmutigen Gesicht im Spiegel, unter dem eine leise Spur von Dölma lag, der Olivschimmer der Haut, die hohen Backenknochen, die leichte Schräge der Augen. Doch sonst alles geprägt von Hans-Peters Familie, die Körpergröße, die goldbraunen Haare, die langen Finger und Zehen.

Papa war keine Zuflucht. Ihr Ärger erstreckte sich auch auf ihn. Immer war da die Angst vor deiner Enttäuschung, Papa, und wie atemlos war ich ständig im Verfolgen der Ziele, die du mir eingeredet hast. Wann gab es je Vertrauen in dieser Familie?

Doch auch dies hatte sie nachts auf dem Zettel notiert: »Ani Deki, sie übernimmt die Verantwortung für ihr Vertrauen, so lückenlos, dass sich keine Enttäuschung dazwischendrängen kann.«

Genau so hatte sie sich ihre Ehe mit René vorgestellt. Sie hatten einander geliebt, waren überzeugt, sie würden einander vertrauen und dieses Vertrauen nie enttäuschen. Kein Lauern, ob es auch eingehalten würde, kein gegenseitiger Handel, so hatten sie einander versichert.

Doch wie konnte man Verantwortung für sein Vertrauen übernehmen?
»Ich bin nicht schuld daran, dass er mich enttäuscht hat«, sagte sie zu ihrem Spiegelbild. Und wusste in diesem Augenblick, dass Dölma etwas anderes gemeint hatte.

Nur wenige Gäste saßen beim Frühstück. Sie hatte nicht bei René klopfen wollen, wünschte, er schliefe noch, sodass sie ihm beim Frühstück nicht würde gegenübersitzen müssen, auf dem Hot Seat ihrer beider Scheitern. Denn das konnte sie nicht leugnen, dass sein Scheitern auch ihres war.
Doch da saß er am Fenster, den Kopf in die Hand gelegt, und starrte hinaus in das tapfere Blühen trockener Rhododendronbüsche.
»Guten Morgen«, sagte er, »obwohl man das einen Euphemismus nennen könnte.«
Wie gut er sie kannte. Er sagte manches, bevor sie es sagen konnte, und setzte sie schachmatt.
Ohne zu antworten, schob sie ihm die nachts gelesenen Tagebuchhefte hin.
»Dölma reist jetzt nach Zanskar«, sagte sie schließlich, während sie umständlich ihre Serviette entfaltete. »Ich möchte heute einige Leute treffen, mit denen sie hier zu tun hatte.«
René richtete sich auf. »Du? Aha. Das heißt also, nicht wir.«
Sie wich seinem Blick aus, goss Kaffee ein, sprach zur Kaffeetasse hin und wünschte sich weit weg. »Mit deinem Kater? Ich dachte nicht …«
»Der Kater ist es nicht«, sagte René und legte beide Hände auf den Tisch. Pema-Marie wünschte sich noch weiter weg.
»Zwischen uns beiden, das ist es«, sagte er langsam, nach-

drücklich. »Und da ist es schon lang. Viel zu lang. Wir mussten nur weit weg von zu Hause sein, weg von der Routine unseres Lebens, damit das deutlich werden konnte. Ist es nicht so? Wir waren gut im Verdrängen, Pema. Ich war ständig auf Reisen, und du hast dich in deinem Labor verkrochen.«

»Ich habe mich nicht im Labor verkrochen«, fuhr Pema-Marie auf. »Ich habe wissenschaftliche Arbeit geleistet.«

René griff sich mit einer heftigen Geste an die Stirn. »Ich weiß, ich weiß, du bist die Wissenschaftlerin, die Hohepriesterin im Hochqualifiziertenclub. Du musst es nicht betonen, es hat sich längst unter meine Haut und in die Eingeweide gefressen. Was für eine Mesalliance! Aber schau, ich habe die Rolle nie ganz angenommen, Prinzgemahl von des Professors Gnaden zu sein. Ihr habt euch geeinigt darauf, aber ihr habt nicht bemerkt, dass ich nie bereit war, mitzuspielen.«

»Rechnen wir jetzt ab?«, flüsterte Pema-Marie, um nicht zu schreien. Es war ein scharfes Flüstern, ein Rasierklingenflüstern, das verletzen sollte. »Dann will ich dir sagen, dass ich einmal daran geglaubt habe, wir würden einander wenigstens respektieren, wenn das Feuerwerk der Hormone ausgedient hat. Ich dachte, wir würden Freunde sein können in schwierigen Phasen. Einander vertrauen. Ja, das dachte ich einmal. Dass wir einander vertrauen könnten.«

Fast erschrak sie, als René sich vorneigte über den Tisch, mit jenem eindringlichen Blick, der ihr näher rückte, als es körperlich je möglich war, und ebenfalls flüsterte: »Da sind wir also wieder. Immer landen wir an genau diesem Punkt. Es reicht! Ich habe meine Schuld längst abgebüßt, wenn es denn überhaupt eine so riesengroße Schuld war. Hast du jemals etwas anderes wahrgenommen als dein verletztes Ego? Hast du jemals gesehen, dass es immer nur um deinen, deinen, deinen Schmerz ging? Nur du hattest dein Kind verloren. Nur du hattest unter dem Verlust zu leiden. Ich nicht. Und du hast mich zurückgestoßen, mich ausgeschlossen. Es war kalt da draußen vor deiner Tür. Und es war ein verdammter Zufall, dass Lea in diesem Augenblick ebenfalls in der Kälte stand, ebenfalls zurückgestoßen, von ihrem Freund verlassen. Sie ist nicht die berechnende Verräterin, die du in ihr sehen willst, und ich nicht der frivole Gockel, der sich sein Vergnügen holt, wo er es kriegen kann. Wir haben versucht, uns aneinander zu wärmen. Das war alles. Aus purer Not. Keine gute Lösung, das muss ich zugeben. Aber gewiss nicht das Drama, das du daraus gemacht hast. Es reicht, Pema. Ich bin es leid. Wir sollten uns trennen.«

Sie hatte an der Stupa einen tibetischen Stoffbeutel gekauft, in dem ihre schwarze Handtasche und ein Schal Platz fanden, mit dem kaum wahrgenommenen Hintergedanken, den Beutel als Kissen verwenden zu können. Sie drückte ihn an sich, hielt sich an ihm fest in der schwankenden Wirklichkeit, die mit Absturz drohte. Und was mochte sie alles mit sich reißen, wenn es erst richtig ans Stürzen ging.

Dass sie nicht bleiben müsse, die sie war, hatte Dölma geschrieben, diese Frau, die irgendwann einmal ihre Mutter gewesen war und nun ihre Worte ausstreckte nach ihrer Tochter, um sie zu halten in all der Bodenlosigkeit. In Pema-Maries Augen brannten Tränen, ausgerechnet jetzt, auf der offenen Bühne dieses Frühstückszimmers. Nichts anderes blieb ihr, als aufzuspringen und vorzugeben, sich mit der Serviette die Nase zu putzen und am Abgrund der Scham und Schande öffentlicher Tränen entlang zum Treppenhaus zu laufen.

Sie war im Recht! Sie war im Recht! Man hatte sie betrogen. Man hatte ihr Vertrauen enttäuscht. Ihr Mann, dem sie vertraut hatte. Ihre Freundin, der sie vertraut hatte. Sie war im Recht!

Atemlos packte sie ihren Koffer, zitternd vor Zorn und anderen, weniger benennbaren Aufregungen, stopfte achtlos ihre Sachen hinein, wollte nur schnell alle Spuren ihrer Anwesenheit beseitigen, sich wegwischen aus diesem Zimmer, aus diesem Hotel. Ein Zeichen setzen.
Er sollte es bereuen.

Der Tag begann bereits heiß zu werden. Es sei Frühling, hatte Nina gesagt, doch das bedeutete lediglich, dass die Nächte kühl waren. Die Sonne entfaltete ihre südliche Glut, kaum dass der Morgennebel sich aufgelöst hatte, und ein Junge öffnete im Garten die gelben Sonnenschirme für späte Frühstücksgäste.
Es war gut, hier zu sein, wo Mama gewohnt hatte, im Gästehaus mit dem blühenden Garten inmitten der staubigen Gassen, nur durch eine Mauer vom Kloster nebenan getrennt. Puntsoks Lächeln war wie offene Arme. Es war ein seltsames Ankommen in diesem heruntergekommenen, umblühten Haus, ein fast wohliges Ankommen, weil sie sich nicht fremd fühlte. Mama war hier gewesen, vor Lhasa, nach Lhasa. »Deine Wirklichkeit ist nur in deinem Geist«, hatte Pema-Marie notiert auf einem der Zettel, die sich ansammelten in ihrer Schreibmappe. Am Nachmittag würde sie einen Schreibblock kaufen.
Sie zog den Stuhl, der vor dem kleinen Tisch am Fenster stand, hinaus auf den schattigen offenen Gang vor ihrem Zimmer und legte die Beine auf die Brüstung. Sie wollte nachdenken über René und Vertrauen und die Wirklichkeit im Geist. Sie musste sich nicht fürchten vor einem leeren Tag. Bald würde Nina kommen, um sie zum Mittagessen im Gartenrestaurant bei der Stupa abzuholen, dort, wo Mama mit Hillary den Trick angewandt hatte, das Gegenteil von dem zu tun, wozu ihr Impuls sie drängte.
Pema-Marie versuchte sich vorzustellen, dass sie träumte.

Dass sie immer schon geträumt hatte. Heißt es nicht, dass man in Extremsituationen ein ganzes Leben erleben kann, während nur ein paar Sekunden vergehen? Mein Leben könnte ein Traum sein. Mama und Papa, Tante Anna und Oma Madeleine und Opa Martin und René, auch Lea, auch all die anderen, dieses ganze große Netz von Aktionen und Reaktionen. Die Mama, die ich mir vorstelle – ein Traum. Der Papa, den ich mir vorstelle – ein Traum. Der René, den ich mir vorstelle, das Kind, das wir haben wollten, Renés Vertrauensbruch, unser Streit, Trennung, drohendes Alleinsein – alles ein Traum. Und ich werde weiterleben, alt werden, sterben. Ein Traum?
Es ist verrückt, so etwas zu denken, dachte sie. Doch so vieles, was Mama schrieb, war keineswegs unsinnig. In den Tagebüchern klang es, als arbeite sie sich voran, wie durch verhüllende Vorhänge, durch Lagen von Vorstellungen, hin zu einer Art Glück, an das sie glaubte. Glaube ich an Glück? Wie könnte ich jemals unglücklich sein, wenn ich nicht an Glück glauben würde?
Es gab keine Ordnung mehr in ihren Gedanken. Sie konnte sich die Frage, ob sie unglücklich war, nicht beantworten. Sie ärgerte sich über René. Sie fürchtete sich davor, alleingelassen zu werden. Man würde sie voll tiefer Enttäuschung des Scheiterns bezichtigen, Tante Anna, Oma Madeleine, vielleicht auch Papa. Obwohl Papa vielleicht sagen würde, das habe er kommen sehen. Er hatte nie viel von René gehalten. Alle würden sie lustvoll ihre Kommentare über sie häufen und nicht fühlen, dass sie litt. Sie würde Angst haben vor einer neuen Beziehung, vor weiteren Enttäuschungen und davor, allein zu Partys und Veranstaltungen gehen oder sich irgendwem andienen zu müssen.
Ich träume, dachte Pema-Marie, ich träume eine scheußliche Zukunft. Ich träume eine Angst, die sich an Projektionen satt frisst. Warum tut man das?

Ob René sie bereits suchte? Sie hatte ihm Ninas Mobilnummer nicht gegeben. Vielleicht war er erleichtert, dass sie weg war. Was dachte er? Es war gewiss nicht nur so dahingesagt, dass sie sich trennen sollten. Oder hatte er sie erschrecken wollen? Hieß das nicht: Mit dir kann man nicht leben? So, wie du bist.
Die Gedanken quälten sie, ließen die schöne Vorstellung, im Freien zu sitzen und gemächlich nachzudenken, zu nichts zerrinnen. Hatte nicht Mama geschrieben, dass sie sich selbst nicht aushielt? War es vielleicht so, dass man in Wahrheit immer sich selbst nicht aushielt, auch dann, wenn man meinte, die anderen nicht auszuhalten?
Sie könnte am Nachmittag zur Stupa gehen, zu den bunten Läden, und Sachen kaufen. Meistens verachtete sie sich dafür, dass unnötiges Shopping sie erleichterte, doch dies, beschloss sie, sollte nicht für Dinge gelten, die sie als Erinnerung an Mama haben wollte. Einen Augenblick lang fragte sie sich, warum sie ständig auf der Suche nach Rechtfertigungen war. Doch Antworten auf solche Fragen pflegte sie nicht abzuwarten.

Nina hatte ihre langen Haare zu einem Zopf geflochten und wirkte frisch, leicht und sehr wach. Pema-Marie fühlte sich hölzern neben ihr und wünschte, sie wäre allein, weit weg von diesem Restaurant voller fröhlich lauter Menschen.
»Wir hatten Streit«, sagte sie, als Nina nach René fragte, und weil sie befürchtete, Nina könne die Schuld daran bei ihr vermuten, fügte sie hinzu: »Er will, dass wir uns trennen.«
»Oje«, sagte Nina. Es war ein so mitfühlender kleiner Seufzer, dass sich das hölzerne Gefühl in Pema-Marie ein wenig löste.
»Vergiss es«, sagte sie kurz. Mochte es unfreundlich klin-

gen. Sie konnte es nicht aller Welt recht machen. »Ich versuche mir vorzustellen, wie Mama hier ihren Frieden mit Hillary fand.«

Nina lachte. »Ach ja, Hillary. Das gefiel mir, dieses Spiel mit dem Gegenteil. Ich hab es mir zu Herzen genommen und bei einem Mönch angewendet, mit dem ich zusammenarbeiten muss. Er ist ein Sturkopf und hat altmodische Ideen, und es passt ihm nicht, dass eine Frau das Sagen hat. Also fing ich an, meine Vorschläge so hinzudrehen, als wären es seine Ideen, und lobte ihn vor anderen und sagte, ich wüsste nicht, wie ich ohne ihn mit allem fertigwerden sollte. Jetzt mag er mich, und seine Welt ist wieder in Ordnung.«

»Aber ist das nicht eine Lüge?«, wandte Pema-Marie ein.

»Eine mitfühlende Lüge«, erwiderte Nina unbekümmert. »In diesem Fall hat der Zweck die Mittel geheiligt. Und was erstaunlich ist, ich kann ihn jetzt tatsächlich auch besser leiden. Das ist wohl die Magie der Zuwendung.«

Die besten Momos gebe es in diesem Restaurant, erklärte Nina. Das seien kleine Maultaschen, ein tibetisches Nationalgericht. Davor eine würzige Suppe mit chinesischen Glasnudeln und zum Nachtisch süße japanische Bohnenklößchen. Pema-Marie war beeindruckt. Trotz ihrer trüben Stimmung konnte sie das Essen genießen.

»Sie kochen sich hier kunterbunt durch die Kochkulturen Asiens«, sagte Nina, »Janina aus Salzburg und Johnny aus Sydney. Janina ist eine buddhistische Yogini und war im Dreijahresretreat, und Johnny ist aus tiefstem Herzen Sufi, ein Rumi-Fan. So ein herrliches Paar. Johnny sagt, Janina sei ein ganz, ganz hoher Engel, und Janina sagt, Johnny sei ein Bodhisattva in mindestens der zwanzigsten Wiedergeburtsfolge. Manchmal streiten sie in der Küche, aber sie lachen dabei so laut, dass alle Gäste ein Stückchen Erleuchtung abbekommen.«

Pema-Marie versuchte sich vorzustellen, im Streit mit René zu lachen. Undenkbar. Streit hieß Krieg, verletzen und verletzt werden. Vernichtung. Das waren keine Scheingefechte, kein Spiel. Zwei dunkle Jahre lang hatten sie Normalität vorgegeben, sie einander vorgespielt und geflissentlich übersehen, wie brüchig das Eis war, auf dem sie sich bewegten.
»Weiß René, wo du bist?«, fragte Nina.
Wo ich bin? Der Boden ist durchgebrochen, es ist geschehen, und es fühlt sich an wie das Ende der Welt, dachte Pema-Marie. Sie schüttelte den Kopf. »Ich will ihn nicht sehen.«
Nina bestellte einen Espresso und legte dann die Hände entschlossen auf den Tisch. »Wen bestrafst du, ihn oder dich selbst? Keine gute Strategie. Was hältst du vom Gegenteil-Spiel? Wäre es nicht einen Versuch wert? Was möchtest du tun? Ihn nicht anrufen? Das Gegenteil wäre: Du rufst ihn an.«
»Ich möchte unser Essen bezahlen und gehen, und das werde ich tun«, antwortete Pema-Marie. »Dieses Spiel ist nichts für mich. Ich kann das nicht. Es würde mir nicht helfen. Ich wüsste ja, dass ich lüge. Und wenn ich Erfolg damit hätte, wäre es ein bitterer Erfolg.«
»Warum?«
»Weil ich mich allein fühlen würde.«
»Und fühlst du dich jetzt nicht allein?«
»Doch.«
»Aber?«
»Aber ich möchte, dass er auf mich zukommt. Es könnte nur weitergehen, wenn er diesen Schritt macht, weil er mich versteht. Nur dann.«
Nina legte den Kopf schief und sagte leise: »Wenn du siegst und er sich unterwirft?«
Pema-Marie winkte dem Jungen, der sie bediente. Sie

fühlte sich in ihren hölzernen Zustand zurückgleiten, entschuldigte sich, gab vor, müde vom Essen zu sein, hilflos im Wissen, dass sie vielleicht dabei war, eine mögliche Freundin zu verlieren.

»Melde dich«, sagte Nina im Gehen. Und Pema-Marie nickte und schluckte und wusste nicht, was sie sagen sollte. Eingesponnen in das raue Netz ihrer Gedanken, hatte sie auf dem Rückweg zum Gästehaus nur einen flüchtigen Eindruck von den mageren Frauen in verwaschenen Sarongs und Saris, den martialisch behelmten Gestalten auf den allgegenwärtigen, röhrenden Motorrädern, den Grüppchen junger Mönche, den schnellen Augen der Händler.

Mama, warum hast du mir das angetan? Warum hast du mich hierhergelockt in dieses Chaos, das in mein Leben eindringt und es sprengt? Du hast dieses Tagebuch geschrieben, damit ich es finden soll, auch wenn du ständig betonst, dass du es nur für dich selbst geschrieben hast. Nichts kannst du wiedergutmachen, gar nichts. Du hast mich von Anfang an verlassen und mich damit geprägt, und jetzt bin ich so, wie ich bin. Und ich bin allein wie du, ich habe niemanden, schon gar nicht meinen Mann, und ich dachte doch, ich hätte ihn für immer. Und jetzt weiß ich nicht weiter.

Doch vielleicht wusste Mama weiter, es lag noch ein Stapel Tagebücher bereit. Was blieb ihr übrig, als weiterzulesen? Sie rief René nicht an. Schließlich hatte er den Krieg erklärt. Er sollte den Krieg haben.

Dölmas Tagebuch

Viertes Heft

Endlich Zanskar

Eine Reise in die Anderwelt. Obwohl ich schon ein paar Tage hier bin, fällt es mir schwer, anzukommen in diesem armseligen kleinen Kloster mit den winzigen Zellen, den kleinen Fenstern, harten Matratzen aus Yakhaar und Fellen als Bettzeug. Bin ich tatsächlich vor ein paar Tagen noch in Kathmandu gewesen, zitternd bereit, in die fliegende Schüssel nach Leh zu steigen?

Noch liegt kein Schnee auf dem Penzi-la, hieß es. Doch der Schnee kam, während wir noch auf dem Pass waren. Er fiel über uns her in einer tonlosen Attacke, machte mich blind, und nur Ani Dekis heftiges Mantra-Gemurmel neben mir führte mich. Zwei Mönche marschierten unmittelbar vor uns. Der Taxifahrer hatte uns auf halbem Weg zum Pass hinauf abgesetzt. Er ließ sich auch nicht durch das Angebot doppelter Bezahlung zur Weiterfahrt überreden. Man wisse nie, sagte er. Vielleicht hat er den Schnee gerochen.

»Dann laufen wir eben, Tara hilft uns«, sagte Ani Deki. Die Berggeister hielten Menschen fest, entführten sie, und oft finde man sie nicht mehr, erklärte sie. Jeder wisse das. Doch Tara sei stärker, sie könne auch wild auftreten, nackt im Feuerkranz, mit den Füßen stampfend, ihr Messer schwingend, man könne sich auf sie verlassen.

»Und wenn es doch nicht klappt?«, fragte ich. Ani Deki wiegte den Kopf. »Es klappt immer, hier auf dem Rosenapfelkontinent oder irgendwo sonst.« Und sie zeigte hinaus in den Himmel. Inzwischen weiß ich, was sie meint: hier auf der Erde oder in anderen Welten, in Galaxien und nichtmateriellen Bereichen, Götterwelten, Buddha-Räumen. Ani Deki lebt in einem reich bevölkerten Kosmos, der noch viel reicher ist als Dawas Geisterwelt. Was ich für Mythos halte, ist für sie Wirklichkeit. Je länger ich mit ihr zusammen bin, desto unsicherer wird mein vertrautes Weltbild. Man könnte auch sagen, es wird mir zu eng.

Ich werde ein sehr großes Weltbild brauchen, wenn ich es in der Enge dieses Klosters aushalten soll. Obwohl das Land draußen so riesig ist, dass ich es kaum ertrage. Ich trage die höllentiefen Schluchten des Zanskar in mir wie Albträume. Der Gletscher Dung Drung, eine urzeitliche, endlose, eisige Schlange, windet sich durch mein Nervensystem. Und die Angst vor dem brutalen Schnee, vor dem erbarmungslos langen Weg nach Padum, sie hat sich tief in meinen Körper gebohrt. Ich bin noch nie in meinem Leben länger als drei Stunden am Stück gelaufen. Und dazu mein Rucksack, der fast so groß ist wie ich selbst. Ich hatte nicht gedacht, dass ich ihn jemals würde tragen müssen. Einer der Mönche nahm ihn mir ab auf dem endlosen, steilen Weg ins Tal hinunter, packte ihn auf sein eigenes großes Bündel auf dem Rücken. Er hatte Schultern wie ein Yak.

Unten im Dorf war ein Lastwagen liegengeblieben. Man hatte ihn irgendwie zurechtrepariert, und er wollte früh am nächsten Morgen weiterfahren. »Siehst du – Tara!«, sagte Ani Deki. Das rostige Gefährt mit seinen abgefahrenen Reifen jagte mir Schauer über den Rücken. Doch vor dem Laufen graute mir noch mehr.

Die Sonne schien während der Fahrt auf die Ladefläche voller Säcke, auf denen wir schon die kurze Nacht im Dorf verbracht hatten. Ani Deki und die Mönche sangen. Ich duckte mich unter der übermächtigen Landschaft. Wie kann Schönheit nur so schrecklich sein?

Kaum in Padum in einem Gästehaus angekommen, war Ani Deki beunruhigend tüchtig. Noch am Abend organisierte sie einen stabilen Jeep, auf den Waren fürs Kloster, die in Padum auf den Transport warteten, geladen wurden, und fand zudem während des Abendessens in einem Lokal auch noch Käufer für hübsche kleine Devotionalien, die sie in Kathmandu erstanden hatte. Da wurde meine Nonne plötzlich zur Marketenderin, die lachend und eisern um jede Rupie handelte. Es war mir peinlich, wie wenig sie daran verdiente. Doch sie hatte einen Spaß daran, der mir fremd ist. Diese Leichtigkeit, mit der Welt umzugehen. So furchtlos.

»Reisen ist gut«, sagte Ani Deki. »Es ist wie das Leben.«

O ja, doch nur, wenn man eine tibetische Lebenseinstellung hat. Zuversichtliche Ungewissheit, lachend die Balance finden, mit allem umgehen, was geschieht, mit Härten, Freuden, Herausforderungen, Begegnungen, Überraschungen. Ohne zu urteilen. So sieht Ani Deki es. Werde ich es auch so sehen, wenn ich lang genug mit ihr zusammen bin?

Am Ende des grausam holperigen Wegs den Zanskar-Fluss entlang mietete Ani Deki in einem winzigen Dorf zwei Maultiere für die schwere Ladung, dazu einen Maultierführer, der sie anschließend wieder heimbringen würde. Und weiter ging es auf einem fast unsichtbaren Weg ins raue Land der Berge hinein, einmal sogar über feuchtes Geröll durch die Schlucht eines Wildbachs. Die Maultiere trugen zu ihrer Last auch noch unsere Rucksäcke. Ich murmelte atemlos und dankbar das Mani-Mantra für ihr Wohlergehen und ihre Trittsicherheit, OM MANI beim Einatmen, PEME HUNG beim Ausatmen, stundenlang. Verbundenheit aller Wesen, sagen die Lehren. Glaube ich an die Wirkung? Ein Teil von mir fühlt Ja, ein anderer denkt Nein. Doch dies war nicht die Situation, mich mit meiner Ambivalenz auseinanderzusetzen. Ich tat es für die Maultiere und uns alle, und es war gut so.

In einem Dorf blieben wir über Nacht. Ich schlief wie tot. Am nächsten Tag wurde der Weg noch schwieriger. Wir mussten noch öfter als zuvor Pausen einlegen, für die Maultiere, sagte Ani Deki. Und für mich, doch das wurde höflich verschwiegen. Ich war unsäglich erschöpft. Einmal hielt ich mich an einem Maultierschwanz fest und tappte mit sturem Blick auf sein Hinterteil gerichtet weiter, weil es am Rand des Pfads so steil und tief nach unten ging.

Diese Reise wurde immer mehr zum Albtraum.

»Nicht mehr weit«, sagte Ani Deki heiter und gab mir die Plastikflasche mit dem Rest Wasser vom letzten Wildbach.

Wie weit bedeutet bei Ani Deki »nicht mehr weit«?

Meine Muskeln schrien. Ich konnte nicht mehr laufen, doch ich musste. Ani Deki und der Maultierführer stapften wie Automaten voran. Ich spürte Tränen der Erschöpfung über mein Gesicht laufen, neutral wie Schweiß. Wussten sie überhaupt, wie gefährlich diese Höhe für mich war? Irgendwann knickten meine Beine ein. Ani Deki hielt mich. Ich hörte mich flüstern: »Es tut mir leid«, fast ohne Ton vor Schwäche, »es tut mir leid, es tut mir leid.«

Ich werde noch höflich sein, wenn ich schon tot bin, Dank sei Madeleine und Martin. Höflichkeit war immer das Wichtigste. Vielleicht hat sie in all den Jahren meiner Krankheit mein bisschen geistige Gesundheit gerettet, diese engmaschige, reißfeste Höflichkeit, als mein verlässlicher Schutzschirm gegen die Welt.

Sie luden eines der Maultiere ab und schoben mich auf seinen Rücken. Ich konnte die Augen nicht öffnen. Mir war übel. Ich versuchte, mich leicht zu machen, schwang, so gut es ging, mit den Bewegungen des Maultierrückens mit, ließ sie durch mich hindurchlaufen, die Hände in die drahtige Mähne gekrallt. Stundenlang. Ich hatte Kopfschmerzen. Wir waren über viertausend Meter hoch. Ich dachte: Wenn ich jetzt die Höhenkrankheit bekomme, kann mich niemand retten. Aber es spielt keine Rolle. Ich will sowieso sterben.

»Schau!«, sagte Ani Dekis Stimme. »Wir sind da. Zu Hause.«

Eine späte Abendsonne, für kurze Zeit im Spalt zwischen zwei Bergen gefangen, goss ihr rotes Licht über das Dorf unter uns, über das Tal, die abgeernteten Felder und ein paar zusammengeklebte Steinhäuschen am steilen Berghang. Ich kam ein bisschen zu mir, konnte es wahrnehmen, sah die Schönheit, das Wunder. Mein Shangri-la. Meine Heimat.

Als wir den Talboden erreichten, war die Sonne verschwunden. Alles wurde grau. Ein Häufchen Häuser kauerte im Schatten gleichgültiger, von ewigem Schnee gekrönter Bergriesen. Hunde bellten besessen. Ein paar Bauern krochen aus ihren Höhlen, luden Maultiere und Menschen ab, redeten, lachten. Ich habe ein wenig Zanskari von Ani Deki gelernt, doch ich verstand fast nichts. Es ist zwar ein tibetischer Dialekt, doch die Aussprache ist seltsam, und es gibt viele Wörter, die ich nicht kenne.

Ich wünschte mir dringend Bewusstlosigkeit, ließ die Augen zufallen, atmete Maultierhaare ein. Irgendjemand gab mir zu trinken, band mich fest, damit ich nicht herunterfiel.

Am Morgen erwachte ich in meinen Kleidern, in dieser Zelle, eingehüllt in den durchdringenden Schafsgeruch einer großen Felldecke. Ani Deki brachte heißen Buttertee und Tsampa. Sie sah glücklich aus. Sie ist daheim.

Ich müsse ein paar Ruhetage einlegen, sagte sie. Die Kopfschmerzen würden bald vergehen. Ich stöhnte. »Wer behauptet das?«

Ani Deki lachte. »Tara, natürlich.«
»Wie kannst du nur so sicher sein?«, fragte ich weiter. Das war gewiss unhöflich, doch Ani Deki antwortete ohne Zögern: »Bin ich sicher? Ich weiß nur, Tara macht nichts falsch.«
Ich habe gelesen, die Gottheiten sind keine Götter. Götter sind relativ. Gottheiten hingegen sind Weisheitsenergien, Ausstrahlungen des reinen Geistes, jenseits aller Relativität.
Dafür, dass sie jenseits aller Relativität ist, scheint Tara in der relativen Welt ganz schön unterwegs zu sein.

Kloster

Meine Finger sind kalt. Es werde jetzt nachts schon manchmal Frost geben, sagte Ani Deki. Aber das Wetter sei gut, man könne noch viel tun.
Was tun sie?
Die Zelle ist so klein, dass ich sie vielleicht mit meinem Atem heizen kann. Sie befindet sich ganz am Rand dieses an Felsen geklebten Puppenhauses, das acht Frauen beherbergt. Mit mir neun.
Ich versuche, tantrisch zu denken, schließlich habe ich einiges darüber gelesen. Dieses armselige Stück Nonnenkloster ist der juwelengeschmückte Mandala-Palast. Der Buttertee ist Amrita, flüssige Glückseligkeit. Die funzelige Butterlampe ist das Licht des unbegrenzten Geistes. Das harte Bett mit dem geruchsstarken Fell ist die Geborgenheit in der Bezugspunktlosigkeit.
Was für ein Palast! Sie sind bitterarm, diese Nonnen. Die Butter ist ranzig, es gibt keine Elektrizität, der gemauerte Herd in der Küche wird mit trockenem Dung und Distelgebüsch geheizt. Es fehlt an allem. Ani Deki lacht über

meinen allzeit bereiten Keramikwasserfilter, den kostbaren Torhüter gegen alle unsichtbaren Übeltäter.

In der scharfen, noch kühlen Frühmorgensonne an die Außenwand meiner Zelle gelehnt und in meinen Schlafsack gehüllt, denke ich: Jetzt bin ich im Kloster in Zanskar. Aber eher ist mir, als träumte ich, habe kein Gefühl für Realität. Alles ist von Zauber durchdrungen. Die knirschend frische Luft riecht kostbar, das Licht ist unmäßig hell, eine Helligkeit, die in alle Gehirnwindungen dringt, der sattblaue Himmel ganz nah und unendlich tief. Schweigende Weite, in der die Gedanken auseinandertreiben wie Federwölkchen.

Schräg unter mir liegt der kleine ummauerte Klosterhof vor dem Lhakang. Das Dorf unten im Flusstal ist umgeben von blassen Feldern, die trocken sind nach der Ernte, dazwischen Tupfer noch grüner Bäume. Am Talrand funkeln die kahlen, felsigen Berge wundersam bunt. Dahinter ragen die Gipfel von Schneeriesen auf. Eine leuchtende Welt. Im Kloster ist es still, alle Nonnen sind weg, wie jeden Tag. Zum Arbeiten bei ihren Familien, sagt Ani Deki. Erst bei Sonnenuntergang kommen sie zurück, versammeln sich in ihrem kleinen Lhakang zur Abend-Puja, und frühmorgens müssen sie wieder hinunter ins Dorf. Ich setze mich dazu, verstehe so gut wie nichts. Ich werde viel lernen müssen.

Ein Teil der Sommerküche besteht aus einer Art Balkon mit hohen Wänden zum Schutz vor den Winden. Dort essen wir, und die Nonnen plaudern noch ein wenig, bis die Abendkälte uns ins Innere treibt. Die Nonnen haben rote Backen und rissige Hände vom rauen, extremen Wetter, das einen am Tag röstet und in der Nacht frieren lässt. Vorgestern, als wir ankamen, fiel ich Ani Tsültrim und Ani Palmo um den Hals vor Freude, vertraute Gesichter zu sehen. Es war ihnen ein wenig peinlich, hier wird nicht umarmt. Im Missverständnis meines Umarmens und ihrer Annahme, es ginge um das ihnen vertraute Berühren mit der Stirn, stießen unsere Nasen aneinander. Aber alle lachten, und ich durfte es komisch finden.

Sieben Nonnen gehören zum Kloster: Ani Tsültrim und Ani Palmo, die in einem entfernten Dorf wohnen und erst in etwa einer Woche wieder für ein paar Tage ins Kloster kommen dürfen. Sie haben sich heute Morgen auf ihren vier Stunden langen Heimweg gemacht. Ich hatte Glück, dass sie bei unserer Ankunft da waren, so konnte ich mich gleich ein bisschen heimisch fühlen.

Die Leiterin ist Ani Yangchen, rundlich und heiter, mit einem leisen, aber ansteckenden Lachen. Sie mag in mittleren Jahren sein, aber es ist schwer zu sagen; das Alter der Nonnen ist unter wettergegerbter Haut und den vielen Lagen ihrer Bekleidung versteckt. Ich vermute, dass die meisten älter aussehen, als sie sind.

Dann noch Ani Jangchub, Ani Yeshe und ein besonders hübsches junges Mädchen, Ani Dechen.

Ich gab der Leiterin ein dickes Bündel Rupien für Kerosin und was das Kloster sonst braucht. Mit ein wenig Glück, sagte Ani Deki, gebe es noch einen Kerosinvorrat in Padum, oder vielleicht komme sogar noch eine Lieferung über den Pass, bevor er völlig unpassierbar würde. Ani Yangchen hatte feuchte Augen vor Dankbarkeit, als ich ihr die Scheine überreichte. Die Nonnen lachten beglückt und verbeugten sich mit gefalteten Händen. Ihre Gesichter sind weit geöffnet, lassen jede Gefühlsregung unverkleidet sehen. Das macht mich verlegen, ich weiß nicht, was für ein Gesicht ich machen soll. Meine Züge freigeben, das kann ich nicht, habe es nie gelernt.

»Mach doch nicht so ein Gesicht«, sagte Martin immer, wenn ich traurig war. Und ich höre Madeleines sanft durchdringende Aufforderung: »Jetzt schau mal ganz lieb.«

Wir sitzen abends nicht lang beisammen. Alle sind müde, wollen schnell schlafen gehen. Schon vor Tagesanbruch müssen sie wieder aufstehen, zelebrieren die Morgen-Puja und verschwinden ins Dorf.
Was tun sie?
Sie sind Nonnen. Warum dürfen sie nicht im Kloster bleiben wie die Mönche?
Ich habe so viele Fragen.

Was soll ich tun?

Heute bat ich Ani Deki nach der Morgen-Puja, mich zum Arbeiten mitzunehmen. Das sei nicht möglich, sagte sie, denn sie müsse im Haushalt ihrer Familie helfen. Diesmal fragte ich nicht, warum. Ich hätte gern eingewendet, aber du bist eine Nonne und gehörst ins Kloster, wie können sie dich zum Arbeiten holen, das darf doch nicht sein. Wieder einmal muss ich erkennen, wie sehr ich Fremde bin, und muss mich wehren gegen den Zweifel, jemals eine Heimat zu finden. Und ich frage mich: Ist es richtig, ist es gut, mich an Ani Deki zu klammern? Ich fühle mich wie ein Schössling, der seine dünnen Wurzeln um ein Stück Fels über dem Abgrund klammert und wider alle Vernunft entschlossen ist, ein Baum zu werden, hier, jetzt, an dieser Stelle, weil es keine andere für ihn gibt.
Ich möchte gern etwas tun. Also säubere ich die Küche, fege den Lhakang, schüttle die Sitzmatten aus, wische Jahre alten Staub aus allen Winkeln und Ecken. Ich werde kochen lernen mit Gerste, Erbsen, Bohnen und Trockenfleisch. Bescheiden genug ist das Essen hier.
Seitdem ich angekommen bin, habe ich jeden Tag ein Steinchen aufs Fensterbrett gelegt, acht sind es jetzt, aber es erscheint mir wenig sinnvoll. Vielleicht hätte ich einen

Kalender kaufen sollen. Doch das passt nicht. Hier ist die Zeit anders, es wäre unsinnig, sie in meine alten Vorstellungen zu pressen. Ich möchte die Zeit fühlen lernen, wie Ani Deki und die Nonnen sie fühlen. Mit dem Bauch. Mit dem ganzen Körper. Sie sehen die Zeit an der Sonne, spüren sie am Wind, denken nicht darüber nach, wissen, wann es Zeit ist zum Aufstehen, zum Essen, zur Abend-Puja. Ani Deki trug eine billige Armbanduhr zum Reisen, hat sie jedoch gleich nach unserer Ankunft weggeräumt.

Ob ich Nonne werden wolle, fragte Ani Yangchen am dritten Tag. Vor dieser Frage habe ich mich gefürchtet. Ich sagte, ich wisse es noch nicht. Natürlich will ich keine Nonne werden. Aber ich will bei Ani Deki sein, und ich will so leben wie Ani Deki, weil mir dies die größte Nähe zu ihr ermöglicht. Sie tut mir unendlich gut. Niemand gab mir je zuvor in meinem Leben das Gefühl, so sein zu dürfen, wie ich bin. Madeleine und Martin jedenfalls nicht. Ich bringe für diese beiden gerade so viel Liebe auf, wie ich Liebe denken kann. Aber fühlen kann ich sie nicht. Es ist nicht weit her mit dem Lieben bei mir.

Doch Ani Deki liebe ich fühlend. Oder sonne ich mich nur in ihrem überwältigenden Wohlwollen?

Ani Yangchen hat beschlossen, wir sollten zum »Alten Kloster« gehen – sie nennen es auch »Guru Rinpoches Kloster« – und mich dem alten Lama Norbu vorstellen. Ohne seine Zustimmung könne ich nicht mit den Nonnen im Kloster leben.

»Dürft ihr denn keine eigenen Entscheidungen treffen?«, fragte ich Ani Deki.

»Er ist unser Oberhaupt«, antwortete sie.

Wie so oft fragte ich: »Warum?« Und wie so oft bekam ich zur Antwort: »Es ist eben so.«

Ani Palmo und Ani Tsültrim sind da, haben ihre »Klostertage«, und ich durfte mit Ani Palmo den Lhakang säubern. Sie ist intelligent und hat auf ihrer Pilgerfahrt eifrig Englisch gelernt, so können wir uns notdürftig unterhalten. Die große, mit Gold beschichtete Statue Padmasambhavas, sagt sie, sei von einem Kloster in Ladakh gestiftet worden, und die Wandmalereien seien, soweit ich das richtig verstand, das Werk eines Mannes aus dem Dorf, dessen Ruhm als Klostermaler sich über Zanskar hinaus verbreitet habe.

Dann fiel ich kopfüber in das Wunder.

Es ist schön im Lhakang. Der Staub, den wir aufwirbeln, webt einen goldenen Vorhang aus den Sonnenstrahlen, die durch die hochgelegenen Fenster fallen, und im grellen Licht, das die offene Tür einlässt, flammen die Matten zu beiden Seiten des Mittelgangs auf wie rot glühender Wein. Es ist ein kleiner Raum, bietet gerade genug Platz für die langen Sitzmatten auf beiden Seiten des Mittelgangs und die Kästchen davor. Warm und bewohnt wirkt er, wie ein Wohnzimmer, und satt hängt der Geruch nach Räucherwerk und Butterlampen in den Wänden. Ani Palmo wischt den Boden, ich darf die großen und kleinen Statuen mit einem langstieligen Wedel abstauben. Dabei solle ich Mantras murmeln, hat Ani Palmo mir deutlich gemacht. Also murmle ich das Mantra, das mir am vertrautesten ist, Arya Taras Mantra, OM TARE TUTTARE TURE SVAHA, und Ani Palmo lächelt mir anerkennend zu. Ich wedle zum Rhythmus meines verhaltenen Singsangs, wedle mich fast in Trance, werde getragen vom Teppich aus Sonnenstrahlen, bin eingehüllt in die weichen, dunklen Tempelgerüche und erwache plötzlich in einem Zustand reinster, durchdringender Freude. Alles vibriert vor strahlender

Vollkommenheit. Ich bin in der Mitte der Welt, zugehörig zu allem, von niemandem und nichts getrennt, grenzenlos frei, so frei, dass alles geschehen darf. Ich denke: Ich könnte ohne jeden Widerstand sterben, es kann mir nichts geschehen, es wäre völlig in Ordnung. Alles ist richtig, es gibt nichts, das nicht richtig wäre. Ich kann mich allem überlassen, denn ich bin in allem, und alles ist in mir.

Ich schaue zu Ani Palmo hinüber, die ihren Putzlappen über einem glühend roten Plastikeimer ausdrückt. Sie ist in Strahlen gehüllt, ein Wesen aus Licht, unendlich schön. Selbst der Putzlappen strahlt.

Ani Palmo lacht, schwenkt den Putzlappen über ihrem Kopf und ruft: »*Ah la la ho,* Dölma-la!«

Allein dies ist ein Wunder. Eine Nonne tut so etwas nicht. Sie macht keine großen Bewegungen. Alles an einer Nonne soll unauffällig sein. Ihr Rückzug aus der Welt beginnt mit dem Körper. Kleine Schritte, kleine Gesten, selbst die Haltung ist klein, ein wenig gebeugt, niemals ausufernd oder gar herrisch aufgerichtet wie die Haltung der Mönche.

Aber Ani Palmo schwenkte den Putzlappen, Arya Tara hat auch in ihr die Freude geweckt.

Nach dem Putzen saß ich lange auf der grob gezimmerten Türschwelle des Lhakangs. Das Wunder verging. Ich wollte es festhalten, doch es wurde immer mehr zur Erinnerung. Den ganzen Tag lang hing ich zwischen Ergriffenheit und Trauer. Wann werde ich jemals wieder einen strahlenden Putzlappen sehen?

Wie so oft bin ich ganz allein im Kloster. Es ist kälter geworden in den letzten Tagen. Oder Wochen? Die Sonne wärmt meinen windgeschützten Lieblingsplatz vor der Zelle. Nur das leise Gurgeln des Wildbachs ist zu hören, viel Wasser hat er nicht. Einmal, in einer besonders trockenen Zeit, hat Ani Deki erzählt, hörte er auf zu fließen, und alle Nonnen lagen nachts wach, weil es zu still war.
Wir haben das Alte Kloster besucht.
Ani Yangchen hatte es eilig, mich zu Lama Norbu zu bringen. Doch das konnte nur zu einem astrologisch günstigen Zeitpunkt geschehen, denn es wäre unverantwortlich, so wurde mir erklärt, an einem ungünstigen Tag zu reisen. Ani Deki, Ani Dechen und Ani Yeshe sind für diese Reise vom Familiendienst befreit worden. Ani Dechen ist eine Novizin im Probejahr, siebzehn Jahre alt und wunderschön. Sie ist größer als die anderen und schlank wie ein Birkenbäumchen. Ich frage mich, woher sie die langen Glieder hat, die schmalen Hände, so anders als Ani Deki und die anderen Nonnen. Ihr Gesicht wäre ein Traum der Leinwand: große Mandelaugen, die Nase eine fein modellierte Erhebung, ein Blütenblättermund über einem kleinen, aber energischen Kinn, ein schmaler Hals. Überall klare, ausgewogene Linien, und dies alles übergossen von dem zartgolden leuchtenden Olivbraun der Haut. Der schwarze Pelz auf ihrem Kopf betont noch ihre Schönheit; langes Haar hätte nur abgelenkt.
Mein Blick hing an ihr während der langen Wanderung zum Alten Kloster. Es war köstlich, sie anzusehen, so leicht und zugleich würdevoll waren ihre aufgerichtete Haltung und ihr fließender Gang. Ich empfand schon immer große Lust an Ästhetik, liebte als Kind die vielen Kunstbücher in unserem Bücherschrank. Madeleine und

Martin waren beglückt, Feinsinnigkeit in ihrer Tochter zu entdecken. Wo sie wohl herkommt, werden sie sich immer wieder gefragt haben, man wusste doch gar nichts über ihre Eltern. Wie mutig von ihnen, sich die Katze im Sack schicken zu lassen, ein verschüchtertes, sprachloses kleines Ding, das sie wochenlang, monatelang tröstend im Arm hielten, herumtrugen, zwischen sich im Ehebett schlafen ließen, trotz des Bettnässens. Ich stelle mir vor, dass sie manchmal nachts, wenn das kleine tibetische Mädchen tief schlief, hinüber ins Gästezimmer zu dem schmalen Bett schlichen, oder verzichteten sie um meinetwillen ganz auf die ehelichen Umarmungen?

Es ist ein sehr langer, mühsamer, teilweise auch gefährlicher Weg zum Alten Kloster, zurück zum Zanskar-Fluss und dann in ein anderes Tal. Aus Rücksicht auf mich mussten alle langsam gehen. Ich gab mir Mühe, wollte sie nicht aufhalten, doch die Luft ist so dünn hier oben, und ich gerate schnell außer Atem. »Dölma-la ist im Flachland aufgewachsen«, erklärte Ani Deki dem Maultierführer, »ganz weit weg, weiter als Beijing.« Dass sie gerade Beijing als Beispiel nannte, gefiel mir nicht. »Viel weiter weg«, sagte ich, »nach der anderen Seite, Richtung Westen.« Das löste ein langes, absurdes Gespräch über Entfernungen aus. Sie haben noch nie einen Globus gesehen. Vielleicht halten sie die Welt für eine Scheibe. Oder mehrere übereinandergestapelte Scheibenwelten. Ich muss Ani Deki danach fragen.

Wir übernachteten in dem Dorf, in dem wir die Maultiere geliehen hatten. Ein paar Häuser, ein paar Pferche, von Natursteinmauern geschützt. Überall riesige Hunde, vor denen ich mich fürchtete, zu Recht. Sie ketten die armen Tiere von klein auf an, damit sie aggressiv werden und als gute, furchterregende Wächter dienen. Das verabscheue ich. Aber ich musste auch nie in einem Dorf am Ende der

Welt in Angst vor Räubern leben. Nun denn, ich bin Buddhistin: Mögen alle Wesen glücklich sein! Auch Hunde! Und Räuber. Denn als glückliche Wesen wären sie keine Räuber mehr.

Am Abend, in einem leeren Pferch, in unsere Felle gewickelt – und ich zusätzlich in meinen wunderbaren *himalaya proof*-Schlafsack mit Kapuze –, erzählte mir Ani Deki die Geschichte unseres kleinen Nonnenklosters. Es ist nicht sehr alt, wohl erst fünf oder sechs Generationen. Ani Dekis Zeitrechnung im Sechzig-Jahre-Rhythmus muss ich erst noch lernen.

Und so erzählte Ani Deki:

Ein Junge unseres Dorfs unten am Berg besuchte mit seinen Verwandten das Neujahrsfest im großen Kloster bei Padum und wurde von einem wichtigen Rinpoche aus Ladakh, der dort zu Besuch war, als hohe Wiedergeburt erkannt. Es heißt, die Mutter des Jungen sei sehr fromm gewesen und habe Arya Tara jahrelang um einen Sohn angefleht. Nach vier Töchtern wurde ihr Wunsch endlich erfüllt.

Der Rinpoche nahm den Jungen mit in sein Kloster, und nach vielen, vielen Jahren kam dann dieser Junge, inzwischen ein Mann mittleren Alters und weithin bekannter Yogi, ins Dorf zurück. Er war ein großer, gutaussehender Mann, den alle verehrten und auch ein bisschen fürchteten. Denn diese Yogis, erklärte Ani Deki, meditieren auf den grausigen Stätten der Himmelsbestattung und nehmen es mit Geistern und Dämonen auf. Und sie verfügen über Siddhis, außergewöhnliche Fähigkeiten. Der Yogi wählte Garkid, das schönste Mädchen im Dorf, zur Gefährtin. Sie war zwar schon einem Freier versprochen, aber niemand hatte den Mut, sich dem Yogi entgegenzustellen. Er baute die Einsiedelei hoch oben auf dem Berg und lebte dort mit ihr. Es wird erzählt, dass Garkid ihm sehr ergeben war und oft endlos lange Wege auf sich nahm, um besseres Essen für ihn zu besorgen, als man im Dorf bekommen konnte. Der Yogi hatte Geld, niemand wusste, woher.

Im Jahr der Eisen-Schlange bekam Garkid eine Tochter, die der Yogi selbst entband und Tsogyel nannte. Einige Jahre später war er plötzlich verschwunden und hinterließ, wie Garkid berichtete, nur Zähne, Nägel, Haare und einen Regenbogenkörper. Daher wusste man, dass er sich in einen Buddha-Bereich begeben hatte.

Ich versuche mir vorzustellen, wie Garkid morgens beim Aufwachen oder nach der Rückkehr vom Einkaufen Zähne, Nägel, Haare und einen Regenbogenkörper anstatt ihres Yogis in der Einsiedelei vorfand. Es gelingt mir nicht. Ani Deki danach fragen? Ich fürchte, das wäre nicht höflich und wahrscheinlich ergebnislos. Für sie ist das alles selbstverständlich.

Garkids Eltern wollten Tochter und Enkelin ins Dorf herunterholen, doch Garkid lehnte ab. Sie sagte, dem Kind gehe es gut, Dakinis kämen, um mit ihm zu spielen, und es fehle ihnen an nichts. Zwei Zwillingsmädchen aus dem Dorf schlichen manchmal heimlich hinauf zu Tsogyel und wurden ihre Freundinnen. Mit diesen beiden Mädchen und einer jungen Frau aus einem anderen Dorf gründete Jetsünma Tsogyel dieses Kloster.

»Wir sind offiziell einem großen Kloster in Ladakh unterstellt«, erklärte Ani Deki, »aber unser spiritueller Leiter ist seit dem Tod des früheren Rinpoche vom Alten Kloster schon lang Lama Norbu. Und das wird er bleiben, bis die kleine Wiedergeburt des alten Rinpoche erwachsen ist. Deshalb sind wir diesem Kloster verpflichtet.«

»Verpflichtet?«, fragte ich. Mit größtem Gleichmut antwortete Ani Deki: »Wir arbeiten für die Mönche.«

»Warum denn das?«, entfuhr es mir.

»Weil Nonnen unter den Mönchen stehen«, antwortete Ani Deki so selbstverständlich, als hätte sie gesagt, dass Täler tiefer liegen als Berggipfel. Es sei nun einmal das schlechtere Karma, als Frau geboren zu werden, erklärte sie mir, und dies ließe sich nur durch Verdienste ausgleichen, und die erwerbe man eben durch Dienen. Den Mönchen zu dienen sei besonders verdienstvoll.

Mir fielen einige giftige Kommentare ein.

Sie wurden noch giftiger, als wir zum Alten Kloster kamen und ich sah, wie tief sich die Nonnen vor den Mönchen verbeugten. Die Mönche nickten nur. Manche lächelten ein wenig. Einige Blicke streiften meinen schwarzen Daunenanorak. Sah er in ihren Augen so teuer aus, wie er war? Vermuteten sie eine mögliche Spenderin in mir?

Meine Hand tut weh vom langen Schreiben, aber heute ist Tagebuchtag. So schön warm ist es selten.

Die Berge haben herrliche Farben unter ihren Schneekuppen, mit feinem Gold übergossen von der Nachmittagssonne. Und darüber dieser unfassbar tiefe, dunkelblaue Himmel. Das sind nicht nur einfach Farben, es ist der Geist der Farben, ihr innerstes Wesen, auf eine überlegene, universale Weise lebendig. Das habe ich Ani Deki zu erklären versucht. Sie sagte dazu: »Dölma-la, du beginnst mit den Chakras zu sehen. Das ist gut.«

Vor Lama Norbus Zimmer lag eine lange, rote Matte, die vom tief eingelagerten Schmutz glänzte. Dort durften wir uns niederlassen und warten. Vor dem Zimmer des Lamas hing ein schwerer, abgegriffener Brokatvorhang. Die Malereien an den Wänden waren dunkel vom Alter. Das Alte Kloster verdient seinen Namen.

Ein Junge in roter Robe schlurfte herbei, in der einen Hand ein Tablett mit vier Holzschälchen, in der anderen eine verbeulte Kanne. Ein ernsthaftes, kleines Gesicht,

müde Augen. Auch die Kleinen müssen früh aufstehen, erklärte Ani Deki flüsternd. Schon um fünf Uhr. Sie kennt den Jungen, zehn Jahre ist er alt, ich hätte sieben geschätzt. Ich flüsterte Ani Deki zu: »Wo ist seine Familie, seine Mama? Im Dorf unten? Darf er nach Hause?«
»Mönche gehen nicht nach Hause«, erklärte Ani Deki. »Mönche müssen nicht arbeiten. Sie dürfen lernen.«
Der Junge lächelte vorsichtig, schaute, ob wir tranken, goss sofort nach. Der gesalzene Buttertee schmeckte ranzig. Er schmeckt immer ranzig. Ich gewöhne mich daran.
Ein junger Mönch kam hinter dem Brokatvorhang hervor und schickte den Jungen weg. Eilig standen die Nonnen auf und zogen ihre gefalteten Katas aus den Gewändern hervor. Ich habe geübt, wie man sie falten muss, damit sie sich mit einem kleinen Schwung der Hand entfalten.
Die drei Nonnen bückten sich unter dem Vorhang, der Mönch hielt ihn nicht hoch genug. Da ich größer bin, musste ich mich noch tiefer bücken als die anderen. Drinnen richtete ich mich auf, doch die Nonnen blieben gebückt, also bückte auch ich mich wieder. Wenigstens ein bisschen.
Und dann sehe ich nichts anderes mehr als den alten Mann, mache die drei Niederwerfungen, reiche ihm die Kata mit den Geldscheinen darin, setze mich auf den Boden wie die anderen. Und versinke in einem Blick, der sich öffnet wie der Weltraum.
Ich kann mich an nichts in diesem Zimmer erinnern. Und ich weiß auch nicht, was geschah. Ich kann nur sagen, dass es jenseits aller Verwirrung unendlich viel Raum gab. Dort war ich.
Irgendwann höre ich die Nonnen reden, auf Zanskari, das ich kaum verstehe. Und höre mich selbst sagen: »Ich wüsste so gern, wer meine Eltern waren.«
Die Augen vor mir werden ganz schmal, funkelnde Schlit-

ze. Ani Deki übersetzt flüsternd in mein Ohr: ein Thangka-Maler von gutem Ruf aus Shigatse – mein Vater. Seine junge Frau, älteste Tochter einer guten Familie – meine Mutter. Die chinesischen Truppen. Tumulte. Flucht. Eine kleine Gruppe von Menschen, darunter die beiden. Der Vater trägt das kleine Kind. Erschöpfung. Soldaten. Alle rennen auseinander. Die Mutter versteckt sich mit dem Kind zwischen Felsen und Gebüsch, hält dem Kind den Mund zu. Der Rest der Gruppe wird zurückgetrieben. Schüsse. Schreie. Stille. Bevor es ganz dunkel ist, kriecht die Mutter aus dem Versteck. Der Vater liegt zwischen anderen Männern auf dem Boden, erschossen. Eine Frau weint laut, krallt sich an einen der Toten. Die Mutter bindet ihr Kind auf den Rücken, schleppt sich weiter. Ein Pass. Schneesturm. Sie hüllt das Kind in ihren Mantel, presst es an sich, krümmt schützend ihren Körper darum. Flüchtlinge finden die beiden, nur das Kind lebt noch. Sie nehmen es mit, nennen es Dölma, tibetisch für Tara. Denn Tara hat es gerettet, dessen sind sie sich sicher.
Und ich frage: »Wer ist Kunsang Lhamo?«
»Lama Norbu sagt, das war dein Name als Nonne, früher«, flüstert Ani Deki.
Die Augen des alten Mannes öffnen sich wieder. Er verwandelt sich in einen gütigen Opa, der mit Töchtern und Enkelinnen Tee trinkt und plaudert. Ich bin irgendwo in einem ungeklärten, aber grenzenlosen Universum, schwebend zwischen Glückseligkeit und Verwirrung. Doch solche Begriffe fallen mir erst jetzt ein, da ich darüber nachdenke. Zu Füßen des Lama Norbu hatte ich keine Gedanken. Bewusst war ich, aber ohne Gedanken. Sehr erstaunlich.
Lama Norbus Frage nach meiner Biografie holte mich zu meinen schmerzenden Knien zurück. Er fragte nach meiner Schulbildung und meinem Beruf und war befriedigt,

dass ich so viele Jahre Schule und Studium vorweisen konnte. »Viel Schule ist gut«, sagt er, »man muss denken lernen, um die Lehren zu verstehen.«
»Und warum haben dann die Nonnen viel weniger Unterricht als die Mönche?«, frage ich.
Ani Deki zögert mit der Übersetzung. Ich stoße sie in die Seite. »Es ist meine Frage, nicht deine«, flüstere ich. *»Go on!«*
In Lama Norbus Zügen mischen sich unterschiedliche Gefühle. »Alte Tradition«, sagt er. »Aber Frauen sind in einer besseren Lage als Männer. Sie können den Dharma viel leichter mit dem Herzen verstehen, sie brauchen nicht so viele Gedanken dazu.«
Schließlich erhielt ich die rituelle Erlaubnis, bei den Nonnen zu bleiben, an den Pujas teilzunehmen und einige der meditativen Übungen zu erlernen. Ich musste versprechen, sie auf jeden Fall geheim zu halten. Dann las Lama Norbu die mir erlaubten Texte der Rezitationen vor, so schnell, dass ich nur hin und wieder ein Wort verstand, und reichte mir dann die bedruckten Blätter zwischen zwei brokatbezogenen Holzdeckeln. Ani Deki würde mir alles erklären, sagte er. Und beim Neujahrsfest würden wir uns wiedersehen, und dann würde ich hoffentlich der Befreiung ein großes Stück näher sein. Die Nonnen kicherten züchtig, ein Stück Schal gegen den Mund gedrückt, wie es die Höflichkeit verlangt.
Wie soll ich den Dharma mit dem Herzen verstehen? Ich bin nur das Denken gewohnt.
Als wir das Alte Kloster verließen, war Ani Yeshe, die mit uns gekommen war, nicht mehr dabei. Statt ihrer begleitete uns jetzt eine andere, ältere Nonne zurück in unser Kloster.
»Ani Pasang kommt wieder heim«, erklärte Ani Deki. »Wir wechseln einander alle paar Monate ab.« Wobei,

wollte ich wissen. »Beim Kochen für Lama Norbu. Viele Verdienste.«

Wie Ani Deki ins Kloster kam

Auf den Hochalmen hat es geschneit, die Yaks und Schafe und Ziegen wurden ins Dorf hinuntergebracht. Auch unser Klosterschaf Dölma. Meine Namensschwester ist alt. Früher einmal hat sie Milch gegeben, jetzt ist sie das Kuscheltier des Klosters. Tagsüber frisst sie auf dem Berghang um das Kloster herum, was sie finden kann, doch wenn es dämmert, beeilt sie sich, in die Winterküche zu kommen, eine dunkle, warme, rußige Höhle, in der wir jetzt kochen und essen. Für die Sommerküche ist es zu kalt geworden.

Gestern Abend saß ich mit Ani Deki in der Küche, die anderen waren schon schlafen gegangen. Die Herdsteine waren noch warm. Es war einer jener traurigen Tage, die mich immer wieder überfallen, plötzlich, ohne jeden Anlass. Dunkelheit ist dann in meinem Geist, schon morgens beim Aufwachen. Und ich schleppe sie mit in den Lhakang, fühle nichts außer dieser Dunkelheit, als sei jeglicher Sinn aus meinem Leben herausgelaufen. Dann wälzen sich die Gedanken an Pema-Marie in mir herum, an mein Versagen, an die Kindheit, die ich ihr verdorben habe. Ani Deki erkennt diese Dunkelheit und drückt meine Hand. Wahrscheinlich betet sie für mich.

Auch gestern hat sie es erkannt. Sie und die anderen dürfen jetzt öfter im Kloster bleiben, es gibt nicht mehr so viel Arbeit in den Haushalten der Verwandten. An solchen Tagen richtet sie es ein, dass wir zusammen arbeiten. Wir kochen, putzen, zerkleinern Disteln, bessern eine Steinmauer aus, lesen Erbsen aus, reinigen Butterlämpchen, es gibt genug zu tun. Und dazu immer Ani Dekis Unterricht in Zanskari. Ich lerne schnell.

Gestern fiel mir zum ersten Mal ein, sie zu fragen, wie sie ins Kloster kam. Warum habe ich sie nie gefragt? Immer frage ich zu wenig. Als wolle ich Abstand wahren, eine Tür zuhalten. Ein eingefahrenes Muster, das ich hinter mir herschleife. Doch diese Dölma will ich nicht mehr sein in meinem neuen Leben.

Also habe ich sie gefragt.

Sie erzählte ihre Geschichte so gleichmütig, als gehe es um eine Fremde. Im Jahr der Okkupation Tibets durch die Chinesen wurde sie in Lhasa geboren. Ihr Vater, ihr Bruder und ihr Ehemann gingen in den Widerstand und verschwanden in Straflagern. Die Mutter floh mit dem Baby und Ani Dekis älterer Schwester nach Indien und schlug sich durch bis Zanskar, zu Verwandten von Ani Dekis Vater, die im Dorf unterhalb unseres Klosters leben. Die Lage war schwierig, erklärte Ani Deki, denn der Vater war ein Abtrünniger, hatte in Lhasa, also aus der Region hinaus, geheiratet und damit die Bindung an seinen Stamm zerbrochen. Ani Dekis Mutter durfte mit ihren Kindern zwar im Dorf leben, konnte aber niemals Teil des Stammes werden. Sie gab den Verwandten ihren einzigen Besitz, ein paar kostbare Steine und das Geld, das sie in Indien für eine Statuette aus reinem Gold bekommen hatte. Man nahm sie auf und ließ sie für die Familie arbeiten.

Es war ein schweres Leben für die junge Frau aus Lhasa, die einmal davon geträumt hatte, ihre Töchter in ein Internat nach Kalkutta zu schicken. Denn das war vor der Schreckensherrschaft der Chinesen bei wohlhabenden tibetischen Familien nicht selten der Fall, sagte Ani Deki. Die Mutter sprach Zentraltibetisch mit ihren Kindern, wann immer sie allein waren, und lehrte sie lesen und schreiben. Die Mädchen lernten anhand der Gebetstexte ihrer Mutter lesen, das Schreiben übten sie, indem sie heimlich die Buchstaben in die Erde hinter dem Haus kratzten.

Ich kann es kaum ertragen, wie gelassen sie das alles erzählte. So viel Ungerechtigkeit und Lieblosigkeit, es regt mich auf. Natürlich weiß ich, wie Ani Deki darüber denkt: Das ist altes Karma, es ist eben so, da kann man nichts machen. Ich halte den Mund, das fällt mir schwer, aber ich weiß, dass ich irgendwann mit ihr darüber sprechen muss. Ich stelle mir vor, wie die kleinen Mädchen in der fremden Familie aufwuchsen, weniger galten als die anderen Kinder, im Haushalt und im Dorf den Makel der Außenseiter trugen. O Buddha, was sagt du dazu?

»Meine Schwester Pema lief mit einem Mann davon, der sie heiratete und heute in Manali gute Geschäfte macht.« Ani Deki lächelte ein wenig und wiegte den Kopf. »Meine Amala meint, Pema hatte Glück. Aber in Wirklichkeit bin ich es, die Glück hatte. Ich habe den Weg der Buddhas gefunden.«

Ani Dekis Glück begann damit, dass sie im Alter von achtzehn Jahren geraubt wurde. Ein junger Mann aus einem Nachbardorf wollte sie haben, doch sie wies ihn ab. Die Familie wollte die junge Verwandte, die nicht zu ihrem Stamm gehörte, schnell und billig verheiraten, doch Dekis Mutter verteidigte das Recht ihrer Tochter, Nein zu sagen. Daraufhin ließ der junge Mann sie von zwei Kumpanen entführen und bezahlte der Familie eine »Entschädigung«. Damit war die Sache im Sinne der Familie geregelt, denn er gehörte zum gleichen Stamm. Dieses Vorgehen, erklärte Ani Deki, ist hier nicht unüblich. Was für ein abscheulicher Brauch!

Der junge Mann war ein wilder Kerl, ein Säufer und Raufbold. Er betrachtete seine widerspenstige junge Frau als Besitz, und wenn er betrunken war, schlug er sie. Ani Deki floh nach Hause zu ihrer Mutter, immer wieder, bis ihr Onkel endlich einwilligte, sie in die Familie zurückzunehmen. Damit galt sie als geschieden, und der Mann hatte keinen Anspruch mehr auf sie.

»Er ist ein guter Mensch, mein Onkel«, sagte sie. »Er hat mir erlaubt, ins Kloster zu gehen, und hat mir hier ein Zimmer angebaut. Er sorgt für meinen Lebensunterhalt. Dafür arbeite ich jetzt für die Familie.«

Nun weiß ich, was sie tut, wenn sie nicht im Kloster arbeitet. Ich hatte gedacht, sie kümmert sich um ihre Mutter, doch sie tut viel mehr als das. Tagtäglich schuftet sie von früh bis spät für die Verwandtschaft. Ein Tag in der Woche gehört ihrer Mutter. Es ist infam!

»Das darf doch nicht sein!«, sagte ich.

Ani Deki kann meine Empörung nicht verstehen. »Töchter müssen immer für ihre Familie arbeiten«, erwiderte sie, »auch wenn sie Nonnen sind. Das ist so.«

Wie oft sie es sagt: Das ist so!

Berg der Ralchigma

Es ist späte Nacht. Ich kann nicht schlafen, sitze mit meinem Heft in der Küche und schreibe beim Schein zweier Butterlampen. In meiner Zelle ist es zu kalt, dort halte ich es nur aus, wenn ich tief im Schlafsack und zudem unter der Felldecke begraben bin. Dölma ist aufgewacht, sie schaut mir zu mit ihrem gelangweilten Schafsblick.

Ich muss unbedingt schreiben. Das Schreiben ist mein Freund geworden. Es hilft mir, all das, was sich in mir ansammelt, nach außen zu bringen, es neben mich zu stellen. So kann ich es anschauen und beiseitelegen, Platz schaffen für Neues. Ließe ich es drinnen, würde es mich vielleicht unter sich begraben. Ich habe Übung darin, im eigenen

Grab zu leben. Die Nonnen lächeln über meine Schreiberei, aber ich bin schließlich am anderen Ende der Welt aufgewachsen, und so gesteht man mir meine Marotten zu.
Ich solle mit Ani Tsültrim und Ani Palmo Disteln sammeln gehen, sagte Ani Yangchen heute Morgen. Sie weiß, dass ich mich mit den beiden gut verständigen kann.
Froh, mehr von der weiteren Umgebung unseres Klosters zu sehen, zog ich mit Tsültrim und Palmo los, hinein in die maßlose Einsamkeit dieser kahlen, felsigen, lebensfeindlichen Landschaft. Immer wieder habe ich die Nonnen riesiges Distelstrauchwerk auf dem Rücken heranschleppen sehen, Bündel, die fast größer sind als sie selbst. Doch ich sah weit und breit keine Disteln auf unserem Berg, nur kleine Sträucher, hartes Gras, Flechten auf dem Felsgestein. Und ein paar wilde Ziegen. Geht langsam, hatte Ani Deki den beiden Nonnen eingeschärft. Meinetwegen. Ani Tsültrim und Ani Palmo nahmen es wörtlich. Sie lehrten mich einen ihrer schönen Klostergesänge, sangen mir eine Stanze nach der anderen vor, ließen sie mich wiederholen, blieben immer wieder stehen, lachten, kramten ihre englischen Wörter hervor, schwatzten auf Zanskari. Ein Stück weit unterhalb einer Quelle legten wir unsere Körbe ab und knabberten steinhartes Schmalzgebäck. Es war ein Fest für sie.
Dann fanden wir doch noch einen Abhang mit einigen struppigen Distelbüschen und würden wenigstens nicht mit leeren Körben zurückkehren.
Die Wolken, die sich hinter uns zusammenzogen, bemerkten wir erst, als sie die Sonne verdunkelten. Sie waren fast schwarz, und sie kamen schnell. Der Schneesturm fiel lautlos über uns her, trennte uns, packte uns ein in wirbelndes Nichts. Ich sah die Nonnen nicht mehr, rief verzweifelt nach ihnen. Doch der Sturm nahm meine Stimme nicht an, schlug sie mir mitsamt dem Schnee ins Gesicht

zurück. Ich blieb stehen, rief immer wieder. Wohin sollte ich gehen? Es gab keine Richtung mehr.
Dann tauchte plötzlich eine Gestalt im Nichts auf. Erleichtert schrie ich: »Ani-la! Ani-la!« Es musste ja eine der beiden sein.
Die Gestalt kam näher. Ich sah nur Augen, ein Tuch verhüllte den Rest des Gesichts. Ein Arm reckte sich aus dem wirbelnden Schnee, eine große Hand, die nach mir greifen wollte. Das war keine der Nonnen. Ich schrie auf, wich in Panik zurück, doch die Gestalt folgte mir. Die Hand war ganz nah, ergriff meinen Ärmel, aber ich spürte nichts. Nach einem Augenblick der Lähmung rannte ich los, irgendwohin, bis ich stolperte und fiel. Die Gestalt war verschwunden. Ich blieb sitzen und heulte, laut, hemmungslos, in Todesangst. Saß im dichten, tanzenden Schnee, wild zitternd, verloren, der Vernichtung ausgeliefert.
Solche Angst kenne ich nur aus Albträumen. Doch Albträume reißen irgendwann ab oder gehen in eine andere Traumszenerie über. Dieser Albtraum hörte nicht auf. Ich spürte mein Herz rasen, spürte mein unkontrollierbares Schütteln, meine Tränen und meine kalten Hände in den schneebedeckten Handschuhen. Und irgendwo in meiner Nähe war dieser Mann. Ich hoffte, dass der Schnee, der sich auf mich häufte, mich unsichtbar machte.
Plötzlich schien die Sonne, und der glitzernde Schnee machte mich fast blind.
Da waren sie auch schon, Palmo und Tsültrim, und gaben mir zu verstehen, der Schneesturm habe nicht lang gedauert. Wie lang ist »nicht lang« für Menschen, die es nie eilig haben? Sie waren nicht weitergegangen, als der Schnee fiel, und fanden mich schnell. Sie lachten. Du lieber Himmel, sie lachten!
Ich habe Ani Deki von dem Mann erzählt. Wie unheimlich er war, wie er nach mir zu greifen versuchte. Er war nah

genug, um mich festzuhalten. Warum tat er es nicht? Was wollte er? Hilfe? Die Leute hier sind doch an plötzliche Schneestürme gewöhnt.
Ani Deki wiegte den Kopf, hielt meine Hand und sagte: »Keine Sorge, du bist beschützt. Ralchigma ist mächtig, Jetsünma Tsogyel hat sie als Beschützerin unseres Klosters und unseres ganzen Berges verpflichtet.«
Ich will es glauben. Es fällt mir immer leichter, an Kräfte und Mächte, die größer sind als ich, zu glauben. Wie könnte man es sonst angesichts dieser riesigen, übermächtigen Landschaft aushalten! Ich möchte mich beschützt fühlen, ich möchte glauben, dass meine Verehrung der Gottheiten und die Mantras für die Beschützer Wirkung haben. Buddhas Lehren sagen, dass wir selbst unsere Realität gestalten. Vielleicht ist es gerade das, was jetzt geschieht. Durch meinen Wunsch.
Könnte ich Ralchigma bitten, sich um meine Pema-Marie zu kümmern? Sie ist eine »zornvolle« Gottheit, ein sehr dynamischer Aspekt der Arya Tara, wenn ich das richtig verstehe.
Ich werde sie bitten. Jeden Tag.

Totenbuch

Ani Deki hat zu Hause gehört, dass ein Mann aus einem entfernten Dorf tot aufgefunden wurde, viele Wegstunden von uns entfernt, im Schneesturm abgestürzt, wird vermutet. Die Hirten waren alle schon von den Almen gekommen, nur dieser Mann hatte noch ein verirrtes Schaf gesucht.
»Er wusste nicht, dass er tot war«, sagte Ani Deki. »Sein Geist irrte umher und suchte Hilfe. Sicher war er öfters bei Klosterfesten in unserem Kloster.«

Ich wandte ein, dass ich keine Erfahrung in Kommunikation mit Geistern habe. Warum also ausgerechnet ich? Es gab sicher Leute, die er besser kannte. Ani Deki wollte davon nichts hören. Es war der Geist des Hirten, und wir würden eine Puja für ihn machen. Er habe Verbindung mit uns aufgenommen, und wir müssten ihm helfen.
Wir zelebrierten die Puja für den Toten. Ein verwirrter Blick, eine Hand, die aus einem Schaffellärmel herausragte, ein dunkles Tuch, das den Kopf fast völlig verhüllte. Mehr hatte ich nicht gesehen. Doch diese spürbare Anwesenheit, die konnte ich nicht leugnen.
Ich habe angefangen, mich aufs Glauben einzulassen. Vielleicht wurde dadurch eine geistige Tür geöffnet. Der Geist des Mannes war im Lhakang während der Puja. Ich sah ihn nicht, aber ich fühlte ihn. Er stand da, zwischen uns, zwischen den zwei Reihen, die wir zu beiden Seiten des Schreins bildeten.
Du hast dich nicht umsonst an mich gewandt, sagte ich im Stillen zu ihm. Wir kümmern uns um dich. Wir verlassen dich nicht. Ich spürte Tränen über mein Gesicht laufen, in einem ruhigen Strom. Sie liefen direkt aus meinem Herzen. Da war kein Schmerz, nur tiefe Verbundenheit. Es ist nicht schlimm, dass du tot bist, sagte ich zu ihm. Die Menschen, die du zurückgelassen hast, leben eine Weile weiter, und dann folgen sie dir. Wir alle folgen dir. Mach dir darüber keine Sorgen. Geh jetzt einfach weiter, dein eigenes innerstes Wissen führt dich, du kannst darauf vertrauen.
Das war es, was ich ihm sagte, nicht so sehr mit Worten als mit den Wellen eines inneren Verstehens. So ähnlich hatte ich es im Totenbuch gelesen, doch jetzt, angesichts dieser Begegnung, war es nichts Angelesenes mehr, sondern einfach Wahrheit.
So empfand ich es, mit schlichter, entspannter Selbstverständlichkeit. Dabei liefen die ganze Zeit die Tränen, und

ich musste aufpassen, dass sie nicht auf meine Textblätter fielen.
Warum dürfen die Nonnen nicht offiziell die Pujas und die Lesungen aus dem Totenbuch für die Verstorbenen zelebrieren? Warum nur die Mönche? Solche Totenfeiern werden von den Dorfbewohnern gut bezahlt. Damit sammeln sie Verdienste für das zukünftige Leben.
»Weil wir nicht die volle Ordination haben.« Um Ani Dekis Mundwinkel zuckte es ein wenig. »Tibetische Nonnen bekommen sie nicht, nie. Das ist unsere Tradition. Andere buddhistische Nonnen schon, in Taiwan und Südostasien.«
»Was für eine blöde Tradition«, sagte ich. Und meine stets gefasste Ani Deki verzog das Gesicht und brummte. Es klang bejahend.
»Blöde Männer!«, fügte ich wütend hinzu. Doch das wollte Ani Deki nicht hören. Verbot sie es sich auch, es zu denken? Wenn es um Tradition und Gelübde geht, stoße ich manchmal auf eine Wand in meiner wunderbaren Freundin. Muss sie sich vor mir schützen? Oder vor sich selbst? Irgendwann werde ich sie fragen können. Wenn ganz viel Vertrauen zwischen uns gewachsen ist. Und wie sollte es anders wachsen, als dass ich sie nehme, wie sie ist?

Der Geist

Ani Deki ist gelassen, als wäre es nichts Besonderes. Aber es ist etwas Besonderes, und ich weiß nicht, ob sie nicht pädagogische Zwecke verfolgt, wenn sie das nicht zugeben will. Der Geist des Hirten ist mir erschienen! Spätnachts in der Küche, wo ich mir einen Schlafplatz neben dem Schaf eingerichtet habe.
Es war nicht nur ein Gefühl wie im Lhakang. Es war ein

Körper, eine Person, gerade so wie im Schneesturm, mit dem Tuch um den Kopf. Augen wie Abgründe. Er stand da in seinem eigenen seltsamen Licht und war doch ein Teil der Dunkelheit. Er sah mich nur an, und ich dachte: Er bedankt sich für meine Gebete. Das Schaf sprang auf, stieß Jammertöne aus und lenkte mich ab. Da verschwand der Geist, nur das zarte Licht blieb noch einen Augenblick länger. Ich setzte mich zu Dölma und nahm sie in die Arme, und sie lehnte ihren harten Schafskopf an mich. So glätteten wir einander unsere Aufregung.
Wieder ist ein Stückchen alte Identität von mir abgefallen. Alles ist gut, jetzt, da ich es geschrieben habe.
Immer wieder taucht dieses bedrängende Gefühl auf, ohne das Schreiben könne ich mich, meine Erfahrungen nicht aushalten. Manchmal kommt es mir vor, als würde ich um mein Leben schreiben. Das klingt unsinnig, aber da ich es so erlebe, hat es einen Sinn. Meinen Sinn.
Ich habe früher nie wirklich nach diesem Sinn gefragt. Als hätte ich keine Kraft dazu gehabt, weil alles, was ich an Kraft aufbrachte, in mein farbloses Überleben floss. In dieser schlimmen Zeit, sagte Ani Deki einmal, sei mein Karma gereift bis zu dem Augenblick, in dem ich ausbrechen konnte. Dieser Blickwinkel ist neu und überraschend, und er erleichtert mich, spricht mich ein wenig frei. So war es kein völlig verlorenes Leben.
Nur für Pema-Marie ist es verloren.
Wie soll ich das je einholen können?

Fünftes Heft

Winter

Die Wochen fließen dahin im sanften Rhythmus des Klosterlebens, eingehüllt von der zunehmenden Kälte. Tags kann man sich oft in windgeschützten Ecken in der Sonne wärmen, doch die Nächte sind so beißend kalt, dass ich jetzt ständig in der verräucherten Küche bei dem alten Schaf schlafe. Es riecht heftig, doch das stört mich nicht, das ganze Kloster ist durchdrungen von dem Geruch des Räucherwerks und der Schaffelle. Für mich ist dies der Duft der Geborgenheit geworden.

In der ersten Nacht bin ich von einer Berührung aufgewacht. Dölma schnupperte an meinem Gesicht, schnaubte mich an und legte sich dann neben mich. Es war tröstlich, als gebe es ein besonderes Band zwischen uns.

Ich wundere mich über mich selbst. Dass ich mich so mühelos eingewöhnen konnte! Habe ich es in den Genen? Natürlich habe ich meine warme Unterwäsche, Thermohosen, Daunenjacke, Superschlafsack, Hochgebirgssonnenbrille, LSF30-Sonnencreme und alle meine Schätze einer sicherheitssüchtigen Welt.

Doch es bleibt noch genügend Herausforderung übrig: das windige Plumpsklo über dem Steilabbruch, wo man durch das Loch zwischen den Trittbrettern schaudernd in die Tiefe schaut; das Eis, das wir morgens vom Wildbach brechen müssen, um Wasser für unseren Tee zu haben; die ewig gleichen Mahlzeiten aus Tsampa, Buttertee, Fladen mit Erbsenmus, geschmacklosem aufgekochtem Trockenfleisch, Yakkäse, steinhartem Losar-Gebäck und, einzige Delikatesse, getrockneten Aprikosen. Meine Schokoriegel habe ich längst verteilt. Ich verbiete mir, an Brathähnchen, Käserösti und Pralinen zu denken. Es gelingt mir nicht immer.

Wenn alle schlafen, habe ich die Küche, um mich zu waschen. Es wäre nicht unbedingt nötig, man stinkt kaum in der trockenen Kälte, und der Fellgeruch überdeckt alles. Doch Gewohnheiten sind mächtig, ich brauche diese nächtliche Wäsche. Ein Glück, dass die Nonnen Pillen haben, bittere schwarze Kügelchen, die den Monatszyklus unterdrücken. Ani Deki warnte, es könne sein, dass er sich nicht mehr einstellt, wenn ich aufhöre, sie zu nehmen. Als ob ich mir darum Sorgen machen würde! Aber es geschieht immer wieder, dass sie mein Alter vergisst, so ungelebt, wie ich aussehe.

Ani Deki kann jetzt oft im Kloster bleiben, wie die meisten Nonnen. So auch Ani Pasang, die stämmige Person mit dem Maultiergesicht, die wir vom Alten Kloster mitgebracht haben. Sie hat wie selbstverständlich das Kochen übernommen. Mir ist es recht, ich koche nicht gern.

»Ani Pasang ist deine beste Lehrerin«, sagte Ani Deki, denn Ani Pasang mag mich nicht. Sie macht es unverhohlen deutlich. Es sei nicht richtig, dass ich mit ihnen leben dürfe, ohne eine richtige Novizin zu sein. Täglich zeigt sie mir, dass sie meine Anwesenheit missbilligt. Inzwischen habe ich genügend Zanskari gelernt, um die meisten ihrer hingeworfenen Bemerkungen zu verstehen. Sie wagt nicht, etwas gegen Lama Norbu zu sagen. Das würde von ihren religiösen Verdiensten abgezogen. Aber sie sucht nach Gelegenheiten, etwas gegen mich zu äußern.

»Pasang hat ein schwieriges Karma mitgebracht«, sagte Ani Deki. »Die bösen Gedanken setzen sich immer wieder durch. Es ist ein großes Glück für sie, dass sie Nonne werden durfte und jetzt viele Verdienste erwerben kann. Und das weiß sie.«

Es ist eine traurige Geschichte, die Ani Deki erzählt. Ani Pasang ist schon seit vielen Jahren Nonne, konnte jedoch nur wenig Zeit im Kloster verbringen. Sie musste in einem entfernten Dorf ihren Vater, einen ekelhaften alten Säufer, bis zu seinem Tod pflegen. »Als sie ein Kind war, hat er sie geschlagen. Als er krank war, hat er sie beschimpft. Sie hat für ihn gebetet, so gut sie konnte. Es ist nicht leicht, die Meditation des Mitgefühls für Feinde zu machen. Wir alle beten für sie.« Doch die Gebete schienen den bissigen Hund in Ani Pasangs Geist nicht zu beruhigen. Es liegt ein Knurren um sie, unhörbar, aber dicht wie Rauchschwaden.

Als Ani Pasang wieder einmal überlief, geschah das ganz und gar Unerwartete. Ani Deki wies ihre Schwester in Buddha zurecht: »Es ist sehr anstrengend, mit dir leben zu müssen«, sagte sie mit leiser Schärfe. »Lieber zehn Dölmas aus dem Westen im Kloster als eine Pasang aus unseren Bergen.«

Ani Pasang erstarrte. Sie sagte nichts mehr. Aber ich litt. Jeden Tag stürzte ich in die tiefe Furche in ihrer Stirn.

Wäre es Sommer gewesen, hätte ich meine Sachen gepackt und mich auf den Weg zurück nach Kathmandu gemacht. Doch es ist tiefer Winter. Es hätte keine andere Art der Flucht gegeben, als mit einer Karawane auf dem gefrorenen Zanskar nach Ladakh zu ziehen. Undenkbar. »Keine Sorge, du wirst Pasang leichter überleben als solch eine Karawanenreise«, sagte Ani Deki. Sie kann ein Lächeln in ihre Stimme legen ohne die geringste Bewegung im Gesicht.

Vor ein paar Tagen traf ich Ani Pasang am späten Abend in der Küche an. Sie hockte auf dem Schemel am Herd und goss einen Rest warmen Buttertee in ihre Schale. Ver-

braucht und müde sah sie aus im Schein der kleinen Butterlampen. Sie ist kaum älter als ich. In diesem Augenblick fürchtete ich mich nicht vor ihrer Ablehnung, sah nur eine Frau mit einem schweren Leben. Ich dachte an die tägliche Rezitation: »Möge ich alle Wesen aus dem Ozean des Leidens befreien«, dachte daran als an etwas, das zu mir gehörte, das ich an mich genommen, in mich hineingenommen hatte im Laufe der vielen Wiederholungen. Vielleicht konnte ich Ani Pasang wenigstens von ihrem Leiden an mir befreien.
Ich legte meinen Schlafsack und mein Schlaffell in die Ecke neben Dölma und blieb stehen.
»Ani-la«, sagte ich, »es tut mir leid, dass ich deinen Frieden im Kloster gestört habe.«
Sie schaute kurz auf, senkte dann schweigend ihren Blick wieder in die Schale mit Tee. Wütend? Traurig?
»Bitte, versteh mich, Ani-la«, beharrte ich. »Schau, ich bin in einem fremden Land aufgewachsen, ohne Buddha-Dharma, aber dort sind alle Frauen frei und können über ihr Leben selbst bestimmen. Hier ist alles sehr fremd für mich. Ich kann doch noch gar nicht wissen, was ich will. Und jetzt, wo ich sehe, wie schwer ihr es als Nonnen habt, wie ihr für alle arbeiten müsst, für die Familie, für die Mönche, wie ungerecht das alles ist …«
»Laien sollen bei den Laien bleiben und Klosterleute im Kloster«, murmelte Ani Pasang und stand auf.
»Du hast sicher recht«, sagte ich, wollte sie aufhalten, sie so nicht gehen lassen in der dunklen Wolke, in die sie uns beide hüllte. »Aber manchmal gibt es eben Ausnahmen. Ich habe gelesen, dass selbst der Buddha eine ganze Menge Ausnahmen gelten ließ. Aber glaub mir, ich wünsche mir sehr, dich nicht zu stören.«
»Ich störe mich selbst«, antwortete Ani Pasang und ging zur Tür. »Und ja, es ist ungerecht«, fügte sie hinzu, »so

vieles hier ist ungerecht«, und verließ mit gesenktem Kopf die Küche.
Seitdem ist es besser mit ihr, sie hat sich mit mir abgefunden. Ein besonders umgänglicher Mensch sei sie nie gewesen und werde sie wahrscheinlich nie sein, sagt Ani Deki. Sie brauche viel Mitgefühl. Also denke ich an Ani Pasang, wenn wir die Bitte um das Glück aller Wesen rezitieren, stelle sie mir heiter und zufrieden vor und schicke ihr helfende Wünsche. Das tut mir gut. Ich habe mehr Raum zum Leben gewonnen, seitdem ich lerne, über meinen Schatten zu springen.

Verdienste

Eine willkommene Abwechslung für meine Schwestern, das große Fest im Alten Kloster. Doch der Weg dahin war höllisch. Eiseskälte. Alle Flüsse, selbst der wilde Zanskar, sind zugefroren. Ein Eissturm, der Dauerschmerz der Kälte, Todesangst auf den steilen Pfaden. Ich frage mich, warum ich mitging.
Ani Yeshe, Ani Pasang und Ani Jangchub mussten im Alten Kloster tagelang kochen. Auch wir anderen waren zwischen den Pujas ununterbrochen beschäftigt, zuerst mit den Vorbereitungen, dann mit der Bewirtung der Mönche und der vielen Besucher. So sieht ein Fest im Mönchskloster für die Nonnen aus.
Ach, und unsere schöne Ani Dechen! Wir machen uns Sorgen um sie.
Ich sah sie bei ihren Eltern und Verwandten stehen, angespannt, wortlos. Einmal sah ich sie heimlich weinen. Sie darf nicht bei uns im Kloster bleiben, erzählte Ani Deki. Die Schwägerin hat gerade entbunden, das dritte Kind in drei Jahren, jetzt braucht man die kleine Schwester des

Bruders als Kindermädchen, Kloster hin oder her. Die zarte Ani Dechen, die so glücklich ist im Kloster! Es tat mir weh, sie leiden zu sehen. Und ich war wütend, wollte die Fäuste schwingen und mit den Füßen stampfen und schreien und alle zum Aufruhr anstacheln. Bin das ich? Welch andere Dölma hat in mir gehaust all die vielen Jahre lang, in denen ich herumlief wie ein Geist, leise, unberührbar, eingesperrt in mir selbst?
Spürte Ani Pasang meine Gedanken? Nachdem wir die Mahlzeiten ausgegeben hatten, saß sie beim Essen neben mir in einer sonnigen Ecke des Klosterhofs. In unserer Nähe sprach Ani Dechen mit ihrer Mutter, die Schultern hängend, eine welke Blume.
»Arme Dechen«, sagte Ani Pasang. Sie seufzte. »Aber da kann man nichts machen.«
»In meinem Land schon«, sagte ich. »Im Westen sind die Frauen so frei wie die Männer. Und der Buddha sagte, es gibt keinen Unterschied zwischen Frauen und Männern.«
Ani Pasang zog die Augenbrauen hoch. »Du hast gesagt, im Westen gibt es keinen Dharma.«
»Aber es gibt grundlegende Rechte auf Leben und Freiheit, die für alle Menschen gelten, Frauen wie Männer. Nur das Äußere der Menschen ist unterschiedlich. Die Natur ihres Geistes ist dieselbe. So steht es in Buddhas Lehren.«
Fast hörte ich, wie heftig Ani Pasang nachdachte.
»Die Frauen im Westen haben darum gekämpft«, sagte ich. »Es war nicht leicht, die Männer waren so mächtig. Aber die Frauen schlossen sich zusammen, es wurden immer mehr, die nicht mehr bereit waren, dem Diktat der Männergesellschaft zu gehorchen. Und sie hatten Erfolg.«
Ich hatte einen Samen gelegt. Er fiel in Ani Pasang hinein, ungehindert. Der Boden ihrer Unzufriedenheit ist bereit und fruchtbar.

Ani Dechen durfte nicht mit uns heimkehren. Sie verbeugte sich vor ihren klösterlichen Schwestern, ihre Lippen zitterten. Sie würde erst zu Beginn des nächsten Winters wieder ins Kloster kommen, wenn es nicht mehr so viel Arbeit in ihrem Dorf gab und die Familie auf ihre Arbeitskraft verzichten konnte. Wenigstens könne man sie nicht mehr verheiraten, sagte Ani Pasang. Alle Nonnen pressten die Lippen zusammen und lächelten in leisem Triumph in sich hinein. Die schöne Ani Dechen ist eine der ihren. Das rote Gewand schützt sie.

Winter Winter Winter

Um diese Zeit, im elften tibetischen Monat, sollte es eigentlich nicht so viele Schneestürme geben, sagen die Nonnen. Aber ich genieße diese funkelnde Wunderwelt aus Schnee in der scharfen Sonne, weißer als weiß unter dem dunkelblauen Himmel.

Die Nächte sind entsetzlich kalt. Im Kloster gibt es kein Thermometer. Es ist einfach so kalt, wie es ist. Wir haben die Sonne von Kairo, doch sie setzt sich nicht durch gegen die eisigen Winde, die durch die Täler rasen. Sie verbrennt die Haut, aber sie wärmt nicht, außer in windgeschützten Ecken.

Im Lhakang können wir uns aufwärmen, es ist genügend Kerosin da für das Öfchen. Die Nonnen machen immer wieder kleine, dankbare Bemerkungen, dass ich das Geld dafür gegeben habe. In den vergangenen Wintern blieb der Lhakang oft kalt.

»Aber wir haben alle eifrig Tummo, die innere Hitze, geübt«, sagte Ani Yangchen lachend. »So eifrig wären wir wahrscheinlich nicht gewesen mit dem Ofen.«

Nach und nach erfahre ich, dass meine Schwestern ganz

besondere Nonnen sind. Das weiß niemand außer Lama Norbu, ihrem Supervisor, und das ist wohl gut so, sonst würde es Aufregung im klerikalen Männerverein geben. Der große Yogi hat dereinst seiner Frau spezielle Übungen und Meditationen übertragen, Garkid hat sie an ihre Tochter Tsogyel weitergegeben und diese wiederum an ihre Nonnen. Zu unserer Liturgie gehört auch die Danksagung an die Vorväter unserer Linie, und diese Liste, so erlaubte der frühere Rinpoche des Alten Klosters klammheimlich, durfte von den Nonnen um Jetsünma Garkid und Jetsünma Tsogyel erweitert werden. Das ist sehr ungewöhnlich. Daraus könne ein neuer Zweig unserer Linie entstehen, sagte Ani Deki stolz.

»Wurden die Wiedergeburten von Garkid und Tsogyel gesucht?«, fragte ich. Natürlich wurden sie nicht gesucht, das wusste ich, doch ich konnte es nicht lassen, ein wenig zu provozieren. Ich will, dass meine Schwestern den Gedanken an ihre Unterdrückung wachhalten, dass sie darüber nachdenken und irgendwann anfangen, sich gegen all die Ungerechtigkeiten zu wehren.

Immer wieder sage ich: »Wie es wohl Ani Dechen gehen mag? Sicher hat sie große Sehnsucht nach dem Kloster.« Dann nicken sie und seufzen. Ani Yangchen sagte gestern im Vorbeigehen: »Es ist schön, dass du immer wieder von Ani Dechen sprichst, das erinnert uns alle daran, wie glücklich wir sein dürfen, dass wir im Winter Zeit für unsere Pujas und Meditationen haben.« Noch durchschauen sie mich nicht. Oder doch? Ani Deki ahnt meine Gedanken. »Vielleicht leben die Wiedergeburten von Jetsünma Garkid und Jetsünma Tsogyel hier im Kloster, als eine von uns«, sagte sie. »Man kann nie wissen.«

Vielleicht bist du selbst eine von ihnen, dachte ich, sagte jedoch nur: »Aber sie müssten anerkannt werden, dann könnten sie viel mehr für euch Nonnen tun.«

Ani Deki argumentiert fast nie, also schweige ich. Aber ich gebe nicht auf. Ich werde meine Fragen auslegen wie Minen, und sie werden darauf treten. Warum dürfen Nonnen nicht debattieren lernen wie die Mönche? Warum bekommen sie keinen Unterricht? Warum glauben selbst die intelligenten unter diesen Männern, Frauen seien weniger wert, seien dumm, faul und unzüchtig? Dass sie nicht erleuchtet werden können wie die Männer mit ihrem Y-Chromosom? Es macht mich wütend, wütend, wütend!
Ani Dekis Lächeln lässt meine Einwände versiegen. Gegen dieses Lächeln kann man nicht mit Worten angehen.

Feuer-Puja

Drei Mönche sind vom Alten Kloster gekommen, um im Hof vor dem Lhakang das Feuerritual zu zelebrieren. Nur ein Mönch darf die Teigfiguren und Öl und andere Substanzen, in die alle Verfehlungen und alles Übel hineinprojiziert werden, zur Reinigung ins Feuer werfen. Die Bewohner der umliegenden Dörfer hatten lange Wege zurückgelegt und ein paar Zelte aus Yakhaar auf dem Platz unterhalb des Klosters aufgestellt. Mit unseren Dorfleuten saßen sie im ummauerten Klosterhof in der wärmenden Sonne um uns herum. Sie trugen ihre besten Kleider und Felle, lachten und schwatzten, und die Kinder rannten kreischend zum Tor hinaus und wieder herein. Alle waren höchst zufrieden, als nach stundenlangen Rezitationen Buttertee, Tormas, die Figuren aus süßem Teig, und getrocknete Aprikosen verteilt wurden.
Die Mönche übernachteten im Lhakang, und alle Nonnen waren sehr aufgeregt. Sie buckelten und dienten, als hinge ihr Leben davon ab. Felle wurden herbeigeschleppt, auch die persönlichen Decken der Nonnen. Das Kerosinöfchen

gab sein Bestes. Kostbares Fleisch aus dem bescheidenen Vorrat wurde großzügig serviert. Wenn die Nonnen zu den Mönchen kommen, kochen und bedienen sie. Wenn die Mönche zu den Nonnen kommen, werden sie bekocht und bedient. Ach, es regt mich auf!

Nachts in der Küche teilte ich meinen Schlafsack und meine Felldecke mit Ani Deki, für mich der beste Teil des Festtags. Wir redeten lang, so offen und bloßgelegt wie sonst kaum je. Redeten von meinem Gefühl, überall eine Fremde zu sein, von Ani Dekis Kindheit als Außenseiterin und ihrem frühen Wunsch, im Kloster zu leben, von der Bedeutung des Zufluchtsgelübdes, ein »Flüchtling« aus der Welt des Egos zu sein. Und so kam ich wieder einmal auf meine Flucht von zu Hause zu sprechen, auf die immerwährende Frage, warum ich nicht hatte bereit sein können zu leben, bis Pema-Marie herangewachsen war. Ich sah sie vor mir, meine schöne, große Tochter, gut eine halbe Kopfeslänge größer als ich, und plötzlich erwachte in mir der Gedanke, es als Wunder zu begreifen, dass ich dieses Mädchen geboren hatte. »Ich habe es nie so sehen können«, sagte ich zu Ani Deki, »erst jetzt, so weit weg von ihr. Dass ich ihr einen Körper geben durfte, ein Leben in dieser Welt.« Aber bald begann ich erneut um mein Versagen zu kreisen, um meine Schuld, um all das versäumte Leben.

Doch wie es in meinen Gesprächen mit Ani Deki oft geschieht, hörte ich mir selbst immer aufmerksamer zu, schien mit ihren Ohren zu hören, fand zu einem anderen Blickwinkel, erinnerte mich an die Aufforderung des Rinpoche in Kathmandu, alles, was geschehen ist und geschieht, als kostbares Material zu betrachten, als Dünger für das Feld der Erleuchtung. Das geschieht, obwohl Ani-la selten etwas zu meinen Monologen sagt. Es ist der helle, manchmal grelle Scheinwerfer ihrer klaren Wahrnehmung, der mich aufwachen lässt.

»Ich glaube, ich beneide dich ein wenig«, bekannte sie spät in der Nacht, nah und warm neben mir, »dass du dieses Kind hast, dass du sie dir vorstellen kannst.« Und dann erzählte sie in der knappen Art, in der sie über sich selbst zu berichten pflegt, von einer Fehlgeburt in ihrer schrecklichen Ehe. Sie sprach von dem totgeborenen Sohn, als lebe er. Sie ist sich ganz sicher, dass er inzwischen wiedergeboren wurde. »Onkel hat eine zweite, noch junge Frau, und sie haben einen achtzehn Jahre alten Sohn, Tendzin«, sagte sie. »Er wäre als Kind gern ins Kloster gegangen, er wollte unbedingt Lesen lernen. Aber Onkels ältester Sohn ist schon im Alten Kloster. Sie brauchen den Jungen für die Arbeit.« Sie hat dem Neffen das Lesen beigebracht, wenn sie ein wenig Zeit fand bei ihren Frondiensten im Haus des Onkels. Im Herzen hat sie ihn zu ihrem Sohn erhoben. Fast schon im Einschlafen hörte ich sie noch sagen: »Wenn ein Wesen im Bardo nach Wiedergeburt strebt, fühlt es sich entweder vom Vater oder der Mutter angezogen. Will es zum Vater, wird es eine Tochter. Will es zur Mutter, wird es ein Sohn. Mein Sohn wollte zu mir. Aber ich wollte ins Kloster. Es war unser Karma, dass wir nicht zusammenbleiben konnten.«
Fühlte sich Pema-Marie von ihrem Vater angezogen? Vielleicht. Es spricht mich nicht frei.

Heute Morgen hielt einer der Mönche einen kleinen Vortrag für die Nonnen. Er zitierte Verse von Shantideva in klassischem Tibetisch, das ich halbwegs verstehen kann, übersetzte den Text in Zanskari, das ich inzwischen recht gut verstehe, und kommentierte ihn. Es ging darum, »wie ein Holzklotz zu verharren«, also nicht auszuagieren, wenn man negative Wünsche hat. Wie zum Beispiel andere zu missbrauchen oder nur an das eigene Wohl zu denken, oder wenn man anmaßend oder faul ist. Und dass man sich alle solche Absichten bewusst machen und nur an das Wohl anderer denken solle. Ich frage mich, warum er dieses Thema gewählt hat. Würde es nicht viel besser für die Mönche passen als für die ständig dienenden Nonnen? Ich hätte gern etwas dazu gesagt.

Dann packten die Mönche die reichlichen Spenden der Besucher ein und nahmen sie mit in ihr Kloster. Den Nonnen dankten sie nicht. Dafür bedankten sich die Nonnen, tief gebeugt, die Zungen höflich herausgestreckt.

Ich war ärgerlich!

»Das ist doch nicht in Ordnung«, entfuhr es mir, »dass sie alle Spenden mitnehmen.«

Die Spenden gehören den Mönchen, wurde ich belehrt, weil sie die Feuer-Puja zelebriert haben. Es gibt mehr Verdienste für die Laien, wenn sie den Mönchen Spenden geben anstatt den Nonnen. Die Nonnen wiederum erwerben Verdienste, wenn sie die Mönche mit dem bedienen, was sie sich selbst vom Mund absparen. Kein Gedanke daran, dass die Nonnen am Ende des Winters immer hungrig sind, weil ihre Vorräte kaum zum Überleben reichen. Es ist so, weil es immer schon so war, und deshalb ist es richtig.

»Wir sind doch alle Menschen«, sagte ich zu meinen Schwestern, »die eine Hälfte in einem männlichen Körper, die andere in einem weiblichen. Alle haben dieselbe Geistessenz. Das ist die Grundlage der Lehren.«

»Aber in den alten Texten ist immer von den Buddhas und ihren Söhnen die Rede«, sagte Ani Tsültrim, »nie von ihren Töchtern.«

»Alte Gewohnheit einer männlich dominierten Gesellschaft«, wandte ich ein. »Gewohnheiten entstehen, und dann müssen wir sie auflösen. So lauten die Lehren. Wenn wir unsere Gewohnheiten nicht infrage stellen, kann der Geist doch nie befreit werden.«

So ging es weiter. Dass es verdienstvoll sei, anderen zu helfen, sagten sie. Dass sie den Status der Mönche in diesem Leben nicht erreichen könnten, weil Nonnen nun einmal nicht die volle Ordination erhielten. Dass sie keine Lebensmittel von ihren Familien und Spenden aus den Dörfern mehr bekommen würden, wenn sie nicht zum Arbeiten nach Hause gingen. Dass es eben ihr Karma sei, weiblich zu sein, die Antwort auf schlechtes Verhalten in früheren Leben. Ich wandte ein, mit dieser Haltung würden sie nie etwas bessern. Dass man für Verbesserungen im Leben kämpfen müsse. Dass die Frauen im Westen sogar Parteigänger unter den Männern gefunden hätten.

Plötzlich kicherte Ani Palmo. »Wisst ihr was, sie ist in Wirklichkeit ein Mann«, sagte sie. »Heb mal deinen Rock, Dölma, lass sehen!« Da prusteten sie alle los, lachten sich die Spannung aus dem Bauch, zupften an meinem Rock, als wollten sie ihn hochheben. Ich zeigte auf die Statue neben dem Buddha. »Schaut hin«, rief ich, »Guru Rinpoche lacht mit.«

Das Gesicht der Statue hat einen fast heiteren Ausdruck, anders als der strenge Blick, mit dem die meisten Abbildungen Padmasambhavas ausgestattet sind. Alle waren zufrieden, dass Guru Rinpoche lachte, nicht über sie, sondern mit ihnen. Aber vielleicht auch über mich.

Warum mische ich mich ein? Ich habe mich mein Leben lang nicht eingemischt. Immer hielt ich mich aus allem heraus. Nichts ging mich etwas an. Besser gar nichts sagen als etwas Dummes. Ich bin immer feige gewesen.

Ani Deki äußerte sehr wenig bei diesem Disput im Lhakang. Doch niemand würde Ani Deki feige nennen. Ich weiß nicht, was ich denken soll.

Jeden Tag zelebrieren wir Pujas für die Mamos, eine Art kollektiver Schutzwesen, wenn ich es recht verstehe. Sie regen sich sehr auf, wenn die menschlichen Gesellschaften ihrer Negativität nachgeben und zerstörerisch mit sich selbst, den anderen, der Natur umgehen. Dann werden sie zu »schwarzen Mamos« und bringen Krankheiten, Streit, Naturkatastrophen. Ich stelle es mir so vor, dass wir mit den sakralen Ritualen positive Energie freisetzen und ausstrahlen, auf unser Kloster, auf das Dorf, auf die Region und darüber hinaus in die ganze Welt. Ich frage mich, ob diese Energie mit der Entfernung abnimmt. Oder ob sie immer dort wirkt, wohin man sie ausrichtet. Aber vielleicht denke ich zu mechanistisch darüber. Ani Deki sagt: »Tu es einfach, dein Geist kann mehr, als du denkst.«
Wir rezitieren lange Strophen, und ich mag vor allem den Refrain am Schluss einer jeden Strophe:

»Bitte wendet Krankheiten, böse Einflüsse
und Hindernisse ab, ihr Mamos.
Bitte wendet schlechte Prophezeiungen
und böse Omen ab, ihr Mamos.
Überwältigt von Unwissenheit seit anfangsloser Zeit,
vernebelt durch Dummheit aufgrund
unserer Faulheit,
oder wie auch immer wir vom Pfad des Allwissens
abgekommen sind,
mögen die Scharen der Mamos uns verzeihen.«

Abschließend singen wir das Mantra des Befriedens, dann das Ganze immer und immer wieder, stundenlang. Fast alle Nonnen sind jetzt im Kloster, nur die schöne Dechen fehlt natürlich und die mondgesichtige Ani Jangchub, die

jeden Tag hinunter ins Dorf muss, weil alle Töchter der Familie in andere Dörfer geheiratet haben und nur sie übrig geblieben ist zum Kochen und Melken und Misten und Spinnen und Nähen und den vielen Haushaltsarbeiten, die sie erst gegen Abend erschöpft zurückkommen lassen. Aber sie lacht und sagt, das Essen sei gut in der Familie, man esse oft Fleisch und reichlich Yakkäse.
Dem gekochten Trockenfleisch kann ich wenig abgewinnen, aber alle anderen sind wild danach. Ich habe Ani Jangchub eine Handvoll Rupien mitgegeben, und sie hat im Dorf ein dickes Bündel Fleischstreifen dafür erstanden, viel zu teuer, wie sie sagte. Meine Schwestern bekamen glänzende Augen und wollten nicht aufhören, meine Hände zu streicheln. Ich möchte weglaufen vor ihrer Dankbarkeit. Warum schäme ich mich?

Februar

Zu Losar, dem Neujahrsfest, das meistens auf den Februar fällt, waren wir im Alten Kloster – natürlich zum Arbeiten. Wenigstens durften wir uns die Tänze der Mönche anschauen. Sie sind stolz, diese Mönche, und es sieht schön aus, wenn sie mit ihren gewaltigen Masken und den kostbaren Brokatkostümen tanzen. Doch es tut mir weh, unsere Nonnen in ihren geflickten Roben am Rand des Lhakangs hinter der männlichen Klosterbelegschaft sitzen zu sehen. Zu wissen, wie viel Hingabe sie empfinden für ihre Rituale und Meditationen. Wie freundlich sie sind und bereit zum Lachen und so fern allen Hochmuts.
Ich bin bedrückt. Das Frühjahr, die aufsteigende Yang-Energie macht mich unruhig und ungeduldig. Ani Pasang suchte meine Nähe, wollte mehr wissen über die »befreiten Frauen«. Und ich beschrieb, so gut es ging mit meinem

beschränkten Zanskari-Wortschatz, wie wir unser Leben selbst bestimmen können ohne das Diktat eines Vaters, Onkels, Ehemanns.

»Meinst du, dass du das Kloster gewählt hättest, wenn die Frauen bei euch so frei wären wie im Westen?«, fragte ich schließlich. Und sie fragte zurück: »Würde man uns denn genügend Spenden geben, damit wir ständig im Kloster leben könnten?«

Auch die anderen Nonnen beginnen, sich Gedanken zu machen. Sie reden darüber, wie traurig es ist, dass die junge Ani Dechen nicht bei uns sein darf, ebenso wie Ani Yeshe, die im Alten Kloster kochen muss, bis sie abgelöst wird. Wie gern sie den monatlichen Dakini-Tag immer gemeinsam im Lhakang zelebrieren würden. Doch wenn ich sage, bleibt hier, erklärt euren Familien, dass eure Pujas und Meditationen doch allen zugutekommen, lautet die Antwort, dann sei niemand für die kleinen Kinder da, wer solle die alte Großmutter füttern, und beim Spinnen würde jede Hand gebraucht. Man hat sich an die billige Arbeitskraft der Nonnen gewöhnt, es geht nicht ohne sie. Ich argumentiere, die Familien könnten sich neu organisieren, sie kämen ja auch ohne ihre Söhne aus, wenn diese im Kloster lebten. Dann dreht sich die Diskussion im Kreis. Weil sie Frauen sind, ist ihr Karma schlechter, also müssen sie mehr Verdienste sammeln, indem sie dienen, und sie wollen sich nicht überzeugen lassen, dass dieser Glaube nur alte Gewohnheit ist und nichts mit Buddhas Lehren zu tun hat. Sie wissen so wenig von Buddhas Lehren. Niemand hat sie ihnen beigebracht.

Es regt mich auf. Ich kann nicht schweigen zu so viel Unrecht.

»Hör auf«, sagte Ani Deki gestern Abend, als wir allein in der Küche zurückblieben, »du kannst unsere Lage nicht ändern, und du machst unsere Schwestern nur unglücklich.« Ist das wahr? Ich muss zugeben, die Nonnen lachen weniger als früher. Sie haben angefangen zu diskutieren. Manchmal streiten sie sogar. Ani Palmo ist am Guru-Rinpoche-Tag im Kloster geblieben, statt den langen Weg zu ihrem Dorf zu gehen. Erst am Tag danach ging sie heim. Als sie wieder ins Kloster kam, hatte sie jeglichen Widerstandsgeist verloren. »Es geht nicht«, sagte sie. »Diesmal haben sie mir keine Vorräte mitgegeben.« Diese Strafe ist bitter, vor allem am Ende des Winters. Mein Geld nützt uns nichts, die Lebensmittel sind überall knapp.

Ich sitze in der Küche und fürchte mich vor meinen Gedanken. Sie blähen sich auf, werden zu Dämonen. In allen Winkeln lauern sie. War es ein Fehler, meine Nonnen aufzuwiegeln? Gutes hat es ihnen nicht gebracht. Sie sind in ihre Umstände eingezwängt, in sie hineingeboren worden, kennen nichts anderes, haben sich damit arrangiert, und selbst wenn sie einsehen, dass ihnen Unrecht geschieht, was können sie dagegen tun?

Ich habe meine Meinungen in den Krieg geschickt, und nun kommen sie gebrochen zurück und klagen mich an. Wann habe ich je die Umstände meines eigenen Lebens geändert? Die Nonnen haben ihre Umstände nicht angeklagt. Sie haben sie angenommen mit einer Deutung, die Gewinn beinhaltet – all die vielen Verdienste, die ihr Karma verbessern. Sie arbeiten hart und singen dabei, wissen, dass sie etwas Sinnvolles tun, indem sie anderen helfen, und dass sie die Voraussetzungen schaffen, um im nächsten Leben ein Mann, ein Mönch werden zu können und schließlich ein Buddha, ein Erwachter.

Kann mein sinnvolles Tun darin bestehen, ihnen den Glauben an ihr erzwungenes sinnvolles Tun zu rauben?
Ich sitze in der Küche, höre Dölma laut atmen im Schlaf. Der winzige Schein des Butterlämpchens tanzt über ihr leeres Schafsgesicht. Meine Dämonen in den Ecken mästen sich mit meiner Verwirrung.
Alles ist fragwürdig. Mein Aufbruch nach Tibet war ein Versuch, aus meiner Fragwürdigkeit auszubrechen. Doch ich blieb darin eingeschlossen, wie all die vielen Jahre zu Hause, immer im Nebel. Mit Madeleine und Martin, eingepackt in Wohlverhalten, nur ganz innen die kleinen, unsichtbaren Stürme meiner Wut. Mit Hans-Peter, verkrochen in trübe Verneinung. Selbst als ich glaubte, in ihn verliebt zu sein, ahnte ich, dass es nicht echt war. Und dann dieser tiefe Schrecken vor Pema-Marie, vor dem puren, unverdünnten Leben, das in ihr strömte.
Was war anders seit meiner Flucht?
Habe ich in Thinley je den Thinley gesehen, der er wirklich ist – oder nur mein Thinley-Bild, meinen eigenen Beelzebub, der mich einholte? Welchem Humphrey bin ich begegnet aus meiner ängstlichen Enge heraus? Wie viel von dem jungen Rinpoche habe ich wahrgenommen? Und Ani Deki? Liebe ich sie, oder klammere ich mich nur an sie?
Echt waren vielleicht nur die Minuten bei Lama Norbu, als ich aufhörte zu denken. Als mein geistiges Durcheinander mich ausstieß in den bodenlosen Raum von Lama Norbus Blick. Diese Sicherheit ist die einzige, die mir bleibt.
Was soll ich tun??? Was soll ich ändern???
Ich weiß, dass ich niemanden fragen kann, dass die Antwort aus mir kommen muss.

Der Tod, wenn er so nah geschieht, ist grausam schockierend.
Und er bringt so viel Veränderung.
Hat es ihn gegeben, diesen langen Winter, in dem die Fremde, die ich war für mich und die anderen, hineingeschmolzen ist in die Gruppe der Nonnen, immer dichter umschlossen vom Kloster und dem gewaltigen Himmel und der Maßlosigkeit der Landschaft? Nein, nicht umschlossen – durchdrungen. Das Innen und das Außen sind beliebige Festlegungen geworden. Ich brauche sie nicht mehr so oft. Doch jetzt ist alles durcheinandergeraten. Wie wenig Erfahrung ich doch habe mit Sterben und Tod!
Ani Yangchen ist gefallen, es war kein aufregender Sturz, und sie konnte danach wieder aufstehen. Wenig später sagte sie, sie fühle sich nicht gut im Kopf, wiegelte ab, nur ein bisschen hinlegen wolle sie sich. Als der Amchi aus dem Dorf heraufkam und sagte, etwas in ihrem Nacken sei kaputt, es könnte in den Kopf rutschen, da dachte ich nicht an Tod.
Doch der Amchi konnte nicht helfen. Es gab in ganz Zanskar keine Hilfe für sie, kein Telefon, keinen Sanitätswagen, kein Krankenhaus mit Röntgenlabor und chirurgischer Abteilung. Sie solle liegen bleiben, sagte der Amchi. Von Heilung sprach er nicht. Ani Yangchen lächelte und erklärte in aller Ruhe, es werde nicht heilen, sie sei bald tot. Woher Ani Yangchen das wissen wolle, fragte ich Ani Deki. Von Tara, bekam ich zur Antwort. Ich hätte es mir denken können.
Ani Yangchen wollte nicht mehr essen und trinken. Sie lag mit geschlossenen Augen auf ihrem Bett, ohne sich zu rühren, lächelte und ließ die Perlen der Mala durch ihre Hände gleiten. Sehr früh am Morgen, in der Dunkelheit,

bevor die Nonnen ins Dorf hinuntergingen, erzählte sie von den Buddha-Bereichen, in die Tara sie geführt habe, damit sie uns davon berichten könne. »So wunderschön«, sagte sie mit leuchtendem Gesicht, »so unglaublich wunderschön.« Und so beschrieb sie es: aus sich heraus strahlendes Land, von Bergen umgeben. Seen, Hügel und sanfte Wiesen, Wasserfälle und Teiche, die Ufer glitzernd von Goldstaub. Unter Edelsteinbäumen wandeln Meditierende, aus deren Fußabdrücken Lotosblumen aufblühen. Inmitten des Sees jeweils der essenzielle Buddha des Bereichs, umringt von den höchsten Göttern und Göttinnen und all den Glücklichen, die seine Belehrungen empfangen dürfen. Und alle haben nur eines im Sinn: die Lehren aufzunehmen. Und sie glühen vor geistigem Entzücken.
Alle Nonnen blieben im Kloster. Gegen den Tod kam selbst die Macht der Familien nicht an.
Dann die Nacht, in der Ani Deki alle Nonnen aus dem Bett holte. Ani Yangchen war aufgestanden und in den Lhakang gegangen. Es war so weit. Woher weiß man, dass der Tod hinter der Tür steht? Ich wusste es. Und es erschreckte mich bis ins innerste Herz. Ich habe keine Erfahrung mit dem Tod, habe ja noch kein Sterben erlebt. Großvater Albert starb früh, als ich noch ein Kind war. Ich kannte ihn kaum und nahm es nicht wahr. Man sagte mir nur, Madeleines Vater sei gestorben. Großeltern sterben, das ist so, wie wenn Äste absterben an einem Baum.
Im Lhakang brannten alle Butterlampen, ließen die Statuen aufblitzen und die Schatten tanzen. Ani Yangchen saß auf ihrem Platz am Beginn der rechten Reihe am Schrein und wartete, bis alle Nonnen im Lhakang waren. Man macht drei Niederwerfungen, wenn man den Schrein betritt, doch niemand hätte von Ani Yangchen noch Niederwerfungen erwartet. Doch Ani Yangchen stand auf, und in einer Stille, die mir den Atem nahm, vollzog sie vor

dem Schrein die drei Zufluchtsgesten, ließ sich auf die Knie nieder, streckte sich aus, stand wieder auf, kniete wieder nieder, drei Mal, in der sachlichen Art, wie man dies tut, als Huldigung der Buddha-Natur, die wir in uns tragen und die überall ist. Dann setzte sie sich. Ein plötzliches Aufseufzen. Unvermittelt sank sie in sich zusammen.
Sie streckten Ani Yangchen auf der langen Sitzmatte aus. Ich glaube, dass ich den Singsang der Nonnen hörte, aber zugleich wurde ich in einen Abgrund des Schweigens gerissen, durch eine Stille hindurch, in der alles auseinanderfiel, was ich je war. Es war zu unglaublich, zu anders, als dass ich mich hätte fürchten können. Es gab keine Überlegung, kein Urteil. Nur Stille. Dann war ich plötzlich im Fließen, und alle, alle flossen mit, ohne »die anderen« zu sein, Pema-Marie und Ani Deki und Petra, meine Stellvertreterin in der Bibliothek, und Madeleine und Thinley und die Bettlerin in Kathmandu und Hans-Peter und alle, mit denen mein Leben mich je in Berührung gebracht hat. Ganz ohne Unterscheidung.
Der Lhakang füllte sich mit golden leuchtendem Licht, und obwohl ich nichts anderes als nur Fließen war, wusste ich, dass dieses Licht sich auch in die Welt der Unterscheidungen ergoss, sichtbar für alle, und dass es von Ani Yangchen kam. Und es roch nach Blumen. Natürlich konnte man diesen Geruch auch hören und fühlen, er floss mit in diesem allgemeinen, tanzenden, wirbelnden, stillen Fluss. Ich mag es nicht Glück nennen, denn das ist ein so kleiner, enger Worttopf, in den so wenig hineinpasst.
Aber ich kann nicht auf die Worte verzichten. Noch nicht.

Wunder

Ani Yangchens Brustmitte ist noch immer warm, obwohl sie schon am gestrigen Morgen gestorben ist. Wir warteten auf die Zeichen des Todes, bis die Sonne aufging. Ani Yangchen lag da wie schlafend, doch ohne Atem, ohne Puls. Ganz jung sah sie aus, wie ein junges Mädchen, gerade im Aufblühen. Eine Prinzessin, strahlend, hoheitsvoll. In den Morgenstunden hat sich das Leuchten in sie zurückgezogen, aber ein wenig ist es noch da, auch der Blumenduft. Niemand weint, warum auch? Ani Yangchen ist da, mehr denn je. Sogar jetzt, in der Küche beim Schreiben, fühle ich die Anwesenheit ihres leuchtenden Geistes. Wie schön das ist.

Ich lebe in einer verwandelten Welt. In der wirklichen, reinen, vollkommenen Welt.

Der dritte Tag

Erst heute erschienen die Zeichen des Todes, die winzigen roten und weißen Tropfen im linken Nasenloch, auf die Ani Deki mich aufmerksam machte. Und erst danach sah Ani Yangchen wirklich tot aus.

Früher habe ich über diese Merkwürdigkeit gelesen, ohne mich allzu sehr zu wundern. Es war so weit weg von meinen Erfahrungen. Jetzt bin ich fassungslos vor lauter Verwunderung. Weil das Wunder überall ist, außen und als Echo in mir.

»Jetzt weiß ich, warum ich nicht in Nepal bleiben konnte«, flüsterte mir Ani Deki zu. Sie ist Ani Yangchens Nachfolgerin, war schon lang als solche bestimmt. Es scheint für alle selbstverständlich zu sein. Ani Deki hatte wohl schon immer eine Neigung, Verantwortung zu übernehmen. Ihre Autorität ist so natürlich wie die Luft, die wir atmen, auch wenn sie nicht wie Ani Yangchen sechzehn Jahre oben in der Einsiedelei im Retreat verbracht hat. Als die frühere Leiterin starb, war es Lama Norbu, der Ani Yangchen bat, die Nachfolge zu übernehmen, doch sie wollte das Retreat nicht verlassen. Später erzählte sie, dass Lama Norbu sie herausgefordert habe mit den Worten: Du hast lange genug geübt. Jetzt solltest du dich bewähren.

Alle wissen, dass Ani Yangchen eine große Yogini war, nur ich wusste es nicht. Und spürte es nicht. Für mich war sie eine ganz gewöhnliche ältere Nonne. Sie trug dieselbe Robe aus grobem Stoff wie alle, arbeitete für ihre Familie im Dorf, setzte sich mit den anderen zusammen, um die Arbeiten im Kloster einzuteilen. »So hat der Yogi es gewollt«, sagte Ani Deki, »dass wir alles zusammen machen, im Einverständnis, weil wir Frauen sind und das können.«

Ich habe Ani Deki gefragt, ob sie es nicht bedrückend finde, Ani Yangchen ersetzen zu müssen. Ani Deki lachte. »Das erwartet niemand von mir. Ani Yangchen muss man nicht ersetzen, sie ist ja bei uns. Ihre Weisheit ist bei uns. Ihr Mitgefühl ist bei uns. Ich habe nichts weiter zu tun, als für die anderen da zu sein.«

Die dunkle Nacht

Es ist, als hätte ich zu viel Licht gesehen, denn jetzt ist es abgrunddunkel wie niemals zuvor.

Ich kann nicht einmal mehr fragen: Was soll ich tun? Was soll ich ändern? Nur mich festhalten möchte ich, irgendwie. Doch es gibt nichts zum Festhalten.

Als ich einmal bei Johannes vom Kreuz von der »dunklen Nacht der Seele« las, war ich überzeugt, ihn zu verstehen.

Mir ist damals ja immer dunkel zumute gewesen. Nichts verstand ich. Was weiß man von der echten Dunkelheit, wenn man immer nur im Dämmer gelebt hat?
Ich erinnere mich, es war darin von lichtlosen Schatten des Todes die Rede und von Qualen der Hölle und Todesstöhnen und peinvoller Finsternis. Von furchtbarem Leiden, als würde man auseinandergerissen. Ja, so ist es, bodenlos und ewig wie die Hölle. Dort bin ich jetzt.
Die Mönche kamen und zelebrierten die Todesriten. Ani Yangchen wurde in einem Chörten verbrannt, den man für diesen Zweck im Klosterhof errichtet hat. Ich war erleichtert, als die Mönche abreisten. Ihre Anwesenheit hat mich gestört. Natürlich hatte ich deshalb ein schlechtes Gewissen. Wie fern bin ich der Urteilslosigkeit!
Es war schön, im Winter jeden Tag mit meinen Schwestern im Lhakang zu sein, mit ihnen zu rezitieren und zu singen, was mir erlaubt war, oder zuzuhören, die Glöckchen und die Trommeln zu hören, manches zu verstehen und manches nicht. Es gab Geborgenheit.
Jetzt warte ich den ganzen Tag, dass sie heimkommen und ich nicht mehr allein sein muss. Dann setzen wir uns zur Puja zusammen, rezitieren, singen, doch ich bin aus ihrem Bannkreis gefallen, alles ist außen, ganz außen, dringt nicht in mich ein, lässt mich ganz allein dasitzen auf meinem letzten Platz in der linken Reihe, mit Schmerzen im Rücken und allen Gelenken, wie ich sie nie zuvor hatte. Die Schmerzen bannen mich in den Körper, das ist vielleicht gut. Wenigstens kann ich mir so nicht ganz verlorengehen.
Ich weiß nichts mehr. Nichts hat Sinn. Nichts hat jemals Sinn gehabt. Tonnen von Gedanken – leer. Es bleibt nicht einmal mehr Zynismus übrig. Ich möchte weinen. Es müsste schön sein, weinen zu können. Aber das ist auch etwas, das ich nie gut konnte.

Nachts schlafe ich nur wenig, wache ständig auf. Manchmal träume ich hässliche Träume. Dass ich mit dem Zug fahre und mir plötzlich einfällt, dass ich Pema-Marie – eine kleine, vielleicht drei Jahre alte Pema-Marie – auf dem Bahnsteig vergessen habe, der Zug mich wegträgt, immer weiter weg von ihr. Und sie steht da so klein und verlassen auf dem bitterkalten Bahnsteig. Für alle Zeit und Ewigkeit. Oder dass ich durch lange, unterirdische Gänge zu einem Labor geführt werde, in dem man Menschen zu schrecklichen Versuchen verwendet. Ohne Hoffnung. Oder dass ich im Schneesturm herumirre und endlich das Kloster finde, gegen die verschlossene Tür des Lhakang hämmere, die Nonnen darin singen höre, einen herzzerreißend schönen Gesang. Und niemand öffnet. Für immer draußen vor der Tür.

Wenigstens kann ich wieder schreiben. Das Schreiben ist meine Verbindung zur Welt. Mit wem sollte ich reden? Ani Deki würde mir zuhören, aber es gibt nichts, das ich ihr sagen könnte. Das fühlt sie, und sie fragt nicht. Einmal nahm sie meinen Kopf in ihre Hände und berührte meine Stirn mit der ihren. Es ist gut, dass niemand eine Erklärung von mir erwartet.

Dölma ist meine nächtliche Zuflucht. Das alte Schaf nimmt mich hin als eine der Gegebenheiten ihres Lebens. Tags wandere ich manchmal mit ihr auf dem Berghang herum, nachts lege ich mich ganz nah zu ihr, den Kopf auf ihrem dicken Fell, höre ihrem Atem zu und spüre den Rhythmus ihres Lebens. Nehme mir ein bisschen davon, um meine Leblosigkeit zu ertragen.

Die Nonnen haben Gottheiten.

Ich dachte, die hätte ich auch.

Doch jetzt habe ich nur das Schaf.

PEMA-MARIE

Durch die dünnen Vorhänge schien schwach der beginnende Tag. Pema-Marie drehte sich zur anderen Seite, zum hundertsten Mal in dieser Nacht. Alle Gelenke schmerzten. Die Matratze war mit jeder Stunde härter geworden. Eine zweite Nacht im Gästehaus, und wieder war sie nur in langen Abständen in einen flachen, unruhigen Schlaf geglitten, von Mal zu Mal durch Hundegebell oder knatternde Motorräder aufgeschreckt.

Sie hätte René anrufen oder zumindest dem Tagebuchheft ein paar Zeilen und ihre Telefonnummer hinzufügen sollen. Warum hatte sie es nicht getan?

Mühsam hatte sie sich durch Dölmas Schrift hindurchgearbeitet. Manchmal war sie schwer lesbar, hatte Dölma vielleicht in der Kälte mit Handschuhen geschrieben? Pema-Marie ertappte sich dabei, dass sie ihre Mutter immer häufiger Dölma nannte. Diese Frau in Zanskar war nicht mehr Mama, hatte diese Relation verlassen, war Dölma, die Frau auf der Suche nach einer Heimat, die Tibeterin, die überall eine Fremde war.

Sie wollte nicht aufwachen. Aufwachen hieß, der Verwirrung zu begegnen, dem Schmerz, der Bodenlosigkeit. »Alles ist fragwürdig«, hatte Dölma geschrieben. Doch wie sollte man mit so viel Fragwürdigkeit leben? Wie sollte sie, Pema-Marie, es aushalten, dass alles, was je verlässlich erschienen war, zusammenbrach? Sie wollte sich zusammenrollen, die Bettdecke über sich ziehen und in die Bewusstlosigkeit des Schlafs sinken. Doch der Morgen hatte schon begonnen, sie konnte dem Tag nicht mehr entkommen. Sie würde ihre Haare waschen und die Ringe unter den Augen wegschminken. Sie würde mit Nina frühstücken und dann Dawa besuchen, die Dölmas Tagebücher gefunden hatte.

Und sie würde René eine E-Mail mit ihrer Adresse ins Hotel schicken.

Es war ruhig in den Gassen. Samstag, erklärte Nina, deshalb sei Ännay, Dawas Tochter, zu Hause. Ännay unterrichte an der amerikanischen Schule und habe nur am Wochenende Zeit, und ohne ihre Ännay empfange Dawa keine Gäste. Denn ein Schlaganfall habe Dawa teilweise gelähmt, und das Sprechen falle ihr schwer.

»Ausgerechnet Dawa«, sagte Nina, »die offenbar so gern geredet hat.«

Ännay hatte einen Hauch Amerika um sich. Vielleicht lag es am modischen Schnitt der halblangen Haare oder an ihrer selbstbewussten und doch lässigen Haltung. Eine moderne junge Frau. Pema-Marie hatte eine Tibeterin im langen Kleid mit seidener Bluse und langen schwarzen Zöpfen erwartet. Doch Ännay trug T-Shirt und Jeans, die weltweite Uniform der jungen Generation.

»Heute geht es Amala ganz gut«, sagte Ännay, während Pema-Marie und Nina aus ihren Schuhen schlüpften. »Sie spricht schon den ganzen Morgen darüber, wie sie sich freut, Dölmas Tochter kennenzulernen.«

Dawa, eine kleine Frau, in den Rollstuhl hineingeschrumpft, ihr Blick müde, wie erschöpft nach einem langen Weg herauf aus inneren Abgründen. Eine Hand lag nutzlos wie weggelegt im Schoß, die andere fingerte unruhig an einer schönen Mala aus hellem Bernstein. Das war nicht die Dawa, von der Dölma im Tagebuch berichtet hatte, vielmehr eine Dawa, die von Krankheit aufs Überleben zurechtgestutzt worden war. Pema-Maries tiefer Widerwille gegen Krankheiten rührte sich und verursachte den vertrauten Anflug von Übelkeit. Daran war sie gewöhnt, empfand es als natürliche Reaktion. Wie könnte es anders sein. Sie erforschte Heilmittel, Krankheit war ihr natürlicher Feind.

Sie lenkte sich ab, indem sie versuchte, sich ihre Mutter in diesem Wohnzimmer mit den kolonialen Polstermöbeln und dem altmodischen Fernseher neben dem hohen, verglasten Schrein vorzustellen. Hier mochte Mama gesessen haben, wo sie selbst jetzt neben Nina saß, vor den Teebechern mit süßem Chai und der Schale mit Trockenfrüchten auf dem Couchtisch. Der Strauß aus Seidenblumen stand vielleicht damals schon auf der Kommode.
»Ah, Pema-Marie«, sagte Dawa. Ihre Stimme war brüchig, und nur eine Seite ihres Gesichts konnte lächeln. »So oft hat Dölma von ihrer Pema-Marie gesprochen.«
Auf dem Schrank hatten sie die Tagebücher gefunden, ja, auf dem Schrank, weil sie das Zimmer neu streichen wollten. Jetzt solle es ein Arbeitszimmer für Ännay werden. Denn ihre Ännay schreibe ein Buch, verkündete Dawa voller Stolz, sie sei so gescheit, ihre Ännay, habe sogar den Doktortitel. Das sagte sie leise, während Ännay in der Küche war. Ännay mochte es wohl nicht, wenn ihre Mutter mit ihr großtat. Pema-Marie gab sich Mühe, interessiert auszusehen, anerkennend zu nicken. Sie wollte nichts von Ännays Buch wissen, es ging um Dölma, deshalb war sie gekommen. Doch von Dölmas Plänen wusste Dawa nichts zu berichten. Eine stille Person sei sie gewesen, die Dölma, man habe ja nie gewusst, was sie dachte. Aber nett, sehr nett, das musste Dawa sagen, sie hatten sich sehr gut verstanden. Damals habe Dölma gesagt, im nächsten Sommer werde sie wahrscheinlich zurück nach Kathmandu kommen. Doch dann kam sie nicht, im Jahr darauf auch nicht, und Dawa hatte sich gewundert, sich sogar ein wenig Sorgen gemacht und eines Tages Humphrey aufgesucht und gefragt, ob er etwas wisse. Aber niemand hatte von Dölma gehört. Das war nun schon lange her, so viele Jahre, sagte Dawa, aber sie zähle jetzt keine Jahre mehr, nur noch die Perlen ihrer Mala. Und sie lächelte

wieder einseitig, dieses verzerrte Lächeln, das nur in ihren Augen seinen zaghaften Ausdruck finden konnte.

»So viele Menschen kamen um in den Bergen in der Zeit des Bürgerkriegs«, sagte Ännay. »Man musste das Schlimmste befürchten. Die Maoisten terrorisierten die Dörfer in den Bergen, sie mordeten und plünderten, es war entsetzlich. Pema und Ngawang mussten es am eigenen Leib erfahren.«

Sie wies auf ein tibetisches Paar, Bergbewohner mit einfachen, ruhigen Gesichtern, irgendwo zwischen jung und alt, das Pema-Marie und Nina kurz begrüßt und sich dann still in eine Ecke zurückgezogen hatte. Sie benahmen sich mit der scheuen Unsicherheit derer, die es nicht gewohnt sind, mit ihrem Blick ständig an Häuser anzustoßen, anstatt ihn in die Weite der Berge und des Himmels hinaus auszudehnen.

Ihr Vater war ja schon immer selten zu Hause gewesen, berichtete Ännay, und in der Zeit des Bürgerkriegs musste er sogar nach Nordindien gehen, um Arbeit zu finden. Deshalb konnten Pema und Ngawang bei Dawa wohnen. Viele Tibeter in der Stadt nahmen Landsleute aus den Bergen auf. Und jetzt war es ein großes Glück, dass Dawa jemanden im Haus hatte, der sich um sie kümmern konnte.

Es war eine traurige Geschichte, die Ännay von den beiden erzählte. Eine Maoistenbande war in ihr Dorf gekommen und hatte alle, die nicht bettelarm waren, zu Kapitalisten erklärt und damit zu Feinden. Pema und Ngawang hatten eine kleine Lodge für Touristen geführt, von der die Familie leben konnte. Doch bares Geld, das die Bande forderte, hatten sie kaum. Die Bande nahm die beiden Söhne mit. Der jüngere, Tsering, war erst fünfzehn. Sie schlugen Ngawang zusammen und sagten, er müsse die Lodge verkaufen, sie würden wiederkommen und das

Geld abholen. Ngawang verkaufte die Lodge, viel bekam er nicht dafür, dann flohen sie nach Kathmandu.

»Tsering wurde von der Bande erschossen, als er davonlaufen wollte«, sagte Ännay. »Sein Bruder hat überlebt. Ich konnte für ihn einen Job als Träger bei einer Trekkingagentur finden.«

Pema-Maries Blick streifte die stillen Gestalten in der Ecke. Über das breite Gesicht der Frau liefen Tränen, unbeachtet, wie selbstverständlich. Der Kopf des Mannes hing tief, sodass man sein Gesicht nicht sehen konnte. Pema-Marie schaute weg.

»Pema und Ngawang können ein bisschen Englisch«, sagte Ännay sanft. »Sie verstehen, worüber wir reden, aber das ist kein Problem. Ich bin dabei, ein Buch über diese Ereignisse zu schreiben, über die Schicksale dieser Menschen. Die Geschichte dieser beiden hat mich darauf gebracht. Sie haben uns alles erzählt, und wir haben auch andere eingeladen, die an ihren schrecklichen Erlebnissen mit den Maoisten litten. Sie haben gelernt, ihr Karma zu akzeptieren. Aber wenn ein Leben derart zerbrochen wird, dauert es lang, bis es nicht mehr so weh tut.«

Pema-Maries Gedanken wanderten. Man hatte damals nachgeforscht, ob Mama vielleicht ein Opfer der Maoisten geworden sein konnte. Doch der Botschafter hatte Papa erklärt, dass sich solch ein Drama herumgesprochen hätte. Die Menschen in den Bergen, so weit verstreut sie auch lebten, hätten eine erstaunliche Kommunikation, sagte der Botschafter. Es komme immer alles ans Licht. Doch niemand erzählte jemals etwas von einer fremden Tibeterin. Mit den tibetischen Yogis und Yoginis sei das so eine Sache, hatte der Botschafter erklärt. Es heiße, sie könnten in anderen Wirklichkeitsebenen leben. Darüber möge man denken, wie man wolle, aber er habe gelernt, es nicht für unmöglich zu halten. So hatte Papa es ihr in seiner E-Mail aus Kathmandu geschrieben, mit dem knappen Kommentar, dass der Botschafter eigentlich ein ganz vernünftiger Mensch sei.

»Sag, Nina, wie ist das denn nun mit dem Karma?«, fragte Pema-Marie später, als sie auf dem Rückweg zum Gästehaus die Stupa umrundeten. »Dölma hat geschrieben, dass die schlimme Zeit, die sie erlebt hat, ihr Karma reifen ließ. Lässt Leiden Karma reifen? Automatisch?«

Nina nickte. »Irgendwie schon. Aber sehr langsam. Irgendwann, in irgendeinem Leben, hat man es dann wirklich satt und beginnt, nach einem Ausweg aus diesem Kreislauf zu suchen. Dann kann man Leiden bewusst als Material verwenden. Ich meine, wenn man begreift, dass man selbst die Verantwortung für seine Befindlichkeit übernehmen muss. Sonst denkt man immer, es müsse sich außen etwas ändern, nicht in einem selbst.«

»Aber die Welt verändert sich doch nicht, nur weil ich mich verändere«, wandte Pema-Marie ein, Ironie in der Stimme.

Mit einem leisen Lachen erwiderte Nina: »Aber zumindest deine Erfahrung von der Welt ändert sich. Und welche Welt könntest du sonst meinen? Es geht immer um die Welt in deiner Erfahrung. Deine Wirklichkeit ist das Resultat deiner Meinung über die Wesen und Dinge und Situationen und Informationen. Immer eine Frage des Standpunkts. Welche Welt könnte es denn sonst geben?«

»Die objektive Welt«, sagte Pema-Marie. »Ich bin Wissenschaftlerin. Ich habe es mit objektiven Fakten zu tun.«

»Objektiv?« Ninas Stimme war weich, und doch lag ein feines Knistern darin. Belustigung? Oder doch nur Vergnügen am Disput? »Meinst du nicht, das könnte einfach einer von möglichen Standpunkten sein? Mit bestimmten Bezugspunkten? Die Wissenschaft ist sicher wirkungsvoll, in ihrer Weise, auf ihrer Ebene. Aber das ist mit anderen

Standpunkten und Bezugspunkten ja auch so. Schamanen zum Beispiel haben eine andere Wirklichkeit als du. Ebenfalls relativ. Aber ihre Methoden wirken.« Und mit heiter gespitzten Lippen fügte sie hinzu: »Wirklich ist, was wirkt.«

Pema-Marie folgte ihr schweigend die Stufen zum obersten Rundgang um die Stupa-Kuppel hinauf. Hier öffnete sich der Himmel über den Dächern, der Blick konnte sich ausdehnen bis zu den Spitzen der Schneeberge, die hinter den dschungelbedeckten Vorbergen aufragten.

»Ich bin so gern hier oben«, sagte Nina, »dem Himmel ein bisschen näher. Fast ist es so, als habe man mehr Platz im Geist. Und doch ist es dieselbe Stadt mit denselben Häusern. Nur der Standpunkt ist ein anderer.«

»Die beiden bei Dawa«, sagte Pema-Marie nach einer schweigenden Umrundung der weißen Kuppel, »sie sind unglücklich. Sind sie sich ihres relativen Standpunkts bewusst?«

Nina hatte noch immer ein wenig Lächeln in den Augenwinkeln. »Ich vermute, sie relativieren ihre Situation mit Gebeten. Das beseitigt den Schmerz wohl nicht, aber lindert ihn, und es verhindert Bitterkeit und Verzweiflung.« Nach ein paar Schritten wandte sie sich um. »Ich wünsche mir jedenfalls, dass ich beim Sterben nicht vergesse, die Relativität meiner Vorstellungen vom Tod zu erkennen. Und das wünsche ich wirklich allen und jedem.«

René saß im Garten und las die »Kathmandu Post«. Er sah sie nicht eintreten durch die kleine Gartentür, die von der Gasse zur Stupa hereinführte. Dass es René war, der dort saß, wurde Pema-Marie erst nach einer Verzögerung bewusst. Es konnte am gelben Schein liegen, den der Sonnenschirm über ihn legte, oder an dem neuen indischen Hemd, das er trug, oder an der Zeitung, die einen Teil von

ihm verdeckte. Was sie zunächst sah, war einfach ein Mann, ein Mensch, ein Bild ohne jede Bewertung, das durch alle Filter hindurch in ihren Blick hineinfiel.
Sie hatte ihn nicht erwartet. Das Erkennen war wie ein Fallbeil. René!
»Standpunkte« und »Bezugspunkte« sagte es in ihr. Ein Wahrnehmen ohne vertrauten Standpunkt und Bezugspunkt. War es ein Nachhall dieses seltsamen, kurzen, langen Augenblicks, dass sie im Näherkommen die Trauer und Verletzlichkeit in ihm sah, in der Art, wie er saß, wie er die Zeitung hielt? Und sie fühlte Erleichterung, dass er gekommen war. Dass nicht sie den ersten Schritt tun musste mit dem Risiko, nicht angenommen zu werden. Geh doch zur Mama, hatte Tante Anna oft gesagt und es gewiss gut gemeint. Doch Tante Anna wusste offenbar nicht, wie es war, in das tote Feld um Mama zu gehen, zu dem abgewandten Blick und den Armen, die hilflos herunterhingen.
»Da bist du ja«, sagte René. In seiner Stimme schwang Gereiztheit.
Es war, als fiele ein Glas und zersplittere in tausend kleine, scharfe Scherben. Sie hätte Freude erleben können, ein kleines bisschen dünne Freude. Doch Freude hatte keinen Platz zwischen ihr und René. Schon so lang nicht mehr.
Am Tisch blieb sie stehen. Nein, sie würde sich nicht brav zu ihm setzen, nichts überspielen, nicht klein beigeben. Sie hatte gelernt, ihn an sich abprallen zu lassen. Nur dass es nun, da es ihr bewusst war, weh tat.
»Was willst du?«
»Den nächsten Teil des Tagebuchs«, sagte er. »Falls du ihn gelesen hast. Aber vor allem mit dir reden.«
Er faltete umständlich die Zeitung zusammen.
»Wozu reden? Du hast gesagt, dass es so nicht weitergeht. Ich stimme dir zu, so geht es nicht weiter. Du hast gesagt, dass wir uns trennen sollen. Also bin ich gegangen. Du

kannst umbuchen und heimfliegen. Ich werde noch hierbleiben und nach den Spuren meiner Mutter suchen. Aus diesem Grund bin ich schließlich hier.«

Ihre Hände hatten sich unwillkürlich um die Lehne eines Gartenstuhls geklammert. Warum sagte sie Sätze, zu denen sie nicht stehen konnte? Denn kaum waren sie ausgesprochen, machte das Echo in ihr deutlich, dass sie sich selbst verletzte. Vielleicht mehr als ihn. Warum durchschaute er es nicht? Warum stand er nicht auf und hielt sie fest und sagte, dass er sie liebe, nicht auf sie verzichten, um sie kämpfen wolle? Doch so etwas wurde nicht gesagt, es sei denn von anderen Wesen in einem Universum anderer Standpunkte.

»Danke für deine Erlaubnis zu tun, was ich will«, sagte René, lehnte sich zurück und streckte die Beine aus. »Aber ich brauche sie nicht. Ich bleibe gern noch hier. Und ich möchte das Tagebuch zu Ende lesen. Es inspiriert mich. Setz dich doch.«

Pema-Marie blieb stehen.

»Ich habe angefangen, selbst einiges aufzuschreiben«, fuhr René fort, ohne die Zurückweisung zu beachten. »Ganz ehrlich zu sich selbst sein, so hat Dölma es sich versprochen. Ich denke, damit möchte ich es auch versuchen. Soweit man ehrlich sein kann mit dem dunklen Keller, den man mit sich herumträgt.«

Er beugte sich vor, ergriff ihre Hand und zog sanft daran. »Pema, bitte!«

Sie setzte sich auf die Kante des Gartenstuhls und drückte abwesend ihren Beutel an sich. Dein dunkler Keller, nicht meiner, dachte sie. Und zog sich noch mehr zusammen unter dem Gegengedanken, den sie selbst aus Mamas Tagebuch abgeschrieben hatte: Deine Wirklichkeit ist nur in deinem Geist.

»Eines hat mich besonders beeindruckt«, sagte René, »dass

es jenseits aller Verwirrung unendlich viel Raum gibt. So etwa hat sie es ausgedrückt. Ich denke darüber nach. Und dass sie sich aufs Glauben einließ, was immer das heißen mag. Jedenfalls hat sie mich auf geistige Türen aufmerksam gemacht. Seitdem werde ich den Verdacht nicht mehr los, dass ich schon seit langer Zeit in einem Programm feststecke, ohne es zu wissen.«

Standpunkte, dachte Pema-Marie, Bezugspunkte. Ja, wollte sie sagen, ja, du hast recht, es gibt Türen, auch ich möchte Türen öffnen. Ich möchte nicht gefangen sein. Sie sagte es nicht. Vielleicht würde sie es zu Nina sagen können. Nicht zu René.

»Ich hole das Heft«, murmelte sie stattdessen und sprang auf, wollte weg von ihm, weg vom Zwiespalt in sich selbst. Er würde in Kathmandu bleiben, am anderen Ende der Stadt, doch nah genug, um sie ans Erinnern zu ketten und sie aus jeder Ruhe, die sie finden mochte, aufzuscheuchen. Was erhoffte er sich? Selbstverständlich hatte sie Angst vor einer Trennung. Doch sie würde ihm niemals verzeihen können. Niemals. So fest schlug sie ihre Zähne ins Nichtverzeihen, dass der Kiefer schmerzte.

Ein Teefleck auf dem Tagebuchheft, ihr Tee. Sie legte es zögernd auf den Tisch. Immer hatte sie sich zugutegehalten, dass sie achtsam war, und das auch von anderen verlangt. Das gab dem Fleck das Gewicht von Unzulänglichkeit und Niederlage, zumal René gegenüber. Er hatte sie oft seine Perfektionistin genannt, lächelnd, wie es seine Art war. Das Lächeln des Überlegenen.

In ihrer ersten gemeinsamen Nacht hatte er die Kleider auf den Boden geworfen, seine, ihre. Selbst in jenem Augenblick, so musste sie sich eingestehen, war es ihr nicht möglich gewesen, dies großzügig zu übersehen. Sie sah sich, wie sie irgendwann in der frühesten Dämmerung aufwachte, seinen Arm von ihrer Brust schob, aus dem Bett

schlich, im zaghaften Licht des kommenden Tages die Kleider faltete und über die Stuhllehne legte. Sie musste es tun. Am Morgen hatte René darüber unbändig gelacht.
Sie übergab ihm das Heft mit dem aufdringlichen Teefleck. »Mehr habe ich noch nicht gelesen«, sagte sie.
Für René gab es keinen Fleck. Er sah nur das Heft, griff eifrig danach, strich darüber wie mit Ehrerbietung.
»Was fällt dir spontan ein aus diesem Teil?«, fragte er. Sie vermutete einen Hinterhalt, doch sein Blick verriet nichts dergleichen. Was ihr augenblicklich einfiel, waren Ani Pasangs Worte: »Ich störe mich selbst.« Doch dies, gerade dies wollte sie nicht preisgeben. Immer noch besser war Dölmas Ausspruch: »Es gibt nichts zum Festhalten.« Sie zitierte ihn mit schmalen Lippen.
René nickte. »Das ist gut. Ja, das ist gut. Nichts, was man festhalten könnte, und nichts, um sich daran festzuhalten. Passt zum Phänomen der Ehe. Als stehe man jeden Tag zum ersten Mal mit Schlittschuhen auf dem Eis. Vielleicht sollten wir uns so sehen – als Anfänger.«
Er stand auf und steckte das Heft ein. »Gutes Rutschen!«, sagte er mit einer kleinen salutierenden Geste. Auch darauf wusste sie keine Antwort, stand nur da voller unausgesprochener Gedanken, die sich zwei Jahre lang angehäuft hatten, in Verliesen, die man leicht vergessen konnte. Sie schienen sich alle auf einmal zu öffnen.
René war bereits zum Tor gegangen, wo der Taxifahrer mit dem Torhüter plauderte, als Pema-Marie sich setzte. Ihre Knie waren schwach von allem Verschweigen. Warum konnte sie nicht mehr mit ihm sprechen? Früher, vor dem Ende, hatten sie alles miteinander beredet. Alles?
Sie hatte ihm nie erzählt, wie groß ihre Angst vor Examen war, weil sie Papa nicht enttäuschen durfte. Weil er sie nicht geliebt hätte ohne vorzeigbare Leistungen. Dass sie im Ruf stand, arrogant zu ein, obwohl sie sich danach

sehnte, von allen gemocht zu werden. Wie oft sie schwieg aus Angst, etwas Banales zu sagen. Für Papa war vieles »banal«. Insgeheim wusste sie so vieles über sich, was sie nie jemandem anvertrauen wollte. Nur nichts preisgeben, das als Waffe gegen sie verwendet werden könnte.
Ninas Vorschlag, Mamas Spiel zu übernehmen und das Gegenteil dessen zu tun, was negative Impulse diktierten, hatte sie erschreckt. Der Schrecken hielt an. Sie konnte es nicht wagen. Warum hatte sie das Gefühl, dass sie sich dadurch verlieren würde? Dölma hatte es gewagt.
Du gehörst zu den Verlierern, Pema-Marie, sagte sie sich, während sie die Last ihrer Entmutigung in ihr Zimmer hinaufschleppte. Mutter verloren. Kind verloren. Mann verloren. Freundin verloren. Da konnte sie sich ebenso gut auch selbst verlieren. Vielleicht wäre es das Beste, sich nicht mehr haben zu müssen.

»Hi! Du bist Pema-Marie, ja?«, sagte die Frau neben ihrem Tisch im offenen Restaurant des Gästehauses. »Ich bin Hillary, eine Freundin deiner Mutter.«
Klein, lange, glatte Haare, ein tibetisches Kleid in Dunkelblau mit hellblauer Bluse in der Farbe ihrer Augen. Pema-Marie ließ ihre Stäbchen in die fast geleerte Schale sinken, arbeitete sich aus den Tiefen ihrer Erinnerungen hervor. Das also war Hillary. Mamas Freundin? Das Spiel mit dem Gegenteil hatte Wirkung gezeigt, wirkte offenbar immer noch nach zehn Jahren.
»Von Ännay habe ich gehört, dass du hier bist«, fuhr Hillary fort, rückte einen der Stühle zurecht und setzte sich unaufgefordert zu Pema-Marie. Sie unterrichte in der gleichen Schule wie Ännay, erklärte sie, und es sei doch schrecklich, was Dawa widerfahren sei, und nur gut, dass sie Pema und Ngawang aus den Bergen bei sich habe, da Ännay doch den ganzen Tag in der Schule sein müsse, es

sei eine gute Schule, und für die Kinder sei es natürlich gut, den ganzen Tag betreut zu sein, aber manchmal komme sie doch auf den Gedanken, in eines der Emirate zu gehen wie einer ihrer Freunde, dort verdiene man viel mehr, und das Leben sei viel angenehmer, aber eben ohne die Klöster, und das würde sie sicher nicht aushalten.
»Aber ich rede zu viel«, unterbrach sich Hillary, »dabei wollte ich dir nur meine Hilfe anbieten, du kennst dich ja hier nicht aus. Nina hat versucht, etwas über Dölma zu erfahren, wir haben es beide versucht, aber niemand weiß etwas, sie ist ja damals wie vom Erdboden verschwunden. Ich habe an Humphrey nach Schottland geschrieben, er lebt ja schon seit ich weiß nicht wie lang in Schottland, sie haben dort ein Häuschen gekauft, er und sein Freund, aber er hat auch nie mehr von Dölma gehört.«
Pema-Marie suchte nach etwas, das sie sagen könnte. Das schwere, süße Parfum dieser Frau irritierte sie ebenso wie das Bild, das Dölma von ihr gezeichnet hatte. Standpunkte. Bezugspunkte. Sie gab sich Mühe, zu lächeln.
Hillary zupfte an ihrer Lapislazuli-Kette. »Weißt du, ich dachte, du könntest vielleicht einen Schamanen fragen.«
»Was?«
»Ich kenne einen. Er ist gut. Vielleicht weiß er etwas über deine Mutter.«
In diesem Augenblick, in dem Pema-Marie nach Worten suchte, die sie gegen eine schwankende, unklare Welt sichern sollten, erlebte sie ein so unwiderstehliches Ineinandergleiten unterschiedlicher Wirklichkeiten, dass sie nur hilflos nicken konnte. Sie wusste nicht mehr, was sie wollte. Es gab nur noch einen Strom von Ereignissen, in dem sie trieb, zusammen mit dieser fremden Frau, die mit Dölma auf Dawas Sofa gesessen hatte, zusammen mit René, der ebenso fremd wie vertraut war, mit Nina, deren unerwartete Nähe Freude und Beunruhigung mit sich brachte.

Die Ereignisse geschahen, jedes Wort, jeder Gedanke wurde zur Ursache für weiteres Geschehen, verknüpfte sich mit Ursachen und Wirkungen aus allen Richtungen und Zeiten, und das alles schob und zog und trieb voran in einem Netz vielfältiger Logik. Warum nicht ein Schamane?
»Ich glaube, mein Kreislauf …«, flüsterte sie.
Plötzlich war Puntsok da, und die beiden Frauen führten sie hinauf in ihr Zimmer, hielten ihr ein Glas Wasser an den Mund und legten sie aufs Bett. Sie fühlte eine kühle Hand auf ihrer Stirn, sanft, schützend, heilend, eine Mutterhand und Schwesterhand, der man sich überlassen konnte, wenn man schwerelos über Abgründen schwebte.
»Kein Fieber.« Hillarys Stimme. Hillarys Hand. So hatte Mama sich bei den Nonnen gefühlt, so geborgen. Wie hatte sie geschrieben? Hineingeschmolzen. Pema-Marie empfand sich schmelzend, bereit zur Auflösung.
»Hier, trink das!«, hörte sie Hillary sagen, ließ sich stützen und schluckte das salzige Wasser. Dann sank sie auf das Kissen zurück, ließ sich tragen, fühlte ihre Hand umschlossen von einer anderen Hand.
Als sie aufwachte, war das Zimmer leer. Sie erinnerte sich, schon wach gewesen zu sein, bevor die Gedanken einsetzten. Ein Wissen, dass sie wach war, doch kein Inhalt in diesem Wachsein. Das wollte sie René erzählen.
Nein, nicht René! Die Spannung kroch in ihren Körper zurück, als kleide sie sich von innen an, Lagen um Lagen von Pema-Marie, eng und schützend. Die beklemmende Sicherheit ihrer Rüstung. Boden unter den Gedanken. Vertraute Härte.
Puntsok und Hillary hatten Stühle in den Laubengang vor Pema-Maries Zimmer gestellt und plauderten in fremden Worten.
»Wir dachten, wir bleiben lieber hier und passen auf dich auf«, sagte Hillary. »Geht es wieder?«

Pema-Marie murmelte, ja, es gehe ihr gut, es tue ihr leid, Umstände gemacht zu haben. Doch es war nicht richtig. Es drückte nicht aus, wie dankbar sie war.
»Das mit dem Schamanen«, sagte sie. »Klingt interessant.«

Das Taxi quälte sich über eine Straße, die einem leeren Flussbett glich, hüpfte und bockte mit heulendem Motor, scheuchte Hunde und Hühner auf und hinterließ eine dicke Staubwolke. Kinder mit nackten Füßen spielten am Straßenrand vor kleinen, schäbigen Häusern. Ein Ausläufer der Stadt zog sich auf einer kleinen Anhöhe entlang, unten dehnten sich Reisfelder bis zum Rand des Kathmandu-Tals aus. Die Straße endete vor einem unverputzten Backsteinwürfel, wie ein vergessener Rohbau, doch sichtlich bewohnt. Ein dünnes Mädchen in hautengen Jeans hängte Wäsche auf eine Leine.
»Hier wohnt Pawo«, sagte Hillary. Der Fahrer würde warten, fügte sie hinzu, Taxis finde man hier draußen nicht.
Das Mädchen begrüßte sie mit einem schönen Lächeln. Das sei Jangchub, die Tochter des Schamanen, erklärte Hillary, eine ihrer Schülerinnen in der amerikanischen Schule. Deshalb könnten sie einigermaßen sicher sein, nicht abgewiesen zu werden. Der Alte sei ziemlich eigen, aber sehr geachtet. Und Geld habe er, der alte Fuchs, sonst könnte er sich die Schule seiner Kleinen nicht leisten.
Sie betraten einen niedrigen Raum, doch größer, als das Haus von außen vermuten ließ. Und Farben, ein Traum von Farben. Ein Yakhaar-Teppich mit Blumenmustern auf schwarzem Grund, zwei traditionell bemalte Pfeiler, ein mit Ritualgegenständen reich bestückter Schrein, Rollbilder mit wilden Gestalten in Flammenaureolen an den Wänden, alles gesättigt von starken, berauschenden Farben. Eine große Trommel, kleine Trommeln, von der

Decke hängende präparierte Tierköpfe, an einer Wand ein großes, schwarzes Yakfell, darunter ein wuchtiger Fernseher mit DVD-Player, in einer Ecke dicke Matten, mit gestreiftem tibetischem Tuch bezogen, davor niedrige Tischchen. Auf einer der Matten saß der Schamane, ein kleines, altersloses Männchen mit langen Barthaaren, auf dem runden Kopf eine gelbe Pudelmütze, mit alten Jeans und einer roten Fleecejacke bekleidet. Er wirkte wie jemand, dem es äußerst gleichgültig war, welche Kleidung er trug.

Hillary verbeugte sich mit einem fröhlichen *»Tashi delek, Pawo-la«*. Sie schien den Schamanen gut zu kennen, plapperte sogleich auf Tibetisch los, schob die zögernde Pema-Marie zu ihm hin und raunte ihr zu: »Los, komm, gib ihm den Wodka!«

Hillary hatte unterwegs eine Flasche Wodka gekauft, ihre Eintrittskarte zum Schamanen, wie sie sagte. Das trinke er weg wie Wasser, er brauche es zum »Schamanen«. Pema-Marie schüttelte die Hand, die der Schamane ihr entgegenhielt, doch offenbar hatte sie die Geste missverstanden, denn er entzog seine Hand augenblicklich und griff ungeduldig nach der Wodkaflasche. Mit einem Gefühl der Peinlichkeit zog sich Pema-Marie grollend zwei Schritte zurück. Die heiße Röte in ihrem Gesicht vertiefte ihren Ärger. Fräulein Ungeschickt hatte Tante Anna sie genannt, wenn sie etwas falsch machte, was »man« zu wissen hatte. Der Kerl hat nach der Flasche geschnappt wie ein Hund nach einem Stück Fleisch, dachte Pema-Marie. »Prost! Skål! Na sdorowje!«, sagte sie ein wenig zu laut.

Der Schamane richtete ein Auge – das andere war von einem hängenden Augenlid halb verdeckt – zuerst auf sie und dann auf Hillary, die ihm die Bedeutung eifrig erklärte. Der Blick des Schamanen wandte sich wieder zu Pema-Marie, nun hob sich auch das zweite Augenlid, und der

Schamane lachte, ein rundes, den Raum füllendes Gelächter, das aus einer Tiefe kam, die der hagere Körper nicht vermuten ließ.
»Er mag dich«, sagte Hillary. »So lacht er nur bei Leuten, die er mag.«
Der Schamane goss ein wenig Wodka in kleine Schalen auf dem Schrein, schnippte einige Spritzer in jede Himmelsrichtung und trank dann aus der Flasche, während Hillary ihm Pema-Maries Anliegen vortrug. Er trank in großen Zügen, setzte die Flasche ab, schmatzte, trank noch einmal. Seine Tochter war, wie Pema-Marie aus den Augenwinkeln sah, unhörbar auf nackten Füßen in das Zimmer gekommen und hatte sich neben die Tür gesetzt. Auch das Mädchen schien alterslos. Ein wissendes Gesicht auf einem kindlichen Körper.
»Setz dich!«, sagte Hillary.
Pema-Marie ließ sich auf einer Matte neben Hillary nieder.
»Wieso trinkt er so viel?«, fragte sie leise.
Hillary legte den Finger an die Lippen. »Sein Treibstoff! Energie!«, flüsterte sie.
Der Schamane zog seine Jacke aus und winkte das Mädchen herbei. Sie zündete die silbernen Butterlampen an, die auf dem Schrein standen, und half ihm dann, mehrere Brokatgewänder anzuziehen, eines über dem anderen. Einen seltsamen Kopfschmuck aus Brokatteilen mit seitlich ausladenden bunten Fächern band sie ihm im Nacken fest, stellte die Wodkaflasche neben den Schrein und nahm wieder ihren Platz an der Tür ein.
Viel größer wirkte der kleine Mann nun in seinem sonderbaren Aufzug. Er ergriff eine große Handtrommel und eine Glocke, setzte sich auf eine Matte und begann zu singen und zu trommeln.
Es dauerte lang. Er sang und trommelte, sang und trommelte, sang und trommelte.

Pema-Marie begann sich zu langweilen. Mühsam versuchte sie sich zu erinnern, wozu sie hierhergekommen war, doch ihre Gedanken fielen auseinander. Sie wurde sehr müde. Trommelschläge donnerten durch ihren Kopf. Dann kam der schrille Klang einer Glocke dazu, wob dicke goldene Fäden in das dunkle Gewebe der Trommel. Der Gesang versetzte dies alles in Bewegung, erzeugte Wellen auf der Oberfläche des unendlich tiefen Lebens. Stimmen, mehrere Stimmen. Woher kamen sie?

Sie erschrak vor der Gestalt des Schamanen, der die Arme mit Trommel und Glocke hoch erhoben hatte. Nicht nur Trommel und Glocke, der Schamane selbst wurde nach oben gerissen, hoch, hoch, fiel zurück auf die Matte, ließ Trommel und Glocke sinken, schwieg. Er war nicht mehr Pawo, der Schamane, und plötzlich war es kalt im Raum.

Aus einem Raubvogelgesicht starrten große, blutunterlaufene Augen. Pema-Marie wollte aufspringen und gehen, dieses Spektakel war zu viel. Man machte sich an ihrem Geist zu schaffen, damit wollte sie nichts zu tun haben. Sie hasste es, wenn sie nicht mehr klar denken konnte. Doch sie konnte nicht aufstehen. Vielleicht träumte sie. Schon manches Mal hatte sie den grauenvollen Traum gehabt, dass sie sich nicht bewegen konnte. Die Vogelaugen hielten sie fest, daran musste es liegen, sie sollte wegschauen, doch auch das war unmöglich.

Sie hörte Hillarys Stimme. Die Augen ließen sie los, es war alles wie zuvor, Hillary sprach mit dem Schamanen, doch noch immer sah er beunruhigend aus, also richtete sie den Blick auf ihre Hände. Seine Stimme war tief und rau, sie klang nicht, wie eine Stimme klingen sollte. Es war die Stimme eines Raben.

Hillary wandte sich ihr zu. »Pawo-la sagt, du sollst dein Kind loslassen, deinen Sohn. Er möchte weg, aber er kann

sich nicht lösen, weil du ihn an dich gebunden hast mit Trauer und Wut.«
Da war keine Luft mehr. Sie würde ersticken, wenn sie nicht sofort dieses Haus verließ. Keuchend sprang sie auf und rannte hinaus, vorbei an dem erschreckten Mädchen, in die Sonne, die Luft, die Weite des Himmels über den Reisfeldern. An die Hauswand gelehnt, versuchte sie, tief zu atmen, doch der Atem kam kaum bis zur Brustmitte, der Schmerz war zu groß, er zerriss ihr die Brust, das Herz. Sie krümmte sich zusammen, ging in die Hocke, atmete vorsichtig, ganz flach, nicht weiter als bis zum Schlüsselbein. Ein Notarzt, sie brauchte einen Notarzt! Wo sollte sie an diesem Ende der Welt zwischen den Reisfeldern einen Notarzt herbekommen? Die Panik nahm einen neuen Anlauf.
»Was ist?«, fragte Hillary. »Was hast du?«
»Herzschmerzen«, presste sie zwischen zwei sorgfältig bemessenen Atemzügen heraus. »Hast du ein Handy? Kannst du einen Notarzt rufen?«
Sie sah die nackten Füße des Schamanen, große, staubige Füße mit langen Zehen. Reichlich groß für den kleinen Mann, sagten abgelöste, frei schwebende Gedanken im Tumult ihres Körpers. Und sie sagten: Es ist nur Pawo, der andere ist weg, Gott sei Dank.
Der Schamane beugte sich zu ihr nieder, hob ihren Kopf, schaute in ihre Augen, pustete auf ihre Stirn. Sie spürte seine Hand auf ihrem Rücken, suchend, dann einen ungeheuren Schmerz. Ein Messer, ein Schwert, mitten durch ihre Brust, einen besinnungslosen, feurigen Augenblick lang. Dann war alles vorbei, als hätte es nie diesen entsetzlichen, lebensbedrohenden Schmerz gegeben.
Sie stand auf, tastete sich tiefer mit dem Atem, schüttelte den Kopf, als könne sie das ganze verwirrende Geschehen aus sich herausschütteln. Der kleine Schamane zog sich wortlos ins Haus zurück.

»Was hat er da gerade gemacht?«, fragte sie.
Hillary zuckte mit den Schultern. »Er hat auf deinen Rücken gedrückt. Geht's wieder?«
An die Hauswand gelehnt, wagte sie, tief, tief einzuatmen, spürte, wie ihr Rücken, ihr Bauch, ihre Seiten sich dehnten, wollte gar nicht aufhören, den kostbaren Atem in sich aufzunehmen, bis in die Fingerspitzen und Zehen und in die hintersten Gehirnwindungen hinein. Und mit dem Ausfließen nahm dieser mächtige Atemstrom alle Last mit sich und ließ einen offenen Raum zurück, der bebte vor Empfänglichkeit. Alles war Atmen und Fühlen, das ganze Universum.
Der Taxifahrer lehnte an seinem alten Toyota und starrte sie neugierig an. Sie traf seinen Blick, doch er starrte unerschütterlich weiter. Sie betrachteten einander, dachte Pema-Marie, wie zwei Zootiere, ein jedes in seinem Käfig. Doch der Taxifahrer ahnte nicht, dass sie entkommen war, hinausgeflogen ins Universum, wenn auch nur für einen Augenblick.
Hillary war kurz im Haus verschwunden und schob sie nun zum Taxi. »Ich hab ihm tausend Rupien gegeben«, sagte sie. »Inchi-Preis mit Nachlass. Gehen wir!«
Folgsam ließ Pema-Marie sich ins Taxi setzen. Fast lächelte sie über Hillarys Geschäftigkeit. Wichtigtuerin, dachte sie, so gefällt es ihr, dann fühlt sie sich gut. Aber sie mochte Hillary, und das erstaunte sie.
»Wie viel sind tausend Rupien?«, fragte sie und kramte nach ihrer Geldbörse.
Das Taxi rumpelte über den holperigen Weg. Hillary klammerte sich an den Vordersitz. »Etwa dreizehn Dollar.«
»Nicht viel für seine Notbehandlung eines Herzinfarkts oder was das war.«
Hillary schüttelte den Kopf. »Das war kein Herzinfarkt. Das war Lung. Subtile Energie im falschen Kanal.«

Pema-Marie dachte nach. Es hatte Logik. Die Tibeter sind Weltmeister der inneren Energie, hatte René gesagt. Es hatte sie nicht interessiert. Ein unwissenschaftliches Thema.

»Was hat er über meine Mutter gesagt?«

»Nichts«, antwortete Hillary. »Die Gottheit verließ ihn, als du hinausgerannt bist. Pawo meint, sie habe gesagt, was sie zu sagen hatte.«

Dass Pawo nie wisse, was die Gottheit sage, die er rufe, hatte Hillary schon auf der Hinfahrt erklärt. Er wolle es auch nicht wissen. Aber man schätze seine Fähigkeit weit und breit. Selbst hohe Lamas würden manchmal ihre Schüler zu ihm schicken.

»Kannst du etwas mit der Aussage anfangen?«, fragte Hillary. »Sie scheint wichtig zu sein. Was ist mit deinem Sohn?«

»Er ist tot«, antwortete Pema-Marie. »Und ich will nicht darüber sprechen.«

Im dichten Verkehr der Innenstadt mussten sie die Fenster gegen den Staub und den Lärm hochdrehen. Das machte Hillarys Schweigen noch offensichtlicher. Pema-Marie fragte sich, ob Hillary beleidigt war oder enttäuscht, hatte sie doch einer Fremden ihre Hilfe angeboten, nur weil deren Mutter vor vielen Jahren freundlich zu ihr gewesen war. Ob sie dankbar sein solle, hatte Pema-Marie noch nicht entscheiden können.

»Es war eine seltsame Erfahrung bei dem Schamanen«, sagte sie schließlich. »Ich weiß noch gar nicht, wie ich darüber denken soll. Ich bin Wissenschaftlerin und habe keine Erfahrung mit solchen übersinnlichen Angelegenheiten.«

Hillary lachte. »Dann solltest du eine Weile hierbleiben. Es tut gut, wenn man mal nicht weiß, wo oben und unten ist. Das lüftet den Geist aus. Ich kenne einen Mönch, der kann levitieren, so, wie es Pawo hochgehoben hat. Aber Pawo tut selbst nichts dazu, bei ihm macht es seine Gottheit.« Und sie stürzte sich unaufhaltsam in eine Erzählung von unglaublichen Erfahrungen und Ereignissen in der magischen Welt der Tibeter. Pema-Marie gab sich Mühe, nicht belustigt zu wirken.

In der plötzlichen Ruhe ihres Zimmers bedauerte sie fast, dass sie ein Abendessen mit Hillary im beliebtesten Lokal der Westler hinter der Stupa abgelehnt hatte. Sie war allein, zu allein, sich ausgeliefert in so viel Stille, gefangen in den vielen unergründlichen Schichten dieses langen Tags.

Die kurze Dämmerung verbrachte sie auf dem flachen Dach zwischen Solarpaneelen und trocknender Bettwäsche. Im Kloster nebenan erklang ein Gong, fröhlich schreiende Kinder rannten über den Klosterhof zum Abendessen. Über den Dächern, eingebettet in einen samtenen Abendhimmel, schwebte die weiße Kuppel der Stupa. Es war schön, und diese Schönheit machte sie schmerzhaft traurig.

Die Nonnen haben Gottheiten, hatte Dölma geschrieben, sie aber habe nur ein Schaf. Ich, dachte Pema-Marie, habe nicht einmal das.

Fast hätte sie das Kind haben können. Ihre Arme fühlten es, ihre Brust fühlte es, ganz nah und warm. Nie mehr allein, dies war das Versprechen. Doch wäre es geboren worden, hätte es dennoch jederzeit sterben können, als Baby, als Schulkind, als Teenager. Unfall, Krebs, alles war möglich.

Ihn loslassen, hatte der Schamane befohlen. Oder wer auch immer. Die Gottheit? Wer war das?

Pema-Marie verabscheute Phänomene, die sie nicht erklären konnte. René hatte ihr gelegentlich die Quantenphysik entgegengehalten, Schrödingers Katze, der Beobachter entscheidet, Unschärferelation. Das eine und das

andere geschehen gleichzeitig. Sie hatte schulterzuckend zugehört.
Warum soll ich verantwortlich für alles sein?
Eine Rotte jugendlicher Motorradfahrer donnerte unten durch die Gasse. Ihr ungeborener André hätte in der Zukunft einer dieser Jungen sein können. Unser Meson, hatte René nach dem Schwangerschaftstest gesagt und Pema-Marie in die Arme genommen und herumgewirbelt, ein wenig ungeschickt, denn er war kaum größer als seine bemerkenswert große Frau. Nach der Hochzeit hatte er darauf verzichtet, sie über die Schwelle zu tragen. Journalisten seien keine Olympiaanwärter, und er wolle sich nicht vor dem Professor blamieren.
Sie versank in Erinnerungen. Die Entscheidung: ein Kind, das Wesen in ihrem Bauch, das Wunder, unser Kind. »Wir könnten ihn Meson nennen«, hatte René gesagt, als sie das Ultraschallbild betrachteten, »mit der netten Abkürzung Sonny.« Sie waren einander lachend in die Arme gefallen. »Sonny, Sonny!« Ein Meson sei eine Teilchenart, hatte René erklärt, welche die Anziehung zwischen Protonen und Neuronen im Atomkern vermittle. Der Name komme von mésos, griechisch für »in der Mitte«. »Na schau, meine Schöne«, hatte er gesagt, »das hat er doch von Anfang an getan – die Anziehung zwischen uns vermittelt, weil wir ihm die Tür ins Leben öffnen sollten. Wir, Mutter und Vater. Unglaublich! Was für ein gewöhnliches, säugetierisches, riesiges, überwältigendes Mysterium.«
Das war ihr René. Sie hatte vergessen, wer das war, »ihr René«. In einem absurden, grässlichen Traum war er zu Leas René geworden und dann zum Feind in einem unterirdischen Krieg, den sie sich zwei Jahre lang nicht eingestanden hatte.
War alles zu Ende? Fing alles neu an?

Mama, hast du uns hierhergeholt, um aufzuwachen?
Mama, wo bist du?

Sie nahm das nächste Tagebuchheft mit ins Bett. Natürlich gab es wieder keinen Strom, und die zwei Kerzen zischten und spritzten.
»Die Höllenreise ist vorbei«, las sie. »Seltsam war sie – begleitet vom Gefühl, auf einer Nahtstelle zwischen unverträglichen Welten zu balancieren, den Atem anhalten zu müssen, um nicht herunterzufallen.«
Mama, wo bist du? Von woher sprichst du zu mir?
Auf der Nahtstelle zwischen unverträglichen Welten – genau dort bin ich, dachte Pema-Marie. Genau dort. An diesen Punkt hatte Mama sie gezerrt, oder war es ihr eigenes Schicksal? Ihr vergessener Schutzengel, den Oma Madeleine früh in ihr Leben gebracht und bei ihr gelassen hatte, wo er schließlich verstaubte und in einer Abstellkammer endete, mit hängenden Flügeln, grau? Standpunkte.
Sie wollte nicht mehr lesen. Sie musste sich stark fühlen, um Dölma in ihrem Tagebuch begegnen zu können. Wann hatte sie sich jemals wirklich stark gefühlt, jenseits der Verpackung, auf der sie sich selbst bezeichnet hatte als »Pema-Marie, die Wissenschaftlerin, die Funktionierende, die Spröde, die Unantastbare«?
Der Gedanke, René verantwortlich zu machen, war nicht mehr verlockend. Es war ein abgenutzter Gedanke, stopfte keine Löcher mehr. Vielleicht würden sie nicht mehr miteinander leben können. Oder doch? In jedem Fall würde es bedeuten, dass sie die Verantwortung für sich selbst übernahm, ungeachtet dessen, was sie von René hielt.
Ehrlich sein sich selbst gegenüber. Würde René das können?
Falsche Frage. Würde sie selbst es können?
Sie löschte die Wachs spuckenden Kerzen.

Hunde bellten sich Signale zu durch die still atmende Nacht. Hundeworte voller Hysterie und Hoffnungslosigkeit.

Das Kind stand vor ihr und schaute an ihr vorbei. »Ich will weg«, sagte es.
»Verlass mich nicht!«, sagte sie, beugte sich vor und wollte es an sich ziehen.
Das Kind wand sich in ihren fest zupackenden Händen. »Lass mich! Lass mich!«
Ihr Herz tat entsetzlich weh. Hartes Schluchzen würgte ihre Stimme ab. Das Kind verschwamm in ihren Tränen.
Sie wachte auf. Ihr Gesicht war nass.
»Du hast ihn an dich gebunden mit Trauer und Wut«, klangen die furchtbaren Worte durch ihren Kopf, hämmerten auf sie ein, schütteten sie zu. »Mit Wut! Mit Wut!«
Sie musste sich die Wahrheit eingestehen: Da war so viel Wut. Wut auf René, auf Lea, auf Mama, auf Tante Anna, auch auf Papa, ja, auch auf ihn.
Es war unerträglich. Sie sprang auf, stürzte ins Badezimmer, entzündete eine Kerze und spritzte sich kaltes Wasser ins Gesicht.
Hässlich, sagte ihr Spiegelbild im flackernden Kerzenlicht. Hässlich, hässlich, hässlich!
Nicht mehr denken. Nicht mehr träumen. Sich nicht mehr wissen müssen. Bitte, nicht mehr, nicht mehr!

Dölmas Tagebuch

Sechstes Heft

Frühling

Der äußere Winter hat lang gedauert, mein innerer Winter noch länger.

Die Höllenreise ist vorbei. Seltsam war sie – begleitet vom Gefühl, auf einer Nahtstelle zwischen unverträglichen Welten zu balancieren, den Atem anhalten zu müssen, um nicht herunterzufallen. Überall Schmerzen. Und die Schwäche, als würde ich hundert Kilo auf meinem Rücken tragen.

Dann kam der Tag, an dem ich die Berge mit ihren gleißenden Schneehauben, das Weißgold der Sonne, die mutigen Knospen an den Büschen wahrnehmen konnte. Der Lebensfunke sprang über. Mein Lächeln war keine hilflose Maskerade, sondern wirklich, wirklich. Fast unerträglich wirklich.

Das war gestern.

Ani Deki hat mir eine Aufgabe übertragen. Die Einsiedelei oben am Berg wird seit ein paar Tagen von einem Mönch bewohnt, einem blinden Lama. In Dharamsala sei er gewesen, beim Dalai Lama, und es war die Rede von einer langen Krankheit. Genaueres wusste man nicht. Jetzt habe Lama Norbu ihn zur Erholung in die Einsiedelei geschickt, die Nonnen müssen ihn versorgen. Ob ich das tun wolle, hat Ani Deki mich gefragt, zweimal im Monat Lebensmittel zur Einsiedelei hinauftragen. Bereitwillig habe ich es übernommen. Es gibt ja nicht viel für mich zu tun an den langen Tagen, an denen die anderen für ihre Familien arbeiten. Fast zu viel Zeit bleibt mir für meine einsamen Meditationen. Es klang nach schöner Abwechslung, den Einsiedler zu bedienen.

Heute stieg ich mit einer Umhängetasche voller Nahrungsmittel im Zickzack über Fels und Geröll hinauf, durch kleine Mulden voller Edelweiß, dann einen steilen Pfad entlang in einem scharfen Einschnitt im Berg, in dem ein kleines Rinnsal zwischen Felsen gurgelt. Man kann die Einsiedelei von unten nicht sehen. Gut geschützt liegt das winzige Häuschen unter einem schrägen Felsen, die Tür zum Himmel hin geöffnet wie ein dunkles Auge. An der Seitenwand sind trockene Dungfladen als Brennmaterial aufgeschichtet, den Herd bildet ein kleiner Ring aus Steinen unter dem Vordach.

Ich war unsicher, wie ich einem blinden Lama entgegentreten sollte. Ich habe noch nie mit blinden Menschen zu tun gehabt.

»Lama-la!«, rief ich aus einiger Entfernung in das Dunkel der offenen Tür hinein. »Ich komme vom Kloster.«

Lama Rinchen ist kein alter, Ehrfurcht gebietender Weiser. Er hat zarte Züge, jung und alterslos zugleich, die blinden Augen schmale Schlitze, wie hineingeschnitten in das flache Gesicht. Ein Schimmer von Verletzlichkeit ist um ihn, verstärkt durch den nackten, frisch rasierten Schädel, den eine kleine Wollmütze unzureichend bedeckt.

Ich hatte die Dunkelheit meines Winters mit hinaufgetragen, doch da oben, unter dem blinden Blick des Mönchs, fiel sie weg, als wäre sie nie da gewesen. Ich bin zum Himmel hinaufgestiegen, dachte ich, und ins Reich der Elfen eingetreten.

Er holte eine kleine Sitzmatte aus der Hütte und lud mich ein, mich unter das Vordach zu setzen. Offenbar ist es

seine einzige Matte, denn er selbst ließ sich auf dem nackten Boden nieder.
»Lama-la, das kann ich nicht annehmen, bitte, setzen Sie sich auf Ihre Matte«, sagte ich und blieb stehen.
Er lächelte, bewegte einladend seine Hand, so bestimmend, dass ich keinen Einwand mehr wagte.
Einen Blinden kann man einfach anschauen, ohne Zurückhaltung. Ich schaute und schaute. Meine Augen tranken ihn, seine geheime Schönheit, die mehr ist als Symmetrie und Proportion und faltenlose Glätte. Elf, Außerirdischer, aber doch ebenso Menschenwesen, auch Mann, o ja, auch Mann. Geheimnisvolle Schwingung *Mann* – dies zu fühlen gestehe ich mir zu, sogar, es niederzuschreiben. Ich fühlte es, laut und deutlich in jedem Herzschlag.
»Ani-la« nannte er mich und dankte für die Sachen, die ich mitgebracht hatte, Tsampa, Butter, Linsen, Erbsen, dazu ein paar Streifen Trockenfleisch und ein großes Stück Hartkäse, besondere Vorräte, die das Alte Kloster für ihn geschickt hat.
»Ich bin keine Nonne«, sagte ich, »nur ein Gast des Klosters.«
»Ja«, ergänzte er, »eine Fremde, ich weiß.«
Redet man über mich? Es ist wie eine leise Bedrohung. Dass die Leute nach mir greifen könnten mit ihren Vorstellungen, mich verzerren, mich beschädigen.
»Ich kann dich sehen, Ani-la. Natürlich nicht außen, anders.« War da ein Funke Belustigung um seinen feinen, lebhaften Mund?
Vielleicht kann er Gedanken lesen. Unwillkürlich schreckte ich zurück. Diese Augen, innere Augen, die mich durchleuchten, was sehen sie? Meine Verwirrung? Meine Unsicherheit? Die unvermutete Anziehung, die mich überfällt? Ich entschuldigte mich für meinen Mangel an Förmlichkeit. Mein Tibetisch ist auf das Nötige beschränkt, die

Formen verbaler Höflichkeit gegenüber Höherstehenden sind zu kompliziert. Er lächelte fast zärtlich. Ich will dieses Lächeln beschreiben, es in mich hineinschreiben, es unvergesslich machen: ebenmäßige Zähne in einem großzügigen und doch fein gezeichneten Mund, die Vorderzähne ein wenig größer als die anderen, das macht ein schönes Lächeln, leichte Grübchen und die Mundwinkel offen wie bei Kindern. Doch das alles ist Oberfläche, macht nicht dieses beglückende Lächeln aus. Es ist vielmehr das Aufleuchten, ein rückhaltloses Aus-sich-heraus-Leuchten, das aus seinem innersten Herzen kommt und mein innerstes Herz trifft.

Thinleys Lächeln in den ersten Tagen hat mich glücklich gemacht, ich empfand es als ein außergewöhnlich schönes Lächeln. Vielleicht, weil er eine gewisse Unschuld des Herzens hat, dieser leichtherzige Thinley der Touristinnen. Doch das ist nicht vergleichbar mit dem leuchtenden Lächeln des blinden Mönchs, das nichts, nichts, nichts zurückhält, sich völlig verausgabt, grenzenlos.

Ich ertrank in Schüchternheit, wusste nicht, wer ich war, wer ich sein sollte. Es gab keine Rolle für mich.

Habe ich mir nicht versprochen, mich in meinen Tagebüchern nicht zu betrügen? Nichts zu unterschlagen, nichts einzufärben, den Scheinwerfer auf alles zu richten? So war es geplant. Also werde ich hinter mir herschleichen, mich ausspionieren, keine Masken dulden. Ha, ich bin so mutig! So wunderbar neugierig und mutig zum Wohle meiner selbst und aller Wesen.

Das ist das wahre Herz, das sich auf Gelübde einlassen kann. Ich will es ertragen, mich zu sehen.

Wie unecht, unwirklich war ich mein Leben lang. Die Tochter – ich konnte sie nicht sein; die Ehefrau – nie war ich anwesend genug, um diesen Platz einzunehmen; die Mutter – das wagte ich nicht; Thinleys Geliebte – ich woll-

te es sein, aber ich habe versagt. Und nun bin ich eine falsche Nonne, drücke mich am Rand herum, kann mich nicht einlassen, darf nur bleiben dank Lama Norbus unglaublicher Großzügigkeit.
Nicht zurückschauen, nicht zur Salzsäule werden! Auch der alte Hades verbot den Blick zurück, wenn er einen entkommen ließ. Ich muss nicht bleiben, die ich war. Etwas in dieser Art hat der Rinpoche in Kathmandu gesagt. Sich von innen nach außen stülpen, dachte ich damals, wer kann das schon? Wie soll ich nicht mehr meine Gedanken denken, nicht mehr meine Gefühle fühlen, nicht mehr die klammheimliche Wut haben, die ganz tief in mir wartet, und die abgestandene Unzufriedenheit mit mir selbst, die durchdringende Empörung über dieses Leben, das mir aufgedrängt wurde, alle meine kleinen, mächtigen Monster? So dachte ich.
Doch jetzt weiß ich es mit Sicherheit: Ich muss nicht bleiben, die ich war! Ich werde neu geboren.
Ich will einen Brief an Pema-Marie schreiben. Irgendwann wird jemand ihn mit nach Padum nehmen, und vielleicht wird er den langen Weg zu ihr finden. Welch ein Wunder, dass du mein Kind bist, Pema-Marie, fast schon erwachsen. Wer warst du zuvor? Und wer wirst du sein, wenn wir uns wiedersehen? Warum konnte ich nicht fühlen, welch unendlich großes Geschenk es war, dass ich dir die Tür in dieses Leben öffnen durfte?
Ich werde ein neuer, richtiger Mensch werden, meine Tochter, und dann werde ich dich lieben können, weil mein Herz gebrochen ist, aufgebrochen, und mich freigeben kann.
Bin ich pathetisch? Ich bin pathetisch! Es gibt Augenblicke, in denen es stimmig ist, pathetisch zu sein. Wirst du das jemals verstehen können, mein lieber, nüchterner Papa?

Da war die Frau, die auf dem nassen Randstein saß, in Zürich, der großen, überwältigenden Stadt, in die wir manchmal fuhren, um ins Theater oder in ein Museum zu gehen. Die Frau war jung, aber alt. Filzige Haare hingen um ihr hageres Gesicht, Zähne fehlten. Ich musste an verlassene Tiere im Tierheim denken. Von Drogen wusste ich noch nichts. Gib ihr was, gib ihr was, bat ich Madeleine und konnte dann nicht aufhören, von Armen zu reden, von unserem guten Leben und unserer Aufgabe zu helfen. Nun lass uns mal nicht pathetisch werden, sagte Martin und zog mich weiter. Er konnte so etwas sagen, als habe man sich schmutzig gemacht und müsse sich dafür schämen. Ich schämte mich und beschloss, nie mehr pathetisch zu sein. Ich war ein folgsames Kind.
Auf jeden Fall werde ich diesen Brief schreiben. Ich freue mich darauf und fürchte mich davor. Er wird so beginnen: Meine Pema-Marie, ich bitte dich um Verzeihung für Unverzeihliches.
Doch zuerst muss ich mir selbst verzeihen, ich habe angefangen damit, voller zuversichtlicher Ungewissheit.

Frühling in mir

Es muss wohl Mitte Mai sein. Noch sieht man diesem kalten Land den Frühling kaum an. Ich bin hungrig nach Wärme. Und nach der Nähe des blinden Lamas.
Köstlich hellgrüne Bäume mag Pema-Marie jetzt sehen, Tulpen, fetten gelben Löwenzahn auf den Wiesen, Vögel im Rausch ihrer Lieder. Wie sehr wünsche ich mir, dass sie sich daran erfreut. Dass sie sich verliebt und strahlt, behütet ist von diesem strahlenden Tara-Grün.
Ganz oft bin ich bei ihr. Ständig blitzt ihr Bild auf, Facetten ihrer Art, zu sein. Ich sehe ihr verhaltenes Lächeln,

festgehalten hinter einer Schutzmauer, die solide wirkt, aber dünn ist wie Papier. Auch den langen, biegsamen Körper, wunderschön gleitend ins blaue, kalte Wasser des Sees. Nur einmal sah ich sie so, unvergesslich.
Ich hatte immer Angst vor dem Wasser, warum?
Hans-Peter liebt sie. Wie viel davon mag Triumph, Geste, Forderung sein? Wie viel auch immer – der Rest ist Liebe. Und ich wünsche so sehr, dass sie geliebt wird, hülle sie ein in diese Wünsche. Es ist nie zu spät, sagt Ani Deki. »Jetzt« ist immer genau der richtige Augenblick.

Nach langem Warten

Endlich wurde ich wieder zu Lama Rinchen geschickt. Ich singe, wenn es niemand hört: *Lama gyenno, Lama gyenno!* Lama, schau auf mich, denk an mich, sei bei mir!
Es ist ein mühevoller Weg zur Klause, zwei Stunden steiler Anstieg. Doch diesmal war es keine Mühe für mich. Die Freude trug mich hinauf.
Ich hatte mir vorgenommen, nicht schüchtern zu sein, doch solche Vorsätze können zu Stolpersteinen werden. Und ich stolperte. Die Rolle gelang mir nicht.
»Ich möchte mehr lernen«, platzte ich auf seine Frage, wie es mir gehe, heraus. »Die Nonnen haben kaum einmal Unterricht in den Lehren. Und wenn, dann auf einem Niveau, das eine Beleidigung für sie ist.«
Lama Rinchen lächelte. »Wer will mehr lernen, du oder die Nonnen?«
Was sollte ich antworten? Ich habe viele Bücher gelesen auf meine ordentliche Weise, weil sie zur Kultur meiner »alten Heimat« gehörten, erhabene alte Texte, Sutren, Tantras und Kommentare. Aber gelernt habe ich nicht viel daraus, so einäugig, wie ich las.

Es fiel mir nichts Besseres ein, als Lama Norbu zu zitieren, dass Frauen den Dharma mit dem Herzen lernen könnten. »Aber das reicht doch nicht«, fügte ich hinzu. Es klang nach einem trotzigen Kind. Ich hätte schüchtern bleiben sollen.
»Hast du schon einmal über die Rezitationen und Gesänge nachgedacht?«, fragte er.
Nein, darüber habe ich nicht nachgedacht. Ich war zu sehr damit beschäftigt, die Worte richtig auszusprechen und schön zu singen. Und es gab zu viele Begriffe darin, die ich nicht kannte.
»Lies ihren Inhalt ganz aufmerksam«, sagte er.
Und so habe ich nun angefangen, die Texte zu lesen, übersetze sie, versuche, sie zu verstehen. So viele Anspielungen, die mir nichts sagen, und manche kann selbst Ani Deki mir nicht erklären. Wozu habe ich all die Bücher gelesen?
Man braucht Lehrer wie Lama Norbu, sagt Ani Deki, die nicht nur erklären, sondern einem Herz und Geist öffnen, Herzgeist, das wahre Bewusstsein.
Ich schreibe eine Liste meiner Fragen auf. Ich weiß, wer mir Herz und Geist öffnen kann.

Fasten

Eine Gruppe von Mönchen ist mit den sakralen Instrumenten gekommen, um die Saga-Dawa-Fastenrituale zu leiten. Viele Besucher aus der Umgebung haben sich versammelt, und das bedeutet, dass es Spenden geben wird. Natürlich vor allem für die Mönche, wegen des Verdienstekontos.
Ich mache mit beim Fasten. Das wird von mir erwartet, doch ich beteilige mich nicht nur deshalb daran. Es ist wunderschön, sagte Ani Deki. Der Geist wird ganz klar und offen, und beim Singen spürst du keinen Hunger.

Wir singen und rezitieren vom frühen Morgen bis in die Nacht, und ich bin tatsächlich nicht hungrig. Die Besucher kommen und gehen. Dicht gedrängt im kleinen Lhakang und draußen vor der weit offenen Tür, singen sie die ihnen bekannten Gesänge mit. Ich sehe sie aus den Augenwinkeln, fühle sie hinter meinem Rücken, doch ich nehme sie nicht wirklich wahr. Andere Wesen füllen den Lhakang, wunderbare, mächtige Anwesenheiten, gerufen von den Nonnen und Mönchen und den wilden Klängen der Trompeten und Trommeln und Becken.
Ein kleines Kind lief in den Gang, der zwischen unseren Reihen zum Schrein führt, und tanzte. Niemand hinderte es daran. Es tanzte mit großen Schritten und ausgebreiteten Armen, das kleine Gesicht in tiefem Ernst verloren, als gehöre dieser Tanz zum Ritual, müsse so sein, ein natürlicher Teil des Ganzen.
Ich dachte nicht. Es gab nichts zu denken. Es war, wie Ani Deki gesagt hatte, wunderschön und klar und offen. Alles ist so unprätentiös, einfach ein Ritual der inneren Reinigung und eine Hommage an den Buddha und seine Mutter. Denn wie ich von Ani Deki weiß, ist das Saga-Dawa-Fest mit der Empfängnis des Buddha verbunden, als er sich im Liebesakt der Eltern im Schoß seiner Mutter für die nächsten neun Monate niederließ. Und ist es damit nicht auch die Feier des Mysteriums der sexuellen Vereinigung? Darüber, fürchte ich, kann ich mit Ani Deki nicht sprechen.
Es gibt ein dreizehntes Zimmer zwischen Ani Deki und mir. Es ist der Raum des verletzten, geächteten, insgeheim gefürchteten Weiblichen, seit Jahrtausenden das Opfer der Religionen. Ich habe mir gut zugeredet, habe mir eine überlegene Haltung des Relativierens zugedacht und mir gesagt, alle Formen aller Kulturen sind relativ, der patriarchale Wahn, der alle Hochreligionen im Griff hält, ist rela-

tiv, das Leiden der Nonnen ist relativ, ebenso wie die Bevorzugung der Mönche. Aber ich kann mich mit solchen Erklärungen nicht zufriedengeben. Nicht einmal mit dem Gedanken, dass Veränderung immer geschieht, irgendwie. Es wird dereinst in der Zukunft eine Straße vom Zanskar bis zum Dorf unten im Tal geben und einen guten, festen Weg zum Kloster hinauf und natürlich Satellitenschüsseln, Fernseher, Computer, Sendemasten. Die moderne Welt wird sich auf die alte Ordnung stürzen und sie zersetzen und Platz schaffen für eine neue Ordnung. Aufklärung tut immer weh, und der Ausgang ist immer ungewiss.

Dennoch, ich möchte Ani Deki mit in das dreizehnte Zimmer nehmen. Sie könnte dann auch die anderen Nonnen hineinführen, und das besser als ich. Sie sollten gewappnet sein für die Veränderung. Ich möchte meine Schwestern nicht so hilflos sehen.

Karma

Es muss wohl Ende Mai sein. Ich rechne längst nicht mehr in Tagen oder Wochen, bestenfalls in Begegnungen mit »meinem« Lama. Der Rhythmus meiner Besuche auf dem Berg wird von besonderen Tagen im Klosterkalender bestimmt. Dann sagt Ani Deki am Abend zuvor, morgen gehst du wieder zum Lama hinauf, und sie legt mir bereit, was er bekommen soll. Die Nonnen müssen jetzt alle Nahrungsmittel für ihn zur Verfügung stellen, damit dienen sie ihre Abgaben an das Alte Kloster ab. Laut Ani Deki ist das gut, mit unseren Gaben für den Lama erwerben wir besonders reichliche karmische Verdienste.

Bald beginnt das Aussäen, und dann beginnt auch das Bewässern der Felder. Das Kloster hat ein eigenes kleines Feld unten im Tal, dort werden wir Erbsen anbauen. Es ist

jetzt sehr trocken, man muss nachts bewässern, wenn das Wasser leichter in die Erde eindringen kann. Und dann sagte Ani Deki etwas, das ich kaum glauben kann. Dass Frauen hier nicht allein unterwegs sein sollten, schon gar nicht bei Nacht.
»Aber ihr seid doch Nonnen«, sagte ich. Ani Deki lachte, ein fast ärgerliches Auflachen, nicht belustigt. Es sei eben so, umso mehr, seitdem es im Dorf die Handelsstation gebe und Männer aus Padum kommen. Aber immerhin, es sei schließlich viel besser als in Nordindien, dort habe sie sich wirklich gefürchtet.
Daran habe ich nie gedacht. Es gibt so vieles, das ich nicht weiß von dem Ort, an dem ich lebe. Vergewaltigungen gibt es immer wieder einmal, sagte Ani Deki. Aber nicht die Männer haben die Schande zu tragen, sondern die Frauen. Denn Frauen sind lüstern und verführen die Männer, so ist es überliefert. Deshalb halten Mädchen und Frauen seit eh und je Vergewaltigungen geheim. Vor ein paar Jahren starb im Dorf ein Mädchen an der Geburt eines Kindes, das bei einer Vergewaltigung gezeugt worden war. Sie nannte den Namen des Täters, bevor sie starb. Ein junger Mann, unverheiratet. Die Schande wurde mit ihr auf dem Bestattungsplatz verbrannt. Der junge Mann war dabei. Niemand klagte ihn an. Das Mädchen war selbst schuld. So einfach ist das.
Warum rege ich mich auf? Es ist eine patriarchalische Gesellschaft wie die meisten Gesellschaften auf dieser Erde seit einigen tausend Jahren. Und in Europa war es ja bis vor Kurzem nicht besser.
»Schau, du brauchst nur nach Kargil zu fahren«, sagte Ani Deki, »dort ist es viel, viel schlimmer. Wir sind glücklich dran. Unsere Frauen mussten nie verschleiert herumlaufen, durften schon immer allein reisen, wurden nie für Ehebruch gesteinigt. Gutes Karma!«

Gutes Karma, sagt Ani Deki. Habe ich in früheren Leben Gutes getan, dass ich in einem Land aufwuchsen durfte, in dem Frauen selbstbestimmt leben können? Hat Ani Deki Schlechtes getan, dass sie in der Zanskari-Gesellschaft als Frau weniger gilt als ein Mann und rücksichtslos ausgebeutet wird? Habe ich Schlechtes getan, dass ich nicht in einem Land des Dharma geboren wurde? Hat Ani Deki Gutes getan, dass sie nicht im muslimischen Kargil geboren wurde, sondern mitten im buddhistischen Zanskar, und Nonne werden und sich um ihren Geist kümmern konnte?

Warum bin ich Dölma, das Kind, das bei fremden Eltern aufwuchs und nun überall die Fremde ist? Warum ist mein Leben so, wie es ist? Warum war ich so viele Jahre krank in meinem Herzen? Warum fehlten mir die Hormone, die es mir ermöglicht hätten, mein Kind zu fühlen, mich ihm zuzuwenden?

Karma, sagen die Nonnen.

Karma ist selbstgeschaffenes Schicksal, postulieren die Lehren. Also kann ich mein Karma ändern. Aber wie? Wenn Ani Deki ihre Lage ändern könnte, wenn sie nicht mehr ihre Tage mit Arbeit in der Familie verbringen müsste, anstatt mit Ritualen und Meditationen im Kloster, würde sie es tun. Aber das ist nicht möglich. Also doch schlechtes Karma? Aber wiederum gutes Karma, weil sie die Entscheidung treffen konnte und traf, Nonne zu werden, und damit viel mehr Verdienste für ihr nächstes Leben erwirbt als eine Laienfrau. Ist das Leben dazu da, demütig Verdienste zu sammeln, um so ein Kapital an gutem Karma für ein vermutetes nächstes Leben anzuhäufen? Was ist daran so viel anders als an der Idee, klaglos zu leiden und sich so den christlichen Himmel zu verdienen?

Meine Fragenliste wächst.

»Habe ich wirklich schon viele Leben hinter mir?«, fragte ich Lama Rinchen. »Und werde ich wirklich wiedergeboren?«
Er lächelte. »Schlechte Nachrichten, Dölma-la. Deine negativen Eigenschaften werden wiedergeboren. Es sei denn, du wirst sie rechtzeitig los.«
»Ist es denn ganz sicher, dass man wiedergeboren wird?«
In den letzten Tagen habe ich oft darüber nachgedacht, warum ich vierzig Jahre in dem schrecklichen Gefängnis meiner selbst habe verbringen müssen. Und sogar nahe daran war, dieses leidensvolle Leben zu beenden.
»Ich bin mir sicher«, antwortete er.
»Geht es darum, in sich selbst sicher zu sein? Nicht um die allgemeine Wahrheit?«
Lama Rinchen lächelte noch ein bisschen mehr. »Allgemeine Wahrheiten sind relativ. Meine eigene Wahrheit ist relativ. Das Selbst ist relativ. Denken ist immer relativ.«
»Also ist Wiedergeburt auch relativ?«
»Dölma-la, du bist gestern Abend eingeschlafen. Und heute Morgen bist du aufgewacht. Wie relativ ist das? Im Schlaf bist du dem reinen, leuchtenden Geist ganz nah, aber du kannst ihn nicht wahrnehmen, er ist vom vordergründigen Geist verdunkelt. Im Traum spielt dein vordergründiger Geist seine Spiele und weiß meistens nicht, dass er nicht von Materie und ihren Gesetzen behindert wird. Vielleicht kannst du manchmal fliegen im Traum, aber das ist selten. Beim Aufwachen glaubst du ebenfalls alles, was dein vordergründiger Geist dir erzählt. Aber dann hältst du eines Tages inne und fragst dich: Was ist hier los? Wer bin ich?«
Ich nickte. Wenn Lama Rinchen so mit mir spricht, ist es, als ziehe er mich in sich hinein. Dann höre ich nicht nur seine Worte, sondern spüre das Wissen darin.

»Und du lernst«, fuhr er fort, »die Gottheiten einzuladen, und stellst dir vor, du seist sie selbst. Irgendwann erlebst du, dass das, was sie sind, tatsächlich du selbst bist. Weisheit und Mitgefühl.«
Als ich den Berg hinunterging, war ich ganz nah daran, mich wie Tara zu fühlen.

Puti

Ani Palmo hat eine kleine Nichte mitgebracht, Puti. Die Kleine hat einen verkrüppelten Fuß, kann nicht gut arbeiten und ist eine unrentable Last für Ani Palmos Familie. Neun Jahre ist sie alt, sie sagt zehn, denn die Zeit im Mutterleib wird als Lebensjahr mitgezählt. Die Nonnen haben beschlossen, das Kind zur Probe zu nehmen, weil ich ja immer im Kloster bin und mich um sie kümmern kann. Keine Abstimmung, man stimmt nicht ab im Kloster. Man sitzt zusammen und beredet die Sache, bis sich alle einig sind. Ob es mir etwas ausmachen würde, haben sie gefragt. Wie hätte ich ablehnen können?
In mir ist ein gewaltiges Erschrecken. Ich kann mit Kindern nicht umgehen. Der Abgrund meines Versagens liegt zwischen mir und diesem schüchternen kleinen Ding. Ich weiß nicht, was Puti fühlt, was sie denkt. Meine Angst macht sie mir fremd. In den nächsten zwei Nächten, solange Ani Palmo noch im Kloster ist, wird sie bei ihr schlafen, aber danach? Ein Zanskar-Kind ist es gewohnt, Tag und Nacht eng im Familienverbund zu leben. Nur die Nonnen haben ihre eigenen kleinen Räume. Ob sie es als Luxus empfinden? Oder viel eher als einen unumgänglichen Teil ihrer spirituellen Praxis, das Alleinsein als natürlichen Zustand in der Welt anzuerkennen, um darin das All-ein-Sein zu entfalten. Einheit in der Vielfalt. »Auf dass

ich erkennen möge, dass Samsara und Nirwana eines sind.« Nach und nach beginne ich, unsere Liturgien besser zu verstehen, seit Lama Rinchen einige meiner Fragen beantwortet.

Ich werde mich weigern, Puti bei mir schlafen zu lassen. Gewiss, ich werde mich um sie kümmern, mit ihr essen, wenn wir allein sind, ihr Lesen und Schreiben beibringen. Aber ich will auch mein eigenes Leben haben. Wird sie sich fürchten, wenn ich ohne sie zu Lama Rinchen hinaufgehe, sodass ich ein schlechtes Gewissen haben muss? Werde ich noch allein an meiner Hauswand sitzen und mich im Schauen über das Tal verlieren können?

Ich fürchte mich vor diesem kleinen Mädchen. Was für eine Schande! Sollte ich nicht dankbar sein, dass ich noch eine Chance bekomme? Doch das ist Unsinn, ich kann nicht an Puti wiedergutmachen, was ich an Pema-Marie versäumt habe.

Schau doch, deine süße kleine Tochter, höre ich Madeleine sagen. Und ich drehe mich zur Seite, ziehe die Decke über den Kopf, will nicht hinschauen in das winzige, zum Weinen verzerrte, rote Gesicht. Sie ist krank, sie kann nichts dafür, höre ich Martin hinter angelehnter Tür sagen.

Sie haben alles versucht, mir zu helfen, erschlugen mich mit guten Ratschlägen, verbargen ihre Ungeduld unter unerträglichen Aufmunterungen, ließen viel Geld bei Ärzten von bestem Ruf, die mir abscheuliche Medikamente verschrieben. Ich habe euch nichts vorzuwerfen, meine Eltern, ihr habt euch immer darum bemüht, gute Menschen zu sein. Ihr hattet so schöne, eindeutige Vorstellungen davon, wie ein guter Mensch zu sein hat.

Wie kann ich für Puti ein wirklich guter Mensch sein?

Unser Lebensrhythmus im Kloster hat sich verändert, so sehr, dass mir wenig Zeit und Kraft zum Schreiben bleibt. Ani Palmo wird in ihrem Dorf gebraucht und darf nur noch ganz selten ins Kloster kommen. Ich vermisse sie und ihr unbändiges Lachen, das immer so plötzlich abbricht. Ani Tsültrim vermisst sie auch, sie sind während der Pilgerfahrt nach Bodhgaya enge Freundinnen geworden. Palmo hat mich gerettet, sagt Ani Tsültrim. Ich hätte viel zu viel Angst vor der langen Reise gehabt.

Nun sind wir oft nur noch fünf am Abend, sechs mit dem Kind. Meine armen Schwestern müssen sich schinden, die Kraft reicht gerade noch für die Abendrezitation, dann fallen alle todmüde ins Bett, ich auch, denn oft arbeite ich stundenlang mit Ani Deki oder Ani Jangchub auf unserem Klosterfeld.

Wenn Ani Deki mit Bewässern an der Reihe ist, gehe ich mit ihr durch die Nacht hinunter ins Tal. Beim ersten Mal nahm ich meine Taschenlampe mit, doch Ani Deki braucht sie nicht, ihr genügt das Sternenlicht. Wie eine Katze findet sie den Pfad, ertastet die Steine im Kanal, die sie umschichten muss, damit das Wasser in unser Feld fließen kann. Dann setzen wir uns an den Rand und warten, bis es gut fließt.

Die Tage sind sehr groß in diesem Land dicht unter dem Himmel, doch die Nächte sind noch größer. Riesige, stille, kalte Nächte mit einem feinen Spitzensaum aus gluckerndem Wasser.

Da saß ich neben Ani Deki in einer Art von Glück, alle Poren offen für den Reichtum der sternenweiten Nacht. Und zerstörte doch meine Freude mit ketzerischen Gedanken, um wie viel größer dieses Glück wäre, könnte ich mich neben Lama Rinchen von der Nacht einhüllen lassen.

Ich habe begonnen, Lama Rinchen von meinem Leben zu erzählen. Wir werden vertrauter miteinander. Ich habe ihm eine Matte mitgebracht, die in einer Ecke im Lhakang lag und nicht gebraucht wurde. »Eine Gästematte«, sagte ich und gab sie ihm in die Hände. Er lächelte, legte sie auf den Boden und setzte sich darauf. Ich musste mich auf seine Matte setzen. So wollte er es. Es sind solche zarten Signale, Ornamente meines überaus einfachen Lebens, die ich voller Glück mitnehme, hinunter in meine Zelle.
Und dann ist da dieses kleine Mädchen mit den struppigen, kurzgeschorenen Haaren. Sie ist winzig für ihr Alter, sehr dünn, als habe man ihr nicht genug zu essen gegeben. Ich füttere sie, so gut ich kann, lege ihr gefüllte Fladen bereit, wenn ich hinunter zum Feld muss oder zu Lama Rinchen hinaufsteige. Komme ich zurück, hat sie alles gegessen, die Küche aufgeräumt und ihr Pensum gelernt. Ich nehme die Texte der wichtigsten Rezitationen und lese sie laut mit ihr, immer wieder, bis sich in ihrem Kopf der Klang der Worte mit dem Bild der Buchstaben verbunden hat. So wird traditionell gelernt. Langsam, aber wirkungsvoll.
Sie ist eine stille kleine Person. Vielleicht hat sie sich früh ins Schweigen geflüchtet, um mit ihrer Behinderung weniger aufzufallen. Man geht nicht sehr rücksichtsvoll mit Kindern um in den Dörfern, hat Ani Deki erklärt. Das Leben ist hart, sie müssen mitarbeiten, man trennt nicht zwischen Kinderwelt und Erwachsenenwelt.
»Du redest komisch«, sagte Puti. So direkt hatte sie mich noch nie angesprochen. Als sei eine kleine Brücke des Vertrauens entstanden, über die sie nun tastend geht.
»Ich komme aus einem fernen Land«, antwortete ich. »Dort spricht man eine ganz, ganz andere Sprache als hier.«
Puti wollte hören, wie diese Sprache klingt. Ich sprach ein

paar Sätze. Sie schaute auf meine Lippen, die Augen ganz groß, und dann lachte sie plötzlich, konnte gar nicht mehr aufhören zu lachen, und ich schürte es mit weiteren Sätzen. Es war ihr erstes Lachen, seitdem sie ins Kloster gekommen ist. Es gibt noch viele andere Sprachen, erklärte ich, sagte ein paar Sätze auf Englisch, Italienisch, Französisch. Sie wollte mehr hören, konnte gar nicht satt werden an dieser Neuheit. Und ich sah über ihr Gesicht fröhliche Funken von Intelligenz tanzen und dachte, dass frei fließende natürliche Intelligenz einfach Freude macht.
Warum habe ich mich vor diesem Kind gefürchtet?
Warum habe ich mich vor Pema-Marie gefürchtet?
Ich bin nicht mehr die Dölma von früher. Ist das Klosterleben für die Nonnen ein Verpuppungsstadium, in dem sie sich in neue Wesen verwandeln? Ist das die ursprüngliche Idee von Kloster?
Niemand tritt mir gegenüber mit dem Bild der alten Dölma im Kopf. Ich darf das sein, was gerade ist. Niemandem muss ich beweisen, wer ich jetzt bin, nicht einmal mir selbst.

Enno

Gestern Nachmittag, ich hatte mit Puti in großen Töpfen Wasser vom Wildbach geholt, saß ein Mann auf den Stufen zum Lhakang, seinem ausladenden Rucksack nach ein Trekker. Ein großer Mann mit kurzem Reisebart unter dem verwegenen Cowboyhut, auf seinem T-Shirt ein breiter Aufdruck *»Samsara sucks«.*
Er stand auf, legte die Hände zusammen und begrüßte uns. Puti, erschreckt von seiner Größe, versteckte sich hinter mir.
»Ich bitte um Verzeihung für mein Eindringen«, sagte er

auf Zanskari. »Mein Name ist Enno. Die Nonnen kennen mich.«

Ich antwortete auf Englisch, und er lachte, erkannte meinen Tonfall. Ich habe keine Begabung, Sprachen gut nachzuahmen, man kann leicht erkennen, woher ich komme.

»Ja, was ist denn hier für ein fremder Vogel eingeflogen«, sagte er in hartem, nördlichem Deutsch.

Er scheint ein heiterer Mensch zu sein mit seinen vielen Lachfältchen um die Augen. Ich denke an Hans-Peter. Sein Lächeln war kühl, erwärmte sich selten, höchstens für Pema-Marie. Vielleicht auch für seine Gespielinnen, obwohl ich daran zweifle.

Enno ist ein Freund des Klosters und schon im dritten Jahr zu Besuch. Wie zuvor hat er daheim bei seinen Freunden und Bekannten Geld für die Nonnen gesammelt und kann ihnen auch dieses Jahr eine nette kleine Summe übergeben. Nicht wirklich nennenswert, aber für die Nonnen ist es viel Geld. »Ich kenne nur wenige Leute, die helfen möchten«, sagte er bedauernd. »Ich wollte, es wären mehr. Sie sind so arm, diese tapferen Nonnen.«

Wie könnte ich anders als ihn mögen.

Magie habe ihn hierhergeführt, erklärte er, denn dieses Kloster finde man bis heute in keinem Reiseführer. In einem Dorf, in dem er mit seinem Guide übernachtete, träumte er von seiner Tochter, die als Kind an Leukämie gestorben war. Das Mädchen nahm ihn bei der Hand und sagte: Papa, geh mit der Nonne! Tatsächlich sah er vor sich in der Ferne eine Gestalt im roten Klostergewand. Das Kind ließ seine Hand los und wiederholte: Papa, geh mit ihr!

Früh am nächsten Morgen sah er eine Nonne mit einem Bündel an seinem Zelt vorbeigehen. »Ich könnte nicht sagen, ob sie jung war oder alt oder hässlich oder schön«, sagte Enno, »aber sie strahlte von innen, so ein ganz wunderbares Strahlen. Ich wusste, dass ich ihr folgen musste.«

Die Nonne wartete am Dorfrand, bis er seinen Rucksack gepackt und sie eingeholt hatte, und ging dann wortlos weiter. Er lief ihr hinterher, wie ein Traumwandler, sagte er. Der Weg zu unserem Kloster, zwei Tage durch wildes Bergland, sei ihm nicht lang vorgekommen. Man muss wohl träumen, um diesen mühsamen Weg nicht als lang zu empfinden.

Später wollte es ihm scheinen, als habe die Nonne nicht gesprochen, doch er erinnert sich an ihre Warnungen, wenn der Weg gefährlich wurde, und an den Befehl, auszuruhen. »Vielleicht hat sie mir lediglich Gedankensignale gesandt«, sagte er, »oder es war alles ganz anders.« Die Erinnerung sei derart, wie wenn man an etwas sehr, sehr lang Zurückliegendes denke. Nur grobe Umrisse, keine Details, ein paar Szenen, die hervortreten. Die Hunde etwa, die sich duckten, anstatt wild zu bellen, als sie an einem Dorf vorbeikamen.

Es war dunkel, als sie das Kloster erreichten. Die Nonne nahm nicht den direkten Weg unten durch das Dorf, sondern seitlich den Berghang hinauf, über Fels und Geröll und steile Steigungen. Enno ging ihr in der Dämmerung nach, ohne zu stolpern. »Wie vom Wind getragen«, sagte er mit leisem Kopfschütteln, als könne er es noch immer nicht recht glauben. Die Nonne verschwand, als sie den Eingang zum Lhakang erreicht hatten. Er schaute durch die offene Tür ins Innere zu den rezitierenden Nonnen, und als er sich umwandte, war seine Begleiterin nicht mehr da. Ein Mann aus unserem Dorf begleitete ihn am nächsten Tag zurück zu seinem Guide am Zanskar-Fluss.

»Seit dem letzten Jahr nehme ich keinen Guide aus Padum mehr mit«, sagte Enno. »Unten am Zanskar finde ich immer jemanden, den ich anheuern kann mit einem Esel oder Maultier. Wenn es nicht so gefährlich wäre, würde ich am liebsten ganz allein losziehen. Man braucht viel Raum in sich für dieses Land.«

Es gefiel mir, wie er das sagte: Man braucht viel Raum in sich für dieses Land. Er hat recht. Zanskar hat mir seinen Raum aufgezwungen, und ich habe mich ihm ergeben.

»Hast du je das Rätsel der Nonne gelöst?«, fragte ich.

Enno lächelte in sich hinein. »Niemand kannte sie. Ani Yangchen und die anderen sagten, es sei Tara gewesen. Irgendwie. Eine Emanation. Es war eine wunderbare Belehrung. Ich bin über mein trauriges Erbe der Aufklärung hinausgewachsen. Meine Exfrau sagt, ich spinne.«

Ani Deki hat mir in Kathmandu und auf unserer Reise zu ihrem Kloster so manche seltsame Geschichte erzählt. Jetzt bedaure ich, dass ich nur mit einem Ohr zugehört habe. Sie erschienen mir zu wunderlich, zu märchenhaft. Ich bin schließlich mit dem Dogma aufgewachsen, dass alles, was Eltern und die Gesellschaft nicht glauben, auch nicht sein kann. Nichts als Einbildung, Phantasterei, Aberglaube. Erst seit meiner Begegnung mit dem Geist des Hirten habe ich erkannt, wie klein die Welt in meinem Kopf gewesen ist.

Heute weiß ich, dass ich viel konditionierter bin, als ich jemals ahnte. Man ist sich dessen nicht bewusst, glaubt, was die anderen glauben, plappert nach, was die anderen und die Medien sagen, denkt, was die anderen denken. So ist es – so ist es nicht! Meinungen wie Betonklötze, unverrückbar. Ich las die Lehrreden des Buddha und fand sie gut. Ich las Sokrates und fand ihn gut. Ich las Schopenhauer und fand ihn gut. Ich fand alle Denker gut, weil sie so gut denken konnten, viel besser als ich. Doch das alles hatte nicht viel mit meinem Leben zu tun. Mein Leben wurde in Schachteln gelebt. In der Provinzschachtel meiner lieben bildungsbürgerlichen Eltern. In der Eliteschachtel des Internats, eingekeilt zwischen anmaßenden Gören aus aller Welt. In der Eheschachtel, die Hans-Peter für uns

zugeschnitten hatte; nur dass ich in dieser Schachtel erstickte.
Endlich keine Schachteln mehr!

Warum bin ich im Kloster?

Es war so schön, mich in meiner Sprache ausdrücken zu können, und ich wollte gar nicht mehr aufhören, mit Enno zu plaudern. Puti gefällt es, bei uns zu sitzen und den fremdartigen Lauten zuzuhören. Manchmal kichert sie in ihre langen Ärmel. Sie wird immer fröhlicher bei uns, und ich wundere mich, dass ich je denken konnte, sie würde stören.
Doch dann fragte Enno plötzlich, ob ich Nonne werden wolle. Ich sah mir zu, wie ich den Kopf schüttelte, wie ich den Impuls unterdrücken musste, aufzustehen und wegzugehen, wie ich stattdessen nach der Thermoskanne griff, um seine Schale mit Buttertee aufzufüllen. Ich spürte die alte Dölma in mir, die auf persönliche Fragen nicht antwortete, sie ausblendete, sich zusammenzog zu einem harten, kleinen Ball. Ein geschlossenes System, das mich festhielt und in das ich niemanden einlassen konnte. Die alte Dölma wusste nichts von ihrer tiefen Angst, doch die neue Dölma kann sie sehen.
»Verzeih, das geht mich natürlich nichts an«, sagte Enno.
Der weite, spielerische Raum der Unbefangenheit war zusammengefallen. Ich fühlte mich ungeschickt und hässlich, dachte plötzlich an meine selten gewaschenen Haare. Haare waschen ist so aufwendig, und warmes Wasser ist ein Luxus, der uns viele Disteln kostet. Seit Monaten habe ich nicht an mein Aussehen gedacht oder an meine Kleidung. Sie muss warm halten, nur dazu ist sie da.
»Ich meine nur, ich frage mich, warum du im Kloster bist«,

durchbrach Enno das Schweigen. »Es ist doch ein sehr hartes Leben hier, stelle ich mir vor.«

Wegen Ani Deki, hätte ich antworten können. Weil ich mich nicht von Ani Deki trennen wollte. Das fiel mir als Erstes ein. Doch es trifft nicht mehr zu oder nur noch zum Teil.

Aber vor allem bin ich hier, weil ich nicht wüsste, wohin ich sonst gehen sollte. Ich bin eine geistige Schiffbrüchige, bei Außerirdischen gestrandet.

»Schiffbruch«, sagte ich. »Robinson Crusoe bei heiligen Wilden.«

Enno lachte. »Touché. Ich bin wohl ziemlich unsensibel. Jedenfalls sagt das meine Frau.« Und dann erzählte er von dieser Frau, die ihn wegen eines anderen Mannes verließ. Von einer kleinen Tochter, die starb, und einem kleinen Sohn, den er selten sieht. Von seiner Liebe zu Zanskar, für die er die Liebe zu der Frau, die ihn nicht mehr haben wollte, eingetauscht hat.

»Ich bin irgendwie glücklich, wenn ich hier bin«, sagte er.

Das ist es, was ich hätte sagen sollen. Und doch bin ich nicht sicher, ob es wirklich zutrifft.

Glück?

Eine lange Nacht mit vielen Gedanken und wenig Schlaf. Die Frage nach dem Glück hat mich eingefangen. Wann bin ich glücklich? Ist Ani Deki glücklich? Was ist Glück jenseits allen Vergleichens?

Zweifellos hatte ich, seitdem ich hier bin, einige wunderbare Augenblicke, die schönsten meines Lebens. Es mag ein gewisses Glück sein, sich lebendig zu fühlen. Auch mit den Nonnen zusammen zu sein, ein wenig zu ihnen zu gehören, ist ein gewisses Glück. Lama Rinchen besuchen

ist beglückend. Mit Ani Deki nachts das Feld bewässern gehen, mit den Nonnen singen, mit Puti lachen – in alldem liegt ein gewisses Glück. Warum kann ich also nicht sagen, ich bin hier, weil ich hier glücklich bin?
Weil es ein sehr erschütterbares Glück ist. Keinesfalls das »durch nichts bedingte Glück« der Lehren. Täglich rezitieren wir die Herz-Sutra: »Form ist Leerheit und Leerheit ist Form, und Form ist nicht unterschieden von Leerheit«, und dass alle Erscheinungen leer sind, dass es in Leerheit kein Werden und kein Vergehen gibt, kein Fühlen und keine Wahrnehmung und kein Bewusstsein, keine Unwissenheit und kein Ende der Unwissenheit, kein Alter und keinen Tod, keine Verdunkelung des Geistes und also auch keine Furcht. Und dass wir deshalb erwachen können zur unübertrefflichen, wahren, vollkommenen Erleuchtung.
Vielleicht sind dies die größten Augenblicke in meinem Glückshaushalt, wenn ich hinausgetrieben werde in den Raum, über alles Verstehen hinaus, vom letzten noch möglichen Gedanken abspringe und mitten in meinem donnernden Herzschlag lande. Es sollen ja manche von Buddhas Schülern tot umgefallen sein, als sie den Buddha die Worte der Herz-Sutra sagen hörten. Im Schleudersitz ins Nirwana – diese Vorstellung gefällt mir. OM GATE GATE PARAGATE PARASAMGATE SVAHA. Hinüber, hinüber, durch die Wüste der Meinungen, durchs Nachtmeer der Seele, durch die Schallmauer des Denkens, hinüber in die Grenzenlosigkeit der vollkommenen Verbindung mit allem Sein. Und darüber hinaus.
Ich geriet in Streit mit mir, wie ich mich einschätzen sollte. Alles verstehend oder gar nichts? Mein beschränktes Verständnis aufblähend zu glorioser Banalerleuchtung? Oder in die Abgründe der halbherzigen Bezugspunktlosigkeit fallend? Also besser alles offenlassen? Aber wie?

Und dann mache ich dem Spuk ein Ende, indem ich mich an die Tara in mir wende, die immer deutlicher die Züge von Lama Rinchen trägt, singe ihr Mantra, flüstere es, stöhne es, juble es, löse sie auf und mich dazu.
Vom Drama zum Dharma.

Enno darf im Lhakang schlafen. Meine Schwestern sind ekstatisch glücklich über das Geld, das er ihnen gebracht hat. Sie flattern um ihn herum, lachen, bedienen ihn. Für sie ist er nicht »Mann«, wie sie es kennen, er ist Enno, ein richtiger Mensch. Das hat mir Ani Deki bestätigt. »Kein Mann aus den Dörfern könnte so sein wie er«, sagte sie. Die Nonnen haben ihm einen Platz in sich eingeräumt, der sonst nur für Frauen zur Verfügung steht. Und dennoch gefällt es ihnen sehr, eine männliche Freundin in ihrem Kreis zu haben, anregend und unverfänglich. Eine Begegnung im Freien, ohne Hierarchie und Klerus.
Dann hatte ich ihn einen Tag lang ganz für mich. Die Blicke meiner Schwestern waren lang, als sie nach der Morgen-Puja ins Dorf hinuntergingen. Ani Pasang wundert sich über mich. Warum ich, da ich keine Nonne sein will, keinen Mann habe, wenn es doch dort, wo ich herkomme, solche Männer wie Enno gibt. Ich weiß, dass sie das denkt, auch wenn sie nur sagte: »Im Herzen bist du eine Nonne.«
Bin ich das?
Ich wanderte mit Enno zur Quelle. Wir nahmen Puti zwischen uns, hielten sie an den Händen, damit ihr das Laufen leichter fiel. Nie hat sie Eltern erlebt, die sie so zwischen sich nahmen, schützend, helfend, ganz ihr zugewandt. Sie schaute zu uns auf, verwundert und zufrieden, ein bisschen stolz, zutiefst vertrauensvoll. Die Freude über das kleine Mädchen ließ mein Herz zittern.
Warum erst jetzt, da es zu spät ist für mein eigenes Kind,

meine Pema-Marie? Und es hilft nicht zu wiederholen, dass sie ihr eigenes Karma mitgebracht hat, dass ich ein Instrument ihres Karmas war. Es ändert nichts an meinem Versagen.
Tara werde mir helfen, nie mehr die alte Dölma zu sein, hat Ani Deki mir versprochen mit diesem überwältigend gleichmütigen Ausdruck, mit dem sie ihre Selbstverständlichkeiten ausspricht. Weil es doch alle diese Geschichten gibt, sogar von schlimmen Übeltätern, die durch Hingabe ihr Karma verwandelt haben, allen voran der Milarepa, der vom Mörder zum berühmtesten Weisen Tibets wurde.

Glück

Ich finde keine Worte.
Aber ich kann es nicht ertragen, nicht zu schreiben.
Lama-la. Er hat die Matten nah zueinandergelegt. Kein Zufall. Sie lagen sonst immer im gleichen Abstand.
Wir sind so vertraut geworden, dass wir miteinander lachen können. Ich sammle lustige Geschichten, die ich ihm erzählen kann, weil sein Lachen so klar ist wie Bergwasser und jedes Mal unsere Nähe verdichtet.
Gestern war ich wieder bei ihm.
Er wartete wie immer, bis ich mich gesetzt hatte. Es war fast zu warm in der Sonne, doch der Wind brachte ein kühlendes Streicheln. Der Wildbach sang. Wenn man gut achtgebe, hat mein blinder Lama neulich gesagt, höre man in seinem Plätschern das Tara-Mantra. Ach, ich würde ihm gern sagen, dass die Tara in meinem Geist mit seinem Mund lächelt. Doch das ist undenkbar.
Etwas hat sich verändert. Wir schwiegen. Ich hing im Weltraum, hing zwischen allem Möglichen, das sich nicht

aussprechen ließ. Kein Schweigen, in dem man sich entspannen könnte.
Er streckte seine Hand aus, und ich legte die meine hinein. Ich war nur noch meine Hand, war völlig in seinen Händen, den tastend sehenden Fingern hingegeben. Schloss die Augen, brauchte sie nicht, sie hätten nur gestört. Hände mit Flügeln. Einander umkreisend im zärtlichen Tanz, Funken sprühend im Begegnen und Sich-Lösen in tausend Nuancen der Berührung. Trennen sie sich, springen die Funken über, halten die Verbindung. Leben, reines, klares Leben, die nicht endende Wellenbewegung von Werden und Vergehen und wieder Werden, Sterben und Geborenwerden, alles immer wieder, im ganz Großen und ganz Kleinen. Das Unendliche im Atemrhythmus von Sein und Möglichkeit. So grenzenlos war dieser Tanz der Hände.
Dann waren die Flügel in meinem Gesicht, Schmetterlingsflügel, Finger, die mich neu erschufen mit der selbstvergessenen Sorgfalt eines Künstlers.
Ich war nicht mehr Dölma und er nicht mehr der blinde Lama in diesem vollkommenen Raum, dem Auge des Sturms. Zwei waren wir, aber nicht getrennt.
Dann gab es wieder Dölma und Lama Rinchen, doch beide verwandelt, weit hinausgedehnt aus der alten Existenz. Nie mehr werde ich in die alte Existenz zurückschrumpfen, das verspreche ich mir. Ich reiße mein Herz auf für dieses pathetische Versprechen, dass es nie mehr zuwachsen, mir nie mehr die trügerische Sicherheit der Ignoranz gewähren darf.

Noch eine Befreiung

Ich habe den Brief an Pema-Marie geschrieben und ihn Ani Deki mit ins Dorf gegeben. Die erste Fassung war ein Überquellen meiner Schuldgefühle, und die zweite hätte vielleicht als sentimental gewertet werden können. Die dritte war kürzer, so aufrichtig, wie es mir möglich war. Ich schrieb, dass ich zu Hause nicht leben, aber auch nicht sterben konnte. Dass ich irgendwo dazwischen hängengeblieben war. Dass ich jetzt erst, in dieser extremen Situation, in dieser dünnen Luft, in der ich mich fast substanzlos fühle, beginnen kann, meine Tochter zu lieben.
Irgendwie wird der Brief seinen Weg zu ihr finden. Ich bete darum.

Verwandlung

Ich fließe durch die Tage und Nächte. Ich fließe mit den Gesängen und Rezitationen. Gewiss gibt es Beschreibungen dieses Zustands in den Schriften. Die Altvorderen waren sehr genau im Festhalten der Phänomene des Geistes, aber es interessiert mich nicht, so voller Selbstverständlichkeit fließe ich dahin. Es wird nicht anhalten, natürlich nicht, und es ist ein Traum, wie alle Zustände Träume sind, doch eine Verwandlung vollzieht sich, und ich mische mich nicht ein.
Tiefe Verwunderung. Keine Ungeduld treibt mich, wieder hinaufzugehen zu ihm, eher das Bedürfnis, der Freude Zeit zur Entfaltung zu geben. Wie deutlich es ist, dass der Geist die Welt gestaltet. Jetzt ist die Welt voller Glanz, in allem ist Gold. Im tiefen, wunderblauen Himmel, im Samtgrün des Tals, im blendenden Weiß der Bergkuppen,

in den Wänden unseres Klosters, in jeder Ritze zwischen den Steinen, im schwarzen Fellchen auf Putis rundem Kopf. Vielleicht bin ich in Tushita, dem Freudvollen Reinen Land.
Zumindest ein Teil von mir.

Ani Pasang berichtet haarsträubende Geschichten aus dem Dorf, sie hat ein Auge dafür bekommen, was Frauen erleiden müssen. Ich sage nichts mehr dazu. Umso mehr erzählt sie mir, als wolle sie mich herausfordern. Sie ist enttäuscht von mir. Doch was soll ich sagen? Mir fällt nichts ein, das sinnvoll wäre, hat sie mir doch schon alle Gegenargumente vor die Füße geworfen. Gute Argumente. Und ich sehe Logik im religiösen Verdienstekonto. Es sind Vorstellungen, die zu ihrer Welt gehören. Ungerechtigkeit, Ausbeutung, ja, aber dennoch lachen sie viel, und oft machen sie sich auch lustig über die frauenverachtenden Bräuche. Bald werden sie Straßen haben und immer mehr Touristen und Satellitenschüsseln auf den Dächern, dann werden sie Filme aus Hongkong und amerikanische Serien sehen, und die Männer werden die Köpfe schütteln über Frauen an Regierungsspitzen und über westliche Männer, die hochtechnisierte Kinderwagen schieben. Ani Deki hat mir von einem tibetischen Schamanen erzählt, der bei seinen Besuchen in Kathmandu voller Eifer stundenlang amerikanische Filme anschaute, ohne ein Wort zu verstehen. Welche Geschichten mag er wohl hineingedacht haben in die Filmwelten? Sah er Welten der Hungergeister, Welten der himmlischen Devas, Welten der eifersüchtigen Götter, Höllenwelten?
Frauen gelten in der Zeit nach der Geburt als unrein. Eine von Ani Pasangs Nichten hat ihr erstes Kind bekommen. Sie darf sich einen Mondmonat lang nicht außerhalb des Hauses sehen lassen und soll sich vom Herd und dem

Hausschrein fernhalten. Ani Pasang muss aushelfen und hat noch mehr Arbeit als zuvor.
»Bei dir zu Hause ist das sicher nicht so«, sagte Ani Pasang.
»Nein, bei uns ist es nicht so«, erwiderte ich, »aber wir haben auch Probleme, Ani-la, andere.«
War ich in meinem Ärger mitfühlender gewesen als jetzt in meinem goldenen Traum?
Ich sollte nicht schreiben. Zum ersten Mal tut es mir nicht gut.

Strahlender Dakini-Tag

Wie liebe ich das Dakini-Fest am fünfundzwanzigsten Tag des Mondmonats, das wir immer wieder alle zusammen im Lhakang feiern. Wir singen, schwingen die Trommeln und tanzen den eleganten, graziösen Schreittanz der Nonnen, und ich bin mir bewusst, wie außerordentlich groß das Entgegenkommen Lama Norbus und meiner Schwestern ist, dass ich mitmachen darf. Vielleicht glauben sie, dass ich mich nach einer Weile doch zur Ordination entschließen werde.
Ich glaube es nicht.
Weniger denn je, seitdem Lama Rinchen hier ist.
Es hat sich eine hauchzarte Vertrautheit zwischen uns gebildet. Wenn ich komme, setzt er sich mir gegenüber, hält meine Hand in beiden Händen, streichelt sie. Dann reden wir ein wenig über mein Verständnis der Lehren. Mit langen Pausen, in denen er mir mit äußerster Aufmerksamkeit zugewandt ist, wie lauschend, oder als würde er mit allen Sinnen meine Ausstrahlung in sich aufnehmen. Dann schließe ich die Augen und fühle ihn, und es ist wie eine Berührung, überall. Er dringt durch meine Haut. Ich stehe

in Flammen, bin selig, von Leben in Brand gesetzt, von einem geistigen Feuer, der Leidenschaft des Geistes. Doch wenn ich gehe, ist der Wunsch, ihn zu umarmen, fast unerträglich.

»Ich bin ein Mönch«, sagte er, nicht bedauernd, nicht entschuldigend, weit entfernt von jeglicher Zurück- oder Zurechtweisung. Klein standen seine Worte im großen Raum, ohne besondere Betonung. Doch dann zitierte er einen Satz aus einem tantrischen Text: »Wenn Unwissende sich der Liebe erfreuen, wird sie zur Fessel. Doch diese selbige Liebe, erfahren von jenen, die wissend sind, bringt Befreiung.« Und dann fügte er noch hinzu: »Meine Dakini, ich bin nicht wissend genug.« Seine Finger zitterten auf meinen Lidern.

Ich denke, murmle, singe flüsternd das Tara-Mantra von morgens, wenn ich mit meinen Schwestern in tiefer Dunkelheit zur frühen Puja gehe, bis abends, wenn wir unsere schönen Gebete singen. Es soll mich davor schützen, in Phantasien zu ertrinken, in die mein unermüdlicher Geist mich ziehen will.

Noch immer weiß ich nicht, was Glück wirklich ist.

Siebtes Heft

Die Yogini

Sie ist aufgetaucht, als ich fürchtete, alles Erreichte zu verlieren. Obwohl sich die Frage stellt, ob ich denn je irgendetwas erreicht habe.

Sie ist alles, was ich nicht erwartet habe, die Naljorma, die wandernde Yogini. Eine freie Frau, so herrlich ungebunden, von niemandem abhängig und niemandem verantwortlich, furchtlos auf ihrer einsamen Pilgerschaft. Sie ist eine stämmige Person mit einem hoch aufgetürmten, filzigen Haarknoten, darauf der unkleidsame hohe Hut mit den abstehenden Ohrenklappen. Ihr zerknittertes Gesicht mit der breiten Nase und dem langen Kinn erschreckt mich fast, so viel Unbeirrbarkeit liegt darin. Ihre Bekleidung ist eigenwillig: über dem dicken, rostbraunen Rock ein weites, rotes Poloshirt mit falschem Krokodil, darüber eine dicke, gesteppte Jacke mit Blumenmuster, wahrscheinlich aus China. Über einer Schulter ein großes, warmes Tuch, wie die Nonnen es tragen, an der anderen hängt ihre prall gefüllte tibetische Stofftasche mit ein bisschen Kleidung, einem großen Plastikumhang, der Essschale und dem Trinkbecher. Mehr brauche sie nicht zum Pilgern, sagt sie. Irgendwie bekomme sie immer etwas zu essen.

Doch all das sah ich zunächst nicht, nur ihre Augen mit dem klaren, lauten, unverschämten Blick. Und das Lachen, die großen, gesunden Zähne. Sie stürmte eines Mittags den Berg herauf, schrie mir von weitem zu: »*Ah la la ho,* Schwester!«, rannte an mir vorbei in den Lhakang, den ich ausgefegt hatte, warf sich dreimal nieder und wandte sich dann mir zu, all dies ohne Unterbrechung und mit ungeheurem Schwung. Ich stand im Eingang mit meinem Reisigbesen in der Hand, eine sprachlose Randfigur in diesem Wirbel, erschreckt, erstarrt, vielleicht mit offenem Mund. Die Yogini kam ganz nah zu mir heran und pustete mir leicht ins Gesicht, heilender Lebenshauch. Hohe Lamas pusten in dieser Weise Kranke an. In einem einzigen Augenblick verwandelte sich der ganze Aufruhr in vollkommene Ruhe, so vollkommen bei aller Bodenlosigkeit, dass ich hilflos zu lachen begann. Aber es war auch ein Weinen, und beides mündete in einen gewaltigen Schluckauf. Die Yogini kicherte, drückte mit einem Finger fest auf meinen Scheitelpunkt und sagte: »Hier! Da geht's raus!« Das musste eine Anspielung auf Powa sein, die Methode, um den Kanal für den Austritt des Bewusstseinspotenzials im Sterben zu öffnen. Der Punkt, auf den sie gedrückt hatte, glühte. Noch einmal entfuhr mir ein scharfes »Hick!«, und die Yogini begleitete es mit einem zufriedenen *»Ätsii!«.* Meine Nerven flatterten wild im Aufwind dieser Frau. Sie stellte sich vor als Yüdron, die Pilgerin. Niemand muss mir sagen, dass sie eines der außergewöhnlichsten aller Wesen ist, die auf diesem Planeten unterwegs sind. Sie ist Yeshe Tsogyal und Siddharajni und all die Yoginis, über die ich gelesen habe. Das spürte ich in Haut und Bauch und allen Haarwurzeln während dieser ersten Begegnung.

Die Yogini deutete auf meinen Reisigbesen, den ich mit einem Stiel aus mehreren zusammengedrehten Weidenruten versehen hatte, um mich nicht immer bücken zu müssen. Sie nickte begeistert, sagte etwas wie »gute Idee«. Keine der Nonnen war je auf diesen Gedanken gekommen. Ein einfaches Reisigbündel liegt nicht gut in der

Hand, und das ständige Bücken schmerzt, aber dennoch wird überall auf diese Weise gekehrt. Ob es die Verdienste vermehrt, Rückenschmerzen vom Bücken zu bekommen? Ich verzichte auf vermehrte Verdienste. Immerhin haben die Nonnen meinen Besenstiel schätzen gelernt.

Mit einem freundlichen Klaps auf meinen Rücken fragte die Yogini nach der Küche. Der Hinweis war unmissverständlich. Wir gingen hinauf in die Sommerküche mit der sonnigen, hoch ummauerten Terrasse, wo Puti ein Häufchen Linsen sortierte. Ich bediente Yüdron-la mit Buttertee und gefüllten Fladen, doch sie begann erst zu essen, als genügend für uns drei bereitlag.

»Woher kommst du, Dölma?«, fragte sie zwischen gemurmelten Rezitationen mit höflich vollem Mund. »Du machst sehr große Schritte.«

Ich habe nie darauf geachtet, wie groß meine Schritte sind.

»Du kommst aus dem Westen!« Das war eher eine Feststellung als eine Frage. Ich hatte noch kaum ein Wort geäußert. Hatte sie es an meiner Körperhaltung, meinen Bewegungen gesehen? Ich dachte, dass sie vielleicht auch Gedanken lesen kann. Belustigte Blicke trafen mich aus ihren schmalen Augenschlitzen. Was sagten diese Blicke? Mach dir nicht in die Hosen, Mädel, so aufregend sind deine Gedanken nicht! Mühst du dich ab, deine Gedanken zu zähmen? Vergiss es! Viel zu viel Mühe. Viel zu viele Fragen. Immer im Kreis. Stimmt's? Du denkst immer im Kreis. Ist es so? Oder ist es andersrum? Oder noch mal ganz anders? Brav! Brav! Aber da geht's nicht lang. Alle Antworten sitzen in deiner Haut, in deinem Bauch, in deinem Rücken, in deinen Fingern und Zehen, in der Nase und in jeder Haarwurzel.

Als würde ich das alles hören. Ich hörte es. Es lag in der Luft um sie herum. Und sie kicherte vor sich hin und schmatzte höflich oder vielleicht auch einfach aus Freude an der ausgiebigen Mahlzeit. Die genoss sie schamlos, grunzte hier und da, schlürfte den Buttertee und wischte mit ihrer nackten, nicht sehr sauberen Hand über den Mund. Puti starrte sie an und vergaß zu essen. Ich habe noch nie gesehen, dass Puti zu essen vergaß. Das Kind ist immer hungrig, und sie wächst. Man kann zusehen, wie sie Tag für Tag größer wird.

Yüdron-la ließ sich gegen die Wand fallen und legte eine Hand auf ihren Bauch. Sanft pochte sie gegen ihre Leibesmitte und rülpste kräftig. »Ahhhh«, sagte sie, »wunderbar! Was für ein schönes, kleines Glück. Es sollte niemals ein Wesen hungern müssen. OM MANI PEME HUNG.«

Die andere Hand wühlte in ihrer Tasche und räumte ihre wenigen Besitztümer heraus. Ganz unten im Beutel war der Schatz, nach dem sie gegraben hatte: eine Plastikflasche mit einer gelblichen, ein wenig schäumenden Flüssigkeit.

»Chang«, sagte sie mit breitem Lächeln. »Geschenk vom Dorfvorsteher. Du trinkst mit, du bist keine Nonne.«

Sie schraubte den Deckel ab und reichte mir die Flasche. Yüdron-la ist keine Frau, die ein Nein annehmen würde. Ich trank und dann, ihrer auffordernden Handbewegung folgend, noch einen Schluck und noch einen.

Die Küchenterrasse weitete sich aus zu einem wohligen, von weichem Licht durchfluteten Raum. Alles war gut und richtig, alles war schön. Die Yogini war schön. Puti war schön. Ich war gut. Ich war schön. Mehr war da nicht, weil es alles war und das Jetzt völlig ausfüllte. Keine zweiten Gedanken. Wir trieben dahin in äußerster Harmonie. War dies nicht der herrlichste Augenblick in meinem Leben? Und plötzlich dachte ich, jeder Augenblick könnte der beste in meinem Leben sein. Wäre nur mein Geist immer so offen wie an diesem Nachmittag. War dies das wahre Glück?

»Dölma-la, möchtest du eine Nonne werden?«, fragte die Yogini.
Plötzlich wunderte ich mich, dass ich diese Frage nie gemocht habe. Es war eine gute, einfache Frage. Ich würde nie eine Nonne werden. Das war eine gute, einfache Antwort. Dölma-la ist nicht für das Klosterleben geboren. Dölma-la könnte zur Yogini geboren sein. Warum nicht? Unzensiert schoss es aus mir heraus: »Ich glaube, ich möchte eine Naljorma werden, eine richtige Yogini.«
Da nahm Yüdron-la meine Hand ganz sanft in die ihre und flüsterte: »Warum nicht? Warum nicht?«, und sang leise das lange Mantra über mich: »OM MA MA RULU RULU HUNG BHYO HUNG ...«

Die Himmelstänzerin

Das Kloster summt von Yüdron-las Energie. Sie hat ein wenig gezaubert, sodass meine Schwestern von ihren Familien für ein paar Tage freigegeben wurden. Wie hat sie das nur gemacht? Sie sagte: »Fragt einfach, ihr Anis. Sagt, dass das, was ihr in diesen Tagen tut, besonders wichtig ist für das ganze Tal.« Die Leute wunderten sich, es stand kein besonderer Feiertag an, aber niemand verweigerte die Zustimmung.
Werde ich das jemals begreifen? An Wunder habe ich mich bis heute nicht gewöhnt. Für die Nonnen ist es kein Wunder. Sie verstehen es mit dem Bauch. Könnte ihr Bauch sprechen, würde er sagen: Es ist die natürliche Manifestation des Geistes der Yogini, der sich nicht mehr mit grobem Dualismus identifiziert. So ähnlich habe ich es gelesen. Es klingt gut. Ich habe es zumindest in meinem Kopf untergebracht, schwarz auf weiß. Schon vor langer Zeit. Ohne jede Wirkung.

Yüdron-la sitzt mit uns in der Küche und hört zu, was die Nonnen reden. Dass es schön wäre, wenn sie mehr Zeit im Kloster verbringen könnten. Dass manche es oft nicht schaffen, wenigstens zu den Abendrezitationen zu kommen. Dass sie einen zu großen Teil von ihrer kostbaren Erbsenernte den Mönchen geben müssen. Dass Ani Deki erzählt habe, in Exilklöstern in Nepal und Indien würden die Nonnen von ausländischen Spendern unterstützt und müssten nicht arbeiten gehen.
»Findet ihr, dass ihr ein schlechtes Leben habt?«, fragte Yüdron-la. Alle schauten einander an, schwiegen. Dann sagte Ani Deki mit einem halben Lächeln: »Nein, das wohl nicht. Wir erwerben viele Verdienste. Wir dürfen Nonnen sein, aber eben nur halb. Wir würden gern ganze Nonnen sein, Dharma lernen und Pujas feiern und meditieren. Nichts anderes. Ja, das wünschen wir uns.«
Die Yogini wiegte den Kopf. Plötzlich sprang sie auf und schrie voller Begeisterung: »Ihr seid richtige Nonnen, die besten, die ich mir denken kann! Ihr macht das phantastisch! So viele Verdienste! Ihr liebt euer Kloster. Ihr liebt die Lehren. Ihr liebt die Pujas. Ist das nicht herrlich? Wie bevorzugt ihr seid! Schaut euch an! So wunderbare Nonnen seid ihr!«
Stille. Sprachlosigkeit. Yüdron schaute in die Runde mit ihrem himmelweit offenen Gesicht. Dann, so plötzlich, wie sie aufgesprungen war, begannen wir zu lachen, redeten durcheinander, jubelten. Wir schlugen die Hände zusammen und klatschten auf unsere Oberschenkel. Ani Pasang schrie: *»Ki ki so so!«*, und Ani Deki hielt sich den Mund zu, weil sie sich als Klosterleiterin kein übermütiges Geschrei erlauben wollte. Sie hat sich verändert, meine Ani Deki. Als ob sie nicht auch früher schon Verantwortung für die anderen übernommen hätte. Doch jetzt ist es wohl auch eine Last geworden. Ich möchte nicht an ihrer Stelle sein.

»Alles, was ihr tut, ist Dharma«, erklärte Yüdron und setzte sich wieder. »Wenn eure Familien nicht dankbar sind, könnt ihr die Bodhisattva-Kraft der Großzügigkeit üben. Sie wissen es nicht besser. Ihr Geist ist stumpf. In diesem Fall haben sie keine Möglichkeit, ihr Karma zu verbessern und Verdienste zu erwerben. Sie sind arm dran und brauchen eure Hilfe. Ihr schenkt ihnen eure Arbeitskraft. Und vor allem könnt ihr die Meditation des Mitgefühls für sie praktizieren. So viel Großzügigkeit! Das ist wunderbar.«
Sie schaute uns an, jede Einzelne. Schaute sie mich länger an? Vielleicht hatte jede das Gefühl, länger als alle anderen angeschaut zu werden.
»Und die Bodhisattva-Kraft der Geduld«, fuhr sie fort, »wie viel herrliche Möglichkeit, sie zu üben. Wenn ihr die Kinder eurer Verwandten betreut, könnt ihr sie üben. Und wenn ihr am Abend nicht rechtzeitig zur Puja kommen könnt, weil noch dies und das getan werden muss. Ihr seid keine Esel, die einfach nur ihre Last schleppen bis zum bitteren Ende. Nein, ihr wisst, dass das, was ihr tut, Verdienste bringt, und die könnt ihr dann mit euren Familien und allen leidenden Wesen teilen. So viel Geduld! Das ist doch wunderbar.
Auch für die Bodhisattva-Kraft der Disziplin habt ihr hervorragende Übungsmöglichkeiten. Was ihr macht, das macht ihr mit Aufmerksamkeit, schnell und gut. Ihr versucht nicht, euch zu drücken, trödelt nicht herum. Ihr tut es einfach. Weil ihr nicht daran denkt, was ihr stattdessen tun könntet. Ob ihr eine Puja abhaltet oder für eure Familie Erbsen sortiert, immer tut ihr es ganz, nicht halb. So viel Disziplin! Das ist wunderbar.
Und die Bodhisattva-Kraft freudiger Anstrengung! Ah, so viel freudige Anstrengung, wenn ihr auf dem Feld arbeitet, wenn ihr Disteln klein hackt, wenn ihr das Haus auskehrt. Ihr habt so viel gute Kraft, an der ihr euch erfreuen könnt.

Und nicht nur Kraft für die langen Rezitationen. Hacken und Unkrautjäten fällt euch leicht, weil ihr wisst, wie wertvoll dieses Tun für die anderen ist, für Mutter und Vater und Großmutter und Kinder und alle. So viel freudige Anstrengung. Wunderbar!«
Meine Schwestern nickten und leuchteten.
»Und wie ist es mit Meditation und Wahrem Wissen?«, fragte ich. »Das Wahre Wissen soll am wichtigsten sein, habe ich gelesen, und das Leben im Kloster sollte doch der Meditation gewidmet sein.«
Meine Schwestern leuchteten nicht mehr. Ja, so sei es, sagten sie. Es gebe kein Studium, kaum einmal Belehrungen und so wenig Zeit für ihr Klosterleben. Wie solle man da jemals erleuchtet werden?
»Morgen studieren wir, wenn ihr wollt«, sagte die Yogini. »Aber eines nehmt mit in den Schlaf: Ein Bodhisattva wird man nicht irgendwann mal. Bodhisattva, das ist immer jetzt. Wie ein Licht, das durch einen Vorhang scheint. Dicker Vorhang, ganz wenig Licht. Dünner Vorhang, mehr Licht. Offener Vorhang, viel Licht. Also je nachdem, wie viel ›wenn‹ und ›weil‹ unser Jetzt zuhängt.«

Kein Wenn, kein Weil

Er steht jetzt immer schon oben vor der Einsiedelei, sagt, er spürt mich kommen. Dann tastet er nach meinen Händen, fühlt sie, streicht mit den Fingerspitzen über die Innenflächen, und ich denke an eine der Götterwelten, von der es heißt, dass der sexuelle Höhepunkt allein durch das Berühren der Fingerspitzen erreicht wird. Oder an jene, in der sich die Sexualität dadurch erfüllt, dass die Partner den Duft des anderen einatmen. Als ich das vor langer Zeit las, lachte ich: Ha, diese Inder mit ihrem wuchernden Sensualismus, aus deren Mythenschatz der berühmte Sakya Pandita diese Geschichten übernommen hat. Doch nun habe ich ihr Feingefühl verehren gelernt. Die Völker haben ihre Mythen immer aus ihren Erfahrungen gebildet. Wann erzählten Mythen des Abendlands je von solch subtilen Wundern der Erotik?

Während des langen Wegs den Berg hinauf quälte mich die Frage, ob ich ihm meinen Traum der vergangenen Nacht erzählen sollte. Eine Dakini – eine Art glühender Engel, von schwebenden Gewändern umhüllt, strahlend – führte mich durch einen Palast mit kostbarer Einrichtung, die so überaus wertvoll war, dass sie nicht für den Gebrauch bestimmt sein konnte. Dann ging es lange, steile Treppen hinab in kalte Kellergewölbe, düster, dumpf, man atmete Einsamkeit darin. Ich fragte die Dakini, wohin sie mich führe. Sie warf einen Blick zurück aus goldenen Augen, dann lief sie weiter auf nackten Füßen mit roten Sohlen. Das Gewölbe wurde zur Höhle, sie verengte sich zu einem Gang mit feuchten Wänden. Dann klaffte eine Spalte auf, zu breit, um darüberzuspringen. Auf der anderen Seite endete der Gang an einer Tür. Die Dakini hielt einen Schlüssel hoch und flüsterte: »Das dreizehnte Zimmer.« Sie drückte mir den Schlüssel in die Hand, nickte mir zu und wandte sich um. Sollte ich ihr folgen, zurück in den Palast? Doch auf der anderen Seite war das dreizehnte Zimmer, und ich wusste, dass ich dieses Zimmer aufschließen musste. Es schien überaus wichtig, es zu öffnen. Furcht und Neugier und Sehnsucht lagen ganz nah beieinander. Die Gedanken rasten hin und her. Zurückgehen oder irgendwie auf die andere Seite gelangen? Die Dakini war verschwunden. Vor mir klaffte der Abgrund. Und da drüben war die Tür, unerreichbar. Ich müsste fliegen können. Warum habe ich die Dakini nicht gefragt, wie man fliegt? Dakinis wissen das. Springen war unmöglich, so weit würde ich niemals springen können, doch zurückgehen wollte ich nicht, nachdem ich so weit gekommen war, ja, sogar den Schlüssel besaß. In großer Aufregung entschloss ich mich, den Sprung zu wagen. Vielleicht würde ich es nicht schaffen. Ich würde in den Abgrund fallen. Das könnte geschehen. Und dann?

Todesmutig. Das Wort hing in der Luft, klang mir in den Ohren, roch nach verblühenden Blumen. Ich nahm einen Anlauf, sprang. Und ich flog, federleicht, wurde getragen, landete sanft wie ein Blütenblatt vor der dreizehnten Tür. Ich steckte den Schlüssel ins Schloss, drehte ihn – und wachte auf. Glücklich und wild entschlossen. Wozu entschlossen?

Es fällt mir viel ein zu diesem Traum, schließlich habe ich in den vielen Jahren meiner Weltferne meterweise C. G. Jung gelesen. Doch ich will mich nicht in Deutungen festlegen. Jetzt erst recht nicht.

Es ist täglich heißer geworden in der Sonne. Wir setzen uns jetzt immer in die strenge Kühle der Einsiedelei. Die dünne Luft hält wenig Wärme fest. Viel Platz gibt es nicht, wir sitzen einander gegenüber auf dem harten Bett, das nicht mehr ist als ein niedriges Brettergestell mit einer Yakhaarmatte darauf, nah genug, dass er immer wieder nach meiner Hand greifen kann. Ich bin nie lang bei ihm, doch es sind so wunderbare, reiche Augenblicke. Hin und wieder erzählt er ein wenig von seiner Zeit in Dharamsala, den unerwarteten Erfahrungen an dieser Schnittstelle zwischen alter und moderner Welt. Und vom Dalai Lama, den er einmal mit einer Gruppe von Mönchen besuchen durfte. »Der Kündün versteht alle Menschen aller Kulturen«, sagt er, »aber ich verstehe nicht einmal mich selbst.«

Er spricht kaum einmal von seinen Gefühlen. Ich halte mich ebenfalls zurück. Bei meinen Nonnen habe ich gelernt, dass man das nicht tut. Es könnte ihn verschrecken. Intimität gibt es, wenn ich das recht verstehe, hier nur auf höchster Ebene oder auf niedrigster. Dazwischen ist nichts.

Da fehlt etwas.

Diesmal erzählte ich ihm den Traum. Er schwieg, dachte nach.

»Was ist das dreizehnte Zimmer?«, fragte er schließlich.

»Ich vermute, das bin ich«, antwortete ich vorsichtig. Die unverfänglichste Deutung. Die Dakini hatte mir den Schlüssel zu mir selbst gegeben. Was immer das bedeuten mochte.

Er lächelte. »Ich werde die Dakinis bitten, mir auch einen Traum zu schenken.«

Wenn ich gehe, berührt er immer mein Gesicht. Diesmal nahm ich seine Hand und küsste die Innenfläche. Ein Kreislauf schloss sich, ich stand in ekstatischen Flammen. Es war nicht aufzuhalten, dass wir die Arme umeinanderlegten, in einer stillen, machtvollen Berührung ineinanderschmolzen, alle Körperlichkeit hinter uns ließen. So standen wir lang, und ich glaube, dass wir für einige Zeit tatsächlich von allen Gedanken befreit waren.

Dann brach plötzlich alles entzwei. Ein Schlag, ein Fallen, ein Zerreißen, alles in einem. Die Zeit war verlorengegangen, doch jetzt raste sie. Einen Schritt zurück hatte er getan, die Nähe war zersplittert, ich hörte sein Stammeln: »Das darf ich nicht. Das darf nicht sein.«

In diesem Augenblick verstand ich, was es hieß, die Freiheit des Geistes zu suchen. Ich würde sie nicht auf die Weise suchen können wie Ani Deki und die Nonnen, auch nicht so wie Lama Rinchen, mein kostbarer Elf. Eher so wie die Yogini Yüdron, furchtlos, unabhängig. Und ohne die Altlasten einer paternalistischen Kultur.

»Zerstöre es nicht«, sagte ich über die Kluft hinweg, die er

zwischen uns aufgerissen hatte. »Bitte«, flehte ich, »frage dein innerstes Herz.«
Doch ich erreichte ihn nicht mehr. Versteinerung hatte ihn überfallen, der böse Zauber seiner Gedanken.
Es war das reine, klare Jetzt, das mir Sicherheit gab, eine Sicherheit, die mich sagen ließ: »Ich wünsche dir alle Freude und Glückseligkeit des freien Geistes, Lama-la. Und ich danke dir, dass du mir diese kostbaren Augenblicke geschenkt hast.«
Dann drehte ich mich um und ging.
Ich beginne zu verstehen, was Glück ist und die Wurzel des Glücks.

Yogini-Lehren

Yüdron-la hat uns eine ganze Woche lang jeden Tag mit Lehren beschossen. Hört ordentlich zu, sagte sie, das wird nicht wiederholt.
Alle unsere Rezitationen hat sie erklärt. Alle Lehren Buddhas seien darin enthalten, sagte sie, und nun ahne ich es auch. Es ist ein Umkreisen grundlegender Gesetzmäßigkeiten des Geistes, mal von diesem Standpunkt aus, mal von jenem. Beschreibungen der subtilen Energien, mit denen wir täglich umgehen, ohne um sie zu wissen. Der spirituelle Lehrer sei so überaus wichtig, das hatte ich immer wieder gelesen. Man könne das Wesentliche nicht durch Bücher lernen. Von der Lehrerin war nie die Rede. Yüdron ist eine wunderbare Lehrerin. Sie ist uns nah, teilt ihr Wissen und ihre subtile Energie mit uns, gibt uns jedoch nicht das Gefühl, über uns zu stehen. Dennoch zweifelt keine von uns daran, dass sie eine hohe Wiedergeburt ist. Einmal fragte ich sie, ob nicht irgendein Rinpoche sie als solche erkannt habe. Sie lachte, das sei nicht wichtig. Ja, einmal

sei eine derartige Aussage gemacht worden. »Aber das ändert doch nichts«, sagte sie. »Ich war ja in meinem vorigen Leben kein Klosterabt, sondern eine Yogini wie jetzt auch. Niemand wartet darauf, dass ich einen Posten besetze. Da ist es doch völlig in Ordnung, dass ich Yüdron, die Pilgerin, bin und euch besuche und euch mit Lehren und Anweisungen traktiere. Bald ziehe ich weiter. Ich bin ein unruhiges Wesen.«

Wenn sie uns im Lhakang unterrichtet, ist es, als fließe Strom von ihr zu uns und von uns zu ihr. Sie öffnet sich, und wir öffnen uns, und plötzlich haben wir alle miteinander teil an einem großen Wissen, einer großen Inspiration. Das ist sehr aufregend, aber auf eine stille, innere Weise.

Dann mussten die Nonnen wieder arbeiten gehen. Die Yogini blieb noch ein paar Tage da, schlief viel, aß gern und spielte mit Puti. Sie machte der Kleinen einen Kranz aus Edelweißblüten, die sie von Streifzügen auf den Berg mitbrachte.

»Schau, du bist eine wiedergeborene Königin«, sagte sie. »Vielleicht warst du in deinem früheren Leben ein bisschen übermütig, und jetzt bremst dich dein Fuß. Das ist gut so, du hast einen besonders kostbaren Fuß, der dich lehrt, eine richtige Königin zu sein, nicht äußerlich, sondern innerlich.«

»Wie ist denn eine richtige Königin?«, wollte Puti wissen.

»Aufgerichtet«, sagte Yüdron, »freundlich zu allen Wesen, mutig, selbstbewusst. Weil sie innen eine Königin ist, kann man sie außen nicht klein machen. So ist das.«

Am Abend sagte Puti, die Edelweißkrone auf dem Kopf, zu den Nonnen: »Ich bin eine wiedergeborene Königin.«

Alle lachten, und Ani Deki erwiderte: »Deshalb bist du bei uns. Denn das sind wir alle, lauter heimliche Königinnen. Ist das nicht wunderbar?«

Immer wieder setzte ich an, Yüdron meine Erfahrung mit

Lama Rinchen zu erzählen. Doch meine Sicherheit bröckelte. Richtig und Falsch trieben ihr Spiel in mir, vor allem nachts. Es wurde unerträglich.

»Yüdron-la«, sagte ich, »wie wissen wir, was richtig und was falsch ist? Die Tradition hier ist eine Männertradition, und so vieles daran erscheint mir falsch. Wie soll ich ihren Behauptungen glauben gegen mein eigenes Gefühl?«

Ich hatte mich in der Abenddämmerung zu Yüdron auf die Stufen vor dem Lhakang gesetzt. Dort saß sie gern und schaute über das Tal, das jetzt ganz von Grün ausgefüllt war, dazwischen das Silberband des Flüsschens.

»Was ist los?«, fragte sie. »Lama Rinchen?«

Da war nicht der laute, herausfordernde Blick, den ich gefürchtet hatte. Ganz sanft schaute sie, großmütterlich, und die energischen Konturen ihres Gesichts lösten sich auf in der starken Wärme ihres Herzens. Mit dem beschränkten Wortschatz, der mir zur Verfügung stand, hatte ich schnell erzählt, was auf dem Berg geschehen war. Was war geschehen? Nähe, einfach überwältigende, ekstatische Nähe.

»Ohne Wenn und Weil«, sagte ich. »Aber jetzt bin ich verwirrt von seinem ›Das darf ich nicht, das darf nicht sein‹ und muss ständig darüber nachdenken, hin und her.«

Die Yogini lächelte, sprang plötzlich auf, machte ein paar Tanzschritte und sang:

»Hast du dir den Kopf am Himmel angestoßen – Ja?
Hast du dir den Fuß an Träumen verstaucht – Ja?
Hat der Hund den Berg gefressen – Ja?
Hat eine Maus hundert Heilige verschlungen – Ja?
Ist das nicht toll, Schwester? Ist das nicht toll?
Überlasse den Mönchen das Diskutieren!
Überlasse den Gelehrten die Zweifel!
Tanze mit den Dakinis!«

Dieses verrückte Lied hat sich in mir festgebissen. Wilde Schauer tobten durch mich hindurch, als sie es mit ihrer weit tragenden Stimme sang. Wie macht sie es, dass nicht nur ihr Körper, sondern ihre gesamte Umgebung zum Resonanzboden ihrer Töne und Worte wird? Und plötzlich die Bedeutung: Habe ich jemals meine Probleme durch logisches Denken lösen können? Der Versuch hat mich stets noch unglücklicher gemacht.
Ich ahne die sorglose Würde des freien Geistes. Und die ungeheure Aufgabe, dorthin vorzustoßen. *Ah la la,* zwischen den Welten tanzen! Das kann Yüdron mit Leichtigkeit. Ich erkannte es in diesem Augenblick vor dem Lhakang. Sie riss mich mit sich, kurz nur, doch lang genug, um mich wissen zu lassen, was möglich ist.

Abschied

Das Feuerritual, Abschiedsgeschenk der Yogini für die Nonnen! Ich kann nicht schreiben »für uns«, habe ich mich doch insgeheim schon von meinen Schwestern getrennt. Alles soll ins Feuer, es ist ein großes Reinigen, Verwandeln, Befreien! Das macht mich glücklich. Mein Geist tanzt. Alles ist richtig, so ganz und gar *richtig.* Mein ganzes Leben, so erstaunlich es ist, erscheint mir jetzt als richtig, folgerichtig, ein leidensvoller Reinigungsprozess im kosmischen Waschzuber. Alle Erfahrungen sind zu meinem Material geworden, alles darf brennen, klar und leuchtend, wird befreit aus seiner Nutzlosigkeit. Selbst das, was ich meinem Kind angetan habe als Teil ihres Karmas, das sich so manifestieren musste und nicht anders, mit dieser Mutter Dölma und diesem Vater Hans-Peter, wie sie ihrerseits auch Teil meines Karmas ist. Ich sehe dies alles im großen Überblick, fühle eine Liebe ohne Schuld,

nur den überwältigenden Wunsch, Pema-Marie möge ihr Leben und damit auch mich zu ihrem kostbaren Material machen, es verbrennen und befreien.
Die Flammen tanzen, lachen ein wildes Dakini-Lachen zum Klang der Glocken und Trommeln, Yüdron und die Nonnen beschwören es, und es verzehrt und verwandelt, was immer Ani Jangchub entgegennimmt und hineinwirft. Ich nehme die Gesichter meiner Schwestern wahr, die im Innenhof vor dem Lhakang um mich herumsitzen, und ich umarme sie mit meiner Dankbarkeit. Jede, wie sie ist:
Ani Deki, gesammelt, hingegeben, mit dem leisen Zug der Heiterkeit um ihren Mund, den sie kaum je verliert, selbst wenn sie ernst und manchmal sogar streng ist in ihrer leitenden Rolle. Ich spüre eine sanfte Distanz ihr gegenüber in mir wachsen, die uns jedoch nicht trennt – und mit der Distanz meine Achtung.
Ani Pasang, sanfter geworden in ihrer kompromisslosen Nachdenklichkeit, seitdem die Yogini bei uns ist. Sie ist die Letzte, der ich zugetraut hätte, mit Yüdrons Unberechenbarkeit zurechtzukommen. Doch sie kann sich freuen über die unbändigen geistigen und körperlichen Sprünge der Yogini, lacht laut oder kichert in sich hinein. Eine neue Ani Pasang.
Ani Tsültrim, die Älteste, deren Eifersucht gegenüber der neuen Klosterleiterin Ani Deki sich in wütende Loyalität verwandelt hat. Erst jetzt sehe ich ihre Sehnsucht nach Anerkennung, so geschunden, wie sie ist von den Anforderungen in ihrem winzigen Dorf in einem Seitenarm unseres Tals, wo ihre Entscheidung gegen eine Ehe und für das Kloster trotz all ihrer Arbeitsleistung noch immer als Abtrünnigkeit gewertet wird.
Ani Palmo habe ich schon seit dem glücklichen Ereignis im Lhakang in mich hineingenommen, urteilslos, mit einer fast vegetativen Haltung. Ungewöhnlich für mich, die ich

doch immer einordnen, kommentieren und kritisieren muss. Eine seltsame, unindividuelle Nähe verbindet uns. Wir zwei Pflanzen nebeneinander. Sie hängt mit großen Augen an der Yogini, saugt sie auf mit allen Poren. Vielleicht ist sie von allen Nonnen diejenige, die am tiefsten von der Yogini-Kraft berührt wurde.

Ach, und die mondgesichtige Jangchub, so ein liebes, schlichtes Ding. Ich habe sie immer übersehen. Zu dienend ist sie, zu gleichmütig, zu selbstverständlich hilfsbereit. Ich hielt sie lang für dumm. Jetzt macht mich das traurig und beschämt. Sie hat der Yogini vom ersten Tag an gedient, hingebungsvoll und fraglos. Spürte unmittelbar ihre Macht, nannte sie »Jetsünma«, bevor die anderen daran dachten. Ohne Ani Jangchub wäre ich mir vielleicht meiner heimlichen Arroganz nie bewusst geworden.

Und meine kleine Puti. Habe ich nicht Verantwortung für sie übernommen? Ich habe es gelernt. Oder besser, ich konnte zulassen, dass sie in mir wuchs. Ich mache mir Sorgen, wie es ihr ergehen wird ohne mich. Ani Deki sagt, Ani Dechen werde bald von ihrer Familie freigegeben. Ich stelle mir vor, wie die schöne Novizin Puti als kleine Schwester annimmt, sie bei sich schlafen lässt, ihr das Kochen beibringt, mit ihr spielt.

Nur Ani Deki habe ich anvertraut, dass ich gehen werde, am späten Abend nach dem Feuerritual. »Ich wusste, dass du nicht bleiben würdest«, sagte sie sanft. »Seit Yüdron-la bei uns ist, weiß ich es.«

»Und du bist mir nicht böse?« Ich empfand mich als treulos. Ani Deki hat mich hierher mitgenommen, mir einen Platz im Kloster erkämpft gegen alle Regeln, hat mich in die sakrale Welt des Lhakang eingeführt, ist meine unerschütterliche Freundin gewesen durch meine Dunkelheiten hindurch.

Sie lachte. »Dölma-la, du wirst immer meine Schwester

bleiben, was auch immer du tust. Und du hast mich so viel gelehrt. Ich bin dir sehr dankbar.«

Dass Ani Deki dies sagte! Beginne ich tatsächlich zu glauben, dass ich gut für andere sein kann?

Selbst für – ihn?

Er ist in mir, ständig, weckt alle meine Dämonen und alle meine Beschützer. Wen sieht er, wenn er mich mit seinen inneren Augen wahrnimmt? Welches Wesen entsteht für ihn in der Verbindung von trainiertem Geist und Testosteron und Furcht und unser beider Sehnsucht nach dem Überschreiten aller Grenzen?

Einmal noch werde ich zu ihm hinaufgehen. Tanzend mit den Dakinis.

Möge die Maus ihn nicht verschlingen!

Kostbares Juwel

Ein letztes Mal machte ich die Reise zum Alten Kloster, es ist Zeit, mich von Norbu Rinpoche zu verabschieden. Ich will nach Kathmandu zurück, bevor der Herbst kommt. Die Nonnen freuten sich, zu diesem Zweck geben die Familien sie frei, und der lange, schwierige Weg stört sie nicht. Sie sind gern unterwegs, die Abwechslung ist willkommen. Dann plappern und singen und lachen sie wie Kinder. Selbst Ani Deki kann ihre Klosterleiterhaltung zurücklassen.

Das Maultier musste die Ballen von Tuch tragen, das man im Dorf für die Mönche gewebt hatte. Mehrere Dörfer sind zuständig für das Alte Kloster, das unsere ist am weitesten entfernt und muss am wenigsten liefern. Das Tuch ist der Stolz der Dörfer. Schön dicht und weich muss es sein, sodass man damit angeben kann.

Die gute Laune meiner Schwestern umhüllte mich nicht

nur, sie drang in mich ein, sprudelte in mir, ließ mich den mühsamen Weg vergessen, hielt selbst auf dem schmalen Pfad quer über den endlosen Berghang an, der mich jedes Mal krank machte vor Angst. Steil fällt er ab in eine Schlucht, unten brodelt ein Flüsschen im Dunkel des Bergschattens. Man spürt die Tiefe wie ein Wesen, das gefräßig am Gewand der Wanderer zieht. Doch Ani Deki hat mir versichert, dies seien gezähmte Dämonen, die Schutzgottheit des Alten Klosters wache über den Weg, noch nie sei jemand hinuntergefallen, weder Mensch noch Tier. Diesmal stapfte ich unbekümmert entlang, sang mit den anderen, spürte keinen Sog, keine Schattenhand.

Es gefällt mir, wie immer alles gleich abläuft in den Klöstern. Wir saßen vor Lama Norbus Tür mit sauber gefältelten Katas, der Junge brachte Buttertee, Staub tanzte in den Strahlen der Abendsonne, aus dem Lhakang drang das Dröhnen der Trommeln. Wir hatten uns den trockenen Joghurt vom Gesicht gewaschen, den klassischen tibetischen Sonnenschutz, und die Nonnen hatten frische Tücher umgelegt. Sie schwatzten leise, kicherten, freuten sich. Sie können sich mit solcher Leichtigkeit freuen. Werde ich das je lernen?

In mir begann sich Verwirrung zu regen. Wie würde ich vor Lama Norbu dastehen? Nicht einmal ein Jahr hatte ich durchgehalten. Hatte mich seiner Großzügigkeit nicht würdig erwiesen. Musste er mich nicht für verachtenswürdig unbeständig halten? Das eine Mal für das Kloster begeistert, das andere Mal für den Weg einer Yogini. Was wird das Nächste sein? Von seinem Standpunkt könnte es aussehen wie spirituelles Shopping. Wer bin ich, dass ich mich über alle Ordnung der Tradition hinwegzusetzen wage?

Ein Mönch mit Papieren kam aus Lama Norbus Zimmer. Ohne uns anzuschauen, schloss er die Tür hinter dem Vor-

hang. Ein Signal: Der Lama ist nicht verfügbar. Der Junge mit der Thermoskanne schoss aus seiner Ecke hervor und goss uns Buttertee nach. Vielleicht hatte er geschlafen. Die Kinder müssen früh aufstehen und dürfen während der Pujas nicht einschlafen, sonst gibt es einen Hieb vom Disziplinar. Ich war immer empört, wenn ich das sah. Es ist gut für sie, behauptet Ani Deki. Das sagen sie immer und überall, und alle glauben es. Ist es deshalb richtig?
Da saßen meine Schwestern neben mir auf den Matten und waren so unbeschwert. Ihr Leben verläuft in gerader Bahn. Sie müssen nicht darüber nachdenken. Manchmal haben sie genug zu essen, manchmal nicht. Manchmal frieren sie, manchmal nicht. Doch alles ist überschaubar, Leben und Tod. Sie erwerben Verdienste und wissen, dass sie nicht in die Höllenbereiche oder Tierbereiche oder Hungergeisterbereiche hineinsterben werden. Aller Wahrscheinlichkeit nach werden sie als künftige Mönche wiedergeboren. Oder vielleicht gar in einem der angenehmen Buddha-Bereiche, in denen man fünfhundert Jahre lang seine Ruhe hat. Irgendwann werden sie befreit sein. So einfach ist das. Aber nicht für mich. Nie mehr möchte ich zurückfallen in den halbtoten Zustand meines früheren Lebens! Nie mehr der Packesel meines Karmas sein! Nie mehr gebeutelt werden von Hoffnung und Furcht! Nicht mehr in Muster gezwängt sein, nicht mehr getrennt! Frei!
Ich rüstete mich gegen Lama Norbu. Er sollte denken, was er will. Ich bin es, die Entscheidungen über mich treffen muss, wer sonst könnte die Verantwortung übernehmen? Lama Norbu hatte einen kleinen Jungen im Arm. Vielleicht drei Jahre alt, ich kenne mich nicht aus mit kleinen Kindern. Er setzte den Kleinen vor sich auf seine gekreuzten Beine und sagte zu ihm: »Segne unsere Nonnen, Rinpoche!«, und die Nonnen knieten eine nach der anderen vor dem erhöhten Mattensitz des Lamas nieder und hiel-

ten dem Kind den Kopf hin. Ernst und gesammelt patschte der Kleine auf jeden Kopf, als wisse er genau, was er tat. Dann war ich dran. Ich faltete die Hände, beugte mich, spürte, wie er sich vorneigte, nach meinem langen Zopf griff und ihn hochzog, als wolle er ihn auf meinem Kopf drapieren.

Das also war der kleine Rinpoche, das kostbare Juwel, die Wiedergeburt des früheren Oberhaupts des Alten Klosters. Die Nonnen haben von ihm erzählt. Dass er vor einem Jahr in Ladakh entdeckt wurde und jetzt mit seiner Mutter im Alten Kloster wohne. Dass er zwei Traditionslinien in sich vereinige. Dass seine ersten Worte das Mantra des Guru Rinpoche Padmasambhava gewesen seien.

Lama Norbu lachte in sich hinein. Das Kind lehnte sich an seine Brust und spielte mit der Mala aus Bodhisamen am Hals des Lamas, steckte seinen Kopf durch und lachte.

Ani Deki musste Bericht erstatten über das Nonnenkloster. Sie war aufgeregt, drückte ihr Tuch gegen den Mund und sprach zu leise. Ach, Ani-la, warum richtest du dich nicht auf und schaust ihm in die Augen? Sicher ist er viel wissender als du, und er ist ein guter Mensch, doch das bist du auch!

Die Worte der Yogini fielen mir ein. Sie sagte einmal: »Wenn ihr euch beugt, dann tut es ganz. Dann haltet nichts zurück. Löst euch auf in Hingabe, ganz und gar. Verschmelzt mit allem, was ist. Es gibt nichts anderes. Dann werdet ihr mit der Welt wirklich umgehen können. Gleichmütig und großzügig sein, wenn die Situation Großzügigkeit verlangt. Von spiegelgleicher Klarheit sein, wenn die Situation eure ungetrübte Klarsichtigkeit verlangt. Zugewandt und mitfühlend sein, wenn die Situation eure intelligente Liebe verlangt. Still und weiträumig sein, wenn die Situation eure Ruhe verlangt. Tatkräftig und schnell sein, wenn die Situation euer Eingreifen verlangt.«

»Dölma-la«, sagte Lama Norbu plötzlich, »erzähle mir von deiner Erleuchtung.«
So schnell konnte ich nicht denken, dass ich eine gute Antwort fand. Also platzte ich heraus mit dem, was mir als Einziges in den Sinn kam: »Ich möchte eine echte Yogini werden.«
Mit einer sanften Geste winkte der Lama mich zu sich heran. Er öffnete meinen Zopf, nahm die Haare hoch und rollte sie auf dem Scheitel zu einem festen Knoten zusammen. Der kleine Rinpoche half mit, fing widerspenstige Haare ein, klatschte dann in die Hände, lehnte sich zurück und streichelte Lama Norbus Wange. Wie ich da vor den beiden kniete mit den nach oben gebündelten Haaren, als habe man mich am Himmel aufgehängt, war ich Zeuge dieser Zärtlichkeit zwischen dem alten Mann und dem kleinen Kind, die so viel tiefgreifender ist als alles, was mir je begegnete. Doch ich weiß, dass auch ich sie in mir trage, angefacht vom Blinden auf dem Berg.
Und dann spürte ich Tränen rinnen, konnte sie nicht aufhalten, und der kleine Rinpoche beugte sich vor und zeichnete mit dem Finger den Weg meiner Tränen nach.
»Gut, gut, Naljorma«, sagte Lama Norbu. Er winkte dem Mönch, der seinen Platz an der Tür eingenommen hatte, murmelte ihm etwas zu. Dann folgte eine Rezitation, die viel zu schnell war, als dass ich etwas hätte verstehen können. Ich wusste nur, dass Lama Norbu meinen Entschluss guthieß. Mehr noch, dass er irgendwie vollkommen auf meiner Seite ist. Obwohl das nichts mit irgendeiner anderen Seite zu tun hat. Nicht mit Raum, nicht mit Zeit, nicht vorher, nicht nachher, sondern immer, jederzeit, unauslöschlich. Man kann keine große Geschichte daraus machen. Dazu ist es zu groß.
»Der äußere Lama, der innere Lama, der innerste Lama, sie sind eins. Die äußere Dakini, die innere Dakini, die

innerste Dakini, sie sind eins. Die äußere Gottheit, die innere Gottheit, die innerste Gottheit, das äußere Leben, das innere Leben, das innerste Leben – alles eins«, sagte Lama Norbu leise und eindringlich. »Nicht vergessen!«
Das hallte wie Gongschläge in mir nach, während er uns verabschiedete, wir in die Küche gingen, wo wir aßen und die Nonnen mit Ani Yeshe schwatzten, uns dann in das kleine Quartier zurückzogen, in dem ich mit Ani Deki, Ani Pasang und Ani Palmo schlief. Immer weiter dröhnte diese Botschaft in meinem Kopf und löste etwas aus – ich weiß nicht was.
Sie dröhnt immer noch.
Ich denke an Yüdron-la und weiß, ich liebe sie. Ich denke an Lama Norbu und weiß, ich liebe ihn. Lama Rinchen – ich liebe ihn. Ani Deki – ich liebe sie. Puti – ich liebe sie. Alle meine Schwestern – ich liebe sie. Pema-Marie – ich liebe sie. Hans-Peter – ich liebe ihn, irgendwie. Anna – ich liebe sie, irgendwie. Ein Stück in mir, ein winziges Stück, sagt: Das ist peinlich, sentimental, banal, Kitsch! Doch dieses Stück setzt sich nicht durch. Denn dies alles hat nichts mit Worten zu tun, nicht einmal mit Gefühlen. Es ist einfach so, wie es ist, zuinnerst. Wo Ich und Alles nicht getrennt sind.
Die Yogini hat mir zum Abschied einen kleinen Text aufgeschrieben, er ist mehr als tausend Jahre alt, sagte sie, von einer der großen Gründer-Yoginis:

»Lass dich nicht ablenken,
Doch meditiere auch nicht.
So üben heißt geschickt sein.
Wenn unzählige Erfahrungen
Keine Spur hinterlassen, wie großartig!
So üben heißt befreit sein.«

Kann sein, dass ich es verstehe.

PEMA-MARIE

Ein neues Leben. Ohne Wenn und Weil. Tanze mit den Dakinis.

Gedankenfäden zogen sich aus dem Schlaf ins Wachen, machten Pema-Marie müde, kaum dass der Schlaf sie freigegeben hatte. Die ganze Nacht lang hatte sie mit Dölma in Zanskar verbracht, aufgeregt, fast schmerzhaft gebannt. Erst in den Morgenstunden war sie ein wenig eingenickt. Der Tag überfiel sie mit der Frage, was es geändert hätte, wäre Dölmas Brief je angekommen, bei einer Pema-Marie angekommen, die noch keine Zweifel an ihren fixen Vorstellungen kannte, vom anderen Leben ihrer Mutter nichts wusste, noch nicht aus ihrer gewohnten kleinen Welt herausgefallen war.

Wie würde diese Mutter ihre Tochter jetzt sehen?

Ich habe das Leben nachgelebt, das man mir vorgesagt hat, dachte sie. Ein Sack voller geeichter Maßstäbe und Vorurteile. Und was, wenn ich sterbe? Wohin stirbt man? Sie sind beunruhigend, diese neuen Gedanken. Noch beunruhigender die Erinnerung an den Schamanen. So viele offene Fragen.

Sie stand auf, schickte Puntsoks Neffen auf seinem Moped mit dem siebten Tagebuchheft zu René, trank einen befremdlich schmeckenden Thai-Kaffee auf der sonnigen Terrasse eines Dachlokals an der Stupa und machte sich auf den Weg zu Ninas Kloster. Sie brauchte Nina, an wen sonst hätte sie ihren erschöpften Geist anlehnen können? Nina war so leicht zu mögen, es war etwas zutiefst Zuverlässiges an ihr, und sie hatte Wärme, Herzenswärme. Pema-Marie scheute zurück vor diesem Wort, das sich ihr aufdrängte. Es hatte den Geruch von Sentimentalität, was weit schlimmer war als der Vorwurf der Arroganz oder

des Zynismus. Und doch – es war ein gutes Wort, wie sie sich insgeheim versicherte. Herzenswärme.
Die tibetischen Klöster waren leicht zu erkennen an ihren golden glänzenden Dächern mit dem Emblem des Rades der Lehre und den beiden Rehen. Ob der Buddha nach seiner Erleuchtung tatsächlich ein so dringendes Bedürfnis hatte, sein Wissen weiterzugeben, dass er es den Nächstbesten gab, denen er nach seiner Erleuchtung begegnete, den Rehen, wie Nina sagte? Sicher eine Metapher. Wofür? Dass jeder sie bekommen kann? Dass sie auf jeden zutreffen?
Im Kloster hallten die rezitierenden Stimmen vieler Kinder durch die Gänge. Ein Schild zeigte treppauf: *Library.* An einer offenen Tür hielt sie inne, schaute vorsichtig hinein, musste lächeln angesichts der eifrigen Mienen der kleinen Schüler und des Wettbewerbs im lautstarken Lesen. Auf Matten saßen sie aufgereiht, kleine grobe Bänke vor sich mit tibetischen Texten. Ein junger Mönch blieb neben ihr stehen, lächelte zu ihr auf, sagte: »Kann ich helfen?«
Sie fühlte sich ertappt. Sicher war es nicht passend, als fremde Frau in einem Mönchskloster herumzuspazieren.
Nina sei nicht im Büro, antwortete er auf ihre Frage, wahrscheinlich arbeite sie zu Hause am Computer. Sie wohne in dem Haus hinter dem Kloster, und er führte sie ans Ende des Flurs und zeigte hinaus über den Hof. Mit gefalteten Händen und einer angedeuteten Verbeugung verabschiedete er sich, eine anmutige Gestalt in seinem dunkelroten Klostergewand, und entfernte sich mit langen Schritten. Das Klatschen seiner Flipflops hallte rhythmisch durch den langen Flur.
Sie fand die Tür zu Ninas Wohnung im ersten Stock, Sandalen standen davor, ein kleiner Schreibblock mit Stift hing an der Tür. Eine Klingel gab es nicht. Pema-Marie

klopfte zögernd, wartete, klopfte wieder. Enttäuschung wollte aufsteigen, als sie eine Bewegung hörte und die Tür aufging. Das kleine, helle Aufscheinen über Ninas Gesicht konnte Freude, vielleicht aber auch nur Überraschung sein. Während Pema-Marie ihre Turnschuhe auszog und Nina in ihr Zimmer folgte, vermerkte sie beunruhigt, dass seit Neuestem viele kleine Beobachtungen über sie herfielen, ein Hagel von winzigen Wahrnehmungen, aufdringlich und voller Wertung.

»Tut mir leid, wenn ich störe«, sagte sie.

»Aber nein, du störst nicht«, erwiderte Nina und führte sie durch ein kleines Zimmer – ein großer Tisch mit Büchern und Papieren, einem offenen Laptop und einer Thermoskanne blieben kurz in Pema-Maries Blick hängen – in ein größeres, dessen Tür zu einem Balkon offen stand und eine Flut von Sonnenlicht und Wärme hereinließ. Bescheidene Wohnlichkeit.

Sie arbeite an der Buchführung, erklärte Nina, und eine Unterbrechung sei durchaus willkommen. Der Chai sei noch heiß, und sie könne sogar frisches Brot anbieten, das jemand aus der deutschen Bäckerei in der Innenstadt mitgebracht habe. Pema-Marie setzte sich dankbar in einen der beiden Korbstühle zwischen Kübelbüschen auf dem Balkon.

»Ich bin fast fertig mit dem Tagebuch«, sagte sie, »nur noch ein Heft ist übrig. Und Hillary, du kennst sie sicher, die Hillary aus dem Tagebuch, sie hat mich gestern zu einem Schamanen gebracht. Es ist alles sehr seltsam.«

Nina lachte leise. »Pawo! Ich kenne ihn. Was hat er gesagt?«

Pema-Maries Bericht war knapp und genau. »Wie konnte er von meinem Kind wissen?«, fragte sie. »Was für eine Erklärung gibt es dafür? Es muss schließlich eine Erklärung geben.«

»Pawo weiß nichts, die Gottheit weiß es«, antwortete Nina. »Man könnte auch sagen, Pawos Vordergrundbewusstsein weiß nichts, aber eine andere, subtilere geistige Ebene, die er mit seiner schamanischen Begabung und seinen Methoden öffnen kann, überschreitet die gewöhnlichen Wissensgrenzen. Obwohl, das klingt so flach, dass es mir nicht genügt. Eine Gottheit hat es gesagt, die einzuladen er in der Lage ist. So ausgedrückt, hat es für mich die passendere Dimension. Aber wie auch immer, du hast eine Aussage bekommen, und wenn sie dich trifft, dann ist sie von Bedeutung.«

»Ja, sie trifft mich«, flüsterte Pema-Marie, »bis in die Träume hinein.«

Nina beugte sich vor und berührte kurz Pema-Maries Arm. »Es tut mir leid. Dieser Verlust war sicher sehr schwer für dich. So viel Schmerz.«

Wenn es nur der Schmerz wäre, dachte Pema-Marie. Der Schmerz hätte vergehen können, aber die Wut nicht. Wie sollte sie das aussprechen bei all der Scham, die mit der Einsicht kam?

»Mein Sohn – befremdlich klingt das«, sagte sie. »Noch nicht einmal geboren und schon gestorben. Zwei Jahre ist es schon her. Habe ich ihn so lang festgehalten? Wo ist er? Und wohin will er gehen? Ich habe nie an Himmel und Hölle geglaubt. Und dann diese Geschichte meiner Mutter von dem Geist des Hirten, eine unglaubliche Geschichte, ich weiß nicht, was ich davon halten soll.«

»Was stellst du dir vor unter Tod?«

Pema-Marie hob die Schultern. »Vielleicht ein Verlöschen wie eine Kerze. Ich habe nie darüber nachgedacht. Als ich mein Kind verlor, dachte ich an mich. Auch an das Leben, das es hätte haben können. Aber vor allem an das, was es für mich hätte sein können.« Ohne dessen gewahr zu sein, hatte sie ein Kissen hinter sich hervorgezogen und es an sich gepresst. Mit einem kleinen, hysterischen Lachen, das ein Weinen umschloss, deutete sie nun darauf und fügte hinzu: »Dieses Kind sollte mein Kissen sein gegen die Welt.«

Ein peinliches Bekenntnis, und doch empfand sie es zugleich als erleichternd, es zuzugeben. Nina nickte, als handle es sich um ein selbstverständliches Phänomen, und sagte: »Ja, natürlich. Meine Mutter meinte, die emotionale Nahrung, die Mütter von ihren Kindern bekämen, sei durch nichts zu überbieten. Einmal fragte ich meinen Vater, was er davon halte. Seine Antwort war wunderschön. Deine Schwester und dich kann ich nicht von eurer Mutter trennen, sagte er. Meine emotionale Versorgung beziehe ich von euch als Gesamtheit, ich brauche euch alle drei zum Überleben. Aber er sagte auch, dass seiner Meinung nach unsere Mutter auch ohne ihn auskommen könne, was die emotionale Versorgung betraf.«

»Du lieber Himmel«, entfuhr es Pema-Marie, »was hast du für Eltern!«

»Sie können lieben«, erwiderte Nina nachdenklich. »Sie haben ihre Macken, aber sie können lieben. Ich hoffe, sie ziehen hierher, wenn sie mit dem Altern nicht allein zurechtkommen. Sie könnten hier gut leben, und ich möchte so gern hierbleiben.«

»In diesem verrückten Land?«

Nina lächelte auf ihre besondere aufgeräumte Weise. »Ach je, Pema-Marie, welches Land auf dieser Welt ist nicht verrückt? Diese Verrücktheit hier ist so viel offensichtlicher als die maskierte Verrücktheit im Westen. Sie ist ziemlich einfach gestrickt, und ich bin mit ihr vertraut.«

»Aber diese Unsicherheit«, sagte Pema-Marie kopfschüttelnd. »Hier weiß man doch nie, was passieren wird. Erst dieser absurde Shakespeare-Königsmord, dann der Bürgerkrieg, und die irren Maoisten sind doch immer noch da.«

»Weiß denn irgendwer irgendwo, was passieren wird? Wussten meine Großeltern, dass nach dem Ersten Weltkrieg sofort ein zweiter, noch viel wahnsinnigerer folgen würde? Wer hat geahnt, dass Jugoslawien ein grauenhafter Kriegsschauplatz werden würde? Oder dass nach Vietnam ein Irak möglich sein könnte? Ich glaube an die Weisheit des ungesicherten Lebens.«

»Aber Nina, das ist doch blauäugig. Dieses Land hier ist am Ende. Es gibt fast keine Elektrizität mehr, die Lebensmittelpreise sind extrem, dazu rationiertes Benzin und Kerosin und eine Regierung, die nicht regiert. Wie soll das denn weitergehen?«

»Es geht immer weiter. Wenn die Ökonomie zusammenbricht, übernimmt der Schwarzmarkt. Alles wird unbequemer, aber man richtet sich ein. Bei uns zu Hause geht es allen viel besser, aber es herrscht eine Atmosphäre von Angst, die es hier nicht gibt. Dort regiert die Regierung alle krank, hier regiert sie gar nicht, und man hilft sich irgendwie selbst. Zuversichtliche Ungewissheit.«

Da saß Nina entspannt auf dem Balkon ihrer kleinen, spartanischen Wohnung in einer dreckigen, chaotischen Stadt unter völlig unübersichtlichen politischen Bedingungen, in Armut nach den Maßstäben des Westens, doch zutiefst einverstanden mit ihrem Leben. Pema-Marie empfand wachsenden Zweifel am Wert einer Karrierezukunft, die sie zu ihrem Lebensinhalt gemacht hatte. Geborgen in Ninas heiterer Gelassenheit, konnte sie sich das eingestehen.

»Als ich schwanger wurde, freute ich mich natürlich sehr, aber zugleich hielt ich es für selbstverständlich«, sagte sie. »Wir hatten alles geplant: die Pille abgesetzt, Job geordnet, die zukünftige Tagesmutter gefunden. Alles war sicher und überschaubar. Und dann … Aber vielleicht wäre ich trotz alledem keine gute Mutter geworden.«

»Man kann daran arbeiten«, erwiderte Nina. »Und es ist ja nicht zu spät für ein Kind. Du hast René.«
»Ich glaube, ich will ihn nicht mehr.«
»Wirklich?«
»Er hat mich betrogen.«
»Das kommt vor«, sagte Nina. »Aber mir scheint, er ist ein freundlicher Mann und nicht langweilig. Und meiner Erfahrung nach sind sie nicht so häufig, die freundlichen und nicht langweiligen Männer.«
Eigene Kinder, erklärte Nina, habe sie sich nie gewünscht, vielleicht, weil ihr kein Mann begegnet war, den sie sich als Vater hätte vorstellen können. Und in den Lehren heiße es, ohne Bindung sei man in einer besseren Lage, weil Bindungen allzu leicht zum Anhaften und damit zum Leiden führten. Und sie erzählte von der Zeit nach dem Tod ihrer Schwester, mit der sie sehr innig verbunden war. Wie der Schmerz über diesen Verlust sie Tag und Nacht quälte.
»Aber das Glück, als sie noch lebte, was ist damit?«, unterbrach Pema-Marie.
Nina wiegte den Kopf auf die seltsame Weise, die sowohl ein Ja wie ein Nein bedeuten konnte. »Gewiss, das ist vorangegangen. Doch das erlebte ich, während es da war, nicht als etwas Besonderes. Es war einfach so. Aber als meine Schwester starb, konnte ich nur an den Verlust denken. Dass sie keine Briefe mehr schreiben und dass sie nicht mehr heimkommen und von ihren Abenteuern und Schwierigkeiten und Erfolgen erzählen würde. Dass wir einander nicht mehr unsere geheimsten Gedanken gestehen würden. Nun ja, eben dieses besondere Schwesterngefühl.«
Es war wohltuend, dieses Auseinanderfalten vergangenen Lebens. Pema-Marie gestand mit unvermuteter Lust ihre geheimen Kindheitsträume von einer Schwester, einer anderen Hälfte, das Märchen von der vollkommenen, unbe-

irrbar loyalen Vertrauten, Rücken an Rücken gegen Tante Anna und die Welt. Und schließlich vom gescheiterten Versuch, diese Träume mit ihrer Freundin Lea wahr zu machen. Nina fügte die Erinnerung an pubertäre Streitereien mit Julia hinzu und an die schlimmen Situationen in der Pubertät, in denen die Schwestern im Drang, eigenständige Persönlichkeiten zu werden, einander verrieten. Dieses Eintauchen in Familiengeschichten ohne jede Zurückhaltung war so ungewohnt, so nah an dem, was Freundschaft bedeuten mochte, dass Pema-Marie nach einem kleinen Mittagessen, das Ninas nepalesische Didi zubereitete, in leichter Stimmung zurück zum Gästehaus wanderte.

Der Buddha blickte von der gegenüberliegenden Wand auf sie herab, vermutlich hatte ein Gast den kleinen Druck mit Klebeband an der Wand befestigt. Wie friedlich er dasaß in seinen leichten indischen Tüchern, eine beruhigende Anwesenheit. Ein Fenster ist dieses Bild, dachte sie langsam, schon nicht mehr ganz wach, ein Fenster in eine andere Welt, eine verzauberte Welt. So sollten Bilder sein, sollten uns hinauslocken aus unserer starren Entzauberung. Dass sie solche Gedanken sonst nicht zulassen konnte, war ihr ganz am Rand ihres Bewusstseins klar. Sie war Mama ans Ende der Welt gefolgt, aber Mama war jenseits des Endes. Irgendwo. Sie brauchte nur durch das Fenster zu gehen, ja, sie würde durch das Fenster fliegen …

»Tut mir leid, ich wollte dich nicht wecken«, sagte René.

Er stand in der Tür, ein Scherenschnitt gegen das warme Glühen des Nachmittags, während sie aus einem weichen Schlaf auftauchte, immer noch leicht, ganz ohne Widerstand.

»Ich hab heute Nacht nicht geschlafen«, erwiderte sie und richtete sich auf. »Aber hier ist alles anders. Sogar Tag und Nacht sind auf den Kopf gestellt.«

René setzte sich auf den einzigen Stuhl. »Ich auch. Ich bin auch auf den Kopf gestellt.«

Pema-Marie erinnerte sich, dass sie durch das Fenster fliegen wollte.

»Sprich!«, sagte sie. Dieses »Sprich!« war früher, vor ihrem kalten Krieg, eine Losung gewesen, die Einladung zu allem, was ein offenes Ohr brauchte, zu nicht Editiertem, zu Meinungen und Bekenntnissen, auch ein Siegel gegen Verrat und Missbrauch. Sie hatten es sehr lang nicht mehr ausgesprochen.

René antwortete mit einem Lächeln, das den Abstand zu ihr verringerte. »Ja, ich möchte dir etwas erzählen.«

Ob sie sich an den großen Mann mit dem grauen Haarschopf und dem jungen Gesicht erinnere? Mit ihm habe er den vorigen Abend und die halbe Nacht verbracht, mit Glenfiddich, ziemlich reichlich davon. Er sah die Bewegung ihrer Augenbrauen und fügte hinzu: »Kein Besäufnis, Pema. Glenfiddich, achtzehn Jahre alt, feinster Spirit, und Matthew ist ein Lama. Er hat diesen Titel erworben mit dem langen Studium der Lehren und dem Dreijahresretreat, und dann noch ein Jahr allein, ohne soziale Kontakte. Lama Tsültrim heißt er, aber er zieht es vor, dass man ihn einfach Matthew nennt. Ich denke, es war eine Ehre, dass er den Abend und die halbe Nacht mit mir zusammensaß. Glaub mir, ich war nicht betrunken, und ich habe kein dummes Zeug geredet. Im Gegenteil, ich hatte das Gefühl, dass mein Geist sehr weit wurde, voller Inspiration.«

Pema-Marie stellte die Beine auf den Boden und schlug vor, sie sollten hinunter in den Garten gehen und Limonensaft bestellen. Es gefiel ihr nicht, René im Bett gegenüberzusitzen. Sie hatte das Bedürfnis nach einer passenderen Umgebung für das Neue, das zwischen ihnen wachsen wollte, vielleicht eine neue Richtung, die sie einschlagen

konnten in diesem Raum von Leichtigkeit, der sich unversehens aufgetan hatte.
»Vom ersten Augenblick an dachte ich, dass ich ihn kennenlernen wollte«, sagte René mit offener Begeisterung. »Matthew hat etwas Besonderes, eine Art von warmer Intelligenz, du fühlst dich eingeladen und angenommen, nicht gerade etwas, was ich von Männern kenne. Und dabei hat er eine natürliche Souveränität, die man gut annehmen kann. Er ist Engländer und kann dir Shakespeare zitieren, rauf und runter.«
Er habe Matthew von Dölmas Tagebuch erzählt, ihm auch einige Zitate übersetzt, die er sich notiert hatte, berichtete er, und wie schön es gewesen sei, mit diesem Fremden über die Wirkung des Tagebuchs zu reden. Und dass er daran denken müsse, wie gern er Dölma kennengelernt hätte, diese erstaunliche Frau, die es gewagt hatte, sich auf die Suche nach einem ganz neuen Leben zu machen.
»Es ist erstaunlich«, sagte er. »Sie überzeugt mich immer mehr davon, dass ich diesen Mut auch aufbringen muss. Um Matthew zu zitieren: Wir haben einen so wunderbaren, großen Geist, und es ist zum Weinen, dass die meisten Menschen nur einen ganz kleinen und minderwertigen Teil davon verwenden. Also das möchte ich mir nicht nachsagen müssen.«
Pema-Marie bemühte sich, seinem Blick nicht auszuweichen. Selten hatten sie einander in die Augen geschaut in den letzten zwei Jahren, es sei denn im Streit. Das war nicht mehr der René, an dem sie sich so oft gestoßen hatte, nicht ihr Ehemann, der sie abgenutzt hatte und den sie abgenutzt hatte in gedankenlosen Tagen und Nächten. Offenbar hatte er einen neuen Standpunkt gefunden, das musste es sein. So heiter war er lange nicht gewesen, und er lud sie ein in dieses Anderssein, wollte sie dabeihaben,

an seiner Seite. Ohne darüber nachzudenken, ging sie das Wagnis ein, ihrem eigenen Erkennen zu vertrauen.

Sie nickte, sagte leise: »Ja, vielleicht kann man das, ein neues Leben bekommen.«

Das gelbe Licht des versickernden Nachmittags ruhte auf der trockenen Wiese, auf den Büschen, die unbeirrt blühten, auf Renés Haaren, gab seiner Haut und seinen Augen einen sanften Goldton. Und in diesem Augenblick fragte sie sich, was sie da sah. War das, was ihrem Auge zu gefallen schien, objektiv das Bild dieses Mannes? Oder sah sie hinter den Zügen und Worten seinen Geist, seine Psyche, seine Seele, wie immer man das nennen mochte? Wie sollte sie es trennen, das Äußere und das Innere?

René erzählte, und sie hörte ihm zu neben ihren Gedanken her. Sein Bericht der Begegnung mit dem britischen Lama verwob sich mit ihrer Verwunderung und der kleinen Hoffnung, die in ihr aufblühte.

Dann drängten Renés Worte all ihre anderen Gedanken beiseite: »Ich stelle fest, dass ich neben mir stehe und mir zuschaue und denke wie Dölma, dass man nicht die Person bleiben muss, die man war. Du lieber Himmel, Pema-Marie, ich glaube, wir waren solche Spießer. Wir haben uns in einen Kokon eingesponnen – Matthew sprach vom Kokon aus Gewohnheitsmustern –, und wir wurden enge Gemüter. So eng. Wir konnten uns nicht mehr bewegen. Wir konnten uns einander nicht mehr zuwenden. Das ist schrecklich. Ist es nicht schrecklich?«

»Sag nicht wir! Sprich von dir selbst«, entfuhr es Pema-Marie. Und noch während sie es sagte, wollte sie die Worte zurücknehmen. Doch nun hatte sie es gesagt und konnte es nicht ungeschehen machen. Dann kam die Starre, und ihre Hand tastete nach dem tibetischen Stoffbeutel, den sie gestern gekauft hatte. So sehr hätte sie ein Kissen gebraucht!

»Na gut«, erwiderte René, »also nicht wir, ich. Du hast recht. Ich kann nichts über uns aussagen, keine Entscheidungen für uns fällen, nur für mich selbst. Nur mich selbst kann ich ändern. Nur von mir selbst kann ich erwarten, dass ich mich ändere. Das sagte Matthew, und ich muss ihm zustimmen. Er hat mir von seiner schlimmen Zeit erzählt, als er ein junger, ehrgeiziger Anwalt war und ein tolles Auto fuhr, und dann geriet er in einen fürchterlichen Verkehrsunfall mit massenhaft Toten und Verletzten. Man zog ihn aus seinem zerknautschten Auto, und er überlebte mit einer gebrochenen Wirbelsäule. Er brauchte diesen Unfall, um aufzuwachen. Solche Einschnitte ins Leben, sagte er, enthielten eine große Chance, nur würden die meisten Menschen sich als Opfer eines bösen Schicksals definieren, anstatt die Chance wahrzunehmen.«

»Sagt sich leicht«, murmelte Pema-Marie.

René beugte sich vor und hielt ihren Blick fest. »Ich hab es wörtlich genommen, Pema. Ich hab meine Chance versäumt, aber jetzt will ich es nachholen.«

Ihr Herz schlug wild. Ihre Hände zitterten.

Derselbe Schmerz fiel über sie her wie vor dem Haus des Schamanen, nicht so heftig, weniger bedrohlich, weil sie ihn schon kannte, doch mit derselben Eigenschaft, sie in tiefster Tiefe zu treffen.

Sie presste die Hände gegen die Brust, krümmte sich. »Herz«, keuchte sie, »Lung.« Sie wies auf den Punkt auf ihrem Rücken. »Hier hat der Schamane draufgedrückt.«

René zog sie hoch, legte die Arme um sie und drückte auf die bezeichnete Stelle.

»Stärker!«, keuchte sie, hoffte wider alles bessere Wissen, dass es wirken würde. René war kein Schamane. Doch er hielt sie fest, und es war gut, dass er sie festhielt. Langsam ließ der Schmerz nach. Etwas war geschehen, etwas hatte nachgegeben.

Renés Arme hielten sie fest, und sie wollte nicht, dass er sie löste. Einen Augenblick lang dachte sie an das ältere Paar, das am anderen Ende des Gartens saß und sie sehen konnte. Doch sie wollte sich an René lehnen, eingehüllt in seinen Geruch, seine Wärme, und die Tränen fließen lassen, sanft, ohne Würgen im Hals. Als er Anstalten machte, die Arme zu öffnen, hielt sie ihn fest. Und bereitwillig hielt er sie wieder, bis sich ihrer beider Atem im gleichen Rhythmus bewegte und die Geräusche im Umkreis – das Schreien der Dohlen, die Trommeln im Kloster nebenan, Stimmen in der Gasse vor dem Haus und das Knattern eines Motorrads – sich als Ornamente um ihre Ruhe woben.
Schließlich richtete sie sich auf, ohne ihn loszulassen, rückte kaum merklich ab und hob den Kopf. Mit einem Aufflackern von Freude nahm sie wahr, dass er ihr die Choreographie des Augenblicks überließ. Kein gepeinigtes Zurückziehen wie bei den seltenen, ambivalenten Umarmungen der vergangenen zwei Jahre, das sie mit einer Mischung aus Verachtung, Wut und Schuldgefühl zurückließ. Ein Raum von Freiheit hatte sich aufgetan.
Er hätte sie küssen können, wollte es vielleicht auch. Sie war sich nicht sicher, ob sie es nicht auch selbst wollte. Doch es war nicht der richtige Augenblick. Sie brauchten Zeit, um sich zu orientieren in diesem neuen Raum, der sie zu Achtsamkeit und Einfühlen herausforderte.
Sie saßen noch ein wenig beieinander, Pema-Marie erzählte vom Besuch beim Schamanen, von Hillary und Dawa, all dies in sachlicher Form, man konnte nicht wissen, ob die Brücke trug. Und sie vermieden beide, die Trennung zu erwähnen. In der Dämmerung machte sich René auf den Weg zum Hotel, ganz selbstverständlich, als hätten sie sich zu einem Date getroffen im frühen Stadium des Einander-Kennenlernens, in dem man vorsichtig ist mit Signalen und sich auf Zehenspitzen bewegt.

Noch einmal hielten sie einander kurz zum Abschied in den Armen, danach saß Pema-Marie vor ihrer Tür, bis die Sonne hinter dem Gästehaus verschwunden war und die Stadt den kühlen Schatten des Abends überließ.

Dölmas Tagebuch

Achtes Heft

Zurück in Kathmandu

Als wäre ich Jahre weg gewesen!
Die fürchterliche Reise überstand ich nur, weil ich ständig dachte: Ich träume das nur! Ich träume. Keine Substanz. Ich träume nur.
Da bist du ja wieder, sagte Puntsok und umarmte mich.
Das Gästehaus ist so, wie ich es verlassen habe, unverändert. Warum erstaunt mich das?
Ich war so lange weg, so ein großes, bedeutendes Stück meines Lebens. Wie kann da die Welt noch so sein, wie sie war?
Ein richtiges Zimmer, ein bequemes Klo, eine Dusche, ein herrliches Bett. Ein anderer Traum. Durch mich poltern unklare Gefühle. Erleichterung – oder viel eher unsagbare Trauer? Jedenfalls fühle ich mich heimatloser denn je. Meine Schwestern fehlen mir. Plötzlich sind so viele Menschen um mich, aber da ist kein menschliches Biotop, in dem ich mich geborgen fühlen könnte. Puntsok ist lieb wie immer, hat sich gefreut über meine Rückkehr, mich sogar eingeladen, mit ihr und der Familie zu essen. Sie hat mir den Schock angesehen, nach fast einem Jahr in der Reinheit der Berge und des Klosters kopfüber in diese kochende, übel riechende Stadt gefallen zu sein. Komm langsam an, Dölma-la, sagte sie, geh hinüber in den Lhakang und bete.
Wenn unzählige Erfahrungen keine Spur hinterlassen, wie großartig!

Ach, keine Spur hinterlassen! In mir ist ein Chaos von Spuren. Die Erfahrungen trampeln alles zusammen. Kargil, wo morgens tiefverschleierte Frauen zum Markt huschen, Beutetiere in der unbewussten Mimikry einer Kultur, deren geistige Ausdünstung mir Angst macht. Dann vor dem Airport von Kathmandu das Gebrodel von gierigen Wesen mit nackten, distanzlosen Blicken. Überall Uniformierte. Die gleichgültige Armut, die durch diese besinnungslose Großstadt pulsiert. Mein endloses Erschrecken und die wiederholte Beschwörung, dass dies alles nur ein Traum ist.
Mein Körper kann die Veränderung ebenso wenig fassen wie mein Geist. Die feuchtwarme Monsunluft ist unerträglich, es ist, als atme ich Brei. Meine Bettlaken sind nass von Schweiß. Vor drei Tagen noch war ich im scharfen Wind auf dem Penzi-la, von Eiskristallen beschossen, neben einem Bus, der bereits die zweite Reifenpanne seit Padum hatte. Jetzt ist mir selbst das T-Shirt zu warm im Schatten der Bäume.
Warum habe ich nicht bis zum Ende des Monsuns gewartet?
Dummer Gedanke. Meine Zeit bei den Nonnen war abgelaufen. Die innere Uhr begann wegzufließen. Wie hätte ich da widerstehen können?
Vor allem nach meinem letzten Besuch in der Einsiedelei.

Diesmal wartete er nicht vor der Hütte auf mich, obwohl ich zur üblichen Zeit gekommen bin. Ich hörte den Klang der Glocke und der Trommel und wusste, dass nun alles anders war. Sie trugen mir die Botschaft zu: Es darf nicht sein, ich beuge mich der Tradition, die Tradition schützt mich vor mir, vor dir. Komm mir nicht zu nah. Du bist in Gefahr.
Da war nicht nur Trauer. Da war auch Wut. Ihr habt die

Frauen jahrtausendelang abgewertet und eure unbewusste Angst damit genährt. Das habt ihr nun davon!

Ich sagte mir: Ich will nicht wütend auf ihn sein. Doch die Wut war da, feurig, flammend. Warum tust du mir das an? Warum bist du so engherzig? Es geht doch um Offenheit. Das ist der Reichtum, den wir teilen könnten. Komm heraus aus deinem religiösen Schneckenhaus, dummer Mann, stelle dich mir. Stelle dich dir selbst, deinem eigenen Geist!

Ich wartete, bis es ruhig war in dem kleinen Raum. Natürlich war das Sadhana noch keineswegs zu Ende, dennoch unterbrach ich es. Wolken zogen auf. Ich hatte wenig Zeit.

»Lama-la! Ich bringe deine Lebensmittel. Und ich will mich verabschieden, ich reise ab«, sagte ich mit neutraler Stimme, mit ein wenig Schärfe vielleicht, doch das konnte ich nicht verhindern. Nein, ich wollte mich nicht beugen. Mein Leben lang habe ich mich geduckt, das werde ich nicht mehr tun. Die alte Dölma gibt es nicht mehr. Die Dakini tanzt im Feuer und schwingt ihre Schädelschale mit Lebensblut und ihr Messer, mit dem sie alle Fesseln der Gier, Aggression und Ignoranz durchschneidet.

Dann fiel mir ein: An dem Messer ist ein Haken, mit dem sie alle Wesen aus dem Ozean des Leidens fischt.

Und ich fügte hinzu: »Tut mir leid, wenn ich störe. Aber ich muss bald wieder gehen.«

Ungewöhnlich häufig rasen die Monsunstürme durch Zanskars Täler in diesem Jahr. Heute zogen sich die Wolken schon seit dem Mittag zusammen. Ich hätte mich früher auf den Weg machen sollen, hatte gekocht und herumgetrödelt. Ich weiß nicht, warum.

Die Sonne glühte, und ich drückte mich in den kleinen Raum hinein.

Lama Rinchen saß eine Weile still – vielleicht nur eine halbe Minute, aber ich habe längst eine andere Zeit in mir, seitdem ich nicht mehr in Sekunden, Minuten und Stunden denke. Also kann ich nur sagen, dass es eine ausdrückliche und irgendwie aggressive Weile war. Dann erhob er sich endlich und verbeugte sich mit gefalteten Händen.

»Danke, Dölma-la«, sagte er.

Ich legte die Sachen aus dem Beutel an ihren Platz. Das hörte er und stand still. Er kann einfach still stehen, er hat das Recht dazu, es ist nicht unhöflich, wenn ein Blinder einfach still dasteht. Aber früher hätte er die Hand ausgestreckt und nach der meinen getastet. Es brach mir das Herz, so sagt man doch. Den größten Teil meines Lebens habe ich mit Herzensscherben verbracht und habe mich nicht gerührt, damit sie mich nicht verletzten. Vielleicht stand ich Hans-Peter geradeso gegenüber wie Lama Rinchen nun mir, stocksteif, und streckte meine Hand nicht aus. Weil ich es nicht konnte.

Ging es Lama Rinchen jetzt so?

Ich griff nach seiner Hand und legte sie an mein Gesicht.

»Ach, mein Freund«, sagte ich.

Hörte er nicht das Schluchzen in meiner Stimme? Seine Hand rührte sich nicht. Selbst die Hand war erblindet.

»Willst du mich ungeschehen machen? Dann musst du dich selbst ungeschehen machen.«

Er entzog mir sachte seine Hand. »Es darf nicht sein«, sagte er. »Bitte, verstehe das.«

Seine Entschlossenheit schüchterte mich ein, als wäre er mir überlegen in seiner religiösen Sturheit. Er ist völlig überzeugt, das Richtige zu tun. Doch das bin ich ebenfalls.

»Lama-la«, sagte ich, »höre mir zu. Die äußere Dakini, die innere Dakini, die innerste Dakini, sie sind eins. Die äußere Gottheit, die innere Gottheit, die innerste Gottheit, sie sind eins. Das äußere Leben, das innere Leben, das innerste Leben – alles eins.«

Seine blinden Augen flackerten unruhig in alle Richtun-

gen, das konnte ich sehen im Halbdunkel des kleinen Raums. Als suchte er einen Ausweg.
»Es gibt keinen Ausweg aus der Wahrheit.« Ich wusste gar nicht, was ich da sagte. Unwillkürlich machte ich einen Schritt auf ihn zu und nahm ihn in die Arme, nicht wie einen Mann, einen Geliebten, sondern wie ein Kind, ein verwirrtes Kind, streichelte seinen Kopf mit dem dichten Fell darauf, seinen Hals, seinen Rücken. In seiner unbewegten Haltung spürte ich ein Schwanken, ein Nachgeben, den schnellen Herzschlag und den kurzen Atem und dann die beginnende Erektion.
Meine blitzschnelle Erkenntnis: Natürlich, wie dumm ich bin! Er ist ein Mann, und wir sind nicht in der Götterwelt. Sein Erleben ist nicht mein Erleben. Er versteht mich nicht, doch das ist nicht seine Schuld.
Ich ließ ihn los, trat zurück. »Wir werden uns wahrscheinlich nicht wiedersehen«, sagte ich. »Ich wünsche dir Befreiung, aus tiefstem Herzen, Lama-la. Und ich danke dir. Ich danke dir.«
Dann ging ich und konnte doch nicht einfach so weggehen, wandte mich zurück und sah ihn noch immer im Eingang zur Hütte stehen. Hoffte er, dass ich schon gegangen war? Oder wünschte er insgeheim, ich möge zurückkommen?
Das Gewitter baute sich entschlossen auf in der atemlosen Stille, in der sich die Haare aufstellen vor schreckensvoller Erwartung. Ganz benommen war ich von der Schönheit der mächtigen Wolken, die sich über die südlichen Berge heranwälzten und das Licht aus der urgewaltigen Landschaft saugten, von den Farben, die immer tiefer, immer abgründiger wurden. Fassungslos auch über das Gefühl der Kraft, das in mir aufgeschossen war, pure, feurige, lebensprühende Stärke, Souveränität, wie soll ich es nennen?

Es wurde allzu schnell Vergangenheit. Gerade noch hatte ich die Arme gehoben und die Blitze eingeladen, meine Verbündeten, mich in den prasselnden Regen geworfen, war triefend und wild lachend den Berg hinabgeschlittert, als ließe ich mich niemals mehr von irgendjemandem und irgendetwas zurückweisen. Und dann saß ich in meinem winzigen Zimmer auf dem harten Bett und weinte besinnungslos. Ich kann nicht sagen, ob ich weinte, weil ich traurig oder glücklich war. Es gab kein Weil, nur Weinen, Schluchzen, Wimmern, die einzige Lebensäußerung, die mir noch zur Verfügung stand. Vielleicht weinte ich, weil Veränderung eines der unumgänglichen Zeichen der Existenz ist.

Wenig später war ich schon in dem schaurig klapprigen Bus unterwegs nach Kargil, neben einer kranken Touristin mit einem mächtigen Rucksack, die so schnell wie möglich nach Delhi wollte und von dort nach Perth in Australien, wo sie zu Hause war. Blass und aufgequollen von Medikamenten, saß sie schweigend neben mir, und ich konnte nicht mehr tun, als Mantras zu flüstern und immer wieder ihre Hand zu halten.

Ani Deki hatte mich bis nach Padum begleitet, wo ich ihr den Rest meiner Rupien gab, um ein paar Vorräte für das Kloster zu kaufen. In der kurzen Nacht bis zur Abfahrt des Busses um vier Uhr morgens hatten wir wenig zu reden. Eine klare, nüchterne Verbundenheit umgab uns in dem nackten Zimmer des Gästehauses.

Einmal hatte Ani Deki gesagt, dass wir einander schon seit vielen Leben kennen müssten, da wir so selbstverständlich zusammenfanden über alle Unterschiede hinweg. Und vor dem Einschlafen hörte ich sie sagen: »Dölma-la, wenn wir uns in diesem Leben nicht mehr sehen, werden wir uns im nächsten wieder begegnen.«

Wir sollten uns in Akanistha, dem höchsten Buddha-

Bereich, verabreden, den die vollendeten Bodhisattvas bewohnen, schlug ich vor. Ani Deki lachte. Sie wolle sich Mühe geben, aber wenn sie es nicht schaffe, könnten wir zumindest als tantrische Yoginis durch die Welt ziehen, zum Wohle aller Wesen. Ani Deki glaubt nicht mehr daran, dass sie als Mann wiedergeboren werden müsse, um erleuchtet zu werden. Im Gegenteil, sie hat gelernt, sich mit Arya Tara zu identifizieren, die das Gelübde abgelegt hat, so lange ausschließlich in weiblicher Form wiedergeboren zu werden, bis alle Wesen befreit sind. Darin sind wir uns einig. Akanistha oder wo auch immer – wir haben das Gelübde abgelegt, zurückzukehren. Shenpen Sangmo, »Buddhahandeln zum Wohle anderer«. Mein Name beginnt mich ernsthaft zu beeindrucken.

Der Regen hat mich aus dem Garten verjagt. Puntsok hat mir das schöne Eckzimmer mit den drei Fenstern im oberen Stockwerk gegeben, in dem man den feuchten, warmen Wind durchziehen lassen kann. Ich finde zu wenig Dankbarkeit in mir. Ein Anfall von Verzweiflung überkommt mich. Was soll ich hier? Wie kann ich eine Yogini werden? Plötzlich erscheint mir das als kindische Idee. Ich sollte nach Hause fliegen, zu Pema-Marie, und Ordnung in mein Leben bringen. Wessen Leben? Die alte Dölma gibt es nicht mehr. Ich werde ihr nicht erlauben, mich jemals wieder zu belästigen. Doch die neue Dölma hat noch keine Form. Sie hockt in der Zwischenwelt dieses Zimmers in Kathmandu, unsichtbar für alle, die sie hier kennen, außer Puntsok. Ich wage mich nicht hinaus. Was für Bilder werden sie auf mich kleben? Es ist zum Fürchten.

Tagelang habe ich mich in meinem Zimmer und im schön ummauerten Garten versteckt. Unheilvoller Scheinfriede im selbstgeschaffenen Gefängnis. Es sind diese Phasen der Lähmung, vor denen ich mich am meisten fürchte. Die Gedanken werden zu ätzendem Brei, wie langsam dahinfließende, zerstörerische Lava. Tiefe, unartikulierte Bedrohung. Keine Kraft, ein Mantra dagegenzusetzen. Alle meine hochfliegenden Erfahrungen des Glücks und anderer Wunder sind wertlos geworden.

Einmal schlich ich hinüber in den Lhakang zur Abend-Puja und setzte mich in eine Ecke neben den Hund Dorje, der keine Puja auslässt, wie Puntsok berichtet. Offenbar schläft er besonders gut bei den wilden Klängen der Becken, Trompeten und Trommeln.

Doch ich fühlte mich fremd in diesem großen, hohen, reich ausgeschmückten Lhakang. Ich sehnte mich nach der Geborgenheit des dunklen Wohntempels meiner Schwestern in Zanskar.

Schließlich rief ich Humphrey an. Am frühen, noch dunklen Morgen war ich aufgewacht und hatte gedacht, ich sollte ihn bitten, mir ein Gespräch mit dem Rinpoche zu ermöglichen. Die aufgehende Sonne im Ostfenster bestärkte den Entschluss, erfüllte ihn mit rotem, aktivem Frühmorgenlicht. Endlich wieder das Gefühl: Ich muss etwas tun! Es tut sich nichts ohne meinen Einsatz.

Ich zog die leichte graubraune Chuba an, die ich in Lhasa gekauft hatte, flocht meine Haare zu zwei Zöpfen – und war unsichtbar, irgendeine Tibeterin. Niemand dreht sich nach mir um in diesem Gewand. Es gefällt mir, wie ich untergehe im Fluss der Tibeter, die während der Khora die Stupa umkreisen, und wie die Bettler mich übersehen. Dass keiner bemerkt, wie fremd ich bin.

»Ich weiß es ja, was ich erlebe, sind Tagträume«, sagte ich zum Rinpoche. »Aber waren meine Erfahrungen bei den Nonnen auch nur billige Träume?«
Mehr denn je sehe ich in ihm etwas Berghaftes, so breit und unerschütterlich scheint er auf der Erde zu ruhen. Obwohl er nicht dick ist, nur irgendwie kompakt. Als wachse er ganz organisch aus seinem brokatbezogenen Mattenstapel und dem Boden darunter und wiederum der Erde darunter heraus.
Er kann so hübsch schmunzeln mit seinem breiten Gesicht, dann sieht er aus wie das Urbild einer Mama. Das habe ich früher nicht wahrgenommen. Es macht mich zum Kind, ruft jedoch auch eine Spiegelung in mir hervor, mein eigenes Mamasein, und nicht nur für Pema-Marie. Bodhicitta, Herz-Geist der Erleuchtung, das mag es sein.
»Ja, unsere Erfahrungen sind Träume«, sagte der Rinpoche, »aber billig – nein.« Dann dachte er ein bisschen nach und fügte hinzu: »Zuerst verändert sich die Erfahrung, dann verändert sich die Energie. Es genügt nicht, dass sich die Erfahrung verändert.«
In diesem Augenblick verstand ich ihn. Noch träume ich die neue Dölma. Deshalb wage ich mich auch nicht zurück in den Westen. Sie muss sich neu formen. Ich bin schwanger mit ihr, muss sie nähren und schützen. Wenn sie geboren und kräftig ist, werde ich zu Pema-Marie zurückkehren. Ich werde für sie da sein, ihre Mutter und ihre Freundin und vielleicht ganz heimlich auch ihre Lehrerin sein.
Als ich sagte, ich wolle eine Yogini werden, und fragte, wie ich das machen solle, schien der Rinpoche belustigt. »Stelle den Dharma in den Mittelpunkt deines Lebens, dann bist du eine Yogini«, sagte er.
Wie sollte ich ihm sagen, was Yüdron mir bedeutet hat als Frau, als weibliches Modell. Auch ihre innere Freiheit,

ihre Unabhängigkeit, ihr Mut, die Inspiration, die sie um sich verbreitet? Dass ich mir eine Frau als Lehrerin wünsche, nicht einen Mann innerhalb einer paternalistischen klerikalen Hierarchie? Obwohl der Rinpoche mich beeindruckt mit seiner Zuwendung und Klarheit.
»Ich habe in Zanskar eine wandernde Yogini kennengelernt«, sagte ich. »Sie ist mein Vorbild.«
Der Rinpoche strich nachdenklich über die Falten seiner Robe. »Du kannst überall eine Yogini sein. Du musst nicht herumwandern. Es geht nur darum, dass du die Dharma-Praxis zum wichtigsten Teil deines Lebens machst.«
»Mitten zwischen Berufsarbeit und Familienproblemen und Supermarkt und Steuererklärung?«
»Das ist das Beispiel, das der große Yogi Marpa gegeben hat«, erwiderte der Rinpoche. »Nicht gerade zwischen Supermarkt und Steuererklärung, aber zwischen Berufsarbeit und Familienproblemen auf jeden Fall.« Und bevor ich einwenden konnte, dass das ein Yogi war, nicht eine Yogini, fuhr er fort: »Und seine Frau Damema war eine Yogini.«
Wenn der Ärger mich packt, kann ich schnell denken, schneller, als meine Muster der Kleinheit und Fügsamkeit greifen. »Aber ich hätte lieber zeitgenössische Beispiele als eines, das tausend Jahre alt ist.«
Mit einer abschließenden Geste faltete der Rinpoche die Hände in seinem Schoß. »Schau dich um unter den Dharma-Praktizierenden im Westen. Du wirst einige finden.«
Es fiel mir so vieles ein, das ich sagen wollte, doch ich schwieg frustriert. Ich wusste, was ich wollte, und das konnte er mir nicht geben. Vielleicht, dachte ich danach, habe ich verpasst, was er mir hätte geben können.
Jetzt denke ich, er hat mir doch etwas gegeben. Und sei es nur die Ermutigung für eine Zukunft zu Hause, in der es völlig genügen würde, den Dharma zum Mittelpunkt

meines Lebens zu machen, in meinem Haus, mit Anna, mit den Besuchen meiner Tochter, mit meiner Arbeit, mit Kolleginnen. Vielleicht sogar mit Dharma-Freundinnen. Später. Ich bin noch nicht so weit. Es wird etwas geschehen. Ich bitte Tara, mir zu schicken, was ich brauche. Sie hat es bis jetzt immer getan. Ich vertraue ihr (mir)!

Warten

Dawa hat mich wieder aufgenommen. Ich bin in meinem alten Zimmer, es ist noch erfüllt vom Warten im letzten Jahr. In den vergangenen zwei Wochen habe ich ein paar Tonnen Warten hinzugefügt. So viel Warten, dass ich nicht schreiben konnte.

Tagsüber arbeite ich die Niederwerfungen ab, die der Rinpoche mir aufgetragen hat, abends schaue ich mit Dawa Filme an, die ich sofort wieder vergesse. So habe ich den August verbracht, schwitzend, duschend, wieder schwitzend, mein Geist fortwährend durch ein Sieb gepresst, bis nur noch die Zufluchtsformel NAMO GURUBHYA, NAMO BUDDHAYA NAMO DHARMAYA NAMO SANGHAYA übrig blieb. Ach ja, was bleibt mir übrig, als mich an den Rinpoche (er hat mir zumindest eine handfeste Aufgabe gegeben), an den Buddha, an seine Lehre vom Träumen und Aufwachen und an die spirituellen Schwestern (und Brüder), wo immer ich sie finde, zu halten?

»Sie ist eine richtige Yogini«, höre ich Dawa begeistert ihren Freundinnen zuflüstern. Denn das sagte ich ihr, als ich wieder einzog, dass ich jetzt eine Yogini sei. Sie glaubt, dass ich ihr und ihrem Haus Segen bringe. Deshalb gesteht sie mir auch zu, manche Abende mit Studium in meinem Zimmer zu verbringen. Dann erzählt sie mir am Morgen

beim Frühstück den Inhalt des Films, den sie gesehen hat. Gelegentlich, wenn ich den Film kenne, ist ihr Inhalt ein anderer, als ich ihn in Erinnerung habe. Dann lache ich und freue mich an ihrer Kreativität, und wenn sie grinsend hinzufügt: »So ähnlich jedenfalls«, möchte ich sie umarmen.
Sie geht mir nicht mehr auf die Nerven. Dafür bedanke ich mich bei mir. Und bei Tara und meinen Nonnen und Yüdron und Lama Norbu.
Zanskar ist unter meiner Haut.
Und Lama Rinchen. In den ersten Wochen habe ich mir verboten, an ihn zu denken. Der Schmerz lauerte auf der Türschwelle, also musste die Tür geschlossen bleiben. Doch er sickerte durch alle Ritzen, und ich lebte in einem kontaminierten Raum. Dann erinnerte ich mich, was der Rinpoche über das Aufdecken schmerzhafter Erfahrungen gesagt hatte. In einem der ersten Tagebuchhefte fand ich es: »Nichts übergehen, alles aufdecken, sich nicht mehr betrügen. Auch die schmerzhaftesten Stellen berühren. Alles wagen, mitten durch den Schmerz hindurchgehen. Und dann wird einem leichter, die Last des bösen Urteils fällt ab, man entdeckt unter alledem das Gute in sich.«
So habe ich Lama Rinchen wieder neu in mir entdeckt. Eingeschmolzen in diesen wunderbaren Augenblick, den wir vollkommen teilten, in dem uns nichts mehr trennte. Dass Angst in ihm ist, wie könnte ich es ihm übelnehmen mit so viel Angst in mir selbst? Doch da war nichts, das sich gegen mich richtete. Sein Bedürfnis, sich zu schützen – ist es nicht an mir, dies zu verstehen? Nach einem Leben, das ich unter meiner Schutzglocke verbrachte, für niemanden berührbar, nicht einmal für mein Kind.
Ich lege meine Hand auf dein Herz, Lama-la, und sage: Nicht schuldig!
Ich lege meine Hand auf mein Herz und sage: Nicht schuldig!

Es gibt einen Punkt, an dem wir unschuldig werden. Der Weg dorthin ist nicht leicht. Wann werde ich mich freigeben können und alles hinter mir lassen, woran ich geglaubt habe, alle meine Erklärungen, Behauptungen, Ausflüchte, Rechtfertigungen? Und nicht mehr sagen werde: ich, ich, ich!
Noch drängt es mich zu beteuern, dass ich unschuldig bin. Doch eines ist sicher: Die neue Dölma will auf keinerlei Einflüsterungen der Gedanken mehr hereinfallen, will das alte Spiel nicht mehr mitspielen. Keine Ahnung, in wie viel Jahren alle Tiefen meines Bewusstseins, auch das Nervensystem, die Gehirnhormone, alles, Körper und Geist, damit einverstanden sein werden. Ich weiß nur, dass ich sie alle überzeugen muss. Irgendwie.

Ende des Wartens

Ich habe ein Fax an Pema-Marie geschickt, dass ich noch für einige Zeit in die Berge gehe. Und dass ich mich sehr darauf freue, sie danach wiederzusehen.
Vielleicht hätte ich schreiben sollen, dass ich den Himmel und die Hölle meiner neugeborenen Liebe zu ihr immer bei mir trage. Ich wagte es nicht. Es würde seltsam für sie klingen, vielleicht absurd oder gar abstoßend.
Ich habe alles besorgt, was ich brauche: neue Hefte, Kugelschreiber, ein paar Tuben Zahnpasta, mehrere Zahnbürsten, gute Socken, Medikamente und anderes Unverzichtbares. Yüdron würde lachen über meinen fetten Rucksack. Yogini des zwanzigsten Jahrhunderts. Das einundzwanzigste beginnt in ein paar Monaten. Ich werde eine endgültig neue Dölma in einem ganz frischen Jahrtausend sein. Einen besseren Zeitpunkt könnte es nicht geben für meine neue Geburt.

Ich weiß nicht, wie sicher meine Informationen sind, doch die Magie stimmt: die Beschreibung der Höhle der Yoginis, die ich von der Pilgerin erhielt, der Mann aus den Bergen, der mein Führer bis zum Dorf im Tal sein wird, von dem aus man die Höhle erreicht, das Ausklingen des Monsuns, das die Reise erleichtert, alles passt. Ich bin aufgeregt, als ginge ich auf eine Expedition in unerforschtes Land. Im Innern trifft es gewiss zu.

In der vergangenen Nacht hatte ich einen Traum: ein ungeheurer Wirbelsturm, donnernd, tosend, oben weiß, nach unten übergehend in Rot. Ich bin in ihm und er in mir, er verdichtet sich, verfeinert sich zu reiner, unbeschreiblich machtvoller Kraft, ist in meinem Herzzentrum, obwohl ich auch da nicht innen und außen unterscheiden kann, es ist zugleich das Herz der Welt, wobei »Welt« aus allen Wesen besteht, die mir jemals von Bedeutung waren, auch das Schaf Dölma und der tote Hirte, der mir erschienen ist. Aber das ist eine Art zweiter Gedanke, der nur am Rand mitschwingt. Ich weiß, dass dieser Wirbelsturm zu mir gehört und zugleich ein göttliches Wunder ist, weil es über alles Denkbare hinausgeht, über Höllenschrecken und Glückseligkeit. Aber auch das sind marginale Begleitgedanken. Im Traum dachte ich nicht. Dann barst mein Herz und nahm seinen tatsächlichen, ihm zustehenden Raum ein – der unendlich war.

Dann hörte ich eine Art Gesang, und vielleicht war dies sein Inhalt:

»Bei meiner Pilgerfahrt habe ich
alle möglichen wunderbaren Orte besucht.
Doch habe ich kein Heiligtum entdeckt,
das so wunderbar war wie mein eigener Körper.«

Morgen früh reise ich ab.

PEMA-MARIE

Haltet euch fest!«, rief Nina über das Dröhnen des Motors hinweg. »Ich habe euch gewarnt.«
Pema-Marie krampfte beide Hände noch fester um den Haltegriff über dem Fenster. Ninas Warnung hatte sie nicht vorbereitet auf diese höllische Fahrt über Felsen und tief ausgewaschene Rinnen, die den Jeep erbarmungslos durchrüttelten. Die Straße war ein roher Einschnitt in den Berg, von wütenden Monsungüssen misshandelt, doch es gab nur diesen einen befahrbaren Weg hinauf zum Nonnenkloster hoch über dem Kathmandu-Tal, einspurig, in vielen abenteuerlichen Kurven gewunden.
Sie spürte René neben sich, vertraut und unvertraut zugleich. Herzensscherben. Sein Erleben ist nicht mein Erleben. Traurig? Glücklich? Wohin treibt es uns? Veränderung ist eines der Zeichen der Existenz, hatte Nina gesagt. Das Wagnis des Neuen war erschreckend und lockend.
Eine weitere Serpentine. Der junge Mönch am Steuer holte weit aus, der Straßenrand rückte beängstigend nah, Schotter, trockene Gräser, keine Befestigung, nur blasser Himmel. Ich will keine Angst haben, ich will keine Angst haben, wiederholte Pema-Marie im Stillen, schalt sich kindisch und konnte doch die Furcht nicht verhindern. Nina und der Mönch am Steuer warfen einander heitere Bemerkungen zu, nahmen Gerüttel und Abgründe hin ohne weitere Beachtung. Vielleicht machten sie es immer so mit dem Leben, nahmen es, wie es kam. Die Kunst des Geschehenlassens.
Pema-Marie lockerte ihre verkrampften Hände. Würde Nina noch geschehen lassen können, wenn der Jeep in die Tiefe fiele? Fallen und fallen mit dem Wissen, dass das Ende des Fallens ein zerschmetterter Körper sein würde.

Und dann? Ein Herumirren wie Dölmas Hirte? Oder mit Dölmas Wirbelsturm in den unendlichen Raum?
Vielleicht konnte die hellsehende Nonne etwas darüber sagen, die Nina als Ergänzung zum Schamanen vorgeschlagen hatte. Pema-Marie hatte gezögert im Widerstreit von Ungläubigkeit und Faszination. Doch warum nicht? Besser irgendeine Aussage als die nicht endende Ungewissheit.
Der Mönch stieß einen Ruf aus und hielt an. In einiger Entfernung wand sich in aller Ruhe eine Schlange über die Straße.
»Eine Kobra«, sagte Nina mit andächtiger Begeisterung. »Wie schön. Seit Jahren wünsche ich mir, eine zu sehen. Sehr glückverheißend.« Sie seufzte, als die Schlange im Dickicht des Bergdschungels verschwand.
»Almost one meter«, sagte der Mönch, auch er erfreut. *»Lu. Auspicious.«*
»Nagas, Lu, sind Wassergeister«, erklärte Nina. »Vielleicht habt ihr mal ein Bild gesehen: Oberleib menschlich, Unterleib Schlange. Hier in der Nähe gibt es an einer Quelle einen kleinen Naga-Tempel, doch die Schlangen sieht man selten. Es heißt, dass die Nagas Schätze horten und bewachen, vor allem die Bücher der Weisheit. Wenn man es abstrakt ausdrücken will, könnte man sagen, sie sind Energien, Geist des Elements Wasser, und hüten die Schätze und die Weisheit der Elemente.«
»Glaubst du daran?«
Nina drehte sich um auf ihrem Sitz, klammerte sich an die Kante der Lehne und übertönte das Dröhnen des Motors: »Wer diese Welt hier verstehen will, muss das Sowohl-als-auch lernen. Ein poetisches Bewusstsein, das ist es, was man dazu braucht. Deswegen lernen die Kinder im Kloster verschiedene Ebenen der tibetischen Sprache – die Hochsprache und die Sprache der Logik und auch die poetische Sprache.«

»Wiederverzauberung der Welt«, warf René ein, »darum geht's. Sag ich doch.«
Pema-Marie fühlte sich zu ihrer Verwunderung nicht zum Widerspruch gedrängt. Es gab ihre alte Welt, die Welt der gesicherten Dinge, dorthin würde sie zurückkehren, bunte Bilder in ihrer Erinnerung mitnehmen und den Tagebüchern ihrer Mutter einen Platz als Märchenbuch einräumen. Wie Andersens Märchen und die Märchen aus »Tausendundeiner Nacht«.
Die Fahrt endete auf einer kleinen Parkfläche zwischen den verstreuten Behausungen der Nonnen. Es war berauschend, hoch oben über dem Kathmandu-Tal zu stehen und auf die dunstige Stadt hinunterzuschauen, dem Himmel und der Weite ausgeliefert. Plötzlich erschien es Pema-Marie völlig natürlich, die Welt der Sicherheiten zurückzulassen, die Haare dem Wind preiszugeben, an Nagas und schützende Geistwesen und die Götter der Elemente zu glauben. Wie ein junges Mädchen fühlte sie sich, ergriff Renés Hand und lachte ohne Grund.
»Phantastisch hier oben«, sagte René und lachte mit, und sie nahm es als Zeichen seiner Loyalität. Vielleicht würde sie ihm doch wieder vertrauen können.
Es war ein wiederholtes Anhalten und Vorstellen und höfliches Plaudern auf dem Weg zwischen den verstreuten Häusern, die das Kloster bildeten. Man kannte Nina und mochte sie. Es ist leicht, Nina zu mögen, dachte Pema-Marie, doch was werden sie von mir halten?
Zwischen struppigen, trockenen Büschen führte ein gewundener Pfad in eine Bergfalte zu einem einsamen Häuschen außer Sichtweite des Klosters. In der offenen Tür stand eine kleine Nonne unbestimmten Alters, auf dem kugelrunden Kopf dichtes Stoppelhaar, im Arm, wie hineingegossen, eine Katze.
»Das ist Ani Sopa«, sagte Nina.

Der erste Eindruck einer milden Klosterfrau war trügerisch. So wach war ihr Blick, dass Pema-Marie sich gern weggeduckt hätte. Ihr übermütiges Hochgefühl hielt diesem Blick nicht stand.
Nina wies auf die kleinen tibetischen Sitzmatten auf der breiten gemauerten Stufe vor der Front des Häuschens. Dorthin sollten sie sich setzen. War dies der Platz der Befragung? Kein Hokuspokus? Pema-Marie setzte sich irritiert, dachte an das Spiel der Standpunkte und Vorurteile und nahm sich vor, neutral und objektiv zu sein.
Ani Sopa hatte eine große Thermoskanne bereitgestellt und verteilte Tassen. Die Katze begab sich langsam und würdevoll zu dem jungen Mönch, der sich ihnen angeschlossen hatte, und rollte sich auf seinem Schoß zusammen. René lobte die Blumen und prächtig blühenden Stauden in den Blumentöpfen an der Hauswand, sagte *»dudschidsché«* für den milchigen Tee und weitere tibetische Wörter. Ganz offensichtlich flirtete er mit Ani Sopa, und ebenso offensichtlich gefiel ihr das, denn sie kicherte vergnügt und sagte etwas, das Nina zum Lachen brachte.
»Das ist unübersetzbar«, beantwortete Nina Pema-Maries fragenden Blick und fügte hinzu: »Die Bedeutung ist vieldeutig und ziemlich anzüglich. Nicht, dass ich gut genug Tibetisch könnte, um Feinheiten zu verstehen, aber das ist so eine Art Idiom, das man oft hört. Die Nonnen sind nicht kleinlich.«
Pema-Marie drehte sich ein wenig, um unauffällig den jungen Mönch beobachten zu können. Er lachte unverhohlen, streichelte die Katze und schien völlig entspannt zu sein.
»Ani-la will jetzt deine Frage beantworten«, sagte Nina. »Zeig ihr das Foto.«
Die Nonne nahm das Foto und hielt es nah an die Augen. Dann schaute sie über Pema-Maries Kopf hinweg in den

Himmel, in ihrer Hand klickte eine Mala aus honiggelbem Bernstein. Ihr ganzes Leben seit ihrem zehnten Jahr habe Ani Sopa im Kloster verbracht, hatte Nina erzählt, und man habe sie immer ein bisschen gefürchtet, weil sie zu viel wusste und oft die Gedanken der anderen wahrnehmen konnte. Insgeheim seien damals alle froh gewesen, als die hellsichtige Ani sich in die Einsiedelei abseits des Klosters zurückgezogen hatte.

Pema-Maries Gedanken gingen unbequeme Wege. Vielleicht wusste diese Frau um ihre Ambivalenz, sah ihre Widerstände, ihre Ängste, ihr Versteckspiel mit der Welt? Sah vielleicht noch tiefer, sah ihre Ichbezogenheit und ihre heimliche Scham? Unwillkürlich presste sie den tibetischen Beutel an ihre Brust.

Die Nonne sprach ein paar Sätze. Nina beriet sich mit dem Mönch, bevor sie übersetzte. »Ani-la sagt, diese Frau, deine Mutter, hat ihren Körper verlassen. Ani-la sieht eine Himmelsbestattung. Es gibt Spuren liebevoller Erinnerung im Geist ihrer Schwestern. Und sie sieht eine versteckte Einsiedelei an einem sehr schönen Ort.«

Dann wandte sich die Nonne dem Mönch zu und begann mit ihm zu plaudern.

»War das alles?«, fragte Pema-Marie.

Nina nickte. »Sie sagt, was sie sieht. Wolltest du noch etwas wissen?«

Es gab so vieles, das Pema-Marie wissen wollte. Wie es Mama ergangen war, wie sie gelebt hatte und mit wem, ob sie an einer Krankheit gestorben war oder an einem Unfall. Ob sie zu ihrer Tochter hatte zurückkehren wollen. Doch all dies hatte die Nonne wohl nicht sehen können.

»Bitte frag sie, wo meine Mutter jetzt ist.«

Nina zögerte, doch dann stellte sie die Frage. Ani Sopa lachte, bevor sie antwortete.

»Sie weiß es nicht«, übersetzte Nina. »Aber Dölma sei eine inspirierte Yogini gewesen, da müsse man sich keine Sorgen machen.«
Nina unterbrach sich und beriet sich wieder mit dem Mönch. »Ja, ich denke, so ist es am besten zu übersetzen – inspirierte Yogini. Das heißt, ihre Wiedergeburt wird dem Wohl anderer dienen, und das ist ja schließlich das Wichtigste.«
Die Katze hatte sich entschlossen, zu Pema-Maries Schoß zu wechseln. Sie drehte sich ein paarmal, setzte sich in der Sphinxhaltung nieder, krallte dabei ihre Pfoten sanft in Pema-Maries Knie und begann, unter den streichelnden Händen laut zu schnurren. So angerührt von der vertrauensvollen Freundlichkeit des Tiers war Pema-Marie, dass ihre Fragen unwichtig wurden angesichts der Lebendigkeit des Augenblicks. Es war alles zugleich da, die Wärme der Katze auf ihren Beinen, das Strahlen des Tages, die Runde wohlgesinnter Menschen, entfernte Klänge von Flöten und Trommeln aus einem Dorf am Berg, der weite Himmel über allem.
Vollkommenheit in einem Tropfen Zeit.
»So solltest du öfter lächeln«, flüsterte René in ihr Ohr. »Es macht dich so schön.«
Eine Zeit besonderer Art lag zwischen der Ankunft im Kloster und der Fahrt ins Tal hinunter. Ein großes Stück Leben hatte sie gelebt in diesen paar Stunden der Anderszeit, dachte Pema-Marie, durch Hoffnung und Furcht hindurch, in die Welt von Geschehenlassen und Sowohl-als-auch hinein, in einen Raum von Möglichkeiten, die sie für unmöglich gehalten hatte.
»Das Mädchen wird leben!«, hatte die Nonne ihr nach dem Abschied nachgerufen, und Pema-Marie war erschreckt stehen geblieben und hatte Nina am Arm gepackt. »Was soll das heißen? Was hast du ihr erzählt?«

»Nichts habe ich ihr erzählt«, hatte Nina ruhig geantwortet. »Sie sagt einfach nur, was sie sieht.«
In Renés Blick hatte ein Schimmer von Ungeduld gelegen. »Pema! Du weißt, was das heißt. Wir wissen es beide.«
Das Atmen war ihr schwergefallen, doch sie war weitergegangen mit gesenktem Kopf und hatte die anderen vorausgehen lassen. Vielleicht würden die Herzschmerzen wieder beginnen, doch diesmal war sie vorbereitet.
Nichts war geschehen.
Während des Picknicks vor dem Lhakang hatte sich ihre Anspannung gelöst. Man hatte für die Gäste Matten auf der Wiese ausgelegt, und junge Nonnen brachten Schalen mit Reis und Gemüse, machten angedeutete Verbeugungen vor dem Mönch und sagten offenbar Vergnügliches, kicherten miteinander, und der Mönch lachte vergnügt vor sich hin. Nichts erinnerte an die Kluft zwischen den Nonnen und Mönchen, wie Dölma sie beschrieben hatte.
»Dürfen die denn so locker miteinander reden?«, fragte Pema-Marie.
Nina senkte ihren Löffel. »Du meinst Zanskar? Diese starren Formen gibt es im Exil nicht mehr. Vergiss nicht, da unten ist eine Großstadt.«
»Ich vergleiche alles mit dem Tagebuch. Aber es passt nichts zusammen.«
»Und dein Blickwinkel ist ein anderer. Deine Wahrnehmung ist anders.«
Ja, meine Wahrnehmung ist anders, dachte Pema-Marie. Ich suche keine Heimat. Es gibt eine Selbstverständlichkeit dort, wo ich gerade arbeite, und dort, wo ich aufgewachsen bin. Doch hier gibt es keine Selbstverständlichkeit für mich, nur unerwartetes Neues, und die Welt wird größer. Aber ich schrecke nicht mehr zurück vor dem Größerwerden der Welt und vor ihren Geheimnissen.

Erfüllt und erschöpft von allem Staunen empfand sich Pema-Marie auf der Fahrt den Berg hinunter. Die Haarnadelkurven mit ihren unbefestigten Rändern und dahinter all das gewaltige Nichts erschreckten sie nicht mehr. René ergriff beruhigend ihre Hand, doch sie lächelte, sagte »hoppla« bei besonders wilden Sprüngen des Jeeps, fühlte sich leicht, nahezu unverwundbar. Lange hatte sie vor der überlebensgroßen Statue der Tara an der Wand des Lhakang gesessen, während René und Nina sich in der Klosteranlage umsahen.

Mamas Tara.

Und Mama so nah.

Erst als das Tor des Wildlife Parks von seinen uniformierten und martialisch bewaffneten Wächtern zur Durchfahrt geöffnet wurde, ließ die Hochstimmung nach. Im Dorf am Fuß des Berges drängten sich ameisenhaft Menschen auf der schmalen Straße zwischen Autos und Motorrädern hindurch. Dazwischen Kinder, unzählige Kinder. Immer mehr Kinder sah sie, kleine Kinder mit schmutzigen Nasen, größere mit gierigen Augen, stille, ergebene Säuglinge auf den Rücken der Mütter. Erwünschte, erduldete und unerwünschte Kinder, angefüllt mit unbekannter Zukunft. Jedes Kind ein Wunder. Doch wer nahm dies wahr außer ihr, und auch nur jetzt, an diesem besonderen Tag, an dem die Nonne … Doch sie wollte nicht an die Nonne denken, nicht an das mögliche Versprechen. Als könnte das Wagnis der Hoffnung alles gefährden.

Auch über René wollte sie nicht nachdenken, während sie neben ihm die Treppe zum obersten Rundgang der Stupa hinaufkletterte. Es genügte, dass er da war. Sie fragte nach seinen weiteren Begegnungen mit Matthew, ließ ihn erzählen von der wachsenden Freundschaft, von dem Ausflug, den die beiden unternommen hatten zu einem Aussichtspunkt am Ende des Kathmandu-Tals.

»Ich glaube, ich hab vergessen, wie schön es ist, unberührte Natur um sich zu haben«, sagte René. »Kannst du dich erinnern, wann wir zum letzten Mal im Wald spazieren gegangen sind?«

Vor langer Zeit, als sie sich ineinander verliebt hatten, waren sie manchmal wandern gegangen. Hatten einsame Orte gesucht, um sich auszuziehen und ineinander zu versinken, in Sonne und Himmel gehüllt. Ich liebe dich, hatten sie gesagt, wir werden uns immer lieben.

»Was ist nur mit uns geschehen, Pema!«

Es war keine Frage, verlangte nicht nach einer Antwort. Eine angelehnte Tür, nicht geschlossen, nicht offen. Das war es, so verharrten sie, dachte Pema-Marie. Flüsternd durch den Türspalt. Die Sehnsucht wollte die Tür öffnen, doch alles, was in den vergangenen kalten Jahren geschehen war, lag im Weg. Hoch aufgetürmt lag es da. Ihr Mann hatte sein Versprechen gebrochen, hatte sie nicht beschützt, war nicht an ihrer Seite geblieben in den schlechten Tagen, hatte sie betrogen.

Und doch war dies nicht die ganze Wahrheit. Standpunkte. Bezugspunkte.

»Ich habe Matthew von uns erzählt«, sagte René.

»Ich habe Nina von uns erzählt«, sagte Pema-Marie.

René legte seinen Arm um ihre Schulter. »Das ist gut. Matthew sagt, mit spirituellen Freunden reden hilft. Sie sind wohlwollend, aber unparteiisch.«

Es geschah etwas, das Pema-Marie später mit einem Bergrutsch verglich, als löse sich ein Stück Pema-Marie in ihr und käme langsam ins Rutschen, sehr langsam, aber unaufhaltsam. Es war der Teil von ihr, der sich zum Mitspielen verpflichtet fühlte. Papa hatte sich seine Tochter immer so gewünscht, als Mitspielerin. In den vergangenen zwei Jahren des kalten Krieges hatte sie Ehe gespielt, auf dünnem Eis. Sie fragte sich, wo, an welcher Stelle sie den

Finger darauflegen könnte und sagen: Dies war meine Entscheidung. Irgendwo gab es diese Stelle. Jetzt rutschte der Berg.

Sie genoss es, als sie mit dieser nicht ungefährlichen Leichtigkeit neben René durch die Gassen zum Gästehaus ging, umringt von den bunten Statisten auf der exotischen Bühne Kathmandus. Es waren unabgegriffene Augenblicke, ein Gefühl von Abenteuer, sich auf dieses Als-ob gelöschter Vergangenheit einzulassen. Man durfte nur nicht nach unten schauen. Es gab kein Sicherheitsnetz.

Duschen, umziehen. Sie würden gemeinsam zu Abend essen, nett sein, allen gefährlichen Themen ausweichen. Vielleicht würde sich die zarte, zerbrechliche Nähe wieder einstellen wie am Abend, als sie einander umarmt hatten. Sie hatten es seitdem nicht mehr gewagt.

René summte in ihrem Badezimmer eine fremdartige Melodie, vielleicht tibetisch.

Ein freundlicher Mann und nicht langweilig, hatte Nina gesagt. Ach, Nina, was weißt denn du! Dich hat er nicht betrogen. Du hast nicht in deiner Trauer und Verzweiflung die andere an ihm gespürt, ihren Geruch, ihre Anwesenheit. Du hast sie nicht erlebt, die schrecklichen Signale des Verlassenwerdens in der Not, den Einsturz des Vertrauens. Alles in Frage gestellt. Das kann man nicht einfach auslöschen.

Pema-Marie saß auf ihrem Bett und schaute auf den Stapel der Tagebuchhefte. Darin war Mama, die wirkliche, lebendige Dölma. Doch da waren auch die Bilder der Erinnerung, festgefroren:

Der Nachmittag, als sie mit dem kleinen Mädchen vom Ende der Straße, dessen Name ihr nicht mehr einfiel, auf der Terrasse Puppengeburtstag spielte und die Puppe wegstieß, die das andere Kind ans Kopfende des Puppentischs gesetzt hatte. Aber das ist doch die Mutter, hatte sich das

Kind empört. Die braucht man nicht, war Pema-Maries Antwort gewesen, und dann hatte sie entdeckt, dass Mama in der Terrassentür stand, gebeugt wie immer, traurig, so unendlich traurig. Und tief hatte sich der Groll, dass Mama zugehört hatte, in Pema-Marie eingegraben, ein schwerer Groll, der ihre Schuld in Dunkelheit hüllte.
Und dann der Tag, an dem sie endgültig zu Papa zog, sich an der Gartentür zu Mama umdrehte, nicht winkte, nur einen kurzen Blick zurückwarf mit der triumphierenden Kälte ihrer sechzehn Jahre.
Die Erinnerungen waren zäh, woben sie ein in Trauer über Trauer.
Warum mag Mama mich nicht, hatte sie einmal gefragt, als sie noch klein war. Und Tante Anna hatte gesagt, deine Mama kann niemanden mögen, da kann sie nichts dafür, das ist eine Krankheit. Danach fragte sie nie wieder.
Wie schuldig ist ein Kind?
Plötzlich kam er wieder, der Schmerz in der Brust. Doch diesmal befreite er sich, die Sehnsucht brach hervor in Sturzfluten, überschwemmte alle Einwände, ertränkte Argumente, riss die stützenden Gerüste vieler Jahre nieder, schob rücksichtslos ihr ganzes Leben vor sich her, Trümmer von Standpunkten, und nichts blieb, als zu weinen und zu schluchzen über all den Bruchstücken. Mama!
Und dann war René bei ihr, hielt sie, flüsterte Tröstendes, und sie versuchte, nicht mehr zu schluchzen, doch es war nicht möglich. Ein Erdbeben stürmte durch sie hindurch, ein Vulkan brach aus, spie sein Feuer in das Kopfkissen, in das sie ihr Gesicht drückte. In ihrem Kopf dröhnte es, ein verlorenes Kreischen und Jaulen und Winseln, und dazu ihre eigene unhörbare Stimme, das Herz eines verlassenen Kindes.
»Nicht weinen, Pema, nicht weinen«, flüsterte René.
Sie hätte um sich schlagen mögen, René schlagen mögen,

sich selbst, die Wand. Sag mir nicht, ich soll nicht weinen! Du hast mich verraten. Mama hat mich verraten. Lea hat mich verraten. Selbst unser Kind wollte nicht bei mir bleiben. Ich war es euch allen nicht wert.
Mama!
Hier liefen alle Spuren des Kummers und der Wut und der Verzweiflung zusammen: René hätte Mama ersetzen sollen.
René reichte ihr ein kühles, feuchtes Handtuch. Sie wischte sich ihr Gesicht ab, sagte: »Ich weiß nicht, was mit mir ist. Alles zu viel. Es tut mir leid.«
Er strich über ihre Schulter. »Ich habe nicht geahnt, wie sehr du sie vermisst.«
»Ich auch nicht«, erwiderte sie, erschöpft, völlig ausgeleert. Was blieb übrig von der Pema-Marie mit ihren heimlichen Dramen? In ihrem Kopf klangen Renés Worte: Hast du jemals etwas anderes wahrgenommen als dein verletztes Ego? Hast du jemals gesehen, dass es immer nur um deinen, deinen, deinen Schmerz ging? Er hatte recht. Vielleicht würde sie ihm dies sogar eines Tages sagen können. Nicht jetzt, aber irgendwann in der Zukunft. Falls es eine gemeinsame Zukunft gab. Und sie gestand sich ein, dass ihr der Gedanke, es könne sie nicht geben, große Angst machte.
»Kann ich etwas für dich tun?«, fragte René.
Sie schüttelte den Kopf, sagte, sie könne nichts essen, sie könne überhaupt gar nichts, sie sei ein bisschen verrückt, er solle sie verrückt sein lassen. Nein, sie brauche keinen Babysitter, es sei nur alles ein bisschen zu viel, Schamanen und hellsehende Nonnen und diese beängstigende Stadt und alles so fremd.
Sie verabscheute den hysterischen Ton in ihrer Stimme.
»Dann bis morgen«, sagte René. »Ich ruf dich an.«
Die Leere des Zimmers kroch unter ihre Haut, als René

gegangen war. Das Schwinden des Tages zog sie in seinen Sog, in der leisen Weise allen Abschieds. Noch nie hatte sie die Nachmittage gemocht, wenn sie ihnen ausgesetzt war. Arme Mama! Ihr Leben zu Hause war festgenagelt in nicht endenden Nachmittagen. Wie schlimm mochten die leeren Wochenenden für sie gewesen sein ohne den Schutz der Routine in der Bücherei. In ihrem Zimmer hatte sie am Fenster gesessen und hinausgeschaut, wie man auf eine Wand schaut, ohne das kleine Glück der Erwartung. Mit beißender Deutlichkeit sah Pema-Marie diesen zu Ewigkeit erstarrten Augenblick vor sich, als sie, wie so oft, keine Antwort auf ihr Klopfen bekam und die Tür öffnete. Ihr Zeugnis wollte sie Mama zeigen, ein gutes Zeugnis, und sie hatte gehofft, dass Mama lächeln und stolz auf sie sein würde. Doch die Frau am Fenster konnte nicht lächeln, und dafür hatte das Kind sie bestraft mit einem lauten Zuknallen der Tür.
Bis spät in die Nacht las Pema-Marie quer durch die Tagebücher, schlug die Hefte beliebig auf, nahm ganz an, was ihr entgegenfiel, las nun ohne Vorbehalte mit der Gewissheit, dass dieses Tagebuch für sie gemeint, an sie gerichtet war. Endlich eine unmittelbare Begegnung, die sie aus ihrer Selbstumklammerung entließ.
»Dölma hat dir ihren Geist hinterlassen«, sagte Nina am nächsten Tag, als Pema-Marie versuchte, ihr diese befreiende Erfahrung zu beschreiben. »Das ist ein großes Glück.«

Ob sie Matthew kennenlernen wolle, hatte René gefragt. Das überraschte sie, es war nicht Renés Art, sie in solch einem Fall zu fragen. Ja, sie würde Matthew kennenlernen. Sie war bereit, nach allen Möglichkeiten der Gemeinsamkeit mit René zu greifen, das wurde ihr klar auf der Fahrt zum Hotel. Wie ein leises Weben kam es ihr vor, diese

Fäden hin und her von einem Ende der Stadt zum anderen, und dass es gute Zeichen setzte, immer wieder von Neuem die Entfernung zu überwinden.
Es klang in ihr nach, was sie nach dem Lesen in Dölmas Tagebüchern in der Nacht zuvor auf ihren Notizblock geschrieben hatte: »Vielleicht hat sich doch ein Gott in Renés Gestalt versteckt und mir das Herz gebrochen, damit ich anfangen kann zu leben.«

Der Motor des altersschwachen Taxis tuckerte, knurrte, winselte und erstarb.
»No go«, sagte der Taxifahrer und zeigte mit einem säuerlichen Lächeln auf die steile, unbefestigte Straße.
»Okay, dann eben zu Fuß weiter«, erklärte Matthew heiter und gab dem Taxifahrer seinen Lohn. Man habe nur noch eine halbe Stunde zu gehen, und es sei ein schöner Weg.
Die Sonne brannte mit der Kraft des frühen Nachmittags auf die staubige Straße, doch binnen Kurzem waren sie vom Dschungel eingeschlossen. Er kenne den jungen Rinpoche, der dort oben im Kloster zu Besuch sei, erklärte Matthew. »Er ist eine schöne Mischung von alter Tradition und neuer Welt«, sagte er. »Ich bin ja noch im alten tibetischen Stil trainiert worden, mit all den Ritualen und großen Einweihungen, und ich liebe und schätze diese Tradition, aber sie ist nie ganz die meine geworden. Ich habe sie nicht in den Genen, meine Wurzeln stecken in einem anderen Boden. Doch diese jungen Rinpoches haben eine neue, offene Art. Sie kennen den Westen, können Englisch, interessieren sich für die Neurowissenschaften, mögen Filme, schauen fern, twittern und schreiben in Online-Blogs. Es ist sicher traurig, dass die großen alten Meister aussterben, und vielleicht ist es so, wie viele Lamas sagen, dass solche Heroen des Geistes in unserem dunklen Zeitalter nicht mehr erscheinen werden, aber es gefällt

mir, wie der Dharma ein neues Gesicht bekommt. Es entspricht mir. Zu viel Religion lässt so leicht die Spiritualität vergessen.«

Pema-Marie ging schweigend neben den beiden, hörte halb zu.

»Sein Zentrum in Sydney wird dir gefallen«, sagte Matthew zu René.

Warum würde es René gefallen? Was hatte René mit Australien zu tun? Sie erstarrte. Eine Eruption von Heiß und Kalt, ein ebenso plötzlicher wie langer Augenblick, der zusammenschmolz in dem Gedanken: Ich werde verlassen!

Strahlend, entspannt wandte sich René ihr zu: »Wir haben gestern Abend besprochen, dass ich Matthew noch nach Sydney begleite. Zwei Wochen, das lässt sich machen.«

Dass es sich keineswegs machen ließe, wollte sie ihm sagen, dass er alles zerstöre, was gerade ein wenig gewachsen war zwischen ihr und ihm, dieses ganz kleine, empfindliche Vertrauen.

»Wie schön für dich«, erwiderte sie auf Deutsch, so dass Matthew es nicht verstehen konnte. Doch er hatte den scharfen, gekränkten Ton in ihren leisen Worten gehört, vielleicht auch gesehen, wie das Gewicht der Enttäuschung ihre Mundwinkel nach unten zog. Er bedauere es, dass sie zu ihrer Arbeit zurückkehren müsse und nicht mitkommen könne, sagte er. Und sie solle ihm verzeihen, dass er René überredet habe. Doch sie glaubte ihm nicht. René sah nicht aus, als sei er überredet worden. René war glücklich. Und dazu brauchte er nicht sie, Pema-Marie.

»Ist schon gut«, sagte sie, ging schweigend weiter, beteiligte sich nicht am Gespräch, versuchte, nicht beleidigt und bockig zu wirken. Denn so fühlte sie sich und konnte sich nicht ausweichen. Sie bedauerte sich und sah sich zugleich in erbarmungslosem Licht.

Von Karma hörte sie die beiden Männer sprechen, von Determination, Interdependenz, Ursache und Wirkung. Von Genen und Gewohnheitsmustern und karmischen Neigungen. Darüber hatte Dölma geschrieben. Karma. Eltern, Familie als Manifestation des Karmas. Also war auch René Manifestation des Karmas, war ihr, Pema-Maries Karma und sie das seine. So betrachtet, wie viel Wahl hatte sie gehabt?

»Wie viel Wahl hat man denn dann überhaupt?«, fragte sie unvermittelt.

Matthew lachte. »Kommt auf die Geisteshaltung an. Etwa so, wie wenn man im Zug fährt, auf Schienen. Das ist das normale Bewusstsein, das den karmischen Neigungen folgt. Sehr berechenbar. Gedanken, Meinungen, Reaktionen folgen einem bestimmten Muster, immer so weiter. Aber wenn du aussteigst und deinen eigenen Weg suchst, musst du aufmerksam werden, dich an deiner Umgebung, der Sonne, den Sternen, an allem, was dich umgibt, orientieren. Dann erkennst du schließlich, dass der Weg das Ziel ist. Und du erlebst immer mehr Freiheit, die im Griff der Gewohnheitsmuster nie möglich wäre.«

»Und wie passt Wiedergeburt dazu?«

»Oh, große Themen«, sagte Matthew mit einer heiteren Grimasse. »Nimm es als Arbeitshypothese, als möglichen Standpunkt. Ich erinnere mich an einen Text in der Biografie von Drukpa Künleg, einem großen tibetischen Weisen des sechzehnten Jahrhunderts. Er erklärte einmal ein paar Dorfmädchen, dass man recht gut Einsicht in seine früheren Leben gewinnen könne, wenn man sein gegenwärtiges Verhalten überprüfe. Dazu dichtete er ein spontanes Lied.« Und er rezitierte mit seiner tiefen, klaren Stimme in der melodischen Art des tibetischen Sprechgesangs:

»In meinen vielen Leben
war ich schon dieser und jener.
Weil ich jetzt so geizig bin,
war ich bestimmt einmal reich.
Weil ich jetzt so schamlos bin,
war ich bestimmt mal verrückt.
Weil ich jetzt so oft lüge,
war ich bestimmt mal ein Heuchler.
Weil ich mich so schlecht benehme,
war ich bestimmt mal ein Affe.
Weil ich meinen Reichtum für Essen ausgebe,
war ich bestimmt mal ein Lama.
Weil ich so oft die anderen betrüge,
war ich bestimmt mal ein Händler.«

Matthew lachte. »Mir fallen nicht mehr alle Beispiele ein, aber am Schluss heißt es dann:

Ob das alles wahr ist,
kann ich euch nicht sagen.
Findet es selbst heraus.«

»Weil ich so hochnäsig bin, war ich mal ein Professor«, fügte René hinzu. »Und weil ich so kleinmütig bin, war ich mal ein Hase.«

Als das Kloster zwischen den Bäumen auf der Kuppe des Berges sichtbar wurde, legte er leicht den Arm um Pema-Marie. »Alles okay? Du bist so still.«

»Alles okay«, sagte sie und behielt ihre Irritation für sich. Mama, ich lerne, dachte sie.

Am weit geöffneten Klostertor wurden sie von einem Mönch empfangen und in die oberen Räume des Klosters geführt.

»Haaa, Matthew!«, rief der Rinpoche, der kaum älter sein

mochte als René, sprang auf und zog den großen Mann in seine Arme. Er war eine eher kleine und zierliche Person. Matthew musste sich bücken zur Umarmung.

»Matthews Freunde, seid mir willkommen«, sagte der Rinpoche in fast akzentfreiem Englisch, rückte sein Schultertuch zurecht und streckte seine Hand aus.

Ein gut dosierter Händedruck, warm und einladend. Diesen Mann kann man mögen, dachte Pema-Marie. Der Händedruck schien sie persönlich zu meinen, als geschehe hier etwas lang Erwartetes, und selbst als er seine Hand gelöst und René gereicht hatte, blieb sie noch ein wenig in der ihren haften und schickte Botschaften des Vertrauens in ihr Herz.

Der Rinpoche führte sie in ein westlich ausgestattetes Nebenzimmer mit Sofa und Sesseln und ließ einen Mönch Tee, Säfte und Süßigkeiten bringen.

Pema-Marie ließ ihren Blick über die Rollbilder an den Wänden wandern, hörte halb zu, was der Rinpoche von seinen Zentren in aller Welt berichtete, trank zuckrigen indischen Tee und knabberte die überaus schmackhaften Leckereien, bis ihre Aufmerksamkeit geweckt wurde, als René vom Grund ihres Besuchs in Kathmandu und Dölmas Tagebuch zu sprechen begann. Wie inspirierend dieses Tagebuch sei, wie sehr es ihn beeindrucke, sagte René, wie sehr er es bedauere, dass er seine Schwiegermutter nie hatte kennenlernen können. In Pema-Marie regte sich jener Unterton von Ärger René gegenüber, der sich in ihr eingenistet hatte. Doch es gelang ihr, ihn zurückzudrängen.

»Im Tagebuch meiner Mutter«, warf sie ein, »heißt es, die Eltern seien eine Manifestation des Karmas, das man mitbringe. Ich frage mich, warum ich eine Mutter haben musste, die mich vom ersten Tag meines Lebens an zurückstieß. Sie war depressionskrank, es heißt, dass sie nichts dafür konnte, und im Tagebuch schrieb sie von großen Schuldgefühlen. Aber dennoch war es meine Erfahrung als Kind, von meiner Mutter abgelehnt zu werden. Und das ist eine schlimme Erfahrung. Man könnte meinen, es sei eine Strafe. Wenn Karma so viel wie Ursache und Wirkung bedeutet, frage ich mich, was habe ich denn getan, das diese hässliche Wirkung auslöste?«

Der Rinpoche nickte, sah sie lange an, mitfühlend und nachdenklich. »Wir sehen das von einem anderen Standpunkt. Schuld und Strafe sind nicht das Thema. Unsere Erfahrungen und wie wir damit umgehen, das ist das Thema. Jetzt, in diesem Augenblick, bist du die Summe allen früheren Karmas. Jetzt, in diesem Augenblick, kannst du dich entscheiden, deine Erfahrungen als Material zu verwenden. So betrachten wir Erfahrungen – als Material. Gute Erfahrungen – gutes Material. Schlechte Erfahrungen – auch gutes Material.«

»Wofür?«

Der Rinpoche lachte. »Um uns vom potentiellen Menschen zum wirklichen Menschen zu entwickeln. Man könnte auch sagen, um die Freiheit zu finden.«

Sie sah die anderen nicht mehr, hatte sie vergessen, nahm nur noch den Rinpoche wahr, hatte das fast aggressive Verlangen, eine Antwort zu bekommen, die richtige Antwort, die alle Türen aufreißen und sie befreien würde.

»Und wie soll das gehen?«

Es dauerte lang, bis der Rinpoche aus seinem kostbaren Becher getrunken und sein Gewand geordnet hatte. Doch bevor Pema-Marie verunsichert anhob, sich zu erklären, sagte er: »Kultiviere dein gutes Herz. Darauf läuft alles hinaus. Das Studieren der Lehren ist wichtig, Meditation ist wichtig, aber am wichtigsten ist das Kultivieren des guten Herzens. Du hast gut denken gelernt, das ist sehr wertvoll. Aber das Nicht-Denken ist ebenso wichtig. Sonst erstickt

das gute Herz unter dem Gewicht deiner einseitigen rationalen Fähigkeiten.«
Er hielt inne mit diesem sanft durchdringenden Blick, der nicht das kleinste Abgleiten ihrer Aufmerksamkeit zuließ.
»Wir beginnen mit der Motivation, niemandem zu schaden, natürlich auch nicht uns selbst. Weder mit Taten noch mit Worten, nicht einmal mit Gedanken. Wir sind aufmerksam. Wir korrigieren uns. Auf diese Weise reinigt sich die Motivation, weitet sich aus: Wie können wir mehr tun als lediglich nur niemandem schaden? Wie können wir helfen mit Verhalten, mit Worten, mit Wünschen? Erst ist es gute Absicht, dann wird es ein Teil unserer selbst. Immer vorausgesetzt, wir nehmen uns nicht zu ernst. Dazu brauchen wir das Nicht-Denken. Schließlich fühlen wir das Verbundensein mit allen und allem, und das gute Herz scheint auf alle und jeden, ohne Ausnahme. Dann sind wir frei und glücklich. Nicht-bedingt glücklich.«
War es das, Mama, was du gesucht hast? Was du mir mitbringen wolltest? Bist du deshalb in die Berge gegangen, die dich nicht mehr hergaben?
Ein neuer Standpunkt. Kultivierung des guten Herzens. Banal, würde Papa sagen. Für Papa gab es nur das kardiologische Herz, jeder andere Bezug zu Herz war peinlich. Doch deine Meinungen sind nicht mehr die meinen, Papa, dachte sie, ich brauche keine Krücken mehr.
Der Rinpoche verabschiedete seine Gäste liebevoll, fast zärtlich. Er hieß sie warten, lief in ein angrenzendes Zimmer, brachte für jeden einen kleinen, silbernen Anstecker mit einem tibetischen Symbol und begleitete sie bis in den Klosterhof hinunter. Der Besuch habe ihn sehr gefreut, sagte er, und er strahlte Freude aus, völlig vorbehaltlos.
»Ein ganz besonderes Wesen«, sagte Matthew auf dem Rückweg. »Er ist der offenste Mensch, den ich kenne. Man

könnte sagen, ohne Furcht und Hoffnung. Und immer vollkommen authentisch. Er macht mich so glücklich.«
In Pema-Marie festigte sich die Gewissheit, tatsächlich in Dölmas andere Welt eingetaucht zu sein. Nicht Zuschauerin, Besucherin, die sich am Rand hält, ihr Anderssein eher betonen und als Schutzschild vor sich hertragen möchte. Sie wollte sich ein neues Leben gönnen. Wie Dölma.
Sie blieb zurück, überließ René und Matthew ihrem Gespräch und versank in dem Atmen des Waldes. Ein zartes Atmen war es, eine lebendige Nähe, und sie atmete mit, fühlte sich sehr leicht und ganz durchdrungen von all dem sanften, kühlen Grün.
Ein Äffchen turnte durch das Geäst, hielt inne, äugte neugierig herunter, entfernte sich ein Stück, kam zurück, hielt ihren Blick einen Augenblick lang, schien zu lächeln. Pema-Marie blieb stehen voll tiefer Freude über die Schönheit des kleinen Wesens, gebannt von der Anmut seiner Bewegungen, dem Tanzen goldener Sonnentupfen auf dem braunen Fell.
Als habe sie noch nie Schönheit wahrgenommen.
Vielleicht war es dies, was man »das Herz aller Dinge« nannte. Schönheit ohne ein Gegenteil. Ur- und Immer-Schönheit, unzerstörbar.
Erst als sie weiterging, begann sie sich zu wundern über das selbstvergessene, zeitlose Entzücken, in das sie sich endlose Augenblicke lang aufgelöst hatte. Ein Affe, lächelte sie in sich hinein. Nicht etwa eine überwältigende Lovestory. Keine himmlische Vision von Buddhas oder Engeln. Nein, einfach nur ein Affe.
Unten im Dorf wartete ihr Taxi. Der Fahrer lachte zufrieden, die Tour zurück in die Stadt war lang, ein ergiebiger Tag für seine dünne Geldbörse in diesen schlechten Zeiten. Mit einem kleinen Schmerz im Herzen nahm Pema-Marie die hagere Gestalt, den zerschlissenen Kragen am zu oft

gewaschenen Hemd, die fadenscheinige Hose wahr. Er hatte stundenlang gewartet, vielleicht ein wenig geplaudert, den Hühnern beim Scharren zugeschaut. Pema-Marie wunderte sich über sich selbst. Sie hatte nicht daran gedacht, wie man in diesem Dorf ein Taxi für die Heimfahrt finden sollte. Sonst war sie die Erste, die sich um so etwas Sorgen machte. Doch dies war ein Tag kleiner Wunder. Geordnetes Chaos. Zuversichtliche Ungewissheit. Tanz über Standpunkte, ohne sie zu berühren.

Und so kam es, dass Pema-Marie und René auf der Rückbank des Taxis einander mit ganz ungeschütztem Blick in die Augen schauten, für lange Sekunden befreit von Vergangenheit und Zukunft, und ihre Hände tasteten aufeinander zu, das Einverständnis zu besiegeln.

»Mama, bist du es?«

Da stand sie in der Tür, im zarten, milchigen Licht des frühen Morgens. Dunkel gebräunt das Gesicht, die Haare auf dem Kopf zu einem Knoten geschlungen, in rotem Nonnenrock und brauner Filzjacke. Nicht die Mama von früher, nur ein kleiner Teil von ihr, doch der andere, gewissere Teil war Dölma, war größer als die Mama der Vergangenheit.

Dölma kam näher, setzte sich auf den Bettrand, hob leicht die Hände, Flügelschlag eines Schmetterlings.

»Ich bin verwirrt«, flüsterte Pema-Marie. »Ich weiß nicht mehr, was ich denken soll.«

»Das ist gut. So beginnt Klarheit.« Mamas Stimme, immer noch ein wenig hauchend wie früher, jedoch runder und weiter tragend.

Ein Zittern durchlief Pema-Marie. Es war ein Blick völliger Anwesenheit, in den Dölma sie einhüllte. Kompromisslos nah, bereit, jede der verschiedenen Pema-Maries anzunehmen, auch die dunkelste.

»Die Tagebücher hast du für mich geschrieben, ja?«
Wieder flatterten die Hände. Sie erinnerten Pema-Marie an eine frühe Zeit, als die kleinen Hände ihrer Mutter über ihre Wange strichen, tastend, als suchten sie etwas, das sie nicht finden konnten.
»Für dich. Für mich. Ich trug dich immer in mir. Als meine Sehnsucht, mein Unglück, meine Chance.«
»Wirst du jetzt bei mir bleiben, Mama?«
»Wenn du mich bei dir behältst, immer.«
»Und du wirst mir helfen und mir sagen, was ich tun soll?«
»Tara wird es dir sagen. Die Mutter aller Buddhas.«
Sie würde Mama nicht ohne Tara bekommen, erkannte Pema-Marie in diesem hellen, durchleuchteten Augenblick. Zu lange war sie insgeheim ein Kind geblieben und hatte dem Leben vergebens die beschützende Mama abgefordert. Doch Dölma bot ihr einen anderen Schutz an, den sie in sich selbst würde finden müssen.
Dölma nickte. »Der Ausgangspunkt ist *jetzt.* Und es geht nur vorwärts, nicht rückwärts.«
»Aber ich kann es nicht so machen wie du«, wandte Pema-Marie ein. »Ich gehe bestimmt nicht nach Zanskar.«
Dölma lächelte und schwieg.
»Was soll ich tun?«
Pema-Marie schämte sich ihrer Unsicherheit, wünschte sich etwas, woran sie sich halten konnte, das fest und sicher war. Konnte man zu Tara eine gesicherte Beziehung haben?
»Meine Welt ist nicht hier, nicht in Asien, Mama. Und ich werde sicher nicht solche Dinge erleben wie du.«
Dölma schien an Substanz zu verlieren, zog sich zur Tür zurück.
»Du wirst deine ganz eigenen Erfahrungen machen«, sagte sie. »Manchmal sind sie besonders, manchmal nicht. Doch das Wichtigste ist: Erinnere dich an dein gutes Herz, im-

mer und immer wieder. Stelle dich auf die Seite der Liebe, des Mitgefühls, der Großzügigkeit, der Geduld, der Hingabe. Das ist Tara, erleuchtete Energie. Dann wirst du die Freiheit entdecken.«

»Aber Mama, so einfach ist das doch nicht«, rief Pema-Marie, wollte aufspringen, doch ihr Körper gehorchte ihr nicht. Als habe er sich von ihrem Willen getrennt, sich zurückgezogen, um nicht im Weg zu sein.

»Einfach ist es nicht, aber schwierig ist es auch nicht«, sagte Dölma. »Du bist doch schon auf dem Weg, meine Pema-Marie.«

Dann war sie verschwunden.

Die frühe Morgensonne zeichnete einen hellen Streifen an die Wand. Pema-Marie konnte sich wieder spüren und ließ sich erleichtert zurückfallen. Lange lag sie bewegungslos da, mit unendlich langsamen Gedanken. Dann drangen Stimmen aus dem Garten wie von weit her zu ihr durch und weckten ihren Blick. Die Lampe in der Mitte der Decke. Sie hatte die Lampe angestarrt, ohne sie zu sehen, ein altmodischer kleiner Lampenschirm aus Porzellan, am Rand zu Rüschen geformt.

Wie ein Kinderröckchen.

Das Mädchen wird leben, hatte die Nonne gesagt.

»Ja, Mama«, flüsterte Pema-Marie, »es stimmt, ich bin schon auf dem Weg.«

Der gemeinnützige Verein **Tashi Delek e.V., Gesellschaft zur Förderung der tibetischen Kultur im Exil,** unterstützt Nonnen und Mönche in tibetischen Klöstern in Nepal.

ULLI OLVEDI

Wie in einem Traum

Roman

Wie findet man das Glück? Und warum müssen Menschen leiden? Solche Fragen interessieren die junge Maili weit mehr als der Mann, den sie heiraten soll.
In einem tibetischen Kloster im Tal von Kathmandu findet sie eine weise Lehrerin, die sie in die Lehre von der Überwindung allen Leidens einführt – doch immer wieder gerät Mailis kritischer Verstand in Konflikt mit Gehorsam und Tradition …

Die Stimme des Zwielichts

Roman

In einem Kloster im Tal von Kathmandu hat die junge Maili begonnen, die tiefen Weisheiten des Buddhismus zu erforschen. Zusammen mit ihrem Mann, dem Mönch Sönam, wird ihr eine besondere Aufgabe übertragen: Maili und Sönam sollen Nepal verlassen, um die Lehre des Buddha nach Europa zu bringen. Dort treffen sie auf eine Welt, die ihnen fremd und faszinierend zugleich erscheint, und ihre Liebe wird auf eine harte Probe gestellt …